AUTRES HORIZONS

SATURATION TOTALE

DU MÊME AUTEUR

CHEZ LE MÊME ÉDITEUR

Tu sais qui, 2022
(Trilogie du dark net 1)

Datas sanglantes, 2023
(Trilogie du dark net 2)

Jakub SZAMAŁEK

SATURATION TOTALE

Trilogie du dark net 3

Traduit du polonais
par Kamil Barbarski

Éditions Métailié
20, rue des Grands Augustins, 75006 Paris
www.editions-metailie.com
2024

Titre original : *Gdziekolwiek Spojrzysz*

Published by arrangement with Grupa Wydawnicza Foksal

ISBN : 979-10-226-1404-7

Pour Bartek et Magda,
sans qui Julita n'aurait pas existé

Avant-propos

Au moment de confier ce texte à l'éditeur, il contenait encore d'infimes traces de science-fiction. Au moment de sa publication – ce n'était plus le cas.

1

Octobre 2020

Le chien jappa plaintivement. En guise de réponse, Jan Murawiec grogna quelque chose d'incompréhensible et se retourna sur l'autre flanc. Il tira la couverture sur sa tête et ferma fort les yeux. Il faisait semblant de ne pas voir son chien. Parfois, ça marchait. Parfois, Bubel le laissait alors tranquille et allait faire autre chose. Il se couchait sur le canapé, par exemple. Ou allait mordiller des chaussures.

Pas cette fois. Un autre gémissement retentit. Ce *é, éé, ééé* pitoyable, impossible à ignorer.

– D'accord, c'est bon, c'est bon… balbutia Jan en se hissant sur le coude.

Il ouvrit ses paupières collées par le sommeil. Il faisait encore nuit.

Le chien aboya et se mit à courir en rond. Pour l'heure, ce n'était qu'une tache rousse floue. Elle devint plus nette quand Jan mit ses lunettes : il vit de la bave mousseuse qui gouttait de sa gueule et une oreille déchirée, souvenir d'une rencontre en forêt avec le croisé rottweiler appartenant à un cueilleur de champignons. Bubel voulut lécher le visage de Jan, mais celui-ci s'écarta et détourna la tête. Il fut un temps où ça ne le dérangeait pas plus que ça d'être léché. Jusqu'au jour où il avait vu le chien manger ses propres excréments. Là, ce fut terminé.

Jan ôta son pyjama, enfila un pantalon de jogging, un T-shirt et un épais pull en laine. Puis il mit sa montre. 5 h 47. Du matin. Mon Dieu, soupira-t-il, que ce chien crève enfin. Qu'il chope un cancer, comme le dalmatien des Matusiak, Ringo ou autre Bingo, il ne savait plus, ou qu'il se fasse écraser par une voiture. On l'emmènerait chez le vétérinaire, on le piquerait et on aurait enfin la paix. On pourrait dormir à volonté.

É, éé, ééé. É, éé, ééé. Bubel était déjà dans le vestibule, grattant à la porte. Jan lui mit la laisse – ce n'était pas facile, le chien était tellement secoué par sa joie stupide qu'il n'arrivait pas à tenir en place – et ils sortirent. Il faisait froid. Une odeur de charbon descendait des cheminées des maisons plongées dans l'obscurité.

Bien entendu, Jan n'avait pas l'intention de perdre Bubel dans les bois ou de le jeter d'une voiture lancée à pleine vitesse. Ce n'était pas un monstre. Simplement, il en avait assez. Il en avait marre des réveils matinaux, des trous creusés dans le jardin, sans parler des tentatives régulières de copuler avec son mollet. Il n'avait jamais voulu de chien, mais ses filles lui avaient tant cassé les oreilles qu'il avait fini par céder. *Papa, papa, s'il te plaît.* Quelque part dans les archives familiales, il gardait encore tous leurs dessins, ces bonhommes de travers avec des chiens de travers entourés d'un cœur de travers, des sortes de cadeaux mais, en réalité, des supplications. C'était il y a dix ans. Beaucoup de choses avaient changé depuis ce temps-là. L'aînée, Laura, était partie vivre en Allemagne, la cadette, Helena, faisait des études à Wrocław. Quant à leur mère, Bożena, elle séjournait dans un hôpital à Lubin – atteinte d'un cancer en phase terminale. Il lui rendait visite tous les deux jours ; ils se regardaient alors dans les yeux et pleuraient ensemble, voilà tout ce qui leur restait. En dehors de cela, il vivait seul. Exception faite de ce vieux chien stupide à la vessie malade.

– Arrête ça, Bubel ! grogna-t-il en tirant sur la laisse.

Bien entendu, celui-ci était déjà en train de renifler un détritus dans les buissons, un truc qu'il pourrait dévorer puis vomir sur le tapis avant de se rouler dedans. Jan traîna le chien dans l'autre sens, vers la forêt. Une minute ou deux et ils avaient laissé les maisons derrière eux, ils avançaient sur un chemin de campagne. Ruda n'était qu'un petit village, mais un village riche. Ils disposaient d'une piscine couverte, d'un complexe sportif et d'un centre culturel flambant neuf. C'était une compensation pour les conditions difficiles, pour la menace qui planait au-dessus de leurs têtes.

Ils atteignirent les arbres. Bubel tourna un peu en rond, mais finit par trouver un endroit adéquat, une touffe d'herbes desséchées où il se voûta et écarquilla les yeux. Jan détourna son regard et observa Żelazna Góra – la Montagne de fer. L'aube pointait et le soleil extrayait de l'obscurité les immenses remblais de quatorze mètres de haut qui s'étendaient à l'horizon, plus hauts que les maisons, plus hauts que les arbres. Jan habitait à Ruda depuis une vingtaine d'années, pourtant il ne s'était jamais habitué à ce paysage qui lui faisait toujours forte impression. Les énormes buttes ressemblaient aux vestiges d'une civilisation depuis longtemps disparue, aux murs d'une ville cachée sous terre, disons, ou aux ruines d'une ziggourat sur laquelle, à une époque reculée, on accomplissait des rituels païens sanglants.

La vérité était bien évidemment plus terre à terre. La Montagne de fer était une sorte de poubelle. Les remblais entouraient un immense réservoir rempli d'eaux usées pompées jusqu'ici par la mine du Conglomérat polonais du cuivre PKM située non loin de là. Des "liquides post-flottation", c'est ainsi que cela s'appelait, lui semblait-il, c'est-à-dire une eau mélangée à des produits chimiques nécessaires à l'extraction des minéraux précieux du minerai. Il s'agissait de plusieurs centaines de millions de mètres cubes de fluides toxiques, déversés sur une surface de plus de mille hectares, entassés au-dessus de trois villages : Ruda, Lipkowo et Miła. L'unique structure bâtie par l'homme en Pologne visible depuis l'espace. Un réservoir d'eaux usées.

Jan entendit des grattements, Bubel avait terminé son affaire – pour l'instant en tout cas, parce que, bien entendu, on ne pouvait décemment pas régler tous ses besoins en une fois, ç'aurait été contre la règle d'or du savoir-vivre canin qui exigeait de laisser sa carte de visite à plusieurs endroits. On va encore marcher un peu, décida Jan, jusqu'au chêne mort ou, au pire, jusqu'à la fourmilière. Après quoi, on rentre. Au lit.

Jan tira sur la laisse… et faillit tomber. Bubel résistait et plantait ses pattes dans la boue. Il ne voulait pas aller plus loin. Il baissa la tête, la queue entre les jambes, et recommença à gémir. *É, éé, ééé.*

– Mais viens, saleté, grogna Jan.

Ça ne fonctionna pas. Le chien restait cloué sur place. Il devait avoir peur car il tremblait de tous ses membres. Quelle plaie ! songea Jan. Et puis, il entendit quelque chose. Une chose qui l'obligea à se dresser droit comme un I, une chose qui chassa les derniers résidus de sommeil. Un fracas. Un grondement puissant qu'on ressentait tel un frisson dans tout le corps.

Jan se retourna… et se figea, terrifié. Le talus cédait. Une avalanche de sable et de gravier dévalait la pente abrupte. L'air s'emplit de poussière, l'instant d'après le coteau vomissait une gerbe d'eau sale et mousseuse. Jan vit le torrent briser des arbres en deux, renverser les poteaux de la ligne haute tension, emporter des blocs de roche. Ce fut d'ailleurs la dernière chose que Jan Murawiec vit jamais.

Je devrais peut-être allumer une bougie ? Non, se dit Julita Wójcicka. Des bougies, c'est trop. Mais je pourrais éteindre le plafonnier et laisser la lampe posée dans le coin allumée, ça serait plus intime. Et comment dresser la table ? Une nappe, c'est trop festif, n'est-ce pas, on n'est pas au XIXe siècle, mais les sets en plastique multicolores qu'elle utilisait au quotidien enverraient d'un autre côté le message qu'elle s'en fichait – ce n'était pas bon non plus. Alors laisser la table telle quelle, peut-être, mais avec de jolies serviettes, comme celles en papier épais avec du doré, par exemple ? Oui, faisons ça, conclut-elle. Et la musique ? Il faut bien en mettre pour que le silence ne heurte pas les oreilles. Elle savait bien qu'il y aurait des silences incommodes et gênants. Après tout, c'est Jan Tran qui lui rendait visite. Et ils avaient interdiction de parler boulot.

Elle retourna à la cuisine, remua la sauce à la courge pour l'empêcher d'adhérer à la poêle, puis sala l'eau qui bouillait et sortit un paquet de spaghettis du tiroir. Elle tenta de l'ouvrir, mais n'y parvint pas – ses mains étaient moites, ses doigts glissaient sur le plastique. Quand elle finit par déchirer le paquet, les pâtes s'éparpillèrent avec fracas par terre. Elle jura, ramassa les spaghettis – à l'exception d'un qu'elle ne remarqua pas, elle marcha dessus et le brisa en minuscules morceaux –, puis elle se figea au-dessus de la casserole, incapable de se souvenir si elle avait déjà salé l'eau ou pas. Elle décida de vérifier, alors elle en préleva une petite cuillère et se brûla le palais. Bref, Julita Wójcicka était stressée. Très stressée.

Sa relation avec Jan était complexe. Il était son guide dans le monde des nouvelles technologies. Mais c'était aussi un goujat qui n'utilisait jamais de mots tels que "merci" ou "s'il te plaît". Par le passé, il n'avait pas hésité à lui mentir quand ça l'arrangeait. Pourtant, il n'avait pas non plus hésité à risquer sa vie pour la protéger. Parfois, elle avait envie de lui arracher les yeux. Parfois, elle avait envie de lui arracher sa chemise. Et, chose intéressante : ce n'étaient pas des sentiments qui s'excluaient.

Ainsi donc, c'était une relation compliquée. Cette rencontre avait justement pour but de la simplifier. Ils devaient vérifier s'ils étaient capables de parler d'autre chose que de son enquête, du forum pédophile "Cour de récré", de l'homme qui se cachait derrière le pseudonyme de X1, du parti politique Pologne Demain. L'étincelle entre eux se maintiendrait-elle sans l'ivresse de l'adrénaline? Étaient-ils capables de dépasser leurs piques et leurs taquineries mutuelles? Ils allaient être fixés. Une bonne fois pour toutes.

Julita égoutta les pâtes et les laissa sous le couvercle pour qu'elles ne refroidissent pas. Elle réduisit le feu sous la sauce au minimum. Puis elle enleva son tablier et passa dans la chambre; 20 heures approchaient, il était temps de se changer. Elle avait préparé ses vêtements à l'avance: jean noir, pull gris à col roulé agrémenté d'un pendentif noir en forme de feuille. Mais aux pieds? Certainement pas ses pantoufles, ni des escarpins non plus, elle le dépasserait alors d'une demi-tête. D'ailleurs, il ne fallait pas exagérer en se mettant sur son trente et un. Enfin, elle opta pour des ballerines. Elle se contempla dans le miroir, passa une mèche de cheveux derrière son oreille, remonta son pantalon qui tombait. Elle avait maigri de cinq kilos. À cause du stress. Les derniers mois avaient été difficiles, elle ne s'en était pas encore remise. D'ailleurs, elle n'était pas certaine d'y arriver un jour. Serait-elle encore capable de sortir dans la rue sans se retourner tout le temps? Cesserait-elle d'avoir une crise de panique à chaque bruit un peu fort? Ferait-elle un jour confiance à un inconnu? S'endormirait-elle sans somnifère?

L'interphone sonna. Elle sentit d'emblée le sang lui monter à la tête et ses joues s'enflammer. Elle eut le réflexe de courir, de décrocher au plus vite, mais se maîtrisa. Du calme, espèce d'idiote, se réprimanda-t-elle intérieurement, Jan peut attendre un instant. Elle s'approcha lentement du combiné, vérifia qu'il s'agissait bien de lui et, l'instant d'après, des pas résonnaient dans la cage d'escalier. Et maintenant? Si elle l'attendait sur le seuil, il allait croire qu'elle l'attendait plantée là, tel un arbre le dégel. Pas bon, ça, il la prendrait pour une désespérée. Alors, elle devrait peut-être aller à la cuisine, faire semblant d'y terminer un truc et ne venir que lorsqu'il entrerait, avec un torchon à la main, l'air dégagé ? Oui, ça serait mieux, estima-t-elle. Alors, au moment même où elle s'apprêtait à repartir, la sonnerie de la porte retentit. Julita regarda encore par le judas – la vie avait eu le temps de lui enseigner que prudence était mère de vertu. Jan portait une veste bleu foncé, un peu trop étroite au niveau des épaules. Il tenait une bouteille de vin à la main.

– Salut, dit-elle, quelle ponctualité.

– Et c'est mal ?

– Non, non, c'est juste que…

Elle s'interrompit, embarrassée.

– Vas-y, entre.

Il entra. Il voulut lui serrer la main, elle voulut lui faire la bise, ils évitèrent de peu de se cogner le front. Parfait, songea Julita, une vraie comédie burlesque. Il lui donna le vin. Sur l'étiquette, il y avait le logo d'un supermarché et, juste à côté, figurait un autocollant : OFFRE SPÉCIALE. Elle en fut un peu déçue.

– Eh ben, super millésime, dit-elle.

C'était censé être une plaisanterie. Ça sonna comme un reproche.

– Du vin, c'est du vin, répliqua Jan en haussant les épaules, manifestement vexé.

– Si jamais tu dis ça à des Français…

– Quoi ? Quels Français ?

– Bah tu sais, je veux dire…

Elle s'arrêta là. Ça n'avait aucun sens.

– Peu importe, reprit-elle. Qu'est-ce que tu bois ?

– Mmmh…

Il haussa un sourcil comme si elle lui avait posé une question piège.

– Du vin ?

– Ah oui, bien sûr, je l'ouvre.

Doux Jésus, se disait-elle en cherchant nerveusement un tire-bouchon, quelle catastrophe. D'accord, Jan n'avait jamais été particulièrement éloquent, elle ne s'attendait pas à ce qu'il la charme d'entrée en la baratinant, mais elle ne pensait pas non plus que ça irait si mal. Alors que l'autre jour, au café, une semaine plus tôt, ils avaient passé un bon moment à discuter, ils avaient même plaisanté un peu, il lui avait même glissé un truc gentil à l'oreille. Mais il ne s'agissait pas alors d'un rencard. Or, les rencards possèdent leur spécificité propre, surtout les premiers. En l'occurrence, d'ordinaire, ils sont tragiques. Julita ôta le bouchon, approcha le goulot de son nez… et grimaça. Du vin, c'est du vin, admettons… Mais ça, c'était plutôt du vinaigre.

Pendant ce temps, Jan s'était attablé. Il s'était même déjà servi une portion de la salade qu'elle avait préparée : billes de mozzarella, roquette, graines de tournesol, vinaigre balsamique et huile d'olive. C'était simple, rapide à faire, et pourtant un peu classe, ça plaisait à tout le monde. Enfin, à presque tout le monde, apparemment, parce que Jan écartait les feuilles de roquette avec l'air de retirer des cheveux d'une soupe. Elle remplit les verres. Elle n'eut pas le plaisir d'entendre un remerciement.

– Des progrès ? demanda Jan sans détacher son regard de l'assiette.

– En quoi ?

– Bah, avec Xtraterrestrial, X1.

– On était censés ne pas parler du travail, lui rappela-t-elle.

– Ah…

Jan se mit une bille de mozzarella dans la bouche.

– C'est vrai.

Julita étouffa le soupir qui montait dans sa poitrine et s'empara d'un morceau de pain. Elle arrachait la croûte dans l'attente d'une autre question. En vain. Le silence était tel qu'elle entendait l'eau tomber de l'égouttoir. Musique. Elle avait oublié d'en mettre.

– Qu'est-ce qu'on écoute ? demanda-t-elle.

– Peu importe.

Julita leva les yeux au plafond. Oh bordel, songea-t-elle, quelle galère.

– Alors Maryla Rodowicz peut-être ? demanda-t-elle d'une voix doucereuse.

– Quoi ?

– Ou Mireille Mathieu ? La, la, la, dit Julita en fredonnant une parodie. La *Macarena* sinon ? Les Spice Girls ?

– Qu'est-ce qu'il y a ?

– Qu'est-ce qu'il y a ?

Elle tapa du poing sur la table, furieuse. Personne n'arrivait à la mettre hors d'elle aussi vite que lui.

– C'était censé être un rencard, grogna-t-elle. T'es déjà allé à un rencard ?

– Ça m'est arrivé.

– Et ? Qu'est-ce que tu disais pour séduire les nanas ? Tu faisais des origamis avec les serviettes de table ? Tu faisais des bulles dans ton Coca avec ta paille ?

– Ça dépend.

– Alors vas-y, fais un truc. Parce que, pour le moment, t'as ramené une piquette de supermarché et tu fixes bêtement ton assiette.

Jan soupira théâtralement et se pencha en arrière sur sa chaise.

– Alors, quel est ton loisir favori ? demanda-t-il.

C'est pas croyable, se dit-elle, c'est simplement pas croyable.

– Quel est mon loisir favori ? fit-elle en sifflant furieusement à travers ses dents. T'es sérieux ?

– Ben quoi ? On était censés ne pas parler du boulot.

– Alors tu m'interroges sur mes loisirs ?

– Et qu'est-ce que tu veux que je te demande ? Quel livre tu emporterais sur une île déserte ?

Julita serra les poings. Elle avait envie de lui hurler dessus, de lui arracher les cheveux et de le mettre à la porte. Au lieu de quoi, elle vida son vin aigre d'un trait, s'essuya la bouche du revers de la main et s'assit sur ses genoux.

La voiture s'arrêta. Derrière la vitre teintée de la limousine, des dizaines de gyrophares scintillaient : police, pompiers, ambulances. Helena Niemczyk grimaça. Les lumières pulsatiles empiraient la migraine qui lui faisait déjà exploser le crâne. En fait, il aurait fallu prendre deux ibuprofènes, songea-t-elle en contemplant son reflet dans la vitre : rides, poches sous les yeux, racines d'un centimètre de long.

– Nous sommes arrivés, madame la directrice, dit le chauffeur en se tournant vers elle.

– Je sais ! grogna-t-elle. Ouvre-moi la porte.

L'homme l'aida à sortir, il lui tendit la main pour qu'elle s'appuie dessus. Au début, elle crut qu'il exagérait, que c'était un inutile élan de galanterie surjouée – "je vous baise la main", "les dames d'abord", "à la beauté de nos femmes" – jusqu'à ce qu'elle sente le sol sous ses pieds. Bien qu'elle fût chaussée de bottes en caoutchouc avec semelle antidérapante, elle glissait dessus comme avec des patins. Elle marcha donc lentement, les yeux rivés à la terre boueuse. Celle-ci avait une teinte bleutée, elle scintillait à la faible lueur du soleil automnal. Quand on posait le pied, de la mousse sale en sortait accompagnée d'un sifflement. Ça ne me dit rien qui vaille, se dit Helena. Et la puanteur était pire. Ça sentait la pompe à essence, le dentiste, le produit pour déboucher les canalisations.

Ils s'arrêtèrent devant un ruban blanc et rouge secoué par le vent. On ne pouvait pas avancer plus loin. Là, dans le village de Ruda, on ne laissait entrer que les pompiers de la sécurité chimique dans leurs combinaisons de protection jaunes. La boue bleutée avait envahi les rues, recouvert les voitures, elle atteignait par endroits la moitié des fenêtres du rez-de-chaussée. Plus haut, les murs étaient maculés de taches grossières, comme si quelqu'un avait fait éclater un immense pot d'encre – un pot d'une contenance de dizaines de milliers de litres. La brise arriva du village. L'air agressait les narines, picotait les yeux.

– Madame Niemczyk! entendit-elle. Par ici!

Elle connaissait cette voix. C'était Adrian Bełżyński, le président du Conglomérat polonais du cuivre PKM, son supérieur hiérarchique direct. Il se tenait un peu plus loin, devant l'église – cette église-là – aux côtés du commissaire Ryszard Czapliński, du poste de police général de Lubin, dont elle avait été, à une époque lointaine, une amie proche. Elle s'approcha d'eux, seule, sans l'aide de son chauffeur.

– Vous arrivez à point nommé, annonça le président Bełżyński.

Même dans ses bottes en caoutchouc et en imperméable, il avait fière allure. C'était peut-être dû à ses montures de lunettes qui valaient quelques milliers de złotys. Ou alors à son bronzage provenant des Maldives.

– Continuez, commissaire...

– Je devrais peut-être reprendre depuis le début pour que Hela...

Le policier se mordit la langue, confus, et détourna le regard.

– ... je veux dire, pour que Mme la directrice Niemczyk puisse...

– Bien sûr, comme vous préférez.

– Et donc... fit le policier en se raclant la gorge. Ce que nous savons pour le moment, c'est que la fuite a eu lieu à 6 h 03, au petit matin. La digue du tronçon Est a cédé... à près de quatre cents mètres d'ici, là-bas, derrière les maisons... Par chance, la vague est partie dans la forêt, mais comme vous le voyez, Ruda n'a pas été totalement épargnée... En définitive, quarante maisons d'habitation et plus de cent bâtiments agricoles ont été inondés. Près de cinq cents hectares de terre en tout, dont cent cinquante de terres arables... Les pires dommages seront à déplorer dans la coopérative laitière Mlekol, leurs étables ont été submergées, il paraît que toutes les vaches devront être...

– Permettez, monsieur, qu'on s'occupe du sort des vaches plus tard, l'interrompit le PDG.

Il était irritable, nerveux.

– Parlez-nous plutôt des humains, commanda-t-il. Il y a des victimes ?

– Bien sûr, bien sûr... Un seul décès, par chance. Nous avons déjà confirmé son identité. Jan Murawiec, cinquante-sept ans, professeur au lycée de Polkowice. Il était pile sous le remblai quand ça a pété, il n'avait pas l'ombre d'une chance. Évidemment, d'autres gens ont été touchés... Nous avons des cas de brûlures chimiques, quelques fractures, plus de trente personnes ont été hospitalisées... Mais aucune victime dont le pronostic vital serait engagé, touchons du bois.

– Et qu'est-ce qu'il foutait là, ce malheureux Murawiec ? s'étonna Helena. À cette heure ?

– Il était sorti promener son chien. On le voit sur les vidéos des caméras de surveillance, sans quoi on ne l'aurait pas retrouvé de sitôt... Le type a été enseveli sous deux mètres de vase.

– Un seul décès...

Bełżyński fit un signe de croix et soupira de soulagement. Et il a bien raison, se dit Helena. En 1967, quand une catastrophe similaire avait eu lieu à Iwiny, en Silésie, dix-huit personnes étaient mortes.

– Dieu merci, reprit le PDG. Quand je suis arrivé ici, quand j'ai vu... J'ai cru que ça serait pire. Bien pire.

– C'est vrai... On peut parler de miracle. Si la digue avait cédé quelques mètres plus près du village, alors...

Le policier s'interrompit à mi-phrase.

– Un massacre. Mieux vaut ne pas y penser, dit-il.

Le silence se fit. Helena pressa du bout des doigts ses tempes douloureuses. Elle regarda le village ravagé de son enfance et ne ressentit rien, ni compassion, ni soulagement, ni stress. Rien que cet étau qui lui enserrait le crâne, à chaque battement de son cœur, de plus en plus fort. Le monde ne l'atteignait pas. Le monde était comme un film qui passait quelque part, en arrière-plan, sur une télé que personne ne regarde et qui reste allumée parce que personne n'a le courage de chercher la télécommande pour l'éteindre.

– Helena ? fit Bełżyński en haussant un sourcil, sans qu'on sache s'il était inquiet ou mécontent. Tout va bien ?

– Oui, oui…

Elle baissa ses mains et leva la tête.

– … c'est cette puanteur. Ça me donne la nausée. Ryszard… est-ce qu'il y avait autre chose sur les vidéos ? Quelqu'un qui rôderait autour de ces digues ? Des gens qui feraient des trucs louches ?

– Non, rien de tel, répliqua le policier sans la regarder dans les yeux. Seulement ce promeneur et son chien. Ça m'a tout l'air d'une avarie.

– Nous avons fait une révision complète des installations hydrauliques il y a trois mois. Tout était nickel.

– Je dis seulement de quoi ça a l'air.

– Alors cessez de le dire, répliqua Bełżyński d'une voix calme, mais glaciale. Et ne le dites surtout pas aux médias. Quand est-ce que vous faites votre conférence de presse ?

– À midi.

– Parfait. Une personne de nos relations publiques va vous contacter pour éviter ce genre de perle dans votre déclaration.

Ryszard hocha la tête comme s'il acceptait un ordre. Ce n'était guère étonnant. Bełżyński était un dieu par ici. Le conglomérat PKM, dont il était le président-directeur général, était l'une des plus grandes entreprises de

Pologne. Dans cette commune, voire dans toute la voïvodie, tout le monde dépendait de cet homme : soit en travaillant directement pour le conglomérat, soit en y ayant quelqu'un de sa famille. C'était aussi le cas du commissaire Ryszard Czapliński, dont la femme était employée à la comptabilité de PMK.

Le policier comprit que la conversation était close, il les salua donc d'un signe de tête et repartit vers son fourgon de police avec un soulagement manifeste. Ses bottes se dégageaient de la boue bleutée dans un bruit de succion. Le directeur Bełżyński se frotta le menton, songeur et préoccupé. Helena ne rompit pas le silence ; elle attendait qu'il le fasse lui. Elle contemplait l'église submergée par le limon toxique. Brisée, la croix en bois de la cour se retrouvait suspendue à des lignes de haute tension ; on aurait dit un boxeur appuyé sur les cordes du ring. La statue de la Vierge qui flanquait l'entrée était recouverte jusqu'au cou. À travers les fenêtres brisées, Helena voyait les bancs sens dessus dessous, le confessionnal fracassé en mille morceaux et l'autel souillé de taches bleues. À bien des reprises, elle s'était tenue devant cet autel. C'est là qu'elle s'était mariée avec Stach. C'est là qu'elle avait baptisé Janina. Et c'est là aussi qu'avait eu lieu la messe de ses funérailles.

– Ça va faire du bruit, dit finalement le PDG.

– Pendant une semaine, dit Helena en ajustant son manteau. Puis tout le monde se trouvera un autre sujet.

– Je n'en serais pas si sûr. Tu connais le climat actuel et tu sais comment sont les journalistes. N'importe quel prétexte est bon pour s'en prendre au gouvernement.

– Un accident, ça arrive.

– Un accident… Pour eux, il n'y a pas d'accident. Tu ne les connais pas, Helena, ce sont des hyènes, gémit Bełżyński. Tu ne te rappelles pas ce qui s'est passé quand nous avons clôturé le dernier exercice avec des pertes ? Ils ont failli se chier dessus de bonheur. Et maintenant ça sera encore pire, rien que pour les indemnisations il faudra lâcher quelques centaines de millions. Qu'est-ce qu'il y a là-dedans, au fait ? Dans cette bouse ?

L'homme toucha du bout de sa chaussure un granulé de boue. Comme la plupart des directeurs sous lesquels elle avait travaillé, il avait été parachuté depuis Varsovie, obtenant ce poste comme une récompense de la part de ses collègues du parti.

– De l'éthylxanthate de potassium et de sodium, lui répondit-elle d'une traite. Ainsi que des moussants, bien sûr, c'est-à-dire un mélange de polyéthylène glycol et d'éthers diéthyliques. À cela s'ajoutent des particules de métaux extraits du minerai, dont des métaux lourds, cela va de soi.

– Tout cela est toxique, n'est-ce pas ?

– Très… confirma-t-elle en hochant la tête.

Et elle sentit d'emblée des aiguilles percer tout son corps.

– … et cancérigène, précisa-t-elle.

– Doux Jésus… fit Bełżyński en s'essuyant le visage. Putain, alors qu'est-ce qui s'est passé ici, Helena ? Pourquoi il a pété, ce foutu remblai ?

– Je ne sais pas. Comme je l'ai dit à Ryszard, on vient de faire une révision et on n'a rien trouvé. Les mesures des pompes avant la catastrophe étaient également dans la norme.

– Et les machins, là, les sismographes ?

– J'ai vérifié. Ils n'ont détecté aucune secousse.

– Un vrai miracle, bordel.

– Surveille ton langage. Nous sommes devant une église.

Le directeur balaya l'air de la main et piétina un instant sur place. Un hélicoptère ronronnait quelque part au-dessus d'eux.

– Bon, dit-il après un temps, on ne trouvera rien de plus par ici. Je retourne au bureau. Tu seras là au conseil ?

– Bien sûr.

– Alors, à plus.

Helena regagna sa voiture. Elle secoua ses bottes et s'installa sur la banquette arrière. Puis elle sortit une flasque d'un pan de son manteau et but trois grandes gorgées.

Julita avait craint que Jan soit au lit comme il était dans la conversation : rude, brusque, aveugle aux signaux de l'autre et à ses sentiments, qu'il allait lui malaxer la poitrine et lui pincer les tétons, qu'il allait lui enfoncer les doigts de force et utiliser sa langue comme bélier destiné à écarter les lèvres de sa partenaire. Pourtant, il avait suffi qu'elle sente ses mains glisser le long de sa colonne vertébrale pour que toutes ses craintes s'évanouissent. Jan savait ce qu'il faisait. Et il le faisait bien.

Il l'embrassait lentement, l'agaçant comme s'il comptait faire ça toute la soirée ; elle désirait à la fois qu'il accélère enfin et qu'il ne s'interrompe jamais. En fin de compte, elle sentit des fourmillements partout sur ses lèvres, elle n'arrivait plus à le supporter, alors elle le saisit par les joues et le tira vers le bas pour sentir sa bouche dans son cou. Un frisson la parcourut, très fort, de ceux qui se répandent sur tout le corps jusqu'à dresser les poils sur la nuque, jusqu'à recroqueviller les orteils.

Elle avait chaud, elle se sentait rougir à cause de ses caresses et de son horrible vin. Elle s'écarta et enleva son pull ; avant qu'elle n'ait eu le temps de le passer au-dessus de sa tête, il avait déjà dégrafé son soutien-gorge et embrassait ses seins. Elle jeta le vêtement par terre et se leva. Elle eut un vertige et dut s'appuyer à la table. Jan la contempla, inquiet et confus.

– Écoute, si c'est trop rapide…

Elle ne le laissa pas achever sa phrase. Elle le prit par la main et tira dessus jusqu'à ce qu'il se lève.

– Au lit, chuchota-t-elle, et que ça saute.

Dès qu'ils furent entrés dans la chambre, Jan lui enleva son pantalon. Il grimpait du bout de sa langue le long de sa cuisse, de plus en plus haut, jusqu'à atteindre son but, jusqu'à ce que les yeux de Julita se révulsent. Il la léchait et la caressait, sans aucune taquinerie à présent, sans aucun petit jeu, mais méthodiquement, vite et fort, vite et fort, vite et fort. Soudain, elle se sentit exploser; sa gorge était irritée à force de crier. Alors, quelque chose d'étrange se passa avec le temps: celui-ci se mit à se morceler, soit à accélérer, soit à ralentir, comme un CD rayé qui bondirait entre les notes d'une chanson. À un moment, elle luttait avec sa ceinture, l'instant d'après elle le sentait déjà en elle et l'entourait de ses jambes; quand elle ferma les yeux, elle vit son visage et, quand elle les ouvrit, il était déjà derrière elle, il empoignait ses fesses et sa respiration brûlait son dos en sueur.

Enfin, le temps s'arrêta. Julita retomba sur l'oreiller, écarta les cheveux qui lui collait au front et eut un frisson. Ils restaient allongés. Ils haletaient. Le silence était étrange. On aurait cru qu'ils avaient émis tant de gémissements, tant de ooh et de aah que ceux-ci allaient rebondir sur les murs de la chambre dans tous les sens pendant des heures, disparaissant progressivement, lentement, telle la neige en train de fondre, telle une mer qui s'éloigne à marée basse. Ce qui était encore plus étrange, c'est qu'ils ne se touchaient plus. Alors que, un instant plus tôt, ils s'agrippaient avec tant d'avidité que leurs ongles se plantaient dans la peau, que leurs dents laissaient des traces, l'une après l'autre, comme si quelqu'un y avait dessiné une ligne "à découper selon le pointillé". Mais, à présent, le centre du matelas était devenu un no man's land, une zone tampon, sans que l'on sache pourquoi; le déplacement des frontières avait été spontané, il n'avait pas été précédé de négociations ni d'échanges de messages glacials. Malgré cela, Julita avait envie de se blottir contre lui, mais elle sentait que ça serait malvenu, forcé. Peut-être que si je l'avais fait aussitôt, songea-t-elle, peut-être que si j'avais posé ma tête sur son torse tout de suite après, ça aurait été naturel. Mais plus maintenant. Elle eut le cran de le prendre par la main. Il la lui serra. Mais il ne l'attira pas à lui.

– Tout va bien ? lui demanda Jan. Ça a été ?

– Ne me pousse pas à te faire des compliments.

– Non, ce que je veux dire, c'est que… est-ce que…

– C'était très bien. Très, très.

– Ah ? Alors c'est cool.

– Ouais.

Jan se gratta le ventre et planta son regard dans le plafond. Le silence n'avait pas l'air de lui poser problème. Il se sentait bien, seul dans son coin, plongé dans ses pensées. Julita se demanda à quoi ressemblerait la suite de cette soirée si ça ne dépendait que de lui. Ils se tairaient encore une petite heure, puis il se lèverait, s'habillerait, jetterait le préservatif usagé à la poubelle, mangerait le reste de la mozzarella de la salade, grognerait quelque chose en guise d'au revoir et rentrerait chez lui ? Pour elle, ce n'était pas assez. Elle sentait qu'ils devaient en parler, elle voulait savoir où ils en étaient. Elle bascula sur le flanc et posa la tête sur son coude.

– Jan ? fit-elle.

– Ouais ?

– On pourrait parler de ce que… Tu sais, de ce qui s'est passé.

– Bah, nous avons couché ensemble, à ce qu'il semblerait.

– Oui, sans nul doute. C'est plutôt…

Elle hésita.

– Eh bien, je veux dire, et la suite ?

– Quelles sont les options ?

Bonne question. En invitant Jan chez elle, Julita n'avait pas d'attentes particulières. Elle ne se faisait aucune illusion sur le fait que ça pourrait être le début d'une grande histoire d'amour : elle ne fredonnait pas du Mendelssohn, elle ne s'imaginait pas en train de vieillir à ses côtés. Tout simplement, la tension entre eux la fatiguait, alors elle voulait la décharger et voir ce qui se passerait. Deux conclusions de cette expérience s'imposaient : a) le cul c'était super, b) tout le reste pas vraiment. Et autant, avant cette soirée, elle envisageait la possibilité qu'il en sorte quelque chose de plus, allez savoir – parce qu'il s'avérerait que Jan deviendrait différent si leur relation dépassait le cadre actuel, parce qu'il s'ouvrirait à elle et lui montrerait une facette plus sensible –, autant, à présent, cela lui paraissait absurde. À l'évidence, Jan n'avait pas de facette plus sensible, et s'il en avait une, alors elle était cachée si profondément, masquée sous une armure si épaisse qu'il avait enfilée un jour et qu'il n'arrivait plus à enlever, que Julita n'avait pas la moindre envie de la chercher.

– Honnêtement ? Je... Je ne vois pas de potentiel pour... Enfin, tu sais... Pour quelque chose de plus.

Elle parlait délicatement, avec douceur, elle avait peur de le vexer. À tort, manifestement. Jan pouffa de rire, amusé.

– J'aurais pu te le dire dès le départ, annonça-t-il.

– Ah oui ?

Ça l'irrita un peu qu'il le dise ainsi, sans hésiter, avec son petit sourire en coin.

– Et pourquoi ça ? demanda-t-elle. Parce que tu sais que tu es émotionnellement immature ?

– Non. Parce que je sais que je fréquenterais une folle.

– Ben voyons, bravo, tu sais faire des compliments à une femme.

– Je le dis comme je le pense, répliqua-t-il en haussant les épaules.

– Mais oui, c'est vrai. Du vin c'est du vin, pas vrai ?

– La nénette à la caisse m'a dit qu'il était bon, marmonna-t-il.

– Dans ce cas, faut que tu le goûtes. En guise de punition.

– Je l'ai goûté.

– Ah oui ? Et quand ça ?

– Euh, tu vois… dit-il, confus. Indirectement.

Elle se rappela le moment où elle s'était assise sur ses genoux, la manière dont elle l'avait embrassé, dont il avait sucé ses lèvres rougies par le vin. Elle sentit une crispation dans le bas-ventre. Une crispation agréable. Jan se leva, enfila son pantalon en lui tournant le dos.

– Alors quoi… fit-elle en se raclant la gorge. On revient… On revient au point de départ ?

– Ouais.

– Je crains qu'on soit mal à l'aise.

– On était déjà mal à l'aise avant.

– Ha ! fit-elle en souriant. Au fond, c'est vrai.

Jan enfila sa chemise et la boutonna… exception faite des boutons qu'elle lui avait arrachés. Julita s'assit, posa son menton sur ses genoux. Elle n'avait pas envie qu'il parte – du moins pas tout de suite.

– À propos… je n'ai pas de loisirs, fit-elle.

– Quoi ?

– Tu m'as posé la question. Tout à l'heure, à table. Quel serait mon loisir favori. Donc, je n'en ai pas, en fait.

– Ah oui.

Jan devint songeur et se gratta le crâne.

– Moi non plus, je crois, admit-il.

– Alors, ce n'était peut-être pas une contrainte très réaliste, non ? De ne pas parler du boulot, je veux dire…

– C'était ton idée.

– Oui, oui, je sais, c'est ma faute. Tu peux me passer mes fringues ?

Il hocha la tête, ramassa le pantalon et les sous-vêtements laissés par terre. Le pull était resté dans la salle à manger, alors, à la place, elle enfila une courte polaire à chatons dans laquelle elle dormait quand elle avait froid.

Puis elle attacha ses cheveux collés par la sueur à l'aide d'un élastique.

– Bon, on va enfin dîner ? demanda-t-elle. Tu sais, cette fois… sans contrainte. Parce que je ne sais pas toi, mais moi j'ai une faim de loup.

– Je veux bien dîner.

– Merci, ô mon bienfaiteur.

Julita réchauffa les spaghettis, les mélangea à la sauce. Ils mangèrent un moment en silence. Jan mâcha, fit passer avec du vin, grimaça, puis demanda :

– Et donc, ça va comment, ton enquête ? Tu tiens une piste ?

Julita écarta son assiette et soupira lourdement.

Florian toucha le mur de la piscine et remonta à la surface. Il enleva ses lunettes et regarda l'horloge. 21 h 42. Il est temps d'y aller, songea-t-il, ça va bientôt fermer. Il remonta l'échelle, retrouva ses tongs parmi les autres sandales fourrées sous un banc et fila aux douches. Des six cabines disponibles, il choisit la deuxième à partir de la gauche, la meilleure d'après lui. Les autres avaient certains défauts : le pommeau de l'une avait du jeu, ce qui le faisait tomber sans cesse comme s'il avait la déprime, dans une autre, en revanche, l'évacuation d'eau était bouchée, alors à la fin de la douche on pataugeait dans l'eau jusqu'aux chevilles. Florian avait découvert tous ces secrets en venant ici régulièrement, trois fois par semaine : le lundi, le mercredi et le vendredi.

Ce n'était pas qu'il aimait beaucoup nager, ça l'ennuyait plutôt, on ne pouvait même pas écouter de la musique durant l'effort, et puis, il avait beau tirer sur son bonnet de bain en l'enfilant, l'eau pénétrait toujours dans ses oreilles et il n'arrivait jamais à s'en débarrasser. Même la méthode suggérée par un maître nageur n'aidait pas : sauter sur une jambe la tête penchée sur le côté. Florian avait deux hypothèses à ce sujet. Soit il possédait des conduits auditifs particulièrement étroits et tortueux, soit le maître nageur s'était moqué de lui.

Cependant, que pouvait-il faire ? Ordre du médecin : la natation était, paraissait-il, un facteur clé dans le renforcement de sa colonne vertébrale. Deux ans plus tôt, Florian s'était levé de son bureau, plié en deux, et il était resté comme ça. Dès qu'il tentait de se mettre droit, il sentait une douleur si vive que les larmes lui coulaient sur les joues. Il avait cru être sérieusement malade, que c'était un cancer, au minimum, ou une affection génétique au nom exotique, aussi rare que dangereuse, qui serait venue se déclarer à l'improviste ; en un mot, il était prêt à rédiger son testament et à faire ses adieux à la famille. Pourtant, le diagnostic qu'on lui avait annoncé était banal : discopathie, trouble typique d'un mode de vie sédentaire. Ordonnance ? Piscine et gymnastique. Lui, Florian Schulte, pirate informatique poursuivi jadis par un mandat d'arrêt national, avec une maladie d'employé de bureau et une bedaine.

C'était il y avait fort longtemps, il est vrai, ce mandat d'arrêt, et dans un autre Berlin. À l'époque, il avait de longs cheveux bouclés, des épingles à nourrice sur son sac à dos et un blouson en cuir avec le symbole de l'anarchie peint en blanc dans le dos. Il vivait dans un squat à Kreuzberg, croyait à l'amour libre et aux données libres, il se voyait en combattant de l'égalité et de la fraternité numériques. Pour le dire brièvement, il était naïf et arrogant. Pour le dire encore plus brièvement, il était jeune. Quant aux ordinateurs ? D'aussi loin qu'il se souvienne, il avait toujours été fasciné par eux. Cela avait commencé par des jeux vidéo, par la découverte qu'il suffisait de quelques commandes simples pour que le chargeur ne manque jamais de munitions, pour pouvoir voler dans les airs ou traverser les murs. Pour se sentir un dieu. Et puis, il s'était avéré qu'on pouvait appliquer les mêmes méthodes en dehors des mondes virtuels, qu'on pouvait trafiquer d'autres programmes, ou mieux, les tréfonds des ordinateurs. Il suffisait de quelques octets de code pour que l'écran devienne soudainement noir, ou pour que fleurissent dessus des dessins composés de symboles ASCII. Un champ de choux, par exemple (@@@@@@@@@@), ou d'araignées (....//\(oo)/\\....//\(oo)/\\....//\(oo)/\\....). Les débuts avaient été innocents, des bêtises dans le réseau de l'école, à jouer au chat et à la souris avec le prof d'informatique. Et puis, un jour, on avait installé Internet à la bibliothèque municipale sur Perleberger Strasse et Florian avait pris le large. Jusqu'à aujourd'hui, il se souvenait de ce sentiment, de cette euphorie : il avait accès au monde entier ! Lui ! Ces jours-ci, bien entendu, cela n'impressionnait plus personne, le Net était devenu commun, quotidien, ennuyeux, comme un grille-pain ou un fer à repasser. Mais à l'époque il passait tout son temps libre devant un écran, il visitait des centaines de pages chaque jour. Et comme il l'avait découvert rapidement, la plupart d'entre elles n'étaient pas bien protégées. Dont des pages gouvernementales.

Florian quitta la douche et essuya le miroir embrumé. Il avait toujours l'empreinte de ses lunettes de natation autour des yeux. On aurait dit qu'il avait enfilé le masque du méchant d'un dessin animé. Il sourit à son reflet, à son passé, et s'essuya les cheveux. Il avait eu de la chance. Les lois de l'époque n'arrivaient pas à suivre le rythme de la technologie, alors les crimes qu'il commettait n'avaient pas encore de nom. Cela n'avait pas empêché le juge, un vieillard aux cheveux blancs comme neige, de le condamner à trois ans avec sursis et trois cents heures de travaux d'intérêt général. Qu'est-ce que tu as fait, mon fils ? s'apitoyait sa mère après le verdict en essuyant les larmes et le mascara étalés sur ses joues. Qui te donnera du travail maintenant ? Humm... Elle n'aurait pas dû s'inquiéter. Florian était facilement passé de l'autre côté de la barrière en devenant analyste de programmes malveillants, obtenant un salaire à six chiffres et un appartement de cinq pièces dans le centre de Berlin.

Il ouvrit son casier et s'habilla : jean, sweat à capuche, tennis colorées qui avaient coûté plus cher que ce qu'il était prêt à avouer à sa femme. Il s'empara de son téléphone non pas pour faire quelque chose, non pas pour appeler quelqu'un, mais parce que l'appareil était là, parce qu'il fallait vérifier ce qu'il avait raté durant ces quarante-trois minutes passées dans l'eau.

Une fois n'est pas coutume, il avait raté pas mal. Huit appels en absence : un de son père – il avait probablement encore un problème d'imprimante – et sept de son chef, Bastien, le directeur de Schloss Security, l'un des plus importants concepteurs d'antivirus au monde. Intrigué, Florian haussa un sourcil. Il avait dû se passer quelque chose.

Bastien décrocha à la seconde sonnerie.

– Allô ? Florian ? Tu peux parler ?

– Ouais. Y a le feu, ou quoi ?

– Non, mais... – Bastien s'interrompit. – Tu es avec quelqu'un, là ? lui demanda-t-il.

Florian balaya le vestiaire du regard. Il n'y avait personne.

– Non. Tu peux parler.

– L'un de nos clients nous a envoyé un malware qu'il a trouvé sur son serveur. Notre programme ne l'avait pas détecté.

– Ah ? Ça arrive.

– Ni Norton. Ni Kaspersky. Ni Avast.

– Je vois... Et qu'est-ce qu'il fait, ce mystérieux programme ?

– Rien.

– Rien ?

– Oui.

– Alors, comment ils l'ont détecté ?

Florian s'assit sur un banc et rangea ses tongs mouillées dans un sac en toile.

– Leur administrateur a remarqué une activité accrue sur leur réseau local durant la nuit et a décidé de vérifier ce qui se passait.

– Mmh. D'accord. J'imagine que vous avez déjà leurs hashs ?

– Bien sûr. Aucun résultat sur VirusTotal. Nous sommes les premiers.

– D'accord. Est-ce que quelqu'un a déjà fait une analyse statistique ?

L'espace d'un instant, le silence régna dans l'écouteur. Quelqu'un arriva dans les douches, enclencha le jet, de la vapeur s'éleva derrière le rideau.

– On a essayé.

– Comment ça, vous avez essayé ?

– Florian, bordel, ce truc…

Bastien s'interrompit. Dans sa voix, on distinguait une excitation teintée d'inquiétude.

– Ce truc est empaqueté à mort. On ne peut rien en tirer. Rien.

– Vous l'avez démarré ?

– Non. Je me suis dit qu'on t'attendrait.

– Tant mieux, dit Florian en ouvrant du coude la porte du couloir. J'arrive.

Jan et Julita étaient assis sur le rebord d'une fenêtre ouverte, mais vêtus de leurs blousons. Des tramways passaient dans la rue Anders, en grinçant et en ronronnant. Des freux hirsutes s'étaient posés sur des branches d'arbres nues. Julita tira sur sa cigarette ; la fumée se mélangeait aux effluves des pots d'échappement. Il y avait déjà quelques mégots dans la tasse ébréchée qui servait de cendrier ; des bouteilles de bière étaient posées à côté. Ils n'avaient pas terminé le vin. Julita l'avait vidé dans l'évier.

– Et donc quoi ? demanda Jan. Rien ?

– Rien.

– Tu as vérifié dans les fichiers d'Equifax que je t'avais envoyés ?

– Oui.

– Et ceux de Marriott ? En 2018, les données de cinq cents millions de leurs clients avaient fuité, donc...

– Je sais, dit Julita en exhalant la fumée par le nez. J'ai vérifié. Chou blanc.

– First American ? Là, il y en avait presque neuf cents millions, alors...

– Pareil, dit-elle en lui coupant la parole.

La frustration sourdait de sa voix.

– Là aussi, rien, reprit-elle. J'ai tenté différentes orthographes de son nom, au cas où. Semenov. Syemenov. Semenoff. Que dalle. Il n'est pas là. Il a disparu de la surface de la terre.

– Et les comptes de sa famille, de ses anciens collaborateurs ?

– Pour qui tu me prends ? pesta-t-elle. Bien sûr que j'ai regardé. J'ai creusé partout, y compris le profil du petit ami de la fille de sa cousine sur Odnoklassniki. Il ne figurait sur aucune photo, ils ne l'ont évoqué dans aucun message. En revanche, ils ont une jolie datcha, putain.

– Mais tu ne leur as pas écrit ?

– Encore une fois, pour qui tu me prends ?

– Pfff... en voilà une experte, marmonna-t-il dans sa barbe avant de prendre une gorgée de bière. Il y a deux ans, tu faisais encore des quiz sur Britney Spears.

– Beaucoup de choses ont changé en deux ans, mon cher Jan.

Il ne répondit pas. Julita ajusta sa capuche qui tombait sur son front et sortit une nouvelle cigarette ; celle-ci faillit tomber de ses doigts transis. Deux ans plus tôt, elle travaillait encore pour le site Meganews qui polluait le Net polonais avec des pseudo-articles du type CE MASSACRE !

ELLE A VOULU LE TUER PARCE QU'IL AVAIT MAUVAISE HALEINE (mais elle ne l'a pas tué) ou alors L'INCROYABLE ASTUCE DES STARS POUR AVOIR DES FESSIERS FERMES (elles font des squats). Julita était douée pour ça, elle savait appâter les internautes, déclencher leurs précieux clics – mais elle rêvait toujours de quelque chose de plus, d'un Sujet Sérieux qui se transformerait en Véritable Enquête Journalistique grâce à laquelle elle obtiendrait la Considération du Milieu et de Nombreux Prix. Malheureusement, son rêve s'était réalisé : Julita était tombée sur la piste d'une affaire qui avait mis sa vie sens dessus dessous et choqué la Pologne entière. Elle avait découvert la "Cour de récré", un forum caché au fin fond de la toile, consacré à l'échange de pornographie pédophile, un forum qu'utilisaient des politiciens de premier plan, des acteurs, des prêtres. Le forum avait été fermé depuis, mais son créateur et administrateur demeurait insaisissable, dissimulé derrière un pseudo étrange : Xtraterrestria1. Julita était parvenue à découvrir sa véritable identité : Pyotr Nikolaïevitch Semenov, un Russe de Tomsk, en Sibérie. Il s'était avéré que son influence était plus large, que cet homme avait participé à une vaste campagne destinée à faire entrer le parti Pologne Demain, dirigé par un certain Artur Warecki, au Parlement polonais. Pourquoi ? Dans quel but ? Sur ordre de qui ? Comment étaient liées ces deux affaires, le forum pédophile et les magouilles politiciennes ? Cela, Julita ne le savait pas – et rien ne portait à croire que ça allait prochainement changer. Quand elle avait fini par arracher le masque de X1, elle avait cru que tout coulerait de source, qu'en utilisant les astuces et autres méthodes sournoises qu'elle avait apprises, elle était sur le point de le retrouver et de le percer à jour. Mais ce n'est pas ce qui s'était passé. La dernière chose qu'elle avait réussi à établir, c'est qu'en 2015, Pyotr Semenov était monté à bord d'un avion pour Los Angeles et qu'il s'était évanoui dans la nature – pour de bon. Peut-être que si elle avait été sur place, aux États-Unis, elle aurait pu dénicher d'autres éléments, mais en travaillant depuis l'autre côté de l'Atlantique, elle en était réduite à utiliser le web.

– Et qu'est-ce que tu comptes faire maintenant ? demanda Jan.

Il ne la regardait pas, il était occupé à arracher l'étiquette de sa bouteille de bière.

– J'espérais que tu me le dirais, qu'il y aurait un truc à faire auquel je n'ai pas encore pensé...

– Humm... Tu as vérifié les forums des cartes bancaires volées ? Là-bas, peut-être...

– J'ai vérifié.

– Alors, je ne sais pas.

– Sérieux ? demanda-t-elle en soupirant. Pas étonnant que vous ayez autant d'affaires non élucidées chez vous, dans la police.

– Ce n'est plus mon problème, répliqua Jan.

À présent, il travaillait pour une société de conseil en tant qu'expert en cybersécurité.

Julita referma le paquet de cigarettes. La photographie d'un homme dans un cercueil figurait sur l'emballage. ARRÊTE DE FUMER, DES GENS TIENNENT À TOI, annonçait l'étiquette. Oui, songea-t-elle en plissant ses yeux éblouis par les phares des voitures dans la rue, c'est vrai.

– Dans ce cas, il me reste Królak, dit-elle.

– Le type contre lequel tu as débattu à la télé ? Celui qui dirigeait la campagne de Pologne Demain ?

– Oui. Il s'est montré en public. Sa société avait pignon sur rue. Il doit avoir laissé des traces. Tu sais... en tirant sur le fil, on remonte jusqu'à la pelote.

Jan hocha la tête – avec approbation, à ce qu'il semblait –, termina sa bière et reposa la bouteille vide sur le rebord de la fenêtre. L'étiquette déchiquetée pointait dans tous les sens.

– Bien, dit-il en s'essuyant la bouche. J'y vais.

– Quoi ? fit-elle, étonnée. Juste comme ça ?
– Tu as prévu d'autres réjouissances ?
– Non, mais…
– Bah voilà. Et moi, demain, je me lève pour aller au boulot.
– Tu pourrais au moins me dire un truc. Tu sais, ce que tu en penses.
Jan passa dans le vestibule et ouvrit la porte.
– J'en pense, dit-il depuis le seuil, que tu vas y arriver.

Pyotr Semenov glissa la carte dans le lecteur, apposant son pouce sur le panneau vitré. La lumière verte s'alluma et la porte en plexi s'ouvrit sans bruit. Il sentit sur sa peau l'air sec et chaud dans lequel flottait une odeur de matériel électronique perpétuellement allumé. Ses tympans furent remplis par le bruissement de milliers de ventilateurs. La pièce était immense, dépourvue de fenêtres, aseptisée. De longues rangées d'armoires fermées par des portes métalliques grillagées dissimulaient les lumières jaunes des diodes, tels des yeux d'animaux emprisonnés dans des cages. Plus haut, dans des gouttières en aluminium suspendues au plafond, serpentaient d'épaisses tresses de câbles. Pyotr ne se souvenait même plus combien de serveurs ils hébergeaient là. Cinq mille ? Six peut-être.
Il prit une inspiration profonde jusqu'à ce que l'air sec et chaud remplisse ses poumons. Il était fier – et il avait de bonnes raisons de l'être. Il avait fait un long chemin, un parcours rempli de hauts et de bas. En fin de compte, il était arrivé ici. Il avait atteint ce bâtiment gris et anguleux situé en banlieue de San Jose, sous le soleil de Californie, entre un viaduc et une station-service, un bâtiment qui, vu de dehors, ressemblait à un entrepôt ordinaire mais qui, dans les faits, contenait d'immenses réserves de la plus précieuse des matières premières du XXIe siècle : les données.

Pyotr sourit. Il se mit à repenser à Tomsk dans les années 1980, car la nostalgie s'empare de tous, par moments. Même des criminels.

2

10 décembre 1987, Tomsk

Pyotr Semenov sortit une équerre en bois de la poche intérieure de sa veste et gratta le givre de la fenêtre. On n'y voyait goutte, une neige aux flocons aussi gros que du duvet d'oie tombait du ciel. Il colla son nez à la vitre et plissa les yeux. Enfin, il la vit, imprécise derrière la brume de la respiration congelée sur le verre. Nadia Gavrochtchina – dans son long manteau, enveloppée soigneusement dans un châle – avançait en direction du bâtiment.

Pyotr soupira de soulagement et s'écarta de la fenêtre. Il martela le sol pour se réchauffer et souffla sur ses doigts engourdis. Les radiateurs étaient froids, il n'y avait pas non plus d'eau dans les toilettes ; un tuyau avait dû éclater. Heureusement, le courant était toujours là. Du moins, pour l'instant. Provenant de l'autre bout du couloir, au loin, il entendit des pas amplifiés par de multiples échos. L'immeuble était immense, presque intimidant, comme conçu pour une autre race d'êtres humains, une race qui devait encore advenir dans un futur indéfini. En fin de compte, la porte massive grinça et la neige s'engouffra à l'intérieur. Nadia fit tomber les plaques de ses chaussures et le duvet blanc de ses épaules.

– Bonsoir, Nadia Ivanovna, dit Semenov avant de s'incliner légèrement.

– Bonsoir ? Quel bonsoir ? gémit-elle.

Dans la pénombre, les rides qui marquaient son visage semblaient encore plus profondes.

– Qu'est-ce que vous me voulez ? demanda-t-elle.

– Les clés de mon amphi, si possible.

– Mais vous ne faites cours qu'à 6 heures. Il reste trente minutes.

– Oui, mais je voulais préparer la salle, vérifier si le rétroprojecteur fonctionne…

Il s'interrompit, embarrassé par le regard perçant et inamical de cette femme. Elle avait de petits yeux profondément plantés. C'était comme si ceux-ci s'étaient enfoncés à l'intérieur de son crâne sous le poids de ce qu'elle avait vu au fil des années.

– Vous êtes si pressé que ça ?

– C'est… dit-il en déglutissant, c'est une intervention très importante, alors…

– Suivez-moi.

Elle partit sans attendre sa réponse ; le parquet qui se décollait grinçait sous ses lourdes bottes. Le couloir semblait n'avoir pas de fin, décoré de pilastres en stuc, d'appliques éteintes et de bas-reliefs représentant des personnages idéaux qui regardaient l'avenir avec confiance. Ils montèrent au premier étage par un large escalier recouvert de moquette ; l'air empestait la moisissure et la poussière. Des affiches de projets étudiants étaient suspendues aux murs, les coins recourbés par l'humidité. Enfin, ils arrivèrent à destination. Nadia Gavrochtchina s'arrêta, sortit un imposant trousseau de clés d'une poche. Son visage disparaissait dans l'épais nuage de vapeur exhalée. Au bout d'un moment, elle trouva la clé adéquate et ouvrit la porte.

– Il y a un radiateur électrique sous la fenêtre, lui dit-elle. Mais ne le mettez pas à plus de trois, sinon les plombs vont sauter.

– Est-ce qu'on sait quand le chauffage va être remis ?

Elle lui lança un regard mauvais, le soupçonnant manifestement de vouloir la manipuler avec cette question ou de la provoquer pour qu'elle fournisse une réponse qui pourrait ensuite être utilisée contre elle.

– Quand ça sera terminé, vous déposerez la clé en bas, déclara-t-elle en ignorant la demande.

– Bien entendu. Merci.

Gavrochtchina hocha la tête et se dirigea vers l'escalier ; les clés tintaient dans sa poche. Pyotr entra dans l'amphithéâtre, alluma le radiateur et tira les lourds rideaux sur les fenêtres pour que la chaleur ne s'échappe pas. Ensuite, il ouvrit une mallette en carton et en sortit un bac en plastique contenant des diapositives et des notes écrites au crayon sur du papier aussi fin qu'une pelure d'oignon. Par chance, le projecteur fonctionnait, il n'eut plus qu'à régler la mise au point. Il ne restait qu'à attendre. Il s'assit donc dans un coin de la salle, regarda les fils du radiateur devenir incandescents et écouta le tic-tac insistant de l'horloge en malaxant nerveusement ses gants. Il se sentait transpirer malgré le froid – tant de choses dépendaient de son discours.

Le doctorant Ivanov arriva en premier, suivi par le docteur Pavlushina, le professeur Garbayev, le professeur Kalushina et encore quelques étudiants, tous vêtus d'épais manteaux en peau de mouton, bonnets de laine, les joues rougies par le froid. Il les saluait, s'inclinant servilement et serrant des mains transies. Le doyen Krancev arriva en dernier, voûté et en traînant un pied. Il paraissait beaucoup plus vieux que ses cinquante-sept ans. Tout le monde savait pourquoi, mais personne n'en parlait. Glasnost ou pas, il fallait raison garder. Quand l'horloge indiqua 6 heures, Krancev hocha la tête en donnant un ordre silencieux : veuillez commencer.

– Le fait que le modèle d'économie socialiste, basé sur une planification centralisée, soit un modèle bien plus juste que le système capitaliste ne souffre aucune contestation...

Semenov commença par une formule défraîchie que tous ses auditeurs connaissaient par cœur. Mais, l'instant d'après, il ajouta :

– ... il est cependant aisé de remarquer qu'il se heurte à certaines difficultés.

Le public réuni dans l'auditorium échangea des regards nerveux. On pouvait dire ça ces temps-ci, paraît-il, mais ces paroles continuaient malgré tout à choquer, elles paraissaient inadéquates, aussi inadaptées à ce lieu qu'un éclat de rire dans un cimetière.

– Beaucoup de ces problèmes résultent de l'inefficacité de la transmission d'informations. Le temps que des données de la périphérie du territoire atteignent le centre, elles deviennent caduques. Le temps que les décisions de la centrale soient envoyées à la périphérie, la dissonance entre la situation réelle et l'état de connaissances des décideurs devient encore plus flagrante.

Quelqu'un du fond de la salle fut pris d'une quinte de toux grasse et malsaine, comme si des morceaux de ses poumons se détachaient, des morceaux qu'il aurait crachés ensuite dans un mouchoir en tissu.

– Dans les processus industriels complexes qui nécessitent la coordination d'une chaîne d'individus, nous observons un effet domino, même une petite erreur dans les hypothèses initiales peut conduire à des conséquences graves à long terme.

Les auditeurs hochèrent la tête. Ils savaient de quoi il parlait : d'étagères vides dans les commerces, de radiateurs froids, d'argent dévalué.

– Je postule, poursuivit-il, que l'unique solution à ce problème est de supprimer la différence temporelle, c'est-à-dire d'effectuer une transmission de données instantanée entre le centre et la périphérie.

Pyotr changea de diapositive. La carte de l'URSS s'afficha sur le mur. Des centaines de points dont partaient des traits fins la recouvraient. Tous filaient en direction de Moscou. Il avait dessiné cette carte la veille durant la nuit, sur une feuille de plastique transparente, déplaçant soigneusement le feutre grinçant le long de sa règle.

– Avec une image parfaite de l'état actuel, les décideurs pourraient corriger en temps réel les processus économiques. Par exemple, si dans les magasins de Seversk, les chaussures sont sur le point de manquer, on peut aussitôt augmenter leur production à Novossibirsk. Ainsi, un groupe d'une quinzaine de personnes à peine pourrait diriger le pays entier. Dans une perspective plus lointaine, on pourrait même imaginer une automatisation partielle de ce processus à l'aide de programmes informatiques dédiés, comme l'intelligence artificielle que je suis en train de développer, le ZNATOK.

Les auditeurs l'écoutaient, graves, intéressés, ils prenaient des notes. Seul le doyen Krancev souriait avec indulgence comme un père qui écouterait son fils préparer un voyage dans l'espace : on fabriquerait la fusée avec une vieille bassine, le casque avec une passoire et le pyjama serait parfait comme combinaison spatiale...

– Le "socialiste électronique" avait déjà été imaginé par le tovarich Glushkov dans les années 1960...

Semenov remplaça rapidement la diapo pour se protéger de la critique muette perceptible dans l'air.

– ... et le fait qu'on puisse effectivement implémenter un tel système avait été prouvé par le gouvernement de Salvador Allende. Avant d'être renversé par des putschistes financés par les Américains, Allende avait lancé un projet appelé CYBERSYN. Dans des usines cruciales pour l'économie, on avait installé des télex qui envoyaient des données brutes via des câbles téléphoniques au centre de commandement à Santiago. Là, ces données étaient chargées dans un programme d'analyse statistique qui modélisait l'état de l'économie du pays. En d'autres termes, il était possible d'observer en temps réel ce qui se passait dans chaque usine et de réagir immédiatement en cas d'inquiétantes...

Clac. La lumière s'éteignit. La diapositive disparut. Dans l'obscurité, on distinguait encore la grille du radiateur en train de s'éteindre. L'un des auditeurs, frigorifié par sa promenade dans de la neige jusqu'aux genoux, avide de chaleur, avait probablement dû le mettre sur quatre et faire disjoncter les plombs. L'espace d'un instant, tout fut silencieux – jusqu'à ce qu'un rire retentisse. C'était un rire amer, moqueur. Il brûla Pyotr telle une gifle rageuse. Quelqu'un écarta les rideaux pour laisser entrer la lumière des rares lampadaires fonctionnels. Le doyen Krancev se leva et sortit sans dire au revoir, en traînant la jambe.

Julita marchait dans le jardin saxon de Varsovie qui se voulait très élégant, sans véritablement y arriver : la rotonde néo-classique avait encore été taguée de noms de clubs de foot et de dessins de bite, des bancs avaient encore été renversés, tandis que les promenades asphaltées ressemblaient toujours à une route communale après un hiver particulièrement rigoureux. Le long de l'allée principale, on avait disposé en rang des statues allégoriques : Médecine, Astronomie, Poésie, Intelligence... Toutes avaient des regards inspirés et les seins à l'air.

Daniel Królak. L'homme venu de nulle part. Le maître des manipulations en ligne qui avait fait passer le seuil électoral au parti Pologne Demain en se servant de données extorquées. Elle l'avait vu pour la dernière fois dans le hall d'entrée d'une chaîne de télévision. L'instant d'avant, ils étaient encore dans le studio d'enregistrement, Julita comptait le démasquer durant l'émission, pointer ses coups tordus, dévoiler ses liens douteux avec la Russie, l'interroger sur la mort d'Alexander McCabe et sur la sécurité du vote en ligne que promouvait constamment Pologne Demain. Un vote en ligne qui, soit dit en passant, devait être intégré à la loi électorale incessamment sous peu. Cependant, leur conversation avait été interrompue car, au même moment, quelqu'un avait publié en ligne une fausse vidéo d'une fusillade dans un centre de vacances. Le sourire impertinent que Królak lui avait envoyé ne laissait aucun doute : il était de mèche avec les auteurs du fake.

Julita dépassa la galerie Zachęta, le musée ethnographique, le magnifique immeuble du NOT, la Maison de la technique. Ça bouchonnait sur la rue Swiętokrzyska. Des trottinettes électriques filaient sur les trottoirs en slalomant entre les passants. La musique résonnait dans les bistrots – ici des mariachis mexicains, là des standards italiens, de la pop israélienne au coin – et, devant chacun d'entre eux, des coursiers basanés avec des casques de moto portaient des sacs thermiques cubiques sur le dos. Une telle immigration convenait aux Polonais. Avec un visa culinaire.

Julita n'était pas sûre de ce qui liait X1 à Królak. Travaillaient-ils ensemble, dans la même équipe ? Ou alors séparément, mais pour le même commanditaire ? Quel était leur but ? Elle tenait vraiment à découvrir les réponses à ces questions. C'est pourquoi elle se dirigeait vers l'immeuble de la rue Nowy Świat où Net Solutions, l'entreprise de Królak, était domiciliée encore récemment. La boîte avait déménagé peu avant les élections, au moment même où disparaissaient leur page web et leurs faux comptes LinkedIn. Julita les avait archivés : M. Miliński directeur, M. Tomczyński consultant, Mme Boguska spécialiste SEO. Sur leurs photos de profil, on voyait des visages souriants, des regards fiers. Ce n'est qu'en les observant de plus près qu'on comprenait qu'il s'agissait d'images de bases de photographies commerciales filtrées et inversées en miroir pour rendre leur reconnaissance plus difficile.

Julita arriva à destination et sonna. Le gérant de l'immeuble la laissa entrer. Il s'appelait Sławomir Lipiński, avait une moustache grisonnante et des cheveux clairsemés. Il était vêtu de manière élégante, avec goût, tout semblait bien assorti, mais il était malgré tout négligé : ses chaussures, des brogues en daim, étaient aplaties comme s'il forçait pour les enfiler en écrasant le talon, sa chemise en lin avec des boutons en corne pendait sur sa ceinture tandis que la braguette de son pantalon en velours côtelé était fermée aux trois quarts comme si son propriétaire n'avait plus le courage de la remonter jusqu'en haut. Julita se fit la réflexion qu'il était probablement habillé par son épouse. Le soir au dîner, elle lui disait : Sławomir, nous devons t'acheter une nouvelle veste parce que l'ancienne ne se ferme plus sur le ventre et la doublure est déchirée, c'est une honte de se balader en ville ainsi, et lui de répondre, indulgent, en grand expert des règles du savoir-vivre : on n'a pas besoin de boutonner une veste et personne ne voit la doublure, alors c'est quoi le souci ? Au bout du compte, il cède, se laisse conduire dans une boutique, mais soupire comme si on le torturait, adresse à la vendeuse un regard de connivence – vous voyez ce que je dois subir ? –, puis il râle parce que c'est cher. Pour finir, il s'empare de ses nouveaux habits pliés en quatre et enveloppés dans du papier fin et bruissant, tels des biscuits fragiles ou des fleurs, et les enfonce sans ménagement dans l'armoire.

– Bonjour, dit Julita en lui tendant la main. Merci d'avoir accepté de me rencontrer.

– Aucun problème, chère madame, aucun problème. Café ? Thé ?

– Non, merci, je viens d'en boire un.

– Ah ? Alors suivez-moi là-haut.

Ils montèrent à l'étage, là où se trouvait récemment encore le siège de Net Solutions. À côté de la porte, on voyait encore une tache – ou plutôt son contraire, le négatif d'une tache, un rectangle clair – à l'endroit où figurait auparavant la pancarte avec le nom de la société. L'intérieur sentait la peinture, le sol était couvert de journaux, une échelle en bois dressée au milieu d'une pièce. Un ouvrier vêtu d'une salopette maculée marmonna un vague bonjour et reprit son travail. Il faisait chaud : Julita déboutonna son manteau et dénoua son écharpe.

– Vous seriez d'accord pour que j'enregistre notre conversation ?

– Mais bien sûr, faites.

Elle prit un dictaphone dans sa poche. C'était un appareil ancestral, à bandes magnétiques. Elle l'avait eu des années plus tôt, encore au lycée, par sa grande sœur. Il était lourd, il coinçait, mais elle n'arrivait pas à s'en séparer. Elle avait un lien affectif avec cet objet, c'était une sorte de porte-bonheur. *Clic.* Elle démarra l'enregistrement.

– Vous voyez, il a fallu que je lance des travaux de rénovation, vu le bordel qu'ils ont laissé, commença Sławomir. Jésus Marie Joseph, c'était un dépotoir... Quand ils ont liquidé cette maison de passe dans la rue Krakowskie Przedmieście, parce que là-bas aussi j'ai un immeuble en gestion, vous savez, en face de la rue Mickiewicz...

– Ce n'était pas un bar à strip-tease ?

– Appelez ça comme vous voulez, dit l'homme en balayant l'air de la main. Quoi qu'il en soit, quand ils avaient fini par les foutre à la porte, il avait suffi de passer un coup d'aspirateur, d'enlever ces lumières roses des fenêtres et voilà, c'était prêt, le client suivant pouvait emménager dans la journée. Et ici... j'entre et je n'en crois pas mes yeux...

– Commençons par le début, suggéra Julita. Quand est-ce que le bail Net Solutions a commencé ?

– Février 2018. J'ai vérifié.

– OK. Et vous avez parlé à Królak ? Daniel Królak ?

– Oui, dit-il en hochant la tête. Il ne me revenait pas, ce type, il était un peu visqueux, vous voyez ? Mais bon, il n'a pas râlé sur le contrat comme certains, il a versé la caution à la signature et dans son intégralité. Et puis, je me suis dit que puisque c'étaient des informaticiens, au moins, ça serait calme.

– Et ça l'a été ? demanda Julita.

Elle regarda par la fenêtre. Les ouvriers municipaux en gilets fluos remplaçaient les bruyères et les asters sur le point de se faner par des choux décoratifs violets dans d'immenses pots.

– Oui, oui, ça, je ne peux pas dire le contraire. Il y avait des semaines où personne ne passait dans ce bureau, je crois. Leur boîte aux lettres était remplie de flyers. Et si quelqu'un venait, c'était toujours ce Królak. Il s'enfermait pour la journée et ne sortait qu'au déjeuner.

– Est-ce que quelqu'un venait le voir ?

– Si c'est le cas, alors je ne l'ai pas remarqué, dit Sławomir en haussant les épaules.

Un mouchoir en soie dépassait de la poche de sa veste.

– Mais faut me comprendre, madame, je ne reste pas ici du matin au soir, moi. Je veux dire, je jette un œil tous les jours, sauf quand c'est férié, mais je ne reste pas. Je m'occupe aussi d'autres immeubles, vous comprenez.

– Et des plaintes de locataires ? Il y en a eu ?

– Une fois, une seule. Vers la toute fin justement, comme quoi y avait du boucan. Et j'ai su d'emblée que quelque chose ne tournait pas rond.

– Ah oui ?

Julita se détourna de la fenêtre. Dans la pièce d'à côté, un tintement métallique retentit, immédiatement suivi par des jurons connus de tous les Polonais. Un ouvrier avait probablement trébuché sur un pot de peinture.

– Et pourquoi ça ?

– Parce qu'ils ont cessé de payer. Autant, avant, ils payaient leur loyer avec une régularité d'horloge, autant là, ils avaient arrêté d'un coup. Je les ai laissés tranquilles une semaine parce qu'on sait bien, un loyer sur la rue Nowy Świat, ça coûte son pesant de cacahouètes, tout le monde peut avoir un souci de trésorerie, n'est-ce pas ? Mais quand je lui ai envoyé un mail de rappel, il ne m'a pas répondu, il ne décrochait plus son téléphone non plus, et après un message me disait que le numéro n'était pas attribué. Alors là, je me suis inquiété, j'ai pris mon trousseau de clés et je suis venu vérifier ce qui se passait…

Il interrompit sa phrase et prit une inspiration profonde.

– Et je vous le dis comme c'est, madame, autant d'ordinaire je suis un gars paisible, autant là mon sang n'a fait qu'un tour. Tout le sol était couvert de bouts de papier, vous savez, ces longues bandes de déchiqueteuse. Des ordinateurs, des imprimantes… Au lieu de descendre tout ça à la poubelle, et on dispose ici de conteneurs spéciaux pour les déchets électroniques, ils ont tout cassé en mille morceaux. Les prises électriques, les interrupteurs, les poignées… tout arraché. Mais ça encore, c'était rien. Vous savez le pire ?

Julita tendit l'oreille pour écouter la suite, mais apparemment il ne s'agissait pas d'une question rhétorique, M. Sławomir attendait vraiment qu'elle réponde ou tente peut-être de deviner. Elle n'était pas d'humeur à ça.

– Aucune idée, dit-elle simplement.

– Les cheveux.

– Pardon ?

– Les cheveux, chère madame. Il y avait des cheveux partout, des tas. À une rue d'ici, il y a un coiffeur. Il se trouve qu'ils ont pris les sacs des cheveux qu'ils mettent derrière en fin de journée et ont tout déversé ici. C'était répugnant ! Qui fait un truc pareil, madame ? Sérieusement, qui ?

Quelqu'un qui veut couvrir ses traces, songea Julita. Quelqu'un qui sait que, de cette manière, il rendra impossible les prélèvements d'échantillons d'ADN. Quelqu'un qui sait que c'est sur les interrupteurs et les poignées de porte qu'il est le plus facile de prélever des empreintes digitales, et qu'un ordinateur, même crypté, il vaut mieux le réduire au silence à l'aide d'un marteau et d'une perceuse.

– Aucune idée, répliqua-t-elle une nouvelle fois.

– Moi non plus, je ne sais pas. J'ai essayé de le traquer, ce Królak, j'ai appelé les numéros laissés dans les registres publics, je suis allé à l'adresse qu'il avait donnée. Bien entendu, personne ne l'avait jamais vu là-bas. Et, à la chambre de commerce, on m'a dit que les papiers qu'il m'avait fournis étaient faux.

– C'est possible.

– Mouais, c'est pour ça que, quand vous avez appelé en disant que vous vouliez faire un article sur lui, je me suis dit que je vous aiderais bien volontiers. C'est juste que je ne sais pas vraiment à quel point je vous ai été utile, dit-il avec un sourire navré.

Effectivement, pas beaucoup, se dit Julita. Le récit de M. Sławomir complétait le tableau mais ne lui fournissait aucune nouvelle piste. Elle regarda à nouveau par la fenêtre. Les jardiniers étaient partis, leur véhicule avait disparu. À présent, on voyait le commerce dissimulé auparavant par la camionnette, un restaurant de pierogis. Sur une enseigne en bois, un papi joufflu souriait joyeusement tandis qu'une mamie rougeaude étalait la pâte. Julita entendit son ventre gargouiller. Le matin, elle n'avait pas réussi à avaler une bouchée, elle avait eu des haut-le-cœur à la seule idée de manger.

– Vous disiez… commença-t-elle en ravalant une salive de plus en plus épaisse. Vous disiez que Królak quittait le bureau pour déjeuner, non ?

– Oui, c'est exact.

– Et vous savez peut-être où il se rendait ?

M. Sławomir fronça le front et lissa sa moustache. Puis il ouvrit grand les yeux, tel un personnage de dessin animé au-dessus de la tête duquel une ampoule vient de s'allumer.

– Minute, minute… lança-t-il avant de disparaître dans la pièce voisine. Attendez-moi là.

L'instant d'après, il était de retour, une boule de sacs en plastique jetables à la main. Il en sortit un, le déplia. Le sac était décoré d'un chat portant un sushi à sa bouche avec des baguettes.

– Nous les avons trouvés à la cuisine, enfoncés derrière le frigo, expliqua M. Sławomir.

Julita fixa les grands yeux du chat de BD.

– Je peux les prendre ? demanda-t-elle.

– Eh bien… oui, ils ne me servent à…

– Merci, fit-elle en rangeant la boule dans son sac. Vous m'avez beaucoup aidée.

– Comment ça ? Vous dites ça sérieusement ?

– On ne peut plus sérieusement, répliqua-t-elle avec un sourire qui était loin d'être joyeux.

Helena Niemczyk était couchée seule dans le lit conjugal. À côté, sur sa table de chevet, il y avait un verre d'eau et une boîte à moitié vide de cachets contre le mal de crâne. Janina adorait jouer avec tous ces emballages à coques argentés, lorsqu'ils étaient vides, se rappela Helena. Elle faisait comme si les compartiments des comprimés étaient des boutons d'ascenseur sur lesquels on avait le droit d'appuyer les uns après les autres, ou comme si c'étaient des hublots bombés d'un bathyscaphe qui explorait les fonds marins plongés dans une obscurité permanente. Elle avait tellement de jouets divers, des poupées, des peluches, tous ces trolls rigolos et poilus aux yeux exorbités, ainsi qu'une collection entière de Kinder Surprise, et ce qu'elle préférait, c'étaient ces emballages. Elle n'en manquait jamais, d'ailleurs. Au fil des mois, ils en avaient toujours plus à la maison.

Helena détourna le regard et ferma ses paupières brûlantes, en manque de sommeil. Elle s'était réveillée deux heures plus tôt, peu après 5 heures, et n'avait pas réussi à se rendormir. Elle était restée couchée seule dans ce grand lit, recouverte d'un épais édredon sous lequel elle avait de toute manière froid, et avait écouté les bruits de la maison : le ronronnement du frigo, le bruit de l'eau dans les tuyaux... Parfois, elle avait l'impression d'entendre des pas, mais savait pertinemment que ce n'était qu'une illusion. Il n'y avait personne ici à part elle.

Elle se leva. Elle se lava. Elle s'habilla. Elle descendit à la cuisine. Chaque matinée était identique, elle accomplissait des gestes selon une routine familière et éprouvée – ouvre, referme, dégrafe, découpe, tartine –, mais avec chaque jour qui passait, elle avait de plus en plus de mal à le faire. C'était comme si la terre l'attirait à elle de plus en plus fort, à lui faire ployer les genoux, à faire grincer sa colonne vertébrale, baisser sa tête en proie à une douleur intermittente. Elle avait son remède contre ça – elle était obligée d'en avoir un pour fonctionner. Le composé qu'utilisait Helena Niemczyk – elle, la docteure en géochimie diplômée de l'École des mines et de la métallurgie de Cracovie, la directrice d'exploitation du Conglomérat polonais du cuivre PMK – avait pour formule chimique C_2H_5OH. Bien que ce fût l'une des substances connues les plus nocives pour l'homme, on pouvait se la procurer sans problème dans n'importe quelle supérette, mais généralement pas à l'état pur. Personnellement, Helena Niemczyk préférait la consommer à une concentration de 40 %, sous la forme d'un bon cognac par exemple, ou d'un whisky légèrement dilué.

Helena gagna le salon, contourna les canapés en similicuir sur lesquels personne ne s'asseyait plus, longea le téléviseur recouvert d'une housse défraîchie et le panier de journaux vieux de quelques années. Elle s'immobilisa devant le bar, remplit un verre d'un liquide couleur d'ambre, le vida en quelques gorgées et essuya ses lèvres brûlantes. Voilà, se dit-elle, maintenant je peux y aller.

Son chauffeur l'attendait devant chez elle. Il fumait une cigarette, adossé à la palissade. Dès qu'il l'aperçut, il jeta son mégot par terre et lui ouvrit la portière. Il savait que la directrice Helena Niemczyk n'aimait pas attendre.

– Au bureau ? lui demanda-t-il servilement quand elle eut bouclé sa ceinture.

– Bien sûr, où est-ce que vous voudriez aller sinon ?

– Parfois, vous me dites de m'arrêter d'abord à la supérette...

– Mais pas cette fois-ci, fit-elle en lui coupant la parole. Roulez. Et ouvrez la vitre parce que ça pue la clope.

– Bien sûr, marmonna-t-il en l'observant dans le rétroviseur.

Comment s'appelle-t-il, déjà ? tenta-t-elle de se rappeler. Andrzej ? Jędrzej ? Un truc comme ça. À moins que ce soit son nom de famille, Andrzejewski, allez savoir.

Ils furent sur place en quelques minutes. Les locaux du PMK se trouvaient aux abords de Lubin, dans d'anciens bâtiments allemands discrets, séparés les uns des autres par des rangées d'arbres. Il n'y avait ici rien de ce clinquant typique de tant d'autres sociétés cotées en Bourse, aucun gratte-ciel vitré, nul jardin japonais avec carpes multicolores dans un bassin ni cour décorée de sculptures modernes dont on ne sait ce qu'elles représentent, mais dont on sait qu'elles sont très chères. D'ordinaire, tout était calme et silencieux par ici – l'argent n'aimait pas attirer l'attention. Mais pas ce jour-là. Le long de la clôture, il y avait des camionnettes de chaînes de télévision, tandis que devant la barrière d'entrée des journalistes armés de micros étaient aux aguets et des caméramans avaient disposé leurs trépieds. La Pologne entière vivait au rythme des nouvelles de la catastrophe de la Montagne de fer. Au contraire de tant d'autres problèmes qui meurtrissaient le pays, celui-ci était photogénique. La voiture d'Helena se fraya un chemin dans la foule et se gara devant l'immeuble de la direction. M. Bełżyński l'attendait dans son bureau. Ici, à l'intérieur, il n'avait plus à faire semblant ni à jouer la carte de la modestie, et la pièce ressemblait à une église baroque : bureau en acajou, souvenirs précieux de voyages d'affaires à l'étranger, photographies de Bełżyński serrant la main des riches de ce monde, y compris de ses collègues du parti auxquels il devait tout ça, c'est-à-dire sa limousine de fonction, son salaire à six chiffres, ses cartes de fidélité Platinium de compagnies aériennes. Le PDG se tenait devant la fenêtre, le dos tourné à l'immense écran plat qui diffusait en boucle des images des maisons, des automobiles et des champs détruits. Les journalistes montraient avec un plaisir manifeste le tas de vaches incinérées des usines Mlekol, la coopérative laitière. Il avait fallu en abattre plus de sept cents.

– Tu as vu ce qui se passe, Helena ? lui demanda Bełżyński.

– Difficile de faire autrement.

– J'étais à Varsovie hier…

Le PDG s'écarta de la vitre, s'assit à son bureau et lui indiqua d'un geste de prendre place dans un fauteuil en cuir.

– Ils sont furieux, précisa-t-il.

– Qui ça, *ils* ? Le Premier ministre ?

– Oui, lui aussi, fit Bełżyński en balayant l'air de la main. Ce n'est pas joli à voir, tu comprends. La presse qualifie ça de second Tchernobyl.

– Foutaises.

– Peut-être bien, mais un smybole c'est un symbole. Les gens attendent qu'on réagisse.

– Mais on en fait déjà beaucoup. On a annoncé qu'il y aura des dommages et intérêts groupés, que nous paierons pour la décontamination…

– Oui, c'est logique. Mais ça va prendre du temps. On n'en verra pas les effets de sitôt, et nous avons besoin de quelque chose maintenant, tout de suite.

– Alors licencie quelqu'un, répliqua Helena.

Elle ne s'inquiétait pas pour son poste. Elle savait qu'avec son savoir et son expérience, elle était intouchable. Et elle ne se souciait pas des autres non plus.

– C'est prévu, dit Bełżyński en hochant la tête. Dès cet après-midi. Krajewski et Markowicz vont tomber, les lettres sont déjà parties. Mais ce n'est pas assez.

Le PDG lui jeta un bref coup d'œil et détourna aussitôt le regard, comme un enfant qui a un poids sur la conscience. Alors, elle comprit ce qui se passait. Son chef ne l'avait pas convoquée ici pour lui demander conseil. Son chef avait l'intention de lui annoncer quelque chose. Et, connaissant le président, ça allait être quelque chose de particulièrement stupide.

– Je comprends, dit-elle. Et donc ?

– Il s'agit de la Montagne de fer. Ce qu'on en fait.

– Ça, en l'occurrence, c'est limpide. Premièrement, il faut établir pourquoi la fuite a eu lieu. Deuxièmement, il faut réparer les infrastructures de sorte qu'une telle avarie ne puisse plus jamais se répéter à l'avenir. Troisièmement, il faut réparer les digues.

– Mais ces eaux usées y seront toujours.

– Ces liquides post-flottation, le corrigea-t-elle.

– Appelle ça comme tu veux. Pire, il y en aura de plus en plus. Les gens ne vont pas les oublier de sitôt. Il y aura des manifs, des marches, des pétitions, toute cette merde.

– Il y avait aussi des manifs contre la réforme des tribunaux et personne ne s'en est préoccupé plus que ça.

– Parce qu'elles avaient lieu à Varsovie. Là-bas c'est là-bas, les gens peuvent défiler jusqu'à ce que leurs jambes se détachent de leurs culs. Mais ici c'est ici.

Bełżyński termina par cette nouvelle tautologie. Il avait sans doute l'impression que cela donnait à ses tirades plus de profondeur, un côté solennel. *Un symbole c'est un symbole. Là-bas c'est là-bas. Ici c'est ici.*

– Alors, qu'est-ce que tu proposes ? demanda-t-elle en ignorant son mal de crâne croissant.

– Pour l'heure, j'y réfléchis.

– Très bien. À quoi ?

– Est-ce qu'il ne vaudrait pas mieux fermer la Montagne dans son ensemble ?

Helena Niemczyk se pétrifia un instant, parut rembobiner la bande pour vérifier que ces paroles avaient vraiment été prononcées.

– Pardon ? Et qu'est-ce que tu vas faire avec ces liquides, je te prie ? demanda-t-elle après un temps, en articulant chaque mot. Tu comptes les verser dans les W-C et tirer la chasse ? Tu sais combien on en produit chaque jour ? Des milliers de litres.

– Klimczyk soutient qu'on pourrait les pomper sous la terre, dans les anciennes galeries de forage.

– C'est vrai, on pourrait. Pendant cinq ou dix ans. Puis la place viendrait à manquer et les liquides se mettraient à passer dans la nappe phréatique. Or, la Montagne de fer pourrait encore être exploitée pendant au moins trois décennies, voire plus.

Le PDG ne répondit rien. Il n'avait pas à le faire. Elle savait pertinemment à quoi il pensait. Pour une compagnie minière assise sur l'un des plus grands gisements de cuivre au monde, cinq à dix ans, ce n'était pas beaucoup. Mais pour un politicien dont l'unité de temps se compte en durée d'un mandat parlementaire et dont l'échelle n'excède pas le chiffre deux, c'était une éternité. Dans cinq à dix ans, il prendrait une retraite anticipée et très confortable, et les soucis du conglomérat PMK donneraient du fil à retordre au PDG suivant, probablement venu du parti concurrent, alors au fond, tant mieux, qu'il se les prenne en pleine poire. Et puis, on ne peut pas filmer une infiltration dans la nappe phréatique pour la montrer à la télé, alors quel était le problème ? Helena savait devoir user d'un autre argument, un que son supérieur pourrait comprendre. Le mieux était encore de le chiffrer en espèces sonnantes et trébuchantes.

– Tu te rends compte que, dans la Montagne de fer, on ne peut pas simplement fermer les robinets comme ça, dit-elle. Ce terrain, il faut le nettoyer, le recultiver et le revitaliser. Comme ça a été fait dans les mines Marcel et Machów. On parle de sommes considérables.

– Justement, peut-être pas si considérables que ça, répliqua Bełżyński en souriant.

– Vraiment ?

– Une compagnie m'a écrit, une boîte américaine, souligna-t-il avec la fierté propre aux gens complexés. Ils m'ont transmis un devis pour l'assainissement de la Montagne de fer. C'est une offre très raisonnable, je dirais. Or, l'argent c'est de l'argent.

– C'est sûr.

– Je voudrais que tu y jettes un œil, ma petite Helena. Tu sais, un œil favorable, ajouta-t-il en suggérant la conclusion souhaitée à l'expertise qu'il venait de commander.

Elle ravala un juron. Elle devait parler calmement, mais fermement ; à ce moment précis de la conversation, ce n'étaient plus les paroles elles-mêmes qui comptaient, mais ce qu'on exprimait entre les lignes.

– Tu réalises que je dois d'abord prendre en compte ce qui est le mieux pour cette compagnie, n'est-ce pas ?

– Helena, Helena… dit le PDG en soupirant. Mais c'est pour le bien de cette compagnie que je fais ça. Je comprends que tu songes à cette opération comme le fait un mineur, que pour toi les menaces, ce sont, je ne sais pas, moi, des secousses ou des tremblements de terre. Mais l'époque a changé. La plus grande menace aujourd'hui, c'est une mauvaise opinion dans les médias. Et un problème qui se trouve sous terre… Tu vois, quoi. Ça ne saute pas aux yeux.

– Or les yeux ce sont les yeux.

– Pardon ?

– Non, rien.

Helena Niemczyk se leva, lentement, sans aucun mouvement brusque, afin d'éviter de nouvelles explosions de douleur.

– Veuillez me transmettre ce devis américain. Je m'en occuperai aussitôt.

– Parfait, conclut Bełżyński.

Ils se serrèrent la main. Celle du PDG était moite de sueur.

Julita retourna à son appartement. Elle fila tout droit à la cuisine, sans déboutonner son manteau ni même ôter ses chaussures ; elle devait absolument manger quelque chose. Elle sortit le reste des pâtes du dîner et les réchauffa au micro-ondes. Ça aurait été meilleur préparé à la poêle – mais la poêle, brûlée et mise à tremper avec du liquide vaisselle, était toujours là, dans l'évier. La veille au soir, elle n'avait pas eu la force de s'en occuper et à présent encore moins ; rien qu'à l'idée de devoir plonger ses mains dans une eau froide et grasse où flottaient des morceaux de nourriture, elle avait la nausée. Pour la première fois de sa vie, Julita vivait seule – avant, il y avait eu la maison familiale, la cité U, une chambre chez sa sœur, puis enfin un an de Vie d'Adulte aux côtés de Leon – et ce n'était pas une franche réussite. Il s'avéra bien vite que, si elle ne partageait pas son espace avec quelqu'un, alors elle n'en prenait pas soin. La veille au soir, avant la venue de Jan, elle avait réussi à mettre l'appartement dans un ordre relatif, mais aujourd'hui il revenait déjà à son état naturel : des habits pendaient des dossiers des chaises, classés dans l'ordre sale/je les remettrai peut-être encore/je les repasserai certainement un jour ; le frigo était à nouveau vide et, sur le plan de travail, elle alignait les tasses de café, trois seulement pour le moment, mais d'autres allaient suivre, empilées les unes sur les autres, s'étageant en tours tordues. Ce n'était pas que Julita ne remarquait pas ce désordre, qu'il ne la dérangeait pas, seulement elle n'arrivait pas à se résigner à s'en occuper, elle n'en avait pas la force. C'était peut-être parce qu'elle passait ses journées devant son ordinateur jusqu'à ce qu'il fasse noir derrière la fenêtre, jusqu'à ce que ses yeux injectés de sang commencent à larmoyer.

Le micro-ondes bipa d'une sonnerie triomphante : c'est prêt ! Julita sortit une assiette surchauffée et avala des pâtes tout juste tièdes. Elle se remémora sa soirée de la veille, un rencard raté couronné par une partie de jambes en l'air très réussie. Ça serait sympa de pouvoir en parler avec quelqu'un, de raconter ce qui s'était passé, d'en rougir en entendant des "Non ? Vraiment ?!" et des "Oh mon Dieu, Julita !" Cependant, elle ne savait pas qui appeler. Les liens avec ses amis de fac s'étaient rompus – enfin, peut-être pas totalement rompus, mais fortement distendus. La faute lui en incombait en grande partie : ces deux dernières années, elle avait vécu exclusivement pour le travail, ne répondant pas aux messages pendant des semaines, elle déclinait les invitations aux soirées et, quand elle finissait par rencontrer quelqu'un, ses pensées erraient de toute façon au loin. Incapable d'écouter le récit des problèmes d'autrui alors qu'elle avait tant de soucis personnels, incapable de faire preuve d'empathie face aux larmes versées sur des disputes, des séparations ou des licenciements alors qu'elle craignait pour sa vie. Et puis, elle n'arrivait pas à se départir de l'idée qu'elle était tombée dans une autre dimension, sur une autre planète : tandis qu'elle écrivait des reportages de plus en plus alarmants sur ce qui se passait en ligne – sur la mort de la vie privée et sur l'infiltration de masse, sur des vies brisées en quelques clics malencontreux –, ses amis continuaient à publier les photos de leurs enfants nus au bord de la mer et téléchargeaient sur leurs téléphones les amusantes applications du jour qui permettaient de vieillir son visage ou de le greffer sur le corps de sa célébrité favorite, et ne demandaient en échange qu'une bagatelle : l'accès à la caméra, à la liste des contacts et au registre des communications. Certains se rendaient compte que quelque chose clochait, ils sentaient une inquiétude, comme on sent parfois sur sa nuque le regard insistant d'un étranger. Ils tentaient de se protéger du mal par des déclarations du type *Je n'accepte pas que mes données personnelles puissent être utilisées par des tiers*, hurlées dans le vide intersidéral de la toile numérique, comme leurs grands-mères se protégeaient du malin avec un ruban rouge ou un faisceau de branches de noisetier, et avec la même efficacité. D'autres haussaient simplement les épaules : *Après tout, je n'ai rien à cacher, je n'intéresse personne, et puis, qu'est-ce que ça change ?* Ces paroles contenaient à la fois du cynisme et une naïveté désarmante. Mine de rien, nous étions tous devenus intéressants. En tant que point statistique. En tant que gisement d'un minerai précieux.

Ça l'agaçait, bien sûr que ça l'agaçait. Elle criait, mais personne n'écoutait. Par ailleurs, elle le comprenait parfaitement. Jusqu'à peu, elle détournait elle-même le regard, pire, elle levait les yeux au ciel quand quelqu'un tentait de lui parler du côté obscur du web. À l'époque, tout cela semblait si drôle, voire ridicule, tels des cercles de prières dont les membres voyaient le diable dans les jeux vidéo ou dans les mangas japonais. Sans l'enquête qui avait consumé deux ans de sa vie, sans ce moment où quelqu'un avait mis sa vie sens dessus dessous en passant par une fibre optique, elle aurait été pareil. Difficile de mettre les gens en garde contre quelque chose d'invisible, sans forme et qu'on ne peut pas – jusqu'à ce que ça vous arrive – sentir dans sa propre chair. On le voyait bien sur les illustrations dont les graphistes du magazine *Poprzek* où elle travaillait agrémentaient ses articles : le doigt d'un homme entrant en contact avec le doigt d'un cyborg façon chapelle Sixtine, le mot MALWARE calligraphié en gros caractères rouges sur fond d'un galimatias de 0 et de 1, un crâne et des tibias croisés peints sur la tour d'un ordinateur. Tout cela rappelait les couvertures de mauvais romans de science-fiction des années 1980 ; au lieu de compléter le texte, elles diminuaient son sérieux. Un jour, elle avait confié sa frustration à un collègue journaliste qui, depuis des années, écrivait sur le réchauffement climatique ; il la comprenait très bien. “Tu sais quand les gens commenceront à écouter ?” lui avait-il demandé. “Quand quelque chose pétera enfin pour de bon.”

Elle termina son repas et s'assit devant son écran. En attendant que le système redémarre, elle déplia l'un des sachets plastique trouvés dans le bureau de Królak et le prit en photo avec son téléphone portable : le chat aux baguettes lui souriait sur l'image. Elle corrigea la mise au point et la balance des blancs, déplaça les bords de l'image pour rogner la table visible sur les côtés. Tout portait à croire que Królak avait ses habitudes dans un restaurant de sushis où il achetait souvent des plats à emporter. Il n'y avait pas de nom sur le sachet, mais le logo suffirait probablement.

Julita chargea la photographie dans le moteur de recherche Google Images et cliqua sur le bouton *reverse search*. En l'espace d'une seconde, l'algorithme compara le fichier à des millions d'autres images et recracha celles qui lui ressemblaient le plus : par la taille, les couleurs, la disposition des pixels. Julita parcourut les résultats. Parmi eux, il y avait bon nombre de dessins de chats, mais aucun n'était identique à celui du sachet. Elle restreignit donc les critères de recherche, langue : polonais, région : Pologne, période : 01.01.2015-01.10.2020, ratio de proportion : carré, et elle ajouta dans le champ de recherche les mots “sushi Varsovie”, “bar” OR “restaurant” OR “resto” OR “jap”. Cette fois-ci, ça fonctionna, le troisième résultat fourni représentait le chat du sachet. Julita cliqua sur l'image, le lien la redirigea vers la page du restaurant Shironeko Sushi, à quelques minutes à pied du bureau de Net Solutions. Bingo. Avant, elle ressentait une montée d'adrénaline à des moments pareils, elle en avait la chair de poule. À présent, ces petits succès devenaient communs et ne la réjouissaient plus – en revanche, les défaites la frustraient toujours autant.

Julita croisa les doigts et les plia à s'en faire craquer les phalanges. Le véritable travail était sur le point de commencer. Avoir trouvé le boui-boui où Królak se sustentait ne l'avançait pour le moment à rien, elle devait vérifier si des traces de ces visites persistaient en ligne – et cela pouvait prendre des heures, voire des jours entiers. Elle commença en parcourant le site même du restaurant. Shironeko Sushi avait ouvert récemment, à peine deux ans plus tôt. La salle était décorée de façon moderne et ingénieuse, avec des éléments qui évoquaient des thèmes japonais en évitant pour autant l'écueil des associations d'idées bateau du style cerisier en fleurs, kimono ou mont Fuji. Les prix étaient assez élevés, mais ne s'écartaient pas des normes varsoviennes : un déjeuner pour cinquante złotys, le dîner plutôt autour de cent. Mais l'essentiel, c'était que Shironeko Sushi était à la mode : le site annonçait que, sans réservation, il serait difficile d'espérer une table. Et cela impliquait en conséquence qu'il était de bon ton de s'afficher dans un tel endroit, ce qui, bien entendu, méritait d'être immortalisé pour la postérité.

Julita décida de commencer par Instagram, le plus futile des réseaux sociaux. Ici, le Verbe ne comptait pas, c'était le royaume de l'Image. Ici, la réalité – des vacances, des rencards, de la parentalité – était condensée en un seul cadrage idéal. Ici, la mer était toujours turquoise, on terminait toujours un marathon avec le sourire et on lisait toujours des livres des chaussettes en laine aux pieds, un verre de vin chaud à la main, à la lumière agréable d'une cheminée où les bûches grésillaient. Ici, on trouvait des téraoctets de photographies de repas savoureux, arrosés d'un filet de vinaigre balsamique, saupoudrés de noix de cajou émiettées et d'échalotes caramélisées. Autant dans le temps, avant chaque repas, on baissait la tête pour le bénédicité, autant de nos jours le rituel imposait le crépitement d'un flash : *pour ce repas et tous ses bienfaits, soyons loués, amen.*

Julita tapa le terme *#shironekosushi.* 459 résultats, surtout des photographies publiées par le site officiel du restaurant : sashimis, makis, nigiris et pas une trace du mystérieux Daniel Królak. Pas beaucoup de posts, se dit Julita. On voyait que ces restaurateurs ne maîtrisaient pas encore les médias sociaux, ils n'avaient pas réussi à promouvoir leur hashtag. Mais ce n'était pas un problème, elle savait contourner cet obstacle. Quelques mois plus tôt, quand elle cherchait Alexander McCabe, Jan lui avait montré comment passer les réseaux au peigne fin : il suffisait de connaître le code numérique associé par le réseau à une personne donnée ou à un lieu donné, ainsi que quelques commandes de base à taper dans le champ adresse. Il est vrai qu'à l'époque, ils avaient travaillé sur Facebook, mais cela n'avait aucune importance – Instagram avait été racheté par ce dernier et les bases de données avaient fusionné. L'Internet devenait un monopole. *Clic, clic, clic.* Julita retrouva le numéro d'identification de Shironeko Sushi et entra une nouvelle adresse dans le moteur de recherche.

https://www.instagram.com/explore/locations/9837646054685/

Cette fois-ci, elle obtint plus de quatre mille images, et pas seulement des photographies de plats, mais aussi de gens : souriants, portant des toasts de joyeux anniversaires, avec des enfants sur les genoux. Ils n'avaient jamais changé les réglages par défaut de leurs téléphones, alors chacune des photographies qu'ils avaient prises avait des coordonnées GPS insérées dans leurs métadonnées, ce qui permettait de les associer à un restaurant particulier. À présent, il ne restait plus qu'à vérifier si on pouvait identifier Królak sur l'une des images, s'il apparaissait quelque part au second plan. Jan aurait pu automatiser ce processus à l'aide d'algorithmes de reconnaissance faciale, mais elle n'avait pas envie de le déranger. D'ailleurs, les images n'étaient pas si nombreuses, elle parviendrait à faire le tri manuellement.

Clic. Clic. Clic. Un bâillement, une pause pipi, un café. *Clic. Clic. Clic.* Elle trouva ce qu'elle cherchait – trois heures plus tard. Il était sur un selfie publié par une fille répondant au pseudo de *natalinka.life*. Au premier plan, la fille en question : une jeune femme souriante avec des taches de rousseur pose, une crevette coincée entre deux baguettes. Description : "Viens ici, ma jolie ! Miam, miam." En arrière-plan, la table près de la fenêtre et, assis là, Królak – en costard gris, des cheveux clairsemés peignés sur le côté, une montre très chère dépasse de la manche de sa chemise. En face de lui, il y a une autre personne qui partage son repas : un homme maigre en col roulé et veste de tweed. Julita se redressa sur sa chaise ; ça commençait à devenir intéressant. Elle était tentée d'essayer de l'identifier sur-le-champ, mais savait que qui trop se hâte reste en chemin, il fallait d'abord qu'elle vérifie la photo. Elle la chargea sur son ordinateur et la passa par le programme ExifTool qui extrayait des métadonnées. L'instant d'après, elle disposait des résultats d'analyse : le modèle du téléphone portable avec lequel la photographie avait été prise et son numéro de série (un LG K30 de 2017), la date et l'heure précise du cliché (22.02.2020, 18:32:11), tout comme le véritable nom et prénom de la fille qui l'avait réalisé, renseignés lors de la première utilisation du téléphone (Natalia Aleksandra Cierpisz). À cela venait s'ajouter un grand nombre de données moins utiles : le système d'exploitation, le type de lentille optique, d'obturateur, d'exposition, le format du fichier… Tout semblait en règle, rien n'indiquait que quiconque ait édité ces données, bien qu'il fût difficile de l'établir avec une certitude absolue.

Ensuite: l'interlocuteur de Królak. Julita agrandit la photographie et contempla son visage – fin, les pommettes hautes, un nez retroussé, les cheveux clairs coupés court et un grain de beauté sous l'œil gauche. Mais tout cela était flou, en faible résolution, insuffisamment exposé; la reconnaissance faciale automatique pouvait s'avérer très difficile. Elle fit défiler l'image plus bas et s'arrêta sur la veste. Stop. Il avait quelque chose au niveau de la pochette. Un badge? Elle plissa les yeux et agrandit encore davantage l'image, jusqu'à être capable de voir les différents pixels. Un carré rouge, une forme blanche à l'intérieur – était-ce le contour d'un massif montagneux, d'un voilier ou de la lettre "W" stylisée… Il s'agissait d'un logo, c'était certain, mais lequel? Il était impossible de le dire.

Julita tenta de retrouver cette image sur le web, mais sans résultat cette fois-ci – la qualité de la photographie était trop faible tandis que la demande "logo, organisation, couleur: rouge" renvoyait des milliers de résultats, de l'Organisation des moudjahidin du peuple iranien jusqu'à l'Association des importateurs parallèles de spécialités pharmaceutiques. Elle jura entre ses dents. Que faire ensuite? Parcourir le registre des sigles marchands? Commencer par les entreprises ayant un siège à Varsovie? Ça n'avait aucun sens. Elle détourna le regard de l'ordinateur. La nuit était tombée sans qu'elle s'en aperçoive. Julita reposa sa tasse sale sur le plan de travail et observa par la fenêtre les tramways qui roulaient le long de la rue Anders. Les tramways, se dit-elle. Quelque chose fit tilt, une étincelle: Julita se précipita sur son ordinateur. Elle découpa une partie de l'image sur laquelle on voyait un bout de veste ainsi qu'un agrandissement du badge, puis, mettant à profit l'un des faux comptes qu'elle utilisait durant ses enquêtes, elle publia une annonce sur la page Facebook "Objets perdus/retrouvés, Varsovie".

CHERCHE PROPRIÉTAIRE D'UNE VESTE
Hier, dans le tramway numéro 9 en direction de Gocławek, au niveau du rond-point Waszyngtona, j'ai trouvé cette veste. Dans la poche intérieure, il y avait une grosse somme d'argent en liquide. Est-ce que quelqu'un reconnaît le LOGO À LA BOUTONNIÈRE ? Si oui, ENVOYEZ-MOI UN MESSAGE SVP ! J'arriverai peut-être à retrouver son propriétaire et à lui rendre son argent grâce à ça. Merci !
PS. N'écrivez pas dans les commentaires que la veste vous appartient – je ne vous croirai pas !
PPS. Excusez-moi pour la faible résolution des photos, j'ai un vieux céllulère :(

Entrée, c'était envoyé. Julita se demanda si elle ne devrait pas payer pour la promotion de son post, mais estima que ça ne serait pas nécessaire. L'extrait "grosse somme d'argent" enflammerait les imaginations et les appâts à trolls contenus dans les post-scriptum assureraient un fort niveau de "cliquabilité". C'était connu, si on demandait à ce qu'on n'écrive pas quelque chose dans les commentaires, alors c'est précisément ce genre de phrases qui allaient fleurir par douzaines sous son message, tandis que la faute d'orthographe flagrante ("céllulère") allait agir comme une cape rouge sur un taureau sur tous les soi-disant gardiens de la pureté de la langue polonaise. L'activité des uns et des autres irait gonfler la visibilité de son annonce et la propulserait sur les murs de milliers d'utilisateurs, l'algorithme leur soufflerait à l'oreille : *hé, regardez ! Y a un esclandre ! Ils s'entre-déchirent !* Les années passées à la rédaction d'un site web à scandales lui auraient au moins servi à ça. Julita Wójcicka savait monter un message viral à partir de rien.

Il ne lui restait plus qu'à attendre. Elle se leva de son bureau, s'étira et massa sa nuque engourdie. Lentement et à contrecœur, tel un condamné en route vers l'échafaud, elle se dirigea vers la cuisine. Elle s'immobilisa devant l'évier rempli d'assiettes et de tasses sales, soupira théâtralement, puis commença à faire la vaisselle. Elle revint au fil de ses pensées d'il y avait quelques heures, songeant au plaisir qu'elle aurait à raconter son pseudo-rencard avec Jan à quelqu'un, à partager ça. Elle se sentait seule ; depuis sa conversation avec le gérant de l'immeuble de la rue Nowy Świat, elle n'avait pas ouvert la bouche. Au lieu de mettre de la musique, elle se mit à fredonner à mi-voix des chansons mornes et sentimentales. Magda peut-être ? se demanda-t-elle. Le soir, sa sœur était souvent à la maison avec les enfants, elle pourrait faire un saut chez eux, elles dîneraient ensemble et papoteraient un verre de vin à la main. Cependant, il s'agissait toujours de sa grande sœur. Bien qu'elles fussent adultes toutes les deux, Magda n'avait jamais quitté ce rôle et avait l'impression qu'elle pouvait – pire, qu'elle devait – lui remonter les bretelles, la juger, lui donner des conseils. D'ailleurs, Julita la connaissait assez pour prévoir le déroulé de cette conversation phrase par phrase, comme si elle lisait le scénario d'un film.

MAGDA
(*ironique et mordante*)
Oh, oh, tu es vraiment libérée, dis donc. Une vraie fille du *flower power*, ma parole.

JULITA
(*vexée, tentant de tourner l'histoire en dérision*)
N'exagérons pas. Après tout, c'est mon fiancé.

MAGDA
(*ne comprenant pas*)
Quoi ?

JULITA
(*confuse, tentant de tourner l'histoire en dérision*)
Bah oui, tu t'en souviens. L'autre fois, à Las Vegas.

MAGDA
(*sèche d'abord, puis caustique, méchante*)
Ah… Très drôle. (*Boit du vin*) Alors, qui est le prochain sur ta liste ? Le facteur ?

JULITA
(*irritée, regrettant d'avoir abordé le sujet*)
Tu pourrais cesser de me faire la morale ?

MAGDA
(*hautaine*)
Faut bien que quelqu'un te dise de quoi ça a l'air.

JULITA
(*rendant la monnaie de sa pièce*)
Quelqu'un qui a trompé son mari durant cinq ans ?

Larmes. Cris. Rideau.
FIN

Il ne valait peut-être mieux pas. Julita gratta le reste de la sauce brûlée de la poêle, rinça l'évier et s'essuya soigneusement les mains. Elle ouvrit la fenêtre, alluma une cigarette et parcourut la liste de ses contacts. En fin de compte, elle décida d'appeler Piotr Miąsek, un pote de l'époque de Meganews. Il ne décrocha pas. Julita écrasa le mégot dans le cendrier et regarda sa montre. Cela faisait quarante minutes qu'elle avait publié l'annonce. C'était peut-être suffisant. Elle referma la fenêtre et retourna à l'ordinateur. La barre haute de sa fenêtre Facebook s'illuminait en rouge à cause des messages. Il y en avait vingt-sept. Elle les fit défiler les uns après les autres, la mine lasse : un troll, un troll, un autre troll… Enfin, dans le vingt et unième, elle trouva ce qu'elle cherchait.

KAMIL KOZIOŁ
Il y a 11 minutes
Salut ! J'écris à propos de l'annonce. J'ai l'impression que c'est le logo de la Bibliothèque nationale. Je colle un lien pour la comparaison :
https://www.bn.org.pl/download/image/1380725170.jpg
Bonne chance !

Julita cliqua sur le lien. Tout correspondait : le carré rouge, une couronne blanche dessus qu'elle avait prise sur l'image floue d'Instagram pour la lettre W et, en dessous, un livre ouvert. Elle répondit à Kamil pour le remercier et supprima son annonce. La suite fut simple. En dix minutes, elle retrouva l'homme de la photo : Kacper Szulc, vice-directeur de la Bibliothèque nationale en charge de la collection. Tout est clair, songea-t-elle, mais pourquoi diable Królak rencontrait-il un bibliothécaire ?

Florian était à quatre pattes. Il tendit le bras droit devant lui tout en déployant sa jambe gauche. Inspiration, expiration, un, deux, trois, changement, main droite sur le tapis d'exercice, la gauche devant, un, deux, trois. Chien tête baissée, chien tête levée, guerrier. Il sentait ses vertèbres revenir lentement à leur place. Il soupira de soulagement, essuya la sueur de son front. Il était 4 heures du matin, mais les ordinateurs bruissaient toujours au bureau de Schloss Security sur Landsberger Allee. Ils étaient tous connectés au réseau – à l'exception d'un PC discret au caisson gris. Sur le disque de cet ordi, telle une poupée cachée dans une autre poupée, il y avait un second ordinateur, mais qui ne se composait pas de microprocesseurs ou de bobines électromagnétiques, mais de 0 et de 1, c'était une simulation virtuelle d'une véritable machine. Pour un être humain, la différence entre ces deux ordinateurs, un physique et un numérique, était manifeste, mais pour un programme – dépourvu de vue, de toucher et de conscience – ce n'était pas le cas. Parmi tous les programmes chargés sur le PC gris, un seul intéressait Florian. C'est à cause de lui qu'il était revenu au bureau et c'est à cause de lui qu'il passait une nuit blanche. La machine virtuelle était une illusion créée pour ce programme, mais c'était aussi sa prison.

Le code suspect leur avait été transmis par un client inquiet – un fournisseur d'énergie tchèque dont le siège se trouvait à Brno, le Černý Blesk. L'administrateur de leur réseau avait noté une activité accrue dans leurs logs. Quelqu'un ou quelque chose se déplaçait à tâtons autour des ordinateurs, les reniflait. Après quelques semaines, ils avaient réussi à localiser le programme responsable. Il avait un nom commun à dessein, "application.exe", ne pesait que trois mégaoctets – et restait totalement invisible à l'antivirus Schloss Security.

Cela arrivait parfois, c'était un accident de travail. À ceci près que, dans de telles situations, il s'avérait d'ordinaire qu'ils avaient affaire à un vieux malware dans un nouveau déguisement. Pas cette fois. Le programme de Brno n'évoquait pas de virus connus, il se comportait différemment aussi. Il était discret. Précautionneux. Il n'effaçait pas les disques, ne codait pas les fichiers pour exiger une rançon dans une cryptomonnaie quelconque, pire, il ne tentait même pas de se connecter au serveur de ses créateurs pour faire le rapport de son activité ou pour réclamer de nouvelles instructions. Il cherchait quelque chose. Mais quoi ? Et que devait-il faire ensuite ?

Florian roula son tapis d'exercice et s'assit à nouveau à son bureau ; il était jonché d'emballages de barres de céréales et de mouchoirs usagés. Découvrant le message sur son écran, il eut une mine déconfite. D'ordinaire, l'étude d'un programme malveillant commençait par ce qu'on appelait une analyse statistique. Au lieu d'activer le code suspect, on le découpait d'abord en morceaux, on le décomposait en éléments de base, tel un technicien de la police qui observerait l'arme du crime. Rien qu'avec les données contenues dans l'en-tête *Portable Executable*, on pouvait déduire quand le virus avait été créé et en quel langage, quels programmes il visait et quelles étaient les fonctions du système d'exploitation qu'il comptait exploiter. À ceci près que les créateurs d'un malware s'en rendaient parfaitement compte, alors ils tentaient de couvrir leurs traces en cryptant le code. D'habitude, on parvenait à le décrypter – mais pas cette fois ; une nouvelle tentative venait de s'achever par un échec. Celui qui avait conçu *application.exe* savait parfaitement ce qu'il faisait.

Florian s'appuya au dossier de son siège et son regard glissa sur la photographie entourée d'un cadre décoratif sur le bureau. Lui, les cheveux encore longs, sa femme Beate, et leurs trois enfants : le fils aîné, Jochen, et des jumelles plus jeunes de deux ans, Klara et Hanna. L'image avait été prise cinq ans plus tôt, lors de vacances en camping, sous une tente, quand les fillettes portaient encore des couches. C'est drôle, se dit-il. À l'époque, ça avait été un drame : d'abord sept heures en voiture avec une marmaille hurlante ("quand c'est qu'on arrive ?", "et maintenant ?", "et elle m'a pris ça", "j'ai faim", "pipi", "je m'ennuie"), sur place ils s'étaient rendu compte qu'ils avaient oublié la bonbonne de gaz et, en plus, il pleuvait tous les jours et leurs vêtements étaient tout humides. Pourtant, ce qui l'agaçait le plus, ce n'était pas le froid ou les piqûres de moustiques, mais la douleur fantôme après la perte définitive de l'insouciance de sa jeunesse, la conscience qu'il n'allait plus jamais boire du vin dans les buissons de Tempelhofer Feld, mais aussi le poids de la responsabilité des enfants qu'il fallait habiller, laver, nourrir, consoler, surveiller, divertir et coucher tous les jours. Tandis qu'aujourd'hui il se remémorait cette excursion horrible avec tendresse, le cauchemar était devenu une anecdote familiale évoquée chaque année aux repas de fêtes – et tu te souviens quand… Et alors, la fois où… Il faut croire que certains instants devaient mûrir dans un coin avant qu'on puisse s'en réjouir, tel du pain d'épices qu'il fallait laisser reposer pour qu'il s'amollisse. C'est précisément ainsi qu'il appréciait le plus sa famille : derrière un verre, sur une photo qu'on pouvait saisir à n'importe quel moment et reposer de même.

Florian se frotta les yeux. Il pouvait continuer à lutter contre le code crypté, mais sentait que cette stratégie n'apporterait pas de résultats rapides. Or, il fallait agir parce que *application.exe* pouvait attaquer les autres utilisateurs de Schloss Security d'un instant à l'autre. De plus, il n'était pas exclu que le malware soit déjà tombé entre les mains de la concurrence. Et les spécialistes de la sécurité informatique n'étaient pas dépourvus de vanité. Celui qui décortiquerait en premier un nouveau type de malware gagnerait l'estime et l'admiration de son milieu, comme un médecin qui découvre une maladie mystérieuse (la baptisant aussitôt de son nom), ou tel un entomologiste revenant de la jungle amazonienne avec un spécimen de papillon inconnu transpercé par une épingle à tête de perle.

Bien, se dit Florian, il était temps de libérer le djinn de sa bouteille et de lancer *application.exe* sur la machine virtuelle : que le programme malveillant se réveille, qu'il se sente chez lui, qu'il recommence à fouiner et à renifler – mais, cette fois, je vais suivre chacun de ses pas jusqu'à ce que je comprenne quelle est sa mission et ce qu'il tente d'accomplir. Même s'il commence soudain à perdre la tête et à tout détruire, ça ne sera pas grave – on ne pouvait pas fuir un ordinateur coupé du réseau et un seul clic ramènerait la machine virtuelle à son point de départ. Florian retint sa respiration et démarra le programme, puis il alluma le debugger qui devait surveiller chacune de ses actions, même la plus petite.

Une minute s'écoula. Puis deux. Trois. *Application.exe* avait à peine ouvert les yeux, il s'était étiré… et s'était figé sans un geste. Il avait peut-être été programmé pour ne fonctionner qu'à une certaine heure ? se demanda Florian, et il décala l'horloge de la machine virtuelle – d'abord de trois heures, puis de douze, de vingt-quatre, de quarante-huit, d'une semaine enfin, d'un mois puis d'une année. Rien. Le programme demeurait inactif. Florian jura. Et donc, *application.exe* savait que quelqu'un l'observait à la loupe, que l'ordinateur qu'il venait d'infecter n'existait pas en réalité, n'était qu'un piège, et qu'effectuer le moindre geste supplémentaire risquait de trahir les secrets de son créateur.

Florian fixait le pointeur clignotant de sa souris. Il était difficile de résister à l'illusion qu'il avait affaire non pas à une entité morte, mais à une existence vivante, consciente, qui prévoyait ses prochains mouvements et contrait ses attaques successives. D'ailleurs, en un certain sens, c'était le cas. Après tout, les programmes n'apparaissaient pas spontanément dans la nature, c'était la volonté de quelqu'un, écrite en code, une suite de pensées traduite en 0 et en 1. Il n'était pas aux prises avec un virus, mais avec son concepteur qui avait tenté de prévoir son comportement avec plusieurs coups d'avance. C'était comme une partie d'échecs où l'un des concurrents aurait inscrit toute sa stratégie avant même que la rencontre ne commence – si cavalier en A3, alors tour en H3, si fou en E5, alors roque – puis aurait quitté la table en se frottant les mains, certain de l'emporter.

Florian éteignit l'ordinateur, conscient qu'il n'obtiendrait plus rien ce soir-là. Tant pis. Il avait espéré décortiquer ce programme en une nuit, que ça serait un blitzkrieg. Cependant, il était également prêt pour une guerre de tranchées.

3

17 octobre 1994, Tomsk

Pyotr Semenov était dans le bus. Il prit place à l'arrière, près de la fenêtre sur laquelle coulaient des trombes d'eau. Sur le siège à côté de lui, il y avait une boîte en carton, et dans cette boîte : sept chemises en papier kraft, soigneusement attachées avec un ruban rouge, des boîtes à thé en fer-blanc remplies de diapositives et des bobines de bandes magnétiques numérotées de 1 à 48. Ces bandes contenaient le programme sur lequel Semenov avait passé les six dernières années – le ZNATOK. Bien que le terme "programme" soit une litote. Ce mot ne rendait pas compte de la complexité du projet ni de son immense ambition. En effet, le ZNATOK devait être la première intelligence artificielle au monde.

Bien sûr, pas comme les auteurs de science-fiction, tous ces Asimov, Lem ou autres frères Strougatski décrivaient l'intelligence artificielle. Ils l'imaginaient comme une entité dotée d'une conscience et d'une volonté propres, surpassant l'homme dans tous les domaines. Une chose qui penserait – ou plutôt qui comploterait, car en fin de compte l'esprit numérique se retournait toujours contre son créateur : il interprétait ses désirs de travers, le trompait et le trahissait, tel le diable des contes populaires. Et c'est également là que résidait la valeur de ces livres : c'étaient des paraboles morales, des fables pour les sots. Semenov savait que si l'intelligence artificielle était créée un jour – ou plutôt le jour où elle serait créée –, elle serait très différente. Dépourvue d'une quelconque pensée indépendante, elle se concentrerait sur une unique tâche prédéfinie – qu'elle exécuterait instantanément et à la perfection.

Le bus grinça, tangua et s'immobilisa à l'arrêt. Semenov tenta de distinguer où il se trouvait réellement – roulaient-ils toujours sur la rue Krasnoarmieïska ou avaient-ils déjà tourné dans la rue Kirova –, mais il pleuvait tant qu'il était difficile de s'en rendre compte. La porte s'ouvrit et des gens montèrent : mouillés, frigorifiés, silencieux. L'eau dégoulinait des imperméables et des parapluies repliés, elle gouttait des pèlerines en laine et des manteaux trempés directement sur le plancher boueux ; quand le bus repartit, l'eau coula et clapota sous les sièges.

– Excusez-moi, c'était quel arrêt ? demanda Semenov à un de ses compagnons de voyage aux lunettes embuées et vêtu d'un manteau gris qui, par le passé, avant d'avoir été grignoté par l'usure, avait dû être assez élégant.

– Eh ? Vous n'êtes pas d'ici ? répliqua celui-ci en tiquant.

Jusqu'à récemment, Tomsk était une ville close et on n'y faisait donc pas confiance aux étrangers.

– Je me suis perdu dans mes pensées.

– Voyez-vous ça, il s'est perdu dans ses pensées. N'allez pas perdre votre tête, par hasard. C'était Usova. Le prochain, ça sera la gare Sporta.

– Ah, c'est vrai, bien sûr, balbutia Pyotr. Merci.

L'homme au manteau gris secoua la tête d'un air critique : se perdre dans ses pensées, réfléchir, comme ça, dans un bus ? Il ressemblait à un enseignant, se dit Semenov, de ceux qui aiment humilier un élève au tableau, ou à un médecin qui utilise sciemment des termes imbitables pour que le patient se voie obligé de poser des questions. Mais Semenov changea le fil de ses pensées : justement, prenons le cas d'un médecin, pourquoi un malade devrait-il être diagnostiqué par un seul médecin, qui ne sait pas tout, qui n'a pas rencontré tous les cas au cours de sa carrière, quand il pourrait l'être par tout un parterre de médecins, les meilleurs du pays, et ce en une fraction de seconde ? L'idée était simple, du moins au départ : il fallait d'abord envoyer d'épais questionnaires aux hôpitaux nationaux, depuis Kaliningrad jusqu'à Yakutsk, avec des demandes très détaillées : *les symptômes d'une angine sont (vous pouvez choisir plusieurs réponses) : a) frissons ; b) hausse soudaine de la température corporelle ; c) mal de gorge ; d) hypertrophie des ganglions sous-mandibulaires. Veuillez ensuite classer les symptômes sélectionnés dans l'ordre, du plus au moins important, pour établir un diagnostic correct.* Ensuite, les réponses données devaient être additionnées, comptabilisées, et les conclusions transcrites sous la forme d'un algorithme, c'est-à-dire, en simplifiant : *si "frissons" = 1 ET "pic de température" = 1 ET "mal de gorge" = 1 ET "ganglions hypertrophiés" = 1, ALORS "diagnostic" = "angine".* Aucune idée nouvelle, juste la somme des expériences humaines transférée sur un disque dur. C'était l'objectif que Pyotr Semenov s'était fixé. À ceci près que les experts dont il essayait de transformer le savoir en algorithme étaient des économistes et que le patient s'appelait l'URSS. Les premiers résultats étaient prometteurs. Puis, malheureusement, des problèmes étaient apparus. Tout d'abord, il s'était avéré que les gens, même ceux qui possédaient un esprit scientifique, avaient beaucoup de mal à expliquer clairement sur quelle base ils prenaient leurs décisions. Leurs raisonnements obscurs étaient difficiles à transcrire en langage informatique qui ne possédait pas d'équivalents à des expressions telles que "d'une manière ou d'une autre" ou "en suivant le bon sens". Et puis surtout, entre-temps, le patient était malheureusement décédé.

Arrêt suivant, la gare Sporta. Ici, d'ordinaire, de nombreux passagers montaient, et ce jour-là en particulier, probablement à cause de la pluie, une véritable foule attendait le bus. Dès que les portes s'ouvrirent, les gens se ruèrent à l'assaut, luttant pour le moindre espace libre. Le bus reprit sa route, supportant à peine le poids des corps entassés. À l'intérieur, l'air se fit lourd ; l'épais pull à col roulé que Semenov avait mis sous sa veste commença à le brûler telle la robe de Déjanire, tandis que le pantalon en polyester de son costume lui collait aux cuisses. Cependant, Pyotr n'y prêtait pas attention, il s'inquiétait plutôt pour les bandes magnétiques. Elles résistaient mal à l'humidité. Et c'était tout ce qui restait du projet ZNATOK.

Lorsque le doyen Krancev l'avait convoqué ce matin-là dans son bureau, Semenov avait cru qu'il serait question d'augmenter son temps de travail sur l'Elbrus-2. Emplissant deux pièces entières, ce superordinateur produit par l'Institut de mécanique de précision et des technologies informatiques de Moscou était la seule machine du département capable de répondre aux exigences croissantes du ZNATOK. Le problème, c'était que l'Elbrus consommait d'énormes quantités d'énergie pour fonctionner, alors l'université, en butte à des problèmes financiers, ne l'enclenchait que quelques fois par semaine, et seulement la nuit, et il y avait des listes d'attente pour son utilisation. Semenov s'était vu attribuer deux heures, le mardi, de 4 à 6 heures du matin. Ce n'était évidemment pas assez et le projet piétinait. Frustré, Semenov rédigeait lettre après lettre et se rendait tous les jours au bureau du doyen – et tous les jours, il repartait tête basse, sans avoir rien résolu, éconduit par les secrétaires, sortes de cerbères aux chevelures volumineuses.

Alors, quand il avait enfin été convoqué à un rendez-vous, il était venu préparé : avec une brassée d'imprimés confirmant que non seulement le ZNATOK pouvait, mais devait réussir, et qu'il jouerait un rôle important dans la construction d'une nouvelle Russie, qu'il l'aiderait à rattraper – ou mieux, à dépasser ! – l'Occident. Pyotr savait que ce serait dur, le doyen Krancev avait toujours été sceptique envers son travail ; il considérait son employé comme un doux rêveur, un désinvolte et – ô ironie ! – un fan de science-fiction. Cependant, il s'était vite avéré que Pyotr s'était fait du souci pour rien. Le doyen Krancev ne l'avait pas convoqué pour discuter de la question de son accès à Elbrus-2 (120 millions d'opérations par seconde !), mais pour le licencier. Je suis vraiment désolé, avait-il dit d'un air qui indiquait qu'il ne l'était pas franchement, l'université parvient difficilement à joindre les deux bouts, nous supprimons des postes, quelqu'un doit partir. Et vous, collègue Semenov, vous rêvez toujours des rêves de l'époque précédente, quand on croyait encore qu'on pouvait croiser l'homme avec un chimpanzé pour la plus grande gloire de la Révolution, que le coton pouvait être cultivé dans le désert et qu'on pouvait ordonner au maïs de pousser non pas selon les théories de l'impérialiste Darwin, mais du politiquement correct camarade Lysenko. Nous n'avons actuellement pas besoin d'intelligence artificielle ni d'informatiser la planification centralisée, collègue Semenov, mais de former nos comptables à l'utilisation des ordinateurs. Même les Américains ont abandonné leurs rêves d'intelligence artificielle et vous, vous croyez que si je vous accordais quelques heures de plus sur l'Elbrus, vous parviendriez à réussir là où tous ces Harvard et autres Stanford ont échoué. Vous n'êtes pas sérieux, collègue Semenov. Or, dans ce département, il n'y a pas de place pour le manque de sérieux, avait catégoriquement conclu le doyen Krancev, avant de se lever de son bureau pour signaler que la conversation était close.

– Les gens sont debout les uns sur les autres et vous prenez un siège pour votre boîte ?

Une voix haut perchée le sortit de sa réflexion. Elle appartenait à une femme dans un manteau défraîchi, un foulard à fleurs noué sous le menton. Des dents en or scintillaient dans sa bouche.

– C'est pas croyable, reprit-elle. Allez, faites de la place !

– Excusez-moi, mais je transporte des objets délicats qui...

– J'ai aussi des œufs très délicats dans mon filet et je ne les assois pas, l'interrompit la femme. Enlevez-moi ce carton du siège et que ça saute !

– Et où voulez-vous que je le mette ? Le sol est trempé et je ne peux pas le prendre sur mes genoux, il est trop grand.

– Alors fallait prendre un taxi !

– Vous savez combien coûte un trajet de la rue Khmelnitski jusqu'au centre-ville ? s'indigna Semenov.

– J'en ai rien à foutre !

La femme s'empara de la boîte et tira un coup sec. Semenov eut le temps de réagir, l'attrapa par l'autre bout, mais le carton humide se déchira et son contenu s'éparpilla par terre. Les papiers glissèrent des chemises, les diapositives se déversèrent des boîtes à thé et les bobines circulaires des bandes magnétiques roulèrent entre les gens. Semenov se jeta au sol pour sauver ses affaires, mais les pages s'imbibaient déjà d'eau boueuse, le plastique craquait sous les talons. C'était trop tard.

Pyotr Semenov descendit à l'arrêt suivant, maculé de boue et ébouriffé. Il serrait dans ses bras une gerbe de papiers froissés et de bandes magnétiques dont dégoulinait une eau sale. Des larmes coulaient sur ses joues et dans son cœur – qui, d'ordinaire, ne servait qu'à pomper du sang –, sa colère croissait. Bande d'ignorants ! De débiles ! De crétins ! Je vous prouverai que j'ai raison. Peut-être pas demain, peut-être pas dans un an, mais je vous le prouverai.

Même si je dois pour cela vendre mon âme au diable.

Julita fumait une cigarette. Combien en ai-je fumé aujourd'hui ? se demanda-t-elle. Neuf ou dix ? Et il était à peine midi. Il faut que j'arrête, se dit-elle en exhalant la fumée par le nez, ce n'est pas bon. Pourtant, elle connaissait l'effet néfaste de la tabagie sur la santé, elle savait aussi combien d'argent elle avait cramé

– littéralement – dans cette addiction. Mais, une fois dans un bar-tabac, sa bouche demandait d'elle-même des L&M bleues, et quand elle se promenait, sa main saisissait d'elle-même un briquet. Son corps bougeait automatiquement, selon une routine bien établie, sans son concours, voire en dépit des décisions préalablement prises – que ce jour-là non, que c'était la dernière. Quand elle écrivait un article sur la manière dont fonctionnait la pub sur Internet et à quel point il était facile de prévoir les comportements humains, elle était tombée sur une étude sur le libre arbitre, ou plutôt son manque. Une étude de scientifiques américains (comment pouvait-il en être autrement ?) prouvait que nos muscles se préparaient à effectuer un mouvement une fraction de seconde avant que nous songions réellement à l'effectuer. La conclusion qui en découlait, c'est que nous ne décidons pas de ce que nous faisons, mais que nous rationalisons ce que notre corps a déjà commencé à faire. Cette conclusion déplaisait fortement à Julita et elle préférait ne pas trop réfléchir à ses conséquences. Cela ne signifiait pas pour autant qu'elle n'y réfléchissait pas, et ça augmentait encore son inquiétude. Salopards de scientifiques américains.

Julita observait l'extrémité incandescente de sa cigarette et le bout de ses doigts jaunis. Elle avait commencé à fumer au lycée. Bien entendu, ce n'était pas parce qu'elle avait été attirée par le parfum ou le goût du tabac – elle voulait enfin se sentir adulte, être cool comme la femme mystérieuse en robe à paillettes argentées qui s'assoit sur le bureau d'un détective privé et exhale entre ses lèvres maquillées d'un rouge à lèvres vermillon une fumée qui découpe en rayons la clarté du lampadaire tombant à travers les stores tirés sur la fenêtre, comme Uma Thurman dans *Pulp Fiction*. Plus tard, au bureau, les cigarettes étaient devenues une excuse commode pour se lever de son poste et papoter un peu avec les collègues. À présent, elles étaient simplement là.

Julita regarda sa montre. Il était 12 h 10 et donc temps d'y aller. Elle jeta son mégot dans la poubelle et longea le parc Pole Mokotowskie en direction de l'immeuble de la Bibliothèque nationale. Kacper Szulc avait répondu à sa demande de rendez-vous au bout de quelques heures en disant que oui, bien volontiers, il l'invitait à son bureau. Bien sûr, elle ne lui avait pas dit sur quoi elle voulait l'interroger, elle craignait de l'effaroucher. Dans son mail, elle prétendait écrire un article à propos de l'impact d'Internet sur le nombre des lecteurs de livres et elle voulait connaître son point de vue sur la question. Elle ne savait pas encore comment elle allait bifurquer vers Daniel Królak et leur repas chez Shironeko Sushi, mais elle ne s'inquiétait par trop, elle imaginerait bien quelque chose.

Julita se présenta à l'accueil et s'assit. À l'intérieur du bâtiment le silence régnait, l'affreux silence qu'on peut entendre seulement dans les bibliothèques, les églises et lors de soirées-rencontres d'auteurs débutants. Julita craignait d'ouvrir son sac pour prendre quelque chose à lire ; elle avait l'impression que le bruit de sa fermeture éclair allait rebondir en un millier d'échos et attirer sur elle les regards réprobateurs des bibliothécaires : chuuuuuut ! Par chance, M. Szulc ne se fit pas attendre longtemps. Il s'approcha d'un pas vif, sourire aux lèvres et main tendue. Cela voulait dire qu'il ne soupçonnait pas les raisons de sa visite. Ou alors, il le masquait très bien.

– Kacper Szulc, bonjour, se présenta-t-il avant de s'incliner de manière désuète. Bienvenue, bienvenue.

Elle le suivit, se remémorant les informations qu'elle avait glanées en ligne à son propos. Né en 1972 à Kalisz. Diplômé de l'université Adam Mickiewicz de Poznań, thèse de doctorat sur les enluminures des manuscrits médiévaux. Employé à la Bibliothèque nationale depuis dix ans, dont trois au poste actuel. Et, dans le privé, un grand fan de la *Guerre des étoiles* qui n'arrivait toujours pas à digérer le niveau catastrophique de la nouvelle trilogie.

Ils passèrent dans son bureau. Celui-ci était exigu et exactement comme elle se l'était imaginé : des étagères surchargées de livres jusqu'aux limites du possible, un bureau jonché de paperasse, une lampe démodée, une poubelle grillagée remplie de feuilles froissées et, sur le rebord de la fenêtre, des figurines de Stormtroopers impériaux disposés entre des pots de fougère comme s'ils venaient tout juste de débarquer sur une planète tropicale. Kacper Szulc suivit son regard et marmonna, embarrassé :

– Je crains que vous n'ayez affaire à un fanatique de Star Wars…

– Ce n'est pas la première fois.

– Ha, ha, je sais, c'est un univers assez populaire…

– Ma grande sœur était dingue de Han Solo, dit Julita en pliant son pardessus sur le dossier de sa chaise. La scène où ils le congèlent dans… dans…

– De la carbonite ?

– Oui, c'est ça. Elle l'a regardée tellement de fois que la cassette s'était usée, conclut Julita dans un sourire.

C'était loin d'être vrai, Magda détestait les films de science-fiction et de fantasy, et *La Guerre des étoiles* en particulier. Mais il fallait marquer des points, gagner la confiance de son interlocuteur.

– Ah, des cassettes, fit Kacper en soupirant. Le bon vieux temps.

– Exact… et moi, je voulais vous interroger sur les temps actuels, un peu moins réussis. Et sur la manière dont vont les livres.

– Bien sûr, je vous en prie, je suis à votre disposition.

Julita posa la question qu'elle avait préparée : comment jugez-vous la thèse populaire selon laquelle Internet aurait un impact négatif sur le nombre de lecteurs de livres et de presse traditionnelle ? Mais elle n'écoutait pas la réponse car celle-ci ne l'intéressait pas du tout – elle n'avait même pas sorti son dictaphone. Elle observait Szulc. Est-ce qu'il ne se mordille pas nerveusement les ongles ? N'a-t-il pas le regard fuyant ? S'agiterait-il sur sa chaise ? S'il connaissait les liens qui unissaient Daniel Królak à Julita, il aurait dû paraître inquiet. Il n'en laissait rien voir. Intéressant.

– … c'est pourquoi je dirais que le web est certes une concurrence, mais une concurrence saine, conclut Szulc.

– Hmm, marmonna Julita.

Elle faisait semblant de noter des choses dans son carnet, alors qu'en réalité elle y dessinait des gribouillis. Elle posa une nouvelle question, tout aussi dénuée d'intérêt que la précédente. Kacper Szulc y répondit patiemment, pas pour la première fois d'ailleurs, à ce qu'il semblait, elle sentait qu'il répétait une tirade toute faite. Elle balaya la pièce du regard en hochant légèrement la tête comme si elle méditait ses paroles. À la poignée de la fenêtre étaient suspendus des badges de conférences, toutes consacrées à la littérature et la bibliothéconomie. Elle pencha légèrement la tête pour lire les en-têtes des documents posés sur le bureau – rien de suspect. Cependant, un calendrier était accroché au mur à côté et, sous chaque date, il y avait des notes. Julita se mordit la lèvre. Non, se dit-elle, l'éthique journalistique ne le permet pas. Je ne devrais absolument pas. Dieu m'en garde. Bordel.

– Excusez-moi… dit-elle en interrompant Szulc avec un sourire suave.

Elle ne voulait pas le faire, vraiment pas. Peut-être qu'une nouvelle fois elle ne faisait que valider par son "moi" un acte qui avait été décidé sans son concours, tel un PDG fantoche dont la signature n'était qu'une formalité.

– J'ai la bouche sèche. Est-ce que je pourrais vous demander quelque chose à boire ?

– Oh, c'est moi qui vous demande pardon, madame, de ne vous avoir rien proposé. Que puis-je vous offrir ? De l'eau ? Un café ?

– Un café, si possible.

– Bien sûr. Comment le prenez-vous ? Noir ? Au lait ?

– Au lait, mais avec un lait végétal si possible, de riz ou d'amande par exemple… Et si vous en avez, alors avec une sucrette, avec ce truc, là…

Julita tenta de se rappeler les noms qui figuraient sur les étiquettes dans l'allée des produits sains qu'elle traversait pour se rendre au rayon des alcools.

– … du xylitol ou de la stévia…

Kacper Szulc fit la moue, mais elle savait qu'il ne refuserait pas. Cette veste en tweed, cette courbette pour dire bonjour, ces "je suis à votre disposition", "excusez-moi, madame", "que puis-je vous offrir ?". C'était un gentleman comme on n'en faisait plus. S'il le fallait, il couvrirait une flaque d'eau de son propre manteau pour qu'elle puisse traverser sans mouiller ses souliers.

– Euh… je vais voir ce que je peux faire…

– Un immense merci.

Il sortit et ferma la porte derrière lui. Ça devrait lui prendre un moment. Julita compta jusqu'à cinq, puis elle bondit de sa chaise et se mit à tourner les feuilles de son calendrier. Elle commença par la date qu'elle avait extraite de la photographie : le 22 février. Ça y était, inscrit en gros : KRÓLAK DÎNER. En mars, le 15 : KRÓLAK DÉJEUNER. En avril, le 4 : KRÓLAK TÉLÉPHONE. En mai, le 16 : KRÓLAK OFFRE. Puis plus rien. Elle prit des photos avec son portable ; elles étaient floues et mal cadrées parce que sa main tremblait. Soudain, elle se figea. Des bruits de pas dans le couloir, de plus en plus proches. Si vite ? Bordel ! Julita s'écarta du calendrier comme brûlée vive, s'assit sur sa chaise, croisa les jambes, ouvrit son carnet comme si de rien n'était, comme si elle ne s'était jamais levée. À ceci près qu'elle sentait la pulsation d'une veine dans son cou et que sa poitrine se soulevait trop vite. Avec un peu de chance, il ne le remarquerait pas.

La porte s'ouvrit. Szulc pénétra dans la pièce, sans le café. Il se plaça dos au calendrier, et tant mieux car celui-ci oscillait légèrement sur son clou : gauche, droite, gauche, droite…

– Pas de chance, notre machine à café vient de tomber en panne. Un thé peut-être ?

– Non, non, merci.

– Alors peut-être au moins de l'eau ?

– Vraiment, ce n'est pas la peine. Revenons à notre entretien.

– Bien sûr. Cependant… – Szulc suspendit la voix et haussa un sourcil. – … à en croire vos notes, ce que je raconte n'est pas très passionnant.

Julita baissa le regard sur ses genoux et vit son cahier ouvert sur des pages pleines de gribouillis. Elle le referma d'un mouvement sec, en le faisant claquer.

– J'ai… j'ai une bonne mémoire…

– Je vous envie, répliqua le bibliothécaire en souriant froidement tout en reprenant place dans son fauteuil. Moi, je dois tout noter. Alors que voudriez-vous savoir d'autre ? Pourrions-nous convenir qu'il s'agira de la dernière question ?

Putain, se dit-elle, c'est maintenant ou jamais parce qu'il n'y aura pas de second rendez-vous.

– D'accord, dernière question.

Julita sortit de son sac le cliché de Daniel Królak et lui prise au Shironeko Sushi et le posa sur le bureau.

– Je voudrais savoir pourquoi vous rencontriez cet homme.

– Quoi ? balbutia Szulc. Mais… comment avez-vous obtenu cette photo ?

– Je l'ai trouvée. Sur Internet.

– La tournure que prend cette conversation ne me plaît pas du tout, dit-il en se levant. Vous me suivez ? Qu'est-ce que c'est, une provocation ?

– Non, c'est juste que…

– Levez-vous, s'il vous plaît. Je vais vous raccompagner.

– Vous n'avez pas répondu à ma question.

– Chère madame, est-ce qu'il faut que j'appelle la police ?

– Vous devriez sans doute, répliqua-t-elle en hochant la tête, parce que l'homme que vous avez rencontré est soupçonné de travailler pour des services de renseignement étrangers.

C'était du bluff. La police l'aurait envoyée paître, et puis, elle n'avait en réalité aucune idée de qui pouvait être l'employeur de Królak, en dehors du fait qu'il était probablement de mèche avec Semenov. Mais ça fonctionna. Szulc blêmit et ouvrit grand les yeux.

– Daniel Królak ?

– En personne, confirma-t-elle, le PDG de Net Solutions, conseiller du parti Pologne Demain.

– Non, non, dans ce cas, il s'agit d'une erreur…

– D'une erreur ? Et pourquoi ça ?

– Je ne sais pas si je devrais vous le dire…

Julita leva les yeux au ciel.

– Vous m'avez googlée avant notre rencontre, non ? lui demanda-t-elle. Vous l'avez certainement fait. Vous avez vu sur quoi j'ai écrit jusque-là, les prix que j'ai obtenus etc., etc. Je mérite sans doute un crédit de confiance ?

– Je ne sais pas, grogna Szulc. Vous n'avez pas joué franc jeu avec moi.

– Parce que je ne savais pas si je pouvais me le permettre. S'il vous plaît, aidez-moi. Pourquoi croyez-vous qu'il s'agit d'une erreur ?

Szluc regarda de côté, puis fixa ses chaussures. En fin de compte, il dit :

– Parce que M. Królak ne représentait pas Net-machin-chose ni aucun parti.

– Mais quoi ?

– Une start-up. NOTAGOOSE.

– Quoi ? fit-elle, désorientée. Comment ça, *not a gouze* ?

– *Not a goose*. Ça veut dire “pas une oie” en anglais. Ça fait référence à la fameuse phrase de notre poète de la Renaissance, Mikołaj Rej, qui disait “Que toutes les nations sachent que les Polonais ne sont pas des oies et qu’ils ont leur propre langue”. C’était l’un des premiers auteurs à écrire directement en polonais et non en latin. Cette start-up concevait un algorithme de génération automatique de textes en langue polonaise.

Julita fronça le front. Une start-up ? Elle ne s’attendait pas à ça.

– Ah oui… C’est très intéressant…

Elle s’empara de son stylo. Cette fois-ci, elle prenait vraiment des notes.

– Et qu’est-ce qu’ils vous voulaient ?

– Vraiment, je ne devrais pas, c’était…

– Monsieur Szulc, dit-elle en lui coupant la parole, ce Królak travaille pour le côté obscur de la Force. Laissez-moi vous le dire comme ça : lis dans ton cœur, tu sauras que c’est vrai.

Kacper siffla et secoua la tête. Mais il sourit. Ça valait le coup d’avoir vérifié la page des meilleures citations de *La Guerre des étoiles*.

– Je ne sais pas si faire allusion à Dark Vador vous crédibilise… soupira-t-il. Mais… humm. Je vous mentirais en disant que je n’avais aucun motif d’inquiétude…

– Voilà. Alors, qu’est-ce qu’il voulait ?

Szulc reprit place derrière le bureau. Il se tut un instant, sembla réfléchir pour bien choisir ses mots. Julita ne le pressait plus, elle n’insistait pas. Elle sentait qu’elle n’en avait plus besoin.

– Daniel Królak voulait copier notre fonds numérisé, répondit finalement le bibliothécaire, en échange d'une très généreuse donation pour nos objectifs statuaires.

– Je comprends. Et quelle collection visait-il en particulier ?

Szulc posa les mains sur le bureau et noua ses doigts.

– En fait, c'est ça le truc, répondit-il. Toutes.

C'était dimanche. Or le dimanche, on le sait, il faut aller à l'église. Helena Niemczyk ouvrit son armoire, les charnières grincèrent et une odeur de naphtaline s'en dégagea. Elle choisit une robe noire et une veste de tailleur grise avec des boutons dorés. Puis elle se plaça devant le miroir et tenta d'arranger ses cheveux de sorte qu'on voie le moins possible la base qui avait repoussé depuis sa dernière teinture. En fin de compte, elle laissa tomber : tant pis, se dit-elle, je mettrai un chapeau.

Jadis, le dimanche était jour de fête. Elle se levait très tôt, avant l'aube – sans réveille-matin, elle le faisait d'elle-même. Elle embrassait Stach sur la joue, sentait sur ses lèvres les aiguilles d'une barbe naissante et sa peau encore chaude de la nuit. Puis elle allait voir Janina, elle remontait sa couette s'il le fallait (elle se rappelait jusqu'à aujourd'hui toutes les housses de cette période, les joyeux oursons dans un train, les soleils souriants et les chatons qui jouaient avec une pelote de laine) et si ce n'était pas nécessaire, elle la regardait simplement dormir un moment. En bas, elle préparait le déjeuner en avance : bouillon de poule, pommes de terre, betteraves râpées poêlées au raifort, boulettes de viande et un gâteau pour le dessert, une charlotte ou un cheesecake. Elle en préparait trop, plus que ce qu'ils étaient capables de manger ; elle compensait ainsi le manque de soins porté à la maison durant la semaine, tant elle passait de temps au travail. En cuisinant, elle faisait attention à ne pas entrechoquer les casseroles ni à heurter du couteau la planche à découper. Elle voulait que son mari soit réveillé par l'odeur du repas en train de cuire, qu'il descende la voir décoiffé et dans son pyjama froissé pour l'enlacer. Alors, elle lui disait laisse-moi tranquille, Stach, j'ai les mains sales, mais il la serrait encore plus fort et l'embrassait sur le front. Puis, c'était petit-déjeuner, tenue de fête et promenade jusqu'à l'église. Ils marchaient en se tenant par la main, elle à gauche, Janina au milieu, dans une robe à froufrous et des bottines noires aux pieds, et Stach à droite. Plus tard, tout avait changé. Stach marchait derrière, les mains dans les poches, et Helena poussait le fauteuil roulant de sa fille.

Elle sortit. Il bruinait. Il faisait moche. Elle referma le portillon rouillé, contourna par un large arc de cercle la pâtisserie des Fabisiński et tourna de la rue Wrzosowa dans la rue Gajowa. De là, on apercevait déjà le corps de l'église, ses angles vifs, la tôle, les briques, le clocher de vingt mètres de haut. Elle gravit l'escalier, le plus loin possible de l'élévateur pour handicapés que le curé avait installé à sa demande – et avec son argent. L'intérieur était austère : murs blancs et vides, autel en pierre dépourvu du moindre ornement et, au-dessus de lui, une immense croix métallique, vide elle aussi, sans Jésus. Quel contraste avec l'église en bois de sa Ruda natale, remplie de fleurs, de cierges, de tableaux et de sculptures de saints ! Là-bas, Helena sentait la présence de Dieu, son regard bienveillant et sa sollicitude. Ici, Dieu n'habitait pas. Ou, si jamais Il était présent, alors c'était un autre Dieu, distant et froid. Un Dieu qui observait avec indifférence la souffrance d'un enfant. Elle grimaça, furieuse contre elle-même et contre ses propres pensées. Le Seigneur t'a donné une croix, pensa-t-elle. Et tu ne l'as pas supportée. Tu es tombée. Et aussi bas qu'il était possible.

La messe commença. Helena s'assit au fond de la nef, dans un coin. Elle ignora des voisins qui la saluaient d'un hochement de tête et des amis qui cherchaient son regard. Elle ne voulait pas de leur compassion. Elle ne la méritait pas. Leur compassion la brûlait comme de l'argent volé.

– Vous ressentez certainement en vous la profondeur des expériences liées au grand mystère de l'incarnation du Fils de Dieu… commença le prêtre qui modulait sa voix et rallongeait les voyelles. Ce mystère par lequel Jésus-Christ, dans son amour sans limites, a pris la décision de se lier avec la nature défectueuse de l'Homme, de l'enrichir en la divinisant et de la rendre semblable à celle du Dieu unique…

Helena tenta de se concentrer sur l'homélie, de réveiller sa foi, mais les paroles solennelles glissaient sur elle sans aucun effet. Elle baissa la tête, joignit les mains pour la prière et ferma les yeux. Elle essaya d'apaiser les pensées qui tourbillonnaient dans sa tête, les images de ce qui avait été et de ce qui serait, pour revenir à l'ici et maintenant, pour s'ouvrir au toucher de l'indicible. Soudain, elle sentit quelque chose sous sa poitrine, une vibration rythmée qui se répandait dans tout son corps.

Le portable en mode silencieux vibrait dans la poche intérieure de son manteau. Helena tenta de l'ignorer, d'attendre qu'il s'arrête, mais on la rappelait encore et encore. D'ailleurs, elle avait une petite idée de ce que c'était, elle attendait ce coup de fil – mais elle l'attendait lundi. Le PDG Bełżyński n'avait pas pour habitude de travailler le week-end. Helena se leva, s'excusa auprès des gens assis dans sa rangée. Au fond, quelle différence, elle n'aurait de toute manière pas pu communier. Elle ne l'avait plus fait depuis sept ans.

Quand elle fut à l'extérieur, elle s'empara de son téléphone.

– Allô ? lança-t-elle.

– Ah, enfin ! grogna Bełżyński. Où est-ce que tu es, putain ?

– À l'église.

– Ah…

Le directeur s'interrompit, embarrassé, mais retrouva vite une composition.

– Mais pour quoi faire, un mariage ? Un enterrement ?

– Non, dit-elle, une messe ordinaire.

– Dans ce cas, sors, il faut qu'on parle.

– C'est bon, je suis déjà sortie.

– J'ai lu ton rapport, dit Bełżyński, et je ne suis pas satisfait.

Helena Niemczyk avait analysé l'offre de l'entreprise américaine qui promettait de résoudre le problème de la Montagne de fer. Et cette offre ne lui avait pas plu du tout. Premièrement, la société en question – GreenMyne Limited, avec pour siège Tucson, en Arizona – n'avait pas assez d'expérience à son actif, elle n'avait été fondée que deux ans plus tôt. Deuxièmement, le budget de toute l'opération était ridiculement bas : les Américains promettaient de vider et de revitaliser le réservoir pour à peine plus d'un million de dollars, tandis qu'Helena estimait les coûts d'une telle opération, étalée sur plusieurs années, à bien quinze fois ce montant. Troisièmement, et c'était le principal : peu importait ce que le directeur Bełżyński disait, la fermeture de la Montagne de fer était contraire à l'intérêt à long terme du Conglomérat. Or, le Conglomérat était l'unique chose à laquelle Helena Niemczyk tenait encore. Sa recommandation était donc sans équivoque : l'offre devait être rejetée. Elle l'avait rédigée le vendredi soir, après que le directeur était parti du bureau – à 16 heures, il allait à la muscu pour un entraînement avec sa coach personnelle. Elle l'avait envoyée par mail et avait remis un exemplaire papier en personne entre les mains ornées de longs faux ongles de la secrétaire, veillant bien à ce que le tampon REÇU y soit apposé avec la date adéquate.

– Je comprends, répliqua-t-elle.

Elle contourna les mères d'enfants en bas âge dans leurs poussettes qui étaient restées devant l'église et passa derrière le grillage.

– Je croyais que tu jetterais un œil favorable à cette affaire.

– C'est ce que j'ai fait, mentit-elle, mais je ne pouvais pas rendre un verdict différent.

Silence. Elle savait que son patron était furieux. Elle savait aussi qu'il avait peur d'elle. Les PDG allaient et venaient en cycles réguliers et prévisibles, tels les années bissextiles ou le phénomène El Niño, tandis que la directrice Helena Niemczyk se maintenait au Conglomérat depuis plus de vingt ans. Elle connaissait cette entreprise comme personne : les gens, les techniques, les procédures. Et elle était aguerrie aux luttes administratives.

– Je veux que tu retires ton rapport, dit finalement Bełżyński.

– Je crains que ça soit impossible.

– Dans ce cas, rédiges-en un autre.

– Adrian, je ne changerai pas d'avis. Mais c'est toi le président. La décision t'appartient.

– Elle m'appartient comme elle m'appartient, grogna-t-il. Tu sais ce qui arrivera quand je soumettrai la proposition au conseil de surveillance affublée d'une opinion pareille ? Ou quand, Dieu nous en préserve, on nous mettra un contrôle au c…

– Effectivement, un tel scénario n'est pas à exclure, répondit-elle avec une inquiétude feinte. Tu sais comment est la Chambre suprême de contrôle, ces jours-ci.

Nouveau silence, quoique partiel – Helena aurait juré qu'elle entendait un grincement de dents.

– Putain, Helena, tu ne comprends pas. C'est une affaire sérieuse. Le ministre Warecki en personne… tu sais, cet ancien footeux de Pologne Demain… son intérêt est très vif…

– Vraiment ? fit-elle en s'autorisant une pointe d'ironie. Très vif ?

– Vraiment. Il tient beaucoup… comme nous tous, d'ailleurs… à ce que le problème de la Montagne de fer soit efficacement réglé. Tu comprends ?

Des euphémismes, des paraboles, des non-dits… Helena sentait qu'elle n'était pas l'unique auditrice pour laquelle le président Bełżyński choisissait à présent ses mots, qu'il pensait également à ce que pourrait en déduire une tierce personne si, touchons du bois, quelqu'un enregistrait leur conversation ou les avait mis sur écoute. Ce qui voulait dire que l'intérêt "très vif" devait être encore plus fort. Et qu'il ne s'agissait pas seulement du réservoir des eaux polluées.

– Je comprends, répliqua-t-elle. Dans ce cas, nous allons chercher une solution à partir de demain.

– Oui. C'est ce qu'il y aurait de mieux… – Le directeur fit une pause, puis il ajouta : – … pour nous tous.

Il raccrocha. Helena rangea son téléphone et rentra chez elle. Le reste de son dimanche, elle le passa au lit.

– Et pour vous, madame, qu'est-ce que ce sera ? demanda le serveur en regardant Julita.

– Pour elle, ça sera ce que vous avez de plus sain, répondit Magda à sa place. Je ne sais pas, moi, de l'houmous de céleri ou un truc du genre.

– Dans ce cas, peut-être nos flocons d'avoine au lait d'amande, avec graines de lin et baies du Tibet…

– Oh voilà, ce truc, parfait, dit la plus grande des sœurs Wójcicka en lui coupant la parole. Et un cocktail bien vert avec ça.

– Du jus d'orties ?

– Même de pelouse si vous voulez, on s'en fiche, pourvu qu'il soit vert.

Le serveur hocha la tête, glissa son carnet dans la poche de son tablier saupoudré de farine et alla transmettre la commande en cuisine. Les deux sœurs s'étaient attablées dans une boulangerie-café non loin de la place Grzybowskiego. L'établissement se trouvait au rez-de-chaussée d'un gratte-ciel en verre, mais imitait un vieil immeuble d'habitation : les murs étaient tapissés de briques brutes et le sol de carreaux en terre cuite reproduisait le style de l'entre-deux-guerres. Elles s'étaient assises au fond, dans un coin, près du portemanteau et de l'entrée des toilettes. C'était la pire table de la salle, mais Julita avait insisté. C'était l'unique place qu'on ne voyait pas depuis la rue. Au cas où, elle n'avait pas ôté sa capuche.

– Qu'est-ce que j'ai encore fait pour te rendre furax ? demanda-t-elle en tartinant un morceau de pain encore chaud avec du beurre. Qu'est-ce que j'ai fait pour que tu m'imposes un menu pareil ?

– Chérie, tu me rends perpétuellement furax depuis que tu es née. Mais non, il ne s'agit pas de ça. Quelqu'un doit enfin prendre soin de toi.

– Ah, je comprends. Ton instinct maternel s'enclenche.

– Le bon sens s'enclenche. Tu te regardes dans la glace de temps en temps ? Ces cernes sous les yeux !

– Merci, toi aussi, tu es canon.

– J'ai vu ce qu'il y a dans ton frigo la dernière fois que je suis passée. Des Red Bull et des knackis desséchés. Il faut te bourrer de vitamines.

– J'ai fait une sauce à la courge dernièrement.

– Ah, ton plat d'apparat ? s'enquit Magda, intriguée. Pourquoi, t'avais des invités ?

Bordel, se dit Julita, elle me connaît trop.

– Non, non, juste pour moi, répondit-elle en enfournant le pain dans sa bouche pour éviter de poursuivre sur le sujet.

Magda l'observa d'un air méfiant, comme des années plus tôt, dans leur Żukowo natal, quand Julita lui jurait que non, qu'elle n'avait absolument pas emprunté sa veste en jean et n'avait pas la moindre idée d'où venait la tache verte de pelouse dans le dos.

– Quoi qu'il en soit… fit Magda en changeant par bonheur de sujet. Mardi, j'organise l'anniversaire de Sasza. Note-le-toi.

– Oh, je ne peux pas.

– Quoi, le noter ?

– Non, non. Je ne peux pas venir parce que…

Julita s'interrompit à mi-phrase.

– Ton portable ? demanda-t-elle.

– Je l'ai laissé dans la voiture, éteint. Comme tu me l'as demandé, répondit Magda.

– Merci. Parce que je serai à Gdańsk.

– Oh ? Et pourquoi ça ? C'est plus important que l'anniversaire de ta nièce ?

– Rien n'est plus important. Mais bon, tu sais, les billets sont déjà achetés. Quant à la raison… – Julita s'empara d'un autre morceau de pain. Il était excellent. – … eh, c'est une longue histoire. Je peux te raconter, mais je te préviens, ça va prendre un moment. Et ça concerne mon travail.

– Hmm…

L'aînée des Wójcicka plissa les yeux et but une gorgée de thé. Depuis leur fameuse dispute au retour de Julita de Las Vegas, elles évitaient toutes les deux le sujet de ses enquêtes. Magda estimait que moins elle en savait, mieux c'était, parce que ça lui évitait de s'énerver. Pourtant, cette fois, la curiosité prit le dessus.

– Bah, ils sont encore en train de moudre tes graines de lin à la cuisine, alors pourquoi pas. Raconte.

– D'accord. Tu te souviens de Daniel Królak ?

– Ce mec tout visqueux contre lequel tu débattais l'autre fois à la télé ? demanda Magda. Le conseiller de Pologne Demain et sa campagne Internet ?

– Oui, celui-là. À ceci près que ce n'était pas son unique activité.

– Oh ? Développe, s'il te plaît.

– Dans le même temps où il préparait ses coups fourrés en vue des élections, il était aussi engagé dans une start-up, NOTAGOOSE. Tu sais, "pas une oie". Parce que, Mikołaj Rej, les Polonais ne sont pas des oies…

– Oui, je connais.

– Et donc, en leur nom, il a rendu visite à la Bibliothèque nationale. Il y a vraiment un instant, juste avant que je vienne ici, j'ai réussi à établir qu'il est aussi allé aux Archives numériques nationales, je ne sais pas si tu connais, c'est là qu'ils réunissent tous les vieux films et les émissions de radio, ainsi qu'à la Bibliothèque numérique de l'université de Varsovie. Partout avec la même proposition, la possibilité de copier leurs données en échange d'une généreuse donation.

– D'accord…

Magda croisa les jambes. Comme d'habitude, elle portait des talons absurdement hauts.

– Mais à quoi bon, bordel ? demanda-t-elle.

– Ça, je ne le sais pas encore exactement, mais… NOTAGOOSE travaillait sur un programme de génération de textes. Tu sais, tu cliques et l'ordinateur recrache des phrases entières.

– Mais à quel sujet ?

– N'importe lequel, justement. Tu entres quelques mots et l'algorithme termine la phrase à ta place. Par exemple, tu tapes "Ce que j'aime le plus au monde, c'est quand…" et le programme complète, disons "… le soleil brille et les oiseaux chantent". À ceci près, bien sûr, que l'ordinateur ne comprend pas ce qu'il écrit parce que, par chance, il n'a pas encore de conscience. Donc, ça fonctionne si…

– Voici les flocons d'avoine pour madame… dit le serveur en posant un bol d'une bouillie peu ragoûtante devant elle. Ainsi que des œufs brouillés au chorizo et à la pancetta pour vous…

– Merci. Donc, ça fonctionne si – reprit Julita en zyeutant jalousement l'assiette de sa sœur – tu fournis d'abord à cet algorithme une flopée de textes pour qu'il regarde quels mots apparaissent après quels autres et dans quel ordre. Si tu as, disons, le mot "soleil", alors ce qui vient après, c'est "brille" ou "éclaire", mais probablement pas "cornichon" ou "lacet". Et quand tu as "chantent", alors avant il y a "oiseaux" ou "enfants", mais pas "betteraves". Et ainsi de suite.

– Les enfants, essentiellement, ça "braille", ça "pleurniche" ou ça "rouspète", grogna Magda. Mais sérieusement… ça marche, ce truc ?

– D'après ce que je sais, pas trop pour le moment. Une phrase ou deux, ça passe encore, mais d'ordinaire l'ordinateur perd le fil après ça et vogue vers des ambiances dignes des Monty Python. Par exemple, il va te dire "Ce que j'aime le plus au monde, c'est quand le soleil brille et les oiseaux chantent" et d'accord, tout va bien, mais derrière il va rajouter par exemple "ainsi que les exploits des héros polonais de la résistance d'un radiateur".

– Que quoi ?

– Parce que tu sais, on peut aussi "chanter" des mérites, au sens de "vanter", n'est-ce pas ? Dans ce cas, l'algorithme peut associer ce début à des expressions qu'il a vues dans les textes qui traitent de l'Occupation allemande durant la guerre, alors il change de propos. Quant à la "résistance", c'est simple, le mot peut renvoyer au maquis, mais aussi à la résistance électrique, et les mots qui viennent après sont "d'un radiateur", "d'un four" ou "d'un fer à repasser".

– D'accord. Donc on ne va pas en faire usage si vite que ça.

– Bah… ce n'est pas tout à fait vrai.

Julita goûta ses céréales. Elles n'étaient pas si mauvaises.

– Avec la description des situations prévisibles, qui se déroulent toujours dans le même cadre, ces algorithmes se débrouillent déjà assez bien. Par exemple, on les utilise pour rédiger des comptes rendus de rencontres sportives ou des résumés de rapports de Bourse. Tu vois le truc, on y trouve toujours les mêmes formulations, “le but de la victoire a été marqué par Untel à la minute X” ou “au second semestre, on rapporte un bénéfice net de N millions…”

– Mais attends, attends, tu veux dire que de tels textes paraissent déjà ?

– Oui.

– Mais dans des journaux ? Des trucs écrits par des ordinateurs ? Sans intervention humaine ?

– Oui. Dans le *Guardian* britannique par exemple.

– Tu déconnes.

– Je ne déconne pas.

– Tu déconnes.

– Non, non. Je parle sérieusement.

Magda mangeait en silence en secouant la tête. Son regard errait sur le côté.

– Ce monde part en vrille, dit-elle après un moment. Sérieux. De plus en plus.

– Ouais. Je suis d’accord.

– Bien, mais minute, il y a un truc que je ne comprends pas. Qu’est-ce que tout cela a à voir avec l’autre forum pour pédophiles ? Avec tout ce X1 ? Avec les élections ? À quoi leur sert un générateur de texte ? À rédiger des rapports ?

– Ça, je ne le sais pas. C’est justement pour ça que je pars à Gdańsk. J’ai réussi à joindre un mec qui a travaillé pour NOTAGOOSE, il y habite maintenant. Il est d’accord pour parler. Le reste de l’équipe s’est dispersé de par le monde parce que la boîte a cessé de fonctionner il y a un certain temps.

– Humm. D’accord. Alors ton absence est justifiée.

– Merci. Dis à Sasza que je passerai dès que je reviens.

Les sœurs finirent de manger, elles se rhabillèrent – Julita tira sa capuche plus bas sur la tête et chaussa des lunettes de soleil – et sortirent sur la place Grzybowski. Cette place, c'était Varsovie en miniature, son passé et son présent, son esthétique hétéroclite du collage et son dédoublement de personnalité. Ici, une école aux fenêtres barricadées avec des planches de bois attend d'être démolie – une école frauduleusement "récupérée" par des mafias immobilières au nom de propriétaires défunts, morts avant-guerre. Là, un square sur lequel on aurait érigé un énième monument aux martyrs sans l'opposition farouche des habitants du quartier. Tu regardes à gauche, tu vois une synagogue cachée par une tour de verre, tu regardes à droite, tu découvres une statue de Jean Paul II souriant avec bienveillance depuis les marches d'une église. D'un côté de la rue Próżna, des repaires de hipsters – *pâtisserie, boulangerie, je ne sais quoi** –, de l'autre, un immeuble en ruine dont émanaient des odeurs de renfermé et de moisissure.

Julita raccompagna sa sœur jusqu'à la voiture. Elles se serrèrent dans les bras et s'embrassèrent sur les joues.

– Ah, écoute, je peux te prendre en photo ? demanda Magda. Pour les parents, tu sais. Ils s'inquiètent.

– Non, désolée.

– Je ne vais pas la mettre en ligne.

Je sais, songea Julita. Mais tu as peut-être un malware dans ton portable qui le fera à ta place ? Parce que tu as peut-être cliqué sur quelque chose de suspect, tu as peut-être connecté ton téléphone à un chargeur infecté, ou peut-être que ton Bluetooth était allumé dans un endroit où il ne fallait pas. Bien entendu, les probabilités étaient faibles – mais pas nulles. Or, Julita avait peur des photos. Elle connaissait le nombre d'informations

* En français dans le texte. (*NdT*)

qu'on pouvait en extraire, aujourd'hui, demain, dans une dizaine d'années. D'ailleurs, ne venait-elle pas elle-même de retrouver un homme sur la base d'une image qu'on aurait juré innocente ? Dernièrement, elle avait aussi lu que des algorithmes basés sur l'intelligence artificielle étaient capables de prédire avec une probabilité forte l'orientation sexuelle d'une personne rien que d'après la forme de son visage. Il s'avérait donc que les Indiens d'Amérique qui ne voulaient pas que les visages pâles les prennent en photo avaient parfaitement raison. En fait, en prenant une photographie, on pouvait vraiment voler l'âme de quelqu'un.

– Je comprends, dit Julita, mais je refuse quand même.

Elle pensait que Magda s'indignerait et lèverait les yeux au ciel. Mais non. Sa sœur hocha simplement la tête. Elle ne montra pas de frustration ou d'impatience, c'était de l'inquiétude, plutôt.

– Tu reviendras parmi nous un jour ? demanda-t-elle sans une once de moquerie. Parmi les gens ordinaires ?

– Je ne sais pas, répondit Julita. On verra.

– Fais attention à toi à Gdańsk, d'accord ?

– Mmh, fit-elle la gorge serrée. Bien sûr.

– Jan part avec toi ?

– Humm ? Je ne sais pas. Je ne lui ai pas demandé.

– Alors, demande-lui. Je serais plus tranquille.

Magda monta dans sa voiture et partit. Julita sortit son portable de sa pochette Faraday et se mit à écrire un nouveau message. Mais elle ne l'envoya jamais. Elle s'interrompit au milieu d'une phrase et rangea le téléphone.

Florian Schulte farfouillait dans ses pommes de terre du bout de sa fourchette. Son corps était chez lui, à table avec femme et enfants, mais en esprit il se trouvait à quelques rues de là, au bureau de Schloss Security. En fait même pas au bureau, mais à l'intérieur d'un ordinateur qu'il détenait là, un endroit où il n'y avait ni droite ni gauche, ni haut ni bas, où il n'y avait nulle couleur ou son, rien que des 0 et des 1, des 0 et des 1 et, parmi eux, ceux qui composaient l'entité appelée *application.exe*. À ceci près qu'ils n'étaient pas là où ils devaient être, ils avaient échangé leurs places, transformant un code lisible en charabia. *Application.exe* restait une énigme, du moins tant qu'elle demeurait immobile, telle une raie tapie au fond de la mer, se confondant avec le sable alentour aussi longtemps qu'elle n'agite pas l'eau. A priori, le programme savait qu'il était observé. Il se savait dans une prison virtuelle, dans une matrice. Mais comment?

– Papa, allez, dit son fils en lui donnant une pichenette.

– Hein? Quoi?

– Tu me le passes, ce jus?

– Bien sûr. Suffit de demander.

– Il l'a fait, remarqua Beate. Deux fois.

– Excuse. J'étais perdu dans mes pensées.

– Le boulot?

– Hmm.

D'abord, il avait testé la possibilité la plus évidente: l'ordinateur qu'il utilisait pour ses tests était coupé d'Internet, or cela constituait de nos jours un véritable événement. *Application.exe* aurait pu vérifier s'il avait accès au web et, quand il se serait avéré que non, il aurait interrompu son activité. C'est pourquoi il avait d'abord connecté son ordinateur-cachot à trois autres machines en créant un mini-réseau local. Rien. Puis il y avait joint un serveur créé spécialement pour les tests. Que dalle.

– Qu'est-ce qui se passe?

Florian détacha son regard de l'assiette. Klara et Hanna avaient fini de manger et quitté la table, Jochen fixait bêtement son portable.

– J'ai un problème avec un programme.

– Au oui? Lequel?

– Je ne veux pas t'embêter avec des détails techniques.

Beate hocha la tête, déçue, mais pas surprise. Ils avaient peu d'intérêts communs. Quand ils s'étaient rencontrés, ils étaient des gens différents. Lui, donc, rebelle informatique en probation. Elle, cheveux violets, piercing sur la langue et un pentagramme inversé tatoué entre les seins. Et aujourd'hui ? Classe moyenne supérieure, voyez-vous ça, un déjeuner du dimanche après une promenade du dimanche après un petit-déjeuner du dimanche. Barbant. Il la fuyait pour aller travailler. Elle n'avait pas cette possibilité, étant employée dans une entreprise qui fabriquait des mixeurs. Ce qu'elle y faisait exactement, Florian n'en était pas tout à fait sûr.

Deuxième option. Les fichiers, ou plutôt leur manque. Un ordinateur de test était habituellement presque vide : le strict minimum, des dossiers système et une poignée d'images ou de fichiers textes pour que le virus ait quelque chose à se mettre sous la dent. Peut-être qu'*application.exe* vérifiait quel pourcentage du disque était occupé ou quel type de fichiers se trouvait dessus ? Et quand elle venait à la conclusion que quelque chose clochait, que cet ordinateur avait l'air louche, au fond elle repliait ses antennes et se cachait dans sa coquille. Mais non. Florian avait chargé quelques gigaoctets de musique, de films, de tableaux, de photos et de jeux. Pareil. Raté.

– Lundi, je rentrerai plus tard, annonça Beate.

– Ah ?

– Donc c'est toi qui dois récupérer les filles après la danse.

– OK.

– Pour le dîner, vous pouvez vous décongeler un truc. Les boîtes sont dans le tiroir du bas, à gauche.

Troisième option. *Application.exe* reconnaissait les signatures des outils communément utilisés pour analyser les malwares. Cuckoo Sandbox. SysInternals. IDA Pro. À leur vue, le programme malveillant pouvait se comporter comme un criminel qui reconnaît des policiers en civil et qui, un instant avant son braquage, remet ses mains dans les poches et fait semblant de passer devant la banque parce qu'il fait beau. Florian les avait donc désinstallés et remplacés par des équivalents moins connus. Même effet que précédemment. C'est-à-dire aucun.

– Florian ?

L'irritation retentit dans la voix de Beate. Ça l'éveilla aussi sec.

– J'écoute ?

– Qu'est-ce que je viens de dire ?

– Que le dîner…

Il s'interrompit.

– Que le dîner quoi ?

Florian planta sa fourchette dans un morceau de schnitzel. Très précautionneusement.

– Excuse-moi, je ne t'ai pas entendue…

– Mon Dieu… fit l'ancienne sataniste dans un soupir. Est-ce que je te parle dans une langue étrangère ?

Il se figea, bouche ouverte, fourchette en l'air. "Dans une langue étrangère", la phrase résonnait à ses oreilles. Mais oui ! Comment avait-il pu ne pas y penser. C'était évident. Il s'essuya les lèvres à l'aide de sa serviette et se leva de table en renversant presque sa chaise.

– Excuse-moi… marmonna-t-il. Il faut que j'aille au bureau.

– Quoi ? Tu plaisantes. J'ai dit à Jochen que vous alliez faire…

– Affaire urgente.

Il était déjà dans le vestibule. Il enfilait déjà sa veste.

– Je suis vraiment désolé.

Il revint l'embrasser sur la joue et courut dans l'escalier. Arrivé un étage plus bas, il entendit la porte claquer.

4

4 mars 1999, Tomsk

Pyotr Semenov souffrait de diarrhée. Pas parce qu'il avait une intoxication alimentaire – d'ailleurs, comment pourrait-on s'intoxiquer avec des biscottes et des cornichons aigre-doux –, mais par nervosité. Il était allé aux toilettes sept fois déjà depuis qu'il avait ouvert la boutique. Ses boyaux se tordaient et son anus le brûlait ; le papier toilette gris était râpeux comme un grattoir d'allumettes. Pyotr essuya la sueur froide sur son front, brancha le thermoplongeur couvert de calcaire et le plaça dans sa tasse. Dès que l'eau se mit à bouillir, il y versa les feuilles de plantain étroit qu'il avait acheté le matin même à la pharmacie. Il faut infuser un demi-litre toutes les trois heures et boire par petites gorgées, lui avait dit la pharmacienne aux cheveux teints en blond platine. Elle voulait aussi lui vendre des cachets, mais il refusa poliment – il n'en avait pas les moyens.

Ne t'inquiète pas, lui disait-on quand la nouvelle de son licenciement de l'université s'était répandue. De nos jours, les informaticiens sont recherchés, tu vas te débrouiller, et dans le pire des cas tu partiras en Amérique, on va te donner la carte verte sans soucis. C'était peut-être le cas, il n'avait pas essayé. Il ne voulait pas émigrer, et certainement pas en Amérique. Premièrement, à cause de sa mère. Deuxièmement, il avait sa fierté. L'eau devint marron. Pyotr porta la tasse à sa bouche et souffla dessus. L'air chaud brûlait ses lèvres gercées.

Il avait espéré obtenir un poste dans une autre faculté. À Tomsk, il y en avait plusieurs : la polytechnique, l'université sibérienne de médecine, la faculté de radioélectronique, sans compter l'institut de physique et des sciences des matériaux ou l'institut d'optique… Cependant, ses entretiens se déroulaient partout selon le même schéma. Asseyez-vous, Pyotr Nikolaïevitch, asseyez-vous. Vous êtes spécialiste de quoi ? D'intelligence artificielle… Hmm, hmm… Et quoi d'autre ? La planification centralisée et la circulation d'informations, je comprends. Oui… Ne le prenez pas mal, mais ce ne sont pas les sujets les plus brûlants ces temps-ci… On voit bien que l'intelligence artificielle est un cul-de-sac, quant à la planification centralisée… Elle est passée de mode, vous comprenez, alors… Pardon ? Oui, oui, bien sûr. Si les choses viennent à changer, on vous appellera.

Dans les sociétés privées, même scénario, mais en moins poli.

Semenov but une gorgée de son infusion de plantain et grimaça. C'était amer en diable, mais que faire, il fallait vider la tasse. Osip n'allait pas tarder, et alors il devrait être sur pied. Encore une gorgée, dans ce cas. Et une autre. Il en absorba la moitié et ne fut pas capable d'en avaler davantage. Il versa le reste du liquide brun dans l'évier et ouvrit le robinet – un robinet d'eau froide, pour ne pas enclencher le chauffe-eau, il n'avait pas encore réglé la facture de gaz de l'hiver.

Sa mère avait fini par le convaincre d'ouvrir une boutique d'électronique. Maintenant, tout le monde aura besoin d'un ordinateur, lui disait-elle, avec raison d'ailleurs ; en dépit des années qui passaient, son esprit restait acéré comme une lame de rasoir. Et toi, mon petit Pietia, tu t'y connais et, en plus, tu sais écrire une lettre en anglais, et de nos jours ça vaut son pesant d'or. Au départ, il n'était pas convaincu, il n'était pas fait pour ça et ne voulait pas abandonner ses recherches, mais il y avait de moins en moins d'argent dans la cachette sous le vaisselier et, autour de lui, les gens s'enrichissaient : un tel importait des médicaments, un autre des vêtements, un autre encore vendait des assurances. En bas de l'immeuble, en plus des Jigouli et des Moskvitch, on trouvait maintenant des BMW et des Volvo aux vitres teintées, tandis que, sur les terrains vagues de l'autre côté du boulevard Khmelnytsky, des maisons individuelles sortaient de terre, avec jardins, étangs et trampolines pour enfants. Il n'y avait plus qu'à gagner de l'argent.

Alors, Pyotr Semenov ouvrit sa boutique. Elle se trouvait au rez-de-chaussée d'une barre d'immeuble de la rue Elizarova, occupait une surface de vingt mètres carrés entre un fleuriste et un boucher. Malheureusement, il s'était avéré que, pour faire des affaires dans la Nouvelle Russie, le savoir ne suffisait pas. Il fallait aussi avoir la tête sur les épaules, de la ruse, du bagout. Il fallait comprendre à qui graisser la patte et qui ne pas fréquenter. Pyotr ne savait pas le faire. Il était renfermé, timide, n'arrivait pas avoir le dernier mot. Ses problèmes commencèrent donc assez vite. Une partie des ordinateurs qu'il commanda aux États-Unis – et qu'il avait intégralement payés d'avance – n'arriva jamais à destination. Il se rendit donc à la poste, montra la confirmation transmise par les Américains que la marchandise avait bien franchi la frontière. Les postiers se contentèrent de hausser les épaules. Qu'est-ce que tu vas nous faire, hein ? Pyotr reposa la tasse lavée en haut d'un placard recouvert d'un torchon. Il quitta l'arrière-boutique, s'assit derrière le comptoir. Il se leva, marcha un peu. Soudain, il courut à nouveau aux toilettes. Il eut à peine le temps de baisser son pantalon.

Mais le pire arriva plus tard en la personne d'Osip Bogomilov. Celui-ci était grand, chauve, portait des chaussures de sport et une veste brillante couleur framboise, ainsi qu'une chaîne en or par-dessus son T-shirt. Il possédait beaucoup d'argent et aimait le montrer. Officiellement, c'était le propriétaire du vidéoclub du quartier – officieusement, il travaillait pour la mafia locale, mais personne ne savait exactement ce qu'il faisait pour eux. La première fois que cet homme lui rendit visite, c'était un soir d'hiver, deux ans plus tôt. Il ne lui adressa pas la parole, ni bonjour ni merde. Il passa simplement derrière le comptoir, ignorant les protestations de Pyotr qu'il repoussa d'un geste négligent et ouvrit la caisse. Il en sortit ce qu'il y trouva, soit quelques billets de banque, les froissa et les fourra dans la poche arrière de son jean. Alors, il lui adressa la parole pour la première fois, "Je reviendrai la semaine prochaine", lui avait-il lancé au moment de partir. Et il tint parole ; qu'il neige ou qu'il vente, par grande chaleur ou par grand froid, il venait. Quand il y avait de l'argent, il le prenait. Quand il n'y en avait pas, il cognait. Or, l'argent se faisait de plus en plus rare.

Pour réussir à joindre les deux bouts, pour pouvoir payer le gaz, l'électricité, la nourriture et les médicaments de sa mère, Pyotr commença donc à contracter des dettes qu'il ne pouvait pas rembourser. Ses créanciers commencèrent eux aussi à lui rendre visite dans la boutique, ils ne lui disaient pas grand-chose non plus, mais leurs actes étaient plus bruyants que leurs paroles. Pyotr Semenov savait que le temps lui était compté. Encore une semaine ou deux, et la rivière rejetterait son corps sur le rivage d'un de ces jolis jardins des bords de l'Ouchaïka. Mais une possible porte de sortie était apparue. La semaine précédente, Osip était venu avec son ordinateur. J'ai un virus, lui avait-il déclaré, occupe-t'en. Alors, Pyotr s'en était occupé. Et, par la même occasion, il avait découvert ce qui se passait réellement au vidéoclub. Il avait compris comment Osip gagnait son argent.

Pyotr grimaça et gémit de douleur. Ses jambes tremblaient. Il pensait que c'était bon, que c'était terminé, mais quand il se leva pour se torcher, ça coula à nouveau. Il tira son pull sur son nez et respira par la bouche, il ne pouvait plus supporter la puanteur. Il finit par se lever, remonta son pantalon et se savonna les mains. Il quitta les toilettes en s'appuyant au mur humide. Il regarda la bouilloire et le paquet de plantain déchiré. Il ravala la salive qui lui brûlait la gorge et brancha la prise. Cela fonctionnerait peut-être la seconde fois, se dit-il. Pourvu que ça marche.

Dans l'ordinateur d'Osip, il y avait un dossier nommé "Marchandise". Pyotr l'avait ouvert par curiosité. À l'intérieur, il y avait des photos d'enfants. Le plus âgé devait avoir quatorze ans, les plus jeunes cinq ou six. Tous maigres, dépenaillés, avec un regard qui disait qu'ils ne croyaient plus au Ded Moroz qui apportait des cadeaux le soir du nouvel an, qu'ils savaient bien comment fonctionnait le monde. On n'obtenait rien gratuitement. Tu veux manger quelque chose de chaud ? Tu veux disposer d'un toit ? Alors déshabille-toi. Retourne-toi. Agenouille-toi. Écarte les jambes. Sur ces photographies, il y avait aussi Osip. Sans ses chaussures de sport ni sa veste, mais toujours avec sa chaîne en or. Auprès des enfants, il avait l'air d'un géant. Il aimait regarder droit dans l'objectif.

Pyotr Semenov savait ce qu'il aurait dû ressentir. Du dégoût. De l'effroi. De la compassion. Mais ce n'est pas ce qu'il ressentit. Peu de choses éveillaient de fortes réactions chez lui, surtout si elles ne le concernaient pas personnellement. Et si ces images avaient éveillé une émotion, c'était plutôt du soulagement. Le soulagement d'avoir enfin tiré le bon numéro, d'avoir une carte à jouer. Bien sûr, il devait faire attention à ne pas miser trop gros. Sa première pensée : téléphoner à la police et dénoncer Osip. Qu'ils le mettent au trou, que les autres détenus apprennent ce qu'il faisait, qu'ils s'occupent de lui. Mais que se passerait-il si la police était au courant ? Et si Osip avait un arrangement avec des flics ? C'était plus que probable. Quelques mois plus tôt, Averly, le boucher de la boutique d'à côté, à qui Osip rendait également visite, avait tenté de le convaincre de l'accompagner au commissariat pour porter plainte. Pyotr avait peur, alors il avait refusé. Et bien lui en avait pris. Quelques jours plus tard, il avait croisé Averly dans la rue. Sa main gauche était bandée. Quelqu'un lui avait coupé tous les doigts.

Bruit de moteur débridé, crissement de pneus sur du béton craquelé. Une Mercedes cerise aux jantes en or se gara devant sa boutique. Pyotr Semenov sentit son ventre se crisper. Il serra les dents, croisa les jambes. Une dénonciation était hors de question, un chantage idem. Alors quoi ? Une offre. Il devait la présenter brièvement, avec des mots simples, de sorte qu'Osip la comprenne et ne le fasse pas taire d'un coup de poing en plein visage comme à son habitude. La porte s'ouvrit et la clochette suspendue au-dessus du chambranle tinta. Pyotr prit une inspiration profonde. Qui ne tente rien n'a rien.

Parfois, j'ai l'impression de ne pas contrôler ma propre vie. Je n'arrive pas à retenir mes pulsions.
Je ne maîtrise pas mon humeur. Je ne contrôle pas mes émotions. J'ai des montées d'angoisse, des attaques de panique. Je ne contrôle pas ce que je dis ni comment je le dis. Je ne contrôle pas la manière dont ça va être reçu. Je ne contrôle pas la manière dont les gens réagissent en me voyant, je ne sais pas s'ils m'apprécient ou s'ils se moquent de moi, et s'ils me regardent de façon étrange, ils vont me le dire. Je n'ai pas d'influence sur le nombre de mes cicatrices. J'en ai une dans la tête, là où ils m'ont fait le trou.

– Oh putain, marmonna Julita. Là, on bascule dans la noirceur…

Assise, elle fixait l'écran de son ordinateur, les genoux sous le menton. Le texte qui s'affichait devant elle avait deux auteurs. Elle, Julita Wójcicka, avait écrit les deux premières phrases. Le reste avait été produit par l'algorithme NOTAGOOSE. Elle relut tout le paragraphe encore une fois, précautionneusement, mot par mot. Il était meilleur que ce qu'elle aurait cru. Bien meilleur. Certes, l'une des phrases, celle sur les gens et ce qu'ils allaient dire était un peu obscure, certes, la transition vers les cicatrices était soudaine et infondée, comme dans un rêve. Mais l'algorithme avait correctement interprété l'idée de départ et réussi à la développer, en se tenant au sujet, construisant des phrases grammaticalement correctes – sans oublier de restituer son état d'esprit. Bien entendu, on sentait que ça n'avait pas été écrit par un humain. Mais il était difficile de croire que ça avait été fait par une machine. Julita se sentit inquiète. C'était comme si, soudain, son chien lui avait adressé la parole ou que sa tasse de café avait bondi d'elle-même sur la table. On aurait dit qu'une loi de physique avait été violée, que des axiomes s'étaient effondrés.

D'accord, se dit-elle, en se redressant sur sa chaise parce que soudain sa position était devenue inconfortable sans qu'elle sache pourquoi, essayons autre chose. Elle écrivit quelques mots : une nouvelle confidence qu'elle n'aurait jamais formulée dans une conversation avec une véritable personne, des mots qu'on dit à un ami ou à un thérapeute.

Je crois avoir tendance à des comportements autodestructeurs. C'est mon plus grand problème. Mes potes ne s'en rendent pas du tout compte, mais je finirai par gâcher ma vie par mon stupide comportement.
Rien de ce que je disais ne l'atteignait.
Le matin suivant, j'ai porté ma valise jusqu'au bar et j'y ai rencontré Rosamunda. Il y avait aussi là un homme grisonnant dans un maillot de corps moulant, nous avons le même âge, que j'avais déjà vu quelque part. Ce qui me frappa, c'est qu'il portait probablement une couche et que son nez n'était qu'à moitié aussi long que ce qu'il devrait. Jusqu'à peu, j'étais alcoolique et, les cinq dernières années, je buvais le meilleur vin rouge du monde, mais ce chapitre de ma vie est déjà clos.

Julita éclata de rire. Cette fois-ci, l'algorithme avait décidé de s'essayer à l'écriture romanesque. Manifestement, la confidence de Julita lui avait évoqué les monologues des protagonistes désabusés de romans noirs. Force était de constater que le début était intrigant : qui ne voudrait pas savoir quel secret cachait un homme grisonnant en maillot de corps qui portait une couche et dont le nez n'était qu'à moitié aussi long que ce qu'il devrait être ? La manière de conduire la narration laissait cependant beaucoup à désirer. Les thèmes surgissaient et disparaissaient sans crier gare, un *non sequitur* chassait l'autre, les effluves de l'absurde s'épaississaient.

– C'était notre plus gros problème, lui avait confié Wiktor, le cofondateur de NOTAGOOSE qu'elle avait rencontré à Gdańsk un peu plus tôt.

Sur les photos qu'elle avait préalablement vues en ligne, il avait l'air d'un jeune dieu : mâchoire carrée, larges épaules et yeux bleus qui vous observaient sous une crinière de boucles indisciplinées. Il émanait de lui la confiance propre aux gens qui obtiennent toujours ce qu'ils souhaitent dans la vie et pour lesquels l'avenir n'est qu'un sac rempli de cadeaux. Cependant, les événements de ces dernières années avaient laissé des traces. Wiktor avait maigri, coupé ses cheveux. Il arrachait nerveusement les peaux mortes autour de ses ongles. Perdre un million de złotys par naïveté, ça doit faire mal, se dit Julita.

– Quoi donc ? avait-elle alors demandé.

– Forcer l'algorithme à ce qu'il se tienne au sujet. Il suffisait d'une seule association erronée et le texte partait dans une direction totalement fausse. D'ailleurs, nous avions une idée pour régler le problème, mais… – À ce moment précis, il s'était interrompu. – … mais nous n'en avons pas eu le temps.

NOTAGOOSE avait été créé en 2018. Wiktor avait codé sa première version quand il étudiait encore à Polytechnique, avec un camarade de promo et sa copine de l'époque qui travaillait chez Samsung Pologne. Ils étaient fascinés par les algorithmes de génération de textes qu'Open AI créait aux États-Unis et avaient voulu vérifier s'il était possible de construire quelque chose de similaire, mais en polonais. Ça avait été plus facile que ce qu'ils avaient cru, les effets avaient été immédiats. Le doyen de l'école les avait encouragés à fonder leur propre société et à tenter de commercialiser leur programme. Cependant, les investisseurs potentiels restaient sceptiques : à quoi cela pourrait-il bien servir ? Qui serait votre client ? Est-ce qu'on manque vraiment de charabia en ligne ? Tous avaient l'impression que c'était une voie sans issue, qu'il faudrait clore l'affaire.

Et c'est alors que Daniel Królak avait surgi de nulle part. Avec une valise pleine d'argent. Il avait dit que la perspective d'un grand succès s'ouvrait devant eux et qu'il voulait acheter des parts. 49 %, pas plus, pour qu'ils gardent le contrôle de la société, Królak n'était intéressé que par les futurs bénéfices, c'est du moins ce qu'il prétendait. Ils donnèrent leur accord. Trop vite. Ils n'avaient pas bien lu le contrat, ils avaient fait l'économie d'un juriste. Or, un bon avocat aurait certainement attiré leur attention sur le paragraphe 7, sous-paragraphe III, point C, qui définissait des objectifs de développement irréalistes, et surtout sur le point D qui précisait ce qui se passerait si lesdits objectifs n'étaient pas atteints.

La bouilloire siffla. Julita se leva et faillit trébucher sur son propre sac posé au milieu de la pièce. Elle ne l'avait pas encore défait depuis son retour. À l'intérieur, il n'y avait pas grand-chose, rien qu'un journal, un thermos de thé vide, un paquet de chewing-gums… Après tout, elle n'avait été à Gdańsk que l'espace de quelques heures : départ de Varsovie Centralna peu après 9 heures, descente à Wrzeszcz, rencontre avec Wiktor dans un bureau non loin de la galerie Bałtycka et retour à la gare. Le train avait eu du retard, alors elle était passée à la librairie pour acheter un cadeau à Sasza. Elle avait aussi acheté autre chose en pensant à Jan : *LE VIN. Comment devenir expert ?*

Manuel pour débutants. Dans la file d'attente de la caisse, elle ricanait à l'idée de sa bonne blague ; à présent, elle se demandait si elle devait vraiment lui offrir ce bouquin. Il la comprendrait peut-être encore de travers ? Cela provoquerait peut-être un nouveau quiproquo ? Par ailleurs, pour le lui donner, ils devaient d'abord se revoir. Or, son téléphone restait muet.

Julita versa l'eau sur son café soluble et donna un coup de pied à son sac pour qu'il ne la gêne plus. Concentre-toi, s'ordonna-t-elle en pensée, ce n'est pas une comédie romantique. Elle revint à son ordinateur et ouvrit le dossier de ses notes. Il valait mieux retranscrire tout cela maintenant, tant qu'elle se souvenait des détails. Wiktor lui avait dit qu'au début, tout avait marché au poil. Les versements tombaient régulièrement. Daniel Królak aidait les concepteurs à obtenir les nouvelles données dont ils avaient besoin pour nourrir l'algorithme éternellement vorace. Tout avait brutalement changé début 2020. Selon le contrat, NOTAGOOSE devait alors être prêt pour la commercialisation. Il ne l'était pas. Wiktor ne s'en était pas particulièrement ému, après tout décaler les dates butoir était la norme dans le secteur de l'IT. Il avait été estomaqué quand Królak était venu avec un avocat. Celui-ci leur avait annoncé que le paragraphe 7, sous-paragraphe III, point D stipulait qu'en cas de non-atteinte des objectifs de développement préalablement définis, Daniel Tadeusz Królak, ci-après dénommé "l'Investisseur", entrait automatiquement en possession de parts supplémentaires, à hauteur de 2 %. Assez pour devenir majoritaire. Assez pour licencier Wiktor, sa copine et leur collègue, pour emballer les ordinateurs de l'entreprise et les envoyer vers une destination inconnue.

Julita but un peu de café. Celui-ci était amer et fort, comme elle l'aimait. Quand Wiktor lui avait raconté cette partie de son histoire, il avait les larmes aux yeux. Il avait été roulé comme un gamin. Des parts qui valaient virtuellement un tas de pognon étaient soudainement devenues sans valeur et les résultats de plusieurs années d'un travail acharné avaient été réduits à néant. Avec sa copine, ils s'étaient accusés mutuellement de ce fiasco – je t'avais dit d'aller voir un juriste, je t'avais prévenu que 49 % des parts, c'est trop – jusqu'à ce que leur couple explose. La seule chose qui restait à Wiktor de NOTAGOOSE, c'était une expérience douloureuse. Et la version bêta du programme qu'il avait gardée dans son ordinateur privé et dont il fit une copie à Julita.

Celle-ci posa le point final à ses notes et referma le fichier. En dessous, la fenêtre du générateur de textes restait toujours ouverte. Elle hésita. Essayons encore une fois, se dit-elle. Avec un truc d'un autre ordre.

Est-ce que je devrais téléphoner à Jan ? Je sais qu'on sera mal à l'aise, mais j'aimerais lui parler.
On sera mal à l'aise, mais il me manque. Je crois même que j'ai envie de l'appeler. Ça serait une bonne occasion de réparer notre relation. Peut-être que si je revois Jan et que nous rediscutons des vieilles affaires, nous trouverons enfin un langage commun. La façon dont ça va entre nous ces derniers temps me blesse. C'est à cause de ce qui s'est passé. Mais je ne sais pas si je devrais téléphoner à Jan.
Et puis, après tout, Jan n'est plus là. Il n'est plus. Je ne sais même pas s'il est encore en vie. Je sais seulement qu'une personne qui a également pris part au rituel l'a vu quitter l'immeuble.

Julita leva les yeux au ciel. Encore une transition brutale entre les paragraphes. Dans le premier, des émotions et des états d'âme – soit dit en passant, étrangement proches de ce qu'elle ressentait réellement –, et puis soudain la terreur, la mort et de mystérieux rituels. Il fallait croire que dans la base de données à partir de laquelle NOTAGOOSE avait appris à assembler des phrases, il y avait trop de thrillers bas de gamme. Elle frémit, éteignit l'ordinateur et se mit enfin à défaire son sac. Le thermos à laver… Dans le livre pour Sasza, il faudra encore écrire un mot... Des tickets de transport usagés à mettre à la poubelle...

Elle faisait son possible pour étouffer ses propres pensées, pour oublier le texte que le générateur avait recraché. Laisse tomber, espèce de sotte, ce n'est pas un oracle, mais une stupide boîte à paroles, Jan n'a rien, il est en vie, il va parfaitement bien. Et il en a rien à foutre de ta tronche.

Elle tint le coup cinq minutes. Puis elle l'appela.

Driiiing. Helena Niemczyk sursauta sur sa chaise. Elle détestait ce son qui lui donnait des sueurs froides, le sang quittait alors son visage. Voilà la force des associations d'idées. On aurait dit un chien dans une version cruelle des expériences de Pavlov, un chien qui, au tintement d'une clochette, n'obtenait pas un bol de nourriture mais était frappé jusqu'au sang avec une laisse, et qui finissait par se recroqueviller en gémissant dès qu'il l'entendait à nouveau. Appels téléphoniques. Espérés pendant des heures, des jours, parfois des semaines. Janina est dans son fauteuil roulant, repliée en elle-même, anéantie par sa maladie : elle essaye de dire quelque chose, n'y arrive pas, renonce, tourne son regard vers la fenêtre, le regard justement, pas la tête, parce qu'elle n'est plus capable de la tourner en entier. Helena est à côté, près du téléphone, elle fait le guet, ne se lève jamais. Car que se passerait-il si elle était aux toilettes et n'accourait pas assez vite ? Que se passerait-il si elle était à la cuisine, branchait le mixeur pour broyer une nourriture trop cuite en purée liquide et n'entendait pas la sonnerie ? Enfin, ils appellent. Du Centre de santé de l'enfance, d'un hôpital de Wrocław, d'une université de Cracovie. Toujours la même réponse, mais exprimée d'une manière différente. Nous sommes désolés. Nous ne pouvons rien. Aucun résultat. Examen négatif.

– Allô ? grogna-t-elle.

– Madame la directrice, la téléconférence est prête. Salle Faustlik.

– J'arrive.

Elle reposa ses mains à plat sur son bureau. Celles-ci tremblaient. Elle tenta de calmer sa respiration, mais n'en était pas capable, son souffle s'accélérait toujours, devenait saccadé. Elle savait ce qui allait suivre. Dans son crâne, quelque chose explosa et son visage se tordit de douleur. Non, se dit-elle, pas maintenant, tu ne peux pas. Elle sortit une carafe en cristal de l'armoire – ses doigts glissaient sur le bouchon décoré, elle y voyait à peine à travers ses larmes. Enfin, elle versa l'alcool, répandant des gouttes sur le plateau d'argent, sur le tapis duveteux. Elle prit le verre à deux mains et but par petites gorgées pour ne pas avaler de travers. Ça l'aida. Ça aidait toujours. La seule chose qui changeait, c'était la fréquence et la dose. Je me demande combien de temps je tiendrai encore à ce rythme-là, se dit-elle. Un an ? Deux peut-être ? Pas plus. Après quoi, on m'enverra prendre une retraite anticipée ou percevoir une pension minimale. Et alors quoi ? Comment remplirait-elle ses journées ?

Elle s'assit pour reprendre ses esprits. Elle tenta de ne pas revenir à ses souvenirs, mais elle n'avait pas de prise, d'ailleurs personne n'en a, les pensées se pensent toute seules. Elle remarqua que quelque chose clochait en 2009. C'était l'anniversaire de Janina. Dans l'appartement, c'était le chaos : des cris, des hurlements, le piétinement de petits pieds dans l'escalier, des chansons stridentes pour enfants passaient à plein tube, de temps en temps on entendait le *bang* d'un ballon qui éclate. Helena avait sorti du réfrigérateur un gâteau à la crème et aux mûres qu'elle avait commandé à la pâtisserie des Fabisiński, leur préféré, et planté les bougies dans le glaçage gluant. La famille chanta *Joyeux anniversaire*, chacun selon son rythme et dans son octave, Janina pensa à un vœu et Stach s'accroupit à côté de la table, un appareil photo à la main, le doigt sur le déclencheur, prêt à capter un nouvel instant merveilleux pour l'album de famille. Mais Janina n'était pas capable de souffler ses bougies. Elle n'était pas en mesure de placer ses lèvres. Faut croire qu'elle embrasse déjà des garçons, c'est pour ça qu'elles sont engourdies, plaisanta l'oncle Mirek, et tout le monde avait ri, mais pas elle, pas Helena. Elle avait su. Elle avait vu la terreur dans les yeux de son enfant et avait su.

Elle se leva, essuya sa bouche et ses yeux avec un mouchoir, croqua un bonbon à la menthe. Elle était prête, retapée, rafistolée : Mme la directrice Niemczyk, la terreur des mineurs polonais. Elle quitta son bureau, traversa le couloir d'un pas assuré, répondant par de légers hochements de tête aux timides saluts, contourna l'ascenseur et monta à l'étage par l'escalier, frappant le marbre de ses talons. Dans la salle Faustlik, le PDG l'attendait déjà.

– Tout est paré, annonça Bełżyński. Je suis ravi que tu aies accepté de leur parler.

– Une conversation ne peut pas faire de mal.

– C'est sûr, c'est sûr. Alors ? Je peux appeler ?

– Et le traducteur ?

– Pas la peine, dit le PDG en cliquant sur le combiné vert. On va parler à un Polonais. Il siège dans leur conseil de surveillance.

– Ah oui ? Mais d'où vient-il, c'est un Polonais de Chicago ?

– Non, non, un vrai de chez nous, il parle sans accent. Très sympathique, vraiment. Il s'appelle Daniel Królak.

Le visage d'un homme dans la quarantaine apparut à l'écran. Col étroit boutonné jusqu'à la glotte, joues lisses, petits yeux dissimulés derrière des lunettes aux montures fines, cheveux peignés sur le côté avec un soin exagéré. Il n'avait absolument pas l'air sympathique. Bien au contraire.

– Allô ? Vous m'entendez ? demanda le PDG.

– Parfaitement, répliqua l'autre.

Sa voix était un peu déformée par la compression, déshumanisée.

– Madame Niemczyk, je présume ?

– Je préfère madame la directrice. Mais oui.

– Directrice, bien sûr, excusez-moi. J'ai entendu dire que vous aviez des doutes concernant notre offre. Je répondrai avec grand plaisir à toutes vos questions.

– C'est fort aimable à vous. En vérité, je n'en ai qu'une seule, concernant les coûts. Ils sont très bas.

– D'ordinaire, les clients s'en réjouissent.

– Nous ne sommes pas un client ordinaire, répliqua Helena. Nous contrôlons le deuxième plus gros gisement de cuivre au monde.

– Oui, oui. Nous nous rendons bien compte que c'est un honneur de travailler avec vous.

– Nous ne travaillons pas encore ensemble, souligna-t-elle. Et si vous ne nous convainquez pas, nous ne le ferons probablement jamais.

Le président Adrian Bełżyński détourna le regard de l'écran et se mit à admirer les photos d'archives de mineurs moustachus accrochées au mur. Il n'était pas difficile de lire son langage corporel : ne me mêlez pas à ça, s'il vous plaît. Tant pis, se dit Helena, je vais régler ça toute seule.

– Et donc. Par quel miracle comptez-vous nettoyer la Montagne de fer pour un million de dollars ? demanda-t-elle à Królak.

– Vous voyez, la mission de notre entreprise, c'est de…

– La mission de chaque entreprise est de gagner de l'argent. Passez au cœur du sujet, s'il vous plaît, je n'ai pas toute la journée.

– Bien sûr, je comprends. Vous voyez, madame…

– La directrice.

– Oui, la directrice, dit Daniel en souriant largement. Nous prévoyons d'utiliser un nouveau coagulant révolutionnaire qui est peu cher à produire, ce qui réduira significativement…

– Composition chimique ? Formule ?

Królak se tut. Il fronça les sourcils.

– Malheureusement, dit-il après un moment, je crains qu'il ne s'agisse d'un secret industriel.

– Dans ce cas, nous perdons notre temps. Adrian ?

Elle se tourna vers son PDG. Au bout du compte, c'était lui qui décidait de ces choses-là, elle avait besoin de son approbation, même d'un hochement de tête. Mais celui-ci s'entêtait à fixer les images en noir et blanc. Un filet de sueur coulait sur sa tempe.

– Je comprends, admit Daniel Królak. Vous avez besoin de détails. Dans ce cas, parlons d'aspects techniques… Mais je ne vois pas la nécessité d'ennuyer M. le président avec ça…

– Oui, effectivement…

Adrian Bełżyński se leva de table, boutonna sa veste d'un geste habile, comme s'il avait attendu un signal.

– D'ailleurs, j'ai une autre réunion dans un instant.

– Adrian, je préférerais…

– Je vous souhaite un entretien fructueux.

Il sortit, referma la porte derrière lui. Helena parcourut la pièce du regard, stupéfaite. Qu'est-ce qui se passe, bordel ? se demanda-t-elle. À quoi on joue, là ? Elle reporta son regard sur l'immense écran. Voyant sa mine perdue, Daniel Królak sourit artificiellement et ses yeux disparurent presque dans une peau plissée par la grimace.

– Chère madame…

– La directrice, précisa-t-elle, mais avec moins d'assurance qu'auparavant.

– Chère madame, répéta-t-il sans cesser de sourire. Arrêtons ce cirque. Je vois bien que vous avez un préjugé négatif envers notre société et peu importe ce que je dirai, je n'arriverai pas à vous convaincre.

– Et donc?

– Et donc, changeons de sujet. Le 8 mars 2013. Vous souvenez-vous de cette journée?

Dans sa tête, une nouvelle sonnerie retentit et de nouvelles pensées se pensèrent toutes seules. La tête de sa petite Janina tombe sur sa poitrine, la salive qui coule de sa bouche entrouverte. Ses mains froides. Ses yeux vides. Son propre sanglot qui la déchirait de l'intérieur, ses lèvres mordues jusqu'au sang.

– Comment osez-vous... articula-t-elle. Évoquer la mort de ma fille...

– Chère madame, dit Królak en l'interrompant d'un geste hautain. Ne vous donnez pas cette peine. Je sais ce qui s'est passé ce jour-là.

La conversation dura encore une demi-heure.

– "Meilleurs vœux pour la fête des grands-mères"?

Jan lut la phrase calligraphiée en lettres à paillettes et fixa Julita, désorienté.

– Oublie, ils étaient à court d'autres sacs cadeaux dans la boutique. Regarde plutôt à l'intérieur.

Jan s'empara de l'album sur les vins et feuilleta les premières pages. Cabernet. Merlot. Syrah. Il sourit. Elle soupira de soulagement.

– En quel honneur? demanda-t-il.

– Oh, juste comme ça. Je l'ai vu par hasard et j'ai pensé à toi.

– Ah oui? Merci.

Il tenait l'album à la main, ne sachant pas quoi en faire, tel un acteur qui s'est trompé d'accessoire.

– Bon alors, tu entres ou quoi? Ça fait un courant d'air.

– Excuse. Bien sûr.

Julita referma la porte derrière elle, puis elle enleva sa capuche, ôta sa casquette et ses immenses lunettes de soleil qui, dans une Varsovie nuageuse de fin octobre, étaient un accessoire assez excentrique. Jan ne commenta pas, il comprenait. Julita Wójcicka avait de bonnes raisons de prendre soin de sa sécurité. On avait déjà essayé de la tuer à deux reprises. Et comme le disait le proverbe, jamais deux sans trois.

L'appartement de Jan était également en désordre. De la paperasse était dispersée partout : sur la table, sur le canapé, sur le rebord de la fenêtre, par terre, tandis que des classeurs colorés étaient entassés le long des murs, par monticules entiers et en grand nombre, tels des barrages fluviaux. Julita jeta un œil à la première feuille qui passait, elle était densément imprimée, chaque ligne commençait par une date et une heure précise délimitées entre crochets. Il devait s'agir de logs, probablement d'un serveur.

– Du boulot ? s'enquit-elle.

– Hmm. Un client fait un procès à ses concurrents pour non-respect des droits d'auteur. Le tribunal leur a ordonné de nous transmettre des logs, mais il n'a pas précisé sous quelle forme, alors ils nous les ont fournis sous format papier pour rendre nos recherches plus difficiles.

Mais oui, se dit Julita, Jan bosse dans le consulting maintenant, il s'occupe d'Affaires sérieuses. Julita balaya la pièce du regard. Certaines pages étaient marquées au feutre fluo, des marque-pages autocollants sortaient de grands tas de feuilles. La table à côté de l'ordinateur était jonchée de canettes de Coca froissées et d'emballages vides de *paluszki* au sésame. La diode du portable en mode silencieux scintillait.

– Écoute, j'ai l'impression que ce n'est pas le bon moment… commença-t-elle.

– Non.

– Alors, ça serait peut-être mieux si…

Jan fit tomber les papiers du canapé pour lui faire de la place.

– Assieds-toi, dit-il.

– Jan, je ne veux pas m'imposer…

– Toi ? dit-il en pouffant de rire. Tu ne veux pas t'imposer ? Toi, Julita Wójcicka ? Qu'est-ce qu'il y a ? Tu as fait un AVC ?

– Et toi, tu as dit "merci" tout à l'heure, alors tu te comportes bizarrement aussi.

– Quoi ?

– Laisse tomber.

Julita balaya l'air de la main et s'assit sur le coin du canapé devenu libre.

– Alors raconte.

Elle commença à parler. Jan marchait dans la pièce, ordonnait ses papiers, mais l'écoutait attentivement, posant de temps en temps une question. Il portait un ample survêtement de sport et un T-shirt rétréci au lavage qui remontait quand il se baissait ou levait les bras. Ça la déconcentrait un peu.

– Intéressant, marmonna-t-il quand elle eut fini. Pour quelle foutue raison ils en auraient besoin ?

– Tu veux dire Królak ? Et X1 ?

– Ouais.

Jan s'assit à califourchon sur sa chaise et posa les bras sur le dossier.

– Ils ont déployé beaucoup d'efforts pour récupérer ce générateur de texte, et plus encore pour le faire fonctionner correctement. Tout ce petit jeu a dû leur coûter pas mal de temps et d'argent. Dans quel but ? Quel est le rapport avec un forum pour pédophiles ? Ou avec des manipulations électorales ?

– Je me suis posé la même question. Ma première idée, c'est que c'est pour que ça leur rédige des fake news. Tu piges ?, tu cliques et tu as un article tout prêt.

– Hmm. Peut-être…

– Mais tu vois, il y a un problème. Parce que, d'accord, l'algorithme peut enregistrer une première phrase au sujet d'élections, mais plus loin il va écrire, je ne sais pas moi… le récit historique des élevages de vers à soie.

– C'est sûr. Donc, ça ne tient pas debout.

– Oui, c'est ce que je me suis dit. Mais imagine-toi la situation suivante, dit Julita en croisant les jambes. Un débat fait rage quelque part sur le web, sur Twitter, disons. La tournure qu'il prend ne te plaît pas, alors tu démarres NOTAGOOSE et tu noies le sujet sous une tonne de conneries. Ou imagine qu'un site gouvernemental réunisse des commentaires via un formulaire et alors, pour rendre inaudibles les véritables opinions…

– Mais tu peux faire tout ça sans utiliser un algorithme qui vaut des millions. Il te suffit d'embaucher quinze étudiants payés dix złotys de l'heure pour copier-coller un texte prédéfini.

– Je sais, mais regarde, il est difficile d'en adapter l'échelle. Et puis, les gens parlent, alors le risque existe que la lumière se fasse, comme avec ces trolls à la solde de la télévision publique…

– Même. Je n'y crois pas.

Ils restèrent un moment silencieux. Julita tentait d'arracher un bout de fil qui dépassait du canapé. Jan se frottait la barbe.

– À moins qu'on puisse calibrer cet algorithme, dit-il après un instant.

– C'est-à-dire ?

– Bah, est-ce qu'on peut lui ordonner de s'inspirer d'un texte concret, d'imiter un style ? Pour qu'il ne se demande pas quel est le mot suivant qu'écrirait un utilisateur lambda, mais que choisirait une personne concrète.

– Ah oui, un peu comme l'autre type qui écrit de nouveaux poèmes de poètes célèbres disparus ?

– Mmmh. Exactement.

– D'accord, mais tu l'utiliserais pour quoi faire? demanda-t-elle. À part produire des textes dans des revues de satire littéraire, je veux dire.

– Je ne sais pas, on pourrait préparer un écrit d'une personne décédée…

– Ça aussi, un humain peut le faire.

– … à moins que…

Jan s'interrompit et balaya l'air de la main.

– Non, ça non plus, ça n'a ni queue ni tête… conclut-il.

– Quoi donc?

– Eh bien, ce NOTAGOOSE pourrait compléter un texte inachevé ou fragmentaire. Par exemple, tu as le début et la fin d'une phrase et l'algorithme calcule quels mots utiliserait dans l'espace vide une personne donnée. Par exemple, prenons le cas des enregistrements de Smoleńsk…

– Tu veux parler de la boîte noire du cockpit de l'avion présidentiel avant le crash en 2010?

– Non, Julita, je veux parler de la bataille qui a eu lieu dans cette ville au XVIIe siècle.

– Oh, ça va, je posais juste la question…

– À question bête réponse bête, grogna-t-il. Donc, quoi qu'il en soit, il y a des moments sur ces enregistrements de la boîte noire où on n'entend pas ce que les gens disent, le pilote par exemple, d'accord? À des moments clés. Alors, si on assemblait tous ses mails, ses SMS, ses posts sur Facebook, si on les fournissait à l'algorithme et qu'on lui demandait quel est le mot le plus probable qu'il utiliserait dans ces trous…

– Mais ce n'est pas beaucoup mieux que de deviner.

– C'est pourquoi j'ai dit que ça n'a ni queue ni tête, s'indigna-t-il.

– Doux Jésus, qu'est-ce que tu es susceptible. Un hérisson, je vous jure.

– Un hérisson ?

– Ouais. Il y en avait un qui venait nous voir à Żukowo en hiver et qui dormait dans notre cave. Il soufflait exactement comme toi, tu sais ? Et son museau se plissait de façon rigolote, exactement comme le tien maintenant.

Julita posa un doigt sur le nez et poussa vers le haut pour bien montrer les narines et pour que la lèvre supérieure dévoile les dents.

– Ce hérisson avait peut-être la rage ?

– Mais non, pourquoi ?

– Ça expliquerait pas mal de choses.

– Comme quoi ?

– Pourquoi tu es si maboule, marmonna-t-il.

Ça lui fit mal. Plus que ça n'aurait dû. Ça lui rappela ce qu'elle avait inscrit dans le générateur de texte, dans cette fenêtre clignotante qui accepte tout ce qui vient, sans juger, sans critiquer : un confessionnal vide. *Parfois, j'ai l'impression de ne pas contrôler ma propre vie. Je n'arrive pas à retenir mes pulsions. Je crois avoir tendance à des comportements autodestructeurs.* Maboule. Je devrais peut-être vraiment parler à quelqu'un, allongée sur un divan de préférence… Mais alors, il faudrait raconter tout ça à haute voix et ce n'était pas si simple. Elle ferma les yeux. Dans sa tête, à l'intérieur, quelque chose bifurqua, l'impulsion nerveuse passa sur un autre neurone que d'ordinaire, traçant un chemin nouveau.

Elle entendit la voix de Jan :

– Allô, allô ? Tu es toujours là ?

– Oui, oui, excuse, je me suis perdue dans mes pensées. Tu sais…

Elle s'interrompit, porta son regard sur lui. Ses yeux retrouvaient un semblant de mise au point. Jan l'observait avec attention, voire avec un peu d'inquiétude.

– … peut-être que l'objectif est de faire parler ce NOTAGOOSE ? suggéra-t-elle.

– Comme un chatbot ?

– Oui, exactement. Mais un bien plus avancé.

– Hmm. Là, on se retrouve face au même problème, il pourrait partir en vrille et raconter n'importe quoi. Je veux dire, ces bots s'améliorent sans cesse, cette Meena de chez Google par exemple, c'est vraiment une autre paire de manche, elle sait même plaisanter ou développer des sous-entendus... Mais tôt ou tard, elle se plante quelque part, alors...

– Et s'il posait des questions ?

– Quoi ?

– Et si, au lieu de parler, il posait plutôt des questions ? Tu sais, comme un thérapeute ?

– Hmm... Bah au fond...

Jan se gratta la tête, ses cheveux noirs et raides pointaient dans tous les sens.

– Tu as déjà entendu parler d'ELIZA ?

– Orzeszkowa, l'écrivaine ?

– Non, non, de...

– Je me moque de toi, là, l'interrompit-elle. Je n'en ai pas entendu parler, non. Raconte.

Jan la regarda en biais comme s'il la soupçonnait de le faire encore marcher. Elle prit un air mortellement sérieux. Ça fonctionna : il baissa la garde et recommença à raconter.

– ELIZA, c'était un programme. Écrit par un gars du MIT, un certain Weizenbaum, en 1966 si ma mémoire est bonne. C'était l'un des premiers chatbots. Très simple, aujourd'hui nous le qualifierions de primitif. Dans l'un de ses modes, il faisait semblant d'être un thérapeute, il posait une question après l'autre sans comprendre les réponses, bien entendu. "Dis-moi ce qui ne va pas", "Et qu'est-ce que ca te fait ressentir ?", "Peux-tu développer ?" et ainsi de suite.

– Ah oui. Et qu'est-ce que c'était censé être ? Un médecin numérique ?

– Justement non. C'était censé être une blague.

– Une blague ?

– Ouais. Une moquerie des thérapeutes qui ne font rien d'autre que de poser des questions et n'ont eux-mêmes rien à dire. Le *hic*, c'est que la blague n'a pas pris parce que les gens ont rapidement commencé à y prendre goût. Ils oubliaient qu'ils parlaient à une machine et répondaient sérieusement, souvent sur des questions très intimes. Sur des séparations, des maladies, ce genre de trucs, tu comprends...

– C'est pas croyable... marmonna Julita en espérant ne pas rougir.

– Sérieux. Même la secrétaire de Weizenbaum est tellement tombée dedans qu'elle lui demandait de quitter la pièce quand elle voulait s'entretenir avec ELIZA. Et elle lui a interdit de lire les transcriptions de leurs échanges.

– Et comment ça s'est fini ?

– Le gars a tellement pris peur qu'il a interrompu le projet.

– Ha ! fit Julita en secouant la tête. Aujourd'hui, on en ferait une appli gratuite.

– Certainement, oui. Mais souviens-toi qu'ELIZA était bête comme ses pieds. NOTAGOOSE, c'est un tout autre calibre. Et puis le monde a changé, aujourd'hui n'importe qui a un ordinateur connecté au réseau dans sa poche. En théorie, si on démarre plusieurs milliers d'instances de cet algorithme, si on les diffuse sur la toile, sur tous ces Twitter, Twitch et autres Discordy... on pourrait soutirer frauduleusement des données à grande échelle.

– D'accord, mais une fois de plus, pour quoi faire ?

– Je ne sais pas, dit Jan en haussant les épaules. Pour faire chanter les gens ensuite ? Pour bâtir des profils psychologiques encore plus performants des personnes qu'on veut manipuler ?

Jan se leva et se mit à tourner en rond dans la pièce, de plus en plus vite. Il piétinait les papiers éparpillés par terre, semblait ne pas le remarquer. Il réfléchissait. Intensément.

– Tu m'as dit que ce Wiktor t'a donné une version bêta de NOTAGOOSE, non ? demanda-t-il.

– Oui.

– Envoie-la-moi. J'ai une idée.

– Ah. Et ton client ?

Jan cligna des yeux et regarda son salon comme s'il le voyait pour la première fois de sa vie, tous ces classeurs et ces documents maculés de feutres fluos.

– Mon client attendra, déclara-t-il.

– Salut Florian, dit Mila, la chef du département des relations clients de Schloss Security.

C'était une brune séduisante, toujours parfaitement maquillée et dans des vêtements moulants qui soulignaient une silhouette sculptée à la salle de muscu. D'ordinaire, elle arrivait au bureau la première. Pas cette fois.

– Tu es déjà au travail ? demanda-t-elle.

– J'y suis encore, tu veux dire, répliqua-t-il en réprimant un bâillement.

Il tenait une tasse de café à la main.

– Je suis bloqué là depuis dimanche.

– Tu as encore dormi au bureau ?

– Ouais.

– Sainte mère. Et pourquoi ?

– Je travaille sur un truc.

Et c'était vrai, du moins en partie. Bien sûr, Florian avait voulu tester au plus vite l'hypothèse vers laquelle l'avait involontairement orienté Beate, et cela prenait du temps. Pour le moment, il avait réussi à établir qu'*application.exe* faisait effectivement appel à la fonction GetUserDefaultUILanguage pour vérifier quelle était la langue par défaut du système d'exploitation. Après quoi, elle cessait de fonctionner et on pouvait donc en déduire que, sur des machines réglées sur l'allemand, elle devait se tenir coite et ne pas attirer l'attention sur elle. Ainsi, il s'agissait d'un succès, il était sur la bonne voie. Le problème, c'était que les Windows, selon leurs versions, prenaient en charge de 100 à 108 langues, depuis l'afrikaans (identifiant 0x0436) jusqu'au yoruba (identifiant 0x046A). Pour découvrir quelle version allait satisfaire le programme qu'il analysait, Florian devait les essayer toutes une par une, or la mise en place d'un système d'exploitation sur une machine virtuelle et le chargement de fichiers correspondant à une langue donnée prenaient dans les trente minutes. Même après avoir automatisé le processus, cela prenait du temps. Bien entendu, Florian aurait pu faire une pause. Il aurait pu rester au bureau le dimanche jusqu'à 22 heures ou minuit et rentrer chez lui. Mais il savait ce qui l'y attendrait : de lourds soupirs et des regards accusateurs de Beate, une nuit passée aux deux extrémités de leur lit couronnée par un petit-déjeuner pris sans un mot, exception faite de "passe-moi" et de "merci". En fin de compte, il y aurait quand même droit, mais en passant la nuit au bureau il s'était au moins acheté un peu de paix.

– C'est l'autre programme de Tchéquie ? demanda Mila en ouvrant le frigo.

Elle plaça à l'intérieur une boîte d'un déjeuner faible en calories.

– Ouais.

– Et qu'est-ce qu'il fait ?

– Pour le moment, je n'en sais rien. Et c'est ça qui m'inquiète.

– Pourquoi ?

Florian but son café. Il n'aimait pas expliquer aux novices en quoi consistait son travail. Ils n'y comprenaient rien, il fallait tout leur clarifier à l'aide d'analogies infantiles qui décrivaient le problème de façon tellement simplifiée que cela manquait son but. Mais bon, pour Mila, il était prêt à faire une exception.

– Qui est plus dangereux, d'après toi, demanda-t-il, un malfrat soûl qui se balade en ville armé d'un canif et cherche des noises à tout le monde, ou un sniper couché sur un toit avec un fusil à lunette ?

– Bah, plutôt le deuxième.

– Exact. Parce qu'on sait qu'il n'est pas couché là pour prendre le soleil, mais que tôt ou tard il fera feu. La question est de savoir sur qui.

– Bon d'accord, dit Mila en ouvrant la porte du couloir. Dans ce cas, je ne te dérange plus.

Florian la suivit du regard. Elle avait dû s'y attendre parce qu'à mi-chemin, elle se retourna et lui adressa un sourire. Quelques années plus tôt, ils avaient couché ensemble. Schloss Security avait organisé un voyage d'intégration avec nuitée, il y avait eu une fête, de l'alcool et des déconnades. À 2 heures du matin, la plupart des gens étaient partis se coucher, eux non. Ils dansaient l'un à côté de l'autre sur la piste, ils avaient bu quelques verres. À 3 heures, elle lui avait dit qu'elle allait se coucher, et il avait déclaré qu'il en avait assez aussi, et comme leurs chambres étaient voisines, ils étaient rentrés par le même couloir. Mila avait des talons hauts, elle était ivre, elle avait trébuché. Il l'avait rattrapée, soutenue, ils en avaient ri. Il ne se souvenait plus qui avait embrassé l'autre en premier. Quoi qu'il en soit, un instant plus tard, ils étaient dans sa chambre et enlevaient les vêtements de leurs corps en sueur. Rien n'était arrivé. Il était trop soûl, la bière lui donnait des renvois. Enfin, peut-être pas complètement rien, ils avaient essayé un peu, il avait caressé son clitoris avec son doigt jusqu'à ce qu'elle jouisse, ou – comme il se l'était dit le lendemain, redevenu sobre, devant des œufs brouillés secs et trop frits – jusqu'à ce qu'elle fasse semblant de jouir pour qu'il la laisse enfin tranquille.

Ils n'étaient jamais revenus là-dessus : ni à ce moment-là, pendant le voyage, ni après. Parfois, il leur arrivait seulement d'échanger des regards de connivence ou des sourires charmeurs, comme maintenant. À Beate non plus, il n'avait rien dit. Il craignait de lui faire de la peine, que ça débouche sur des problèmes, de l'hystérie ou, Dieu l'en garde, des menaces de divorce. Il ne voulait pas de ça, sa vie était si confortable, si bien réglée, la seule pensée de devoir la bouleverser et d'y changer quoi que ce soit le fatiguait d'avance. Au début, il était hanté par les remords, mais il se raisonna vite en se disant qu'au fond, rien de bien grave n'était arrivé. Après tout, il savait comment manipuler divers systèmes, y compris sa propre boussole morale.

Florian termina son café, plaça la tasse sale dans le lave-vaisselle et revint devant son ordinateur. Lorsqu'il vit ce que l'écran affichait, il oublia aussitôt Beate, Mila et même les femmes dans leur ensemble ou le sexe. *Application.exe* avait commencé à fonctionner. Florian vérifia quelle langue avait débloqué le programme.

0x0415. Polonais.

5

17 mars 2003, Tomsk

– Pyotr ! Pyotr, viens, ça commence !

La voix de sa mère portait bien à travers les fins murs en carton.

– Je suis occupé ! cria Pyotr Semenov, sans ôter ses doigts du clavier.

– Tu finiras plus tard !

– Maman, je ne peux pas !

Silence. Il passa la tête hors de l'alcôve dans laquelle il avait disposé son ordinateur. Sa mère était assise devant la télé – tordues par les rhumatismes, ses jambes étaient recouvertes d'un plaid épais, sa canne appuyée contre le fauteuil. Le générique de *X Files* passait à l'écran, l'agent Mulder et l'agent Scully entraient dans une pièce, armés de pistolets, puis un éclair fendait un ciel menaçant. Regarder cette série était leur rituel ensemble, jusque-là ils n'avaient pas raté un seul épisode. Mais sa mère laissa tomber. Elle comprenait que Pyotr était de mauvaise humeur. Elle savait que, pour son propre bien, il valait mieux ne pas l'embêter à ces moments-là.

Pourtant, en apparence, Pyotr Semenov avait tout pour être satisfait de sa vie. Depuis qu'il travaillait pour Osip Bogomilov, ses problèmes avaient disparu, comme balayés d'un coup de baguette magique. Ces temps-ci, l'argent pour les médicaments, la nourriture, la télé par câble et, même mieux, pour les travaux dans l'appartement et une voiture neuve, était enfin là. Les voisins le regardaient avec envie, les gens le saluaient dans la rue et les malfrats qui aimaient se poser sur les marches pour renifler de la colle évitaient sa cage d'escalier.

Mais pour Pyotr Semenov, tout ça n'avait aucune importance. Cela ne l'intéressait pas de savoir ce que pensaient les autres, il n'attachait aucune valeur aux signes extérieurs de richesse pour lesquels le pays entier avait perdu la tête. Le problème ne venait même pas du fait qu'il ne travaillait plus à l'université : l'interaction avec ses collègues du département ne lui manquait pas, il avait toujours considéré celle-ci comme une perte de temps, et l'interaction avec les étudiants encore plus – c'était jeter des perles aux pourceaux. S'il voulait lire les nouveaux numéros de périodiques spécialisés, il pouvait se rendre dans l'une des bibliothèques scientifiques de Tomsk, et s'il voulait utiliser un ordinateur... il n'avait même plus à sortir de chez lui. La machine posée sous son bureau était bien plus rapide que l'Elbrus qui occupait jadis deux salles, et il pouvait y avoir accès quand bon lui semblait, et pas seulement le mardi entre 4 et 6 heures du matin.

Et c'est là qu'était le problème. Là résidait la source de la frustration qui croissait en lui. Pyotr avait été persuadé que les imperfections du ZNATOK résultaient de l'insuffisante puissance du calcul, que si seulement il avait disposé de ces quelques milliers d'opérations une seconde de plus, il aurait prouvé au monde entier qu'il avait raison, que la création d'une intelligence artificielle était non seulement possible, mais inéluctable. Cela n'avait pas été le cas.

En l'espace de quelques années, il avait non seulement récréé le ZNATOK, mais il l'avait régulièrement agrandi et amélioré, élargi par des fonctions neuves et de plus en plus sophistiquées. La base de données à partir de laquelle le programme devait prendre des décisions comptait des centaines de gigaoctets, l'algorithme d'arbitrage considérait et pesait des milliers de paramètres. En dépit de cela, comme réponse à ses questions, Pyotr recevait toujours du charabia. S'il manque à Seversk mille sept cents paires de chaussures, combien de paires supplémentaires devrait fabriquer l'usine de bottes en caoutchouc d'Irkoutsk? Racine carrée de moins cinq – répondait sans sourciller le ZNATOK.

Cela le rendait fou furieux. Il brisait son clavier contre le mur, faisait tomber son écran du bureau. Quand il faisait cela, sa mère se levait, abandonnait la télé pour se réfugier dans sa chambre le plus silencieusement possible, à tout petits pas sur le tapis moelleux. Le doyen Krancev avait peut-être raison? Et si on ne pouvait pas enseigner à un ordinateur à réfléchir comme un humain? Peut-être qu'une machine ne savait réellement qu'opérer dans un milieu de possibilités limitées et quantifiables, tel Deep Blue qui avait mémorisé tous les coups aux échecs et avait battu Kasparov, mais n'était pas capable de répondre à la plus basique des questions?

Semenov fixait l'algorithme décisionnel du ZNATOK. Il n'était plus en mesure d'en saisir l'ensemble, de se rappeler où conduisaient ses embranchements ni comment s'influençaient les couches successives. Malgré cela, celui-ci était toujours trop simple. Il ne correspondait toujours pas à la réalité infiniment complexe.

Irrité et fatigué à force de se cogner la tête contre le mur, Pyotr Semenov referma la fenêtre de son programme. Il avait du travail à faire. Certes, celui-ci était fastidieux et sans intérêt, mais au moins il était bien payé. Il fallait charger en ligne quelques mégaoctets de photographies d'enfants molestés. Les clients d'Osip les attendaient. Ici, au pays, et à l'étranger. Ils étaient friands de ce nouveau moyen de distribution. Ils n'avaient pas à rencontrer qui que ce soit, à regarder qui que ce soit dans les yeux. Les images pouvaient être copiées un nombre illimité de fois, on n'avait plus à avoir un ami dans un studio photo pour faire un tirage, on n'avait plus à cacher ses albums au fond de l'armoire. La technologie facilitait vraiment la vie.

Pyotr Semenov se connecta à Internet et entra sur le forum qu'il avait bâti et sécurisé. Il inscrivit son identifiant dans le champ login.

Xtraterrestria1.

Julita restait couchée toute nue dans des draps froissés et regardait la fumée de cigarette s'épaissir au-dessus de sa tête : les volutes bleu pâle ondulaient paresseusement dans une atmosphère immobile. L'une de ses mains était posée sous sa tête, l'autre sur le pot en verre au milieu du lit qui lui servait de cendrier. Un mégot scintillait entre ses doigts, la rumeur des voitures qui glissaient sur une chaussée mouillée par la pluie lui parvenait de derrière les fenêtres. Bordel, se dit-elle, comment est-ce arrivé ?

– Encore une ? lui demanda Jan.

Il était couché à côté d'elle, une jambe posée sur une couverture roulée en boule, une main sur le ventre. Sa peau couleur miel, en sueur, scintillait à la lueur de la lampe de chevet.

– Quoi ?

– Une cigarette ? T'en veux une ?

– Pourquoi pas, dit-elle. File.

Il tendit la main vers le paquet sur la table de nuit. Celui-ci était vide.

– Il n'y en a plus.

– Tant pis.

Jan s'assit, ramassa son pantalon par terre et commença à le remettre à l'endroit.

– Et tu vas où comme ça ?

– Au tabac. Chercher des clopes.

– Laisse tomber.

– Tu disais que tu en avais envie.

– Et maintenant je te dis de laisser tomber.

Il haussa les épaules. Non, c'est non. Il avait l'air irrité. Pas parce qu'elle avait changé d'avis, mais parce qu'elle l'avait privé d'un prétexte pour se lever enfin du lit, pour refermer ce chapitre et en commencer un autre, pour faire comme si de rien n'était. Il craignait l'intimité, ça le rendait plus mal à l'aise que la nudité. Je me demande pourquoi, se dit Julita. Qui l'avait bousillé de la sorte ? Elle posa la main sur sa cuisse. Il était tendu.

– Du calme, je ne vais pas te mordre, dit-elle. À moins que tu le veuilles.

Il sourit. Ce n'était pas un sourire tendre ni très beau. C'était plutôt une grimace qui disait, ah, Wójcicka, vraiment, tu es impossible. Enfin, c'était mieux que rien.

Elle ne l'avait pas planifié, elle ne s'était pas mise en tête qu'ils coucheraient à nouveau ensemble. Elle ne s'était pas rasé les mollets depuis une semaine, sans parler des autres endroits de son corps, et au lieu d'un string ou d'une culotte en dentelle, elle avait mis un slip délavé à étoiles. Elle était simplement censée passer en coup de vent pour voir ce que Jan avait fabriqué avec NOTAGOOSE. Il n'y avait ni vin ni bougies, encore moins de sauce à la courge. Elle était arrivée le soir, frigorifiée et trempée jusqu'aux os parce qu'elle avait été surprise par une averse sur le chemin de l'arrêt de bus. Enlève tes chaussures, avait-elle entendu en guise de bonjour, ou tu vas mettre de la boue partout. Elle avait balayé ses cheveux mouillés de son front et lui avait tiré la langue, il n'avait fait que lever les yeux au ciel. Elle s'était libérée de ses bottines et les avait ostensiblement balancées dans un coin. Elle avait aussi jeté sa parka alourdie par l'eau, puis s'était évertuée à enlever son survêtement, trempé lui aussi. Mais elle n'y arrivait pas. Le tissu humide lui collait à la peau, ses bras restaient coincés dans les manches. Elle se sentait idiote. Elle avait commencé à jurer.

Alors, il l'avait touchée. Ce n'était rien d'inapproprié, il voulait simplement l'aider et il retenait son T-shirt pour qu'il ne remonte pas. Quand, enfin, elle s'était libérée de son survêtement, Jan était à côté, son visage près du sien, ses mains sur ses hanches. L'espace d'un instant, ils étaient restés ainsi – puis il l'avait embrassée. Aussitôt elle avait oublié le froid, son nez qui coulait et son envie d'uriner. Elle l'avait poussé vers le mur, s'était pressée contre lui et l'avait attrapé par les fesses. Ils avaient atterri au lit. Celui-ci grinçait, cognait tant contre le mur que les vitres des vieilles fenêtres en bois s'étaient mises à tinter. Et puis, tout était devenu silencieux.

Julita soupira. Au fond, elle savait que le sexe c'était du sexe, que ça pouvait être dissocié de l'amour, que ça n'était pas nécessairement précédé par des mois à se tenir par la main ou par des bouquets de roses, ou par des instants de contemplation conjointe d'un coucher de soleil. Malgré cela, elle se sentait mal à l'aise. On aurait dit qu'elle avait mangé quelque chose de lourd, qu'elle était assise dans un tramway bondé et qu'elle faisait semblant de ne pas voir la vieille femme à laquelle elle aurait dû céder la place. Et elle savait pourquoi. Il était difficile d'ignorer toutes ces règles qu'on lui avait inculquées : à la table familiale, dans les conversations avec ses copines, au catéchisme… Serre les cuisses, respecte-toi, la pureté jusqu'au mariage. Le fait qu'elle soit fondamentalement en désaccord avec ces règles ne signifiait absolument pas qu'elle les avait effacées de sa mémoire. Malheureusement, nous ne disposons pas d'accès admin à nos propres cerveaux.

– Jan ? demanda-t-elle.

– Ouais ?

– Tu fréquentes quelqu'un ?

– Dans quel sens ?

– Dans ce sens, dit Julita en désignant d'un ample mouvement de la main les draps en désordre, leurs corps nus et leurs vêtements éparpillés par terre.

– Pourquoi ?

– Bah, je ne sais pas. Je suis curieuse.

Jan détourna le regard et se gratta la joue.

– Pas en ce moment, non, dit-il.

– Ah. Et… depuis longtemps ?

– Depuis un petit moment, répliqua-t-il. Alors, tu veux que je te dise ce que j'ai fait avec ton NOTAGOOSE ?

– Bien sûr.

Julita s'assit. Elle tira les draps sur elle et masqua sa déception.

– Raconte.

– Alors voilà… les générateurs de texte écrivent différemment des humains, n'est-ce pas ? Ils le font selon des règles bien définies. Ils sont plus… disons… plus prévisibles.

– Humm, je ne sais pas… Moi, je n'aurais jamais inventé un homme grisonnant qui porte une couche.

– Quoi ?

– Ah, je ne te l'ai pas dit… J'ai joué un peu avec ce NOTAGOOSE chez moi et, durant une itération, il m'a généré un début de roman policier totalement chtarbé…

– Ce n'est pas de ça que je parle, dit Jan en lui coupant la parole. Je ne parle pas du sens parce que là, oui, ça déconne un max…

– Mais de… ?

– De la grammaire, de la construction des phrases. Quand tu regardes un texte recraché par un générateur, tu vois qu'il a été écrit au cordeau, selon des règles rigides. Sujet, verbe, complément, point et ainsi de suite, tu comprends ? Et puis, un générateur ne commet pas certaines erreurs que font les humains. Par exemple, il ne fait pas de fautes d'orthographe et ne place pas d'espace avant une virgule. À moins qu'on le lui ordonne.

– D'accord. Et alors ?

– Et alors, si tu établis ces règles, tu peux faire passer un texte par un filtre et vérifier s'il a été écrit par un humain ou une machine.

– Aaaaah… j'ai lu un article à ce propos, se rappela Julita. On utilise ça pour identifier des bots, n'est-ce pas ?

– Exactement. Et maintenant écoute, parce que c'est là que ça devient intéressant. Normalement, on peut juste établir si le texte a été écrit par un humain ou une machine… Mais on ne sait pas par laquelle, pas vrai ? À ceci près qu'il n'y a qu'un seul générateur de texte capable d'écrire si bien en polonais. NOTAGOOSE.

– Ah, je comprends. Donc, en théorie, on pourrait retrouver tous les textes qui sont de sa plume, c'est ça ?

– Pas seulement en théorie, dit Jan, et ses yeux brillèrent. En pratique aussi.

– Attends, attends… Tu l'as fait ? Sérieux ?

– Ouais, dit-il en hochant la tête. Et ça n'a même pas été spécialement dur. Chez PCW, on fait du *social listening*, entre autres, alors il m'a suffi de prendre l'algorithme de ma société, de changer quelques paramètres et c'était plié.

Du *social listening*. Julita avait aussi lu des choses à ce sujet. Les grandes entreprises voulaient savoir de quoi on parlait en ville, ce qui intéressait les gens et ce qui allait passer de mode d'ici peu. Des milliers de bots ratissaient donc l'Internet, page par page, mot par mot, lettre par lettre, écoutaient les enregistrements sur YouTube et TikTok, cherchaient des mots clés. Puis des portes logiques s'ouvraient et se refermaient, des diodes clignotaient, des opérations mathématiques complexes étaient effectuées en une fraction de seconde. Alors, des tendances émergeaient d'un charabia illimité, des tendances grâce auxquelles l'avenir devenait moins imprévisible et le risque se transformait en bénéfice.

– D'accord…

Julita posa le pot de mégots par terre, craignant de le renverser et de salir les draps.

– Et qu'est-ce que tu as trouvé ?

– Ben c'est ça le problème, pas grand-chose d'intéressant.

– Ah. C'est-à-dire ?

– Des textes échantillons que les mecs de NOTA-GOOSE publiaient sur leur page…

– Et la fille.

– Quoi ?

– Les mecs et la fille, dit-elle avec emphase. Il y avait aussi une nana.

– Oui, oui, dit Jan en balayant l'air de la main. Où est-ce que j'en… Ah oui. Quelques diapos d'une conférence sont aussi ressorties, un ou deux articles… En tout, une quinzaine de résultats. Mais tout cela datait de l'an dernier.

– OK, donc depuis que Królak s'est emparé de leur algorithme…

– Rien. Le calme plat.

– Bah oui, dit Julita dans un soupir. Au fond, on pouvait s'y attendre. Écoute, tu pourrais peut-être vraiment aller chercher ces cigarettes ?

– Maintenant, j'ai l'impression que…

Ping.

Jan s'interrompit à mi-phrase. Il bondit du lit et courut jusqu'à l'ordinateur qui se trouvait dans la pièce d'à côté. Il s'accroupit devant son bureau, inscrivit son mot de passe. Éveillé de son somme, l'écran inonda la pièce d'une lumière bleutée.

– Oh putain…

– Quoi… Qu'est-ce qui se passe ? appela Julita.

– Il y a un nouveau résultat, dit-il, de l'incrédulité dans la voix. Posté il y a un quart d'heure.

Helena Niemczyk arrêta sa voiture, éteignit le moteur. Le véhicule était de travers, une seule des roues était montée sur le trottoir, l'arrière dépassait sur la chaussée. Elle avait perdu l'habitude : elle prenait rarement le volant, son chauffeur l'emmenait partout. Mais, aujourd'hui, elle avait posé sa journée et l'avait renvoyé chez lui. Elle ne voulait pas qu'il vienne ici avec elle. Elle avait peur qu'il en parle après coup.

Elle descendit de voiture devant une rangée de maisons individuelles séparées de la rue par un grillage en fil de fer couvert de lierre. Le long d'un trottoir étroit, au pied de chaque poteau électrique, une touffe d'orties penchait vers la terre. Un chien aboyait quelque part. Ailleurs, un râteau ôtait des feuilles mortes de l'asphalte dans un grincement métallique. Bien qu'elle fût venue ici à de nombreuses reprises, elle dut vérifier l'adresse dans son carnet. C'était il y a si longtemps. Elle avait oublié.

Au début, tout le monde les avait soutenus. Les gens appelaient, venaient, l'accostaient en ville : Helena, qu'est-ce qu'on peut faire pour vous ? Vous voulez qu'on vous apporte quelque chose ? Qu'on arrange quelque chose ? Merci, disait-elle en ravalant des larmes de désespoir et d'émotion. Le soir, une fois Janina lavée et couchée, elle s'agenouillait au pied du lit et remerciait Dieu d'être entourée par tant de bonté. Quand elle y repensait maintenant, le rire montait dans sa gorge, un rire involontaire et douloureux comme une toux sèche.

Les gens songeaient à la maladie de Janina comme à une grippe ou à une jambe cassée, ils pensaient que c'était temporaire, que ça finirait par passer, qu'elle s'en remettrait d'ici Noël. Ils se disaient qu'ils leur rendraient visite une ou deux fois avec une marmite de soupe, qu'ils les aideraient à faire des courses ou à changer les draps, puis que tout rentrerait dans l'ordre et on pourrait se taper dans le dos pour se féliciter du travail bien fait. Quand il s'était avéré que ça ne serait pas le cas, que le diagnostic était une sentence (dystrophie musculaire Landouzy-Dejerine particulièrement sévère avec complications respiratoires), ils commencèrent à s'éloigner, ils ne compatissaient plus que par correspondance. Il n'y avait pas de volontaires pour changer les couches d'une préadolescente, pour l'accompagner quatre fois par semaine en rééducation, pour la nourrir à la cuillère et essuyer la salive qui coulait par terre. Même Stach n'était pas partant. À présent, il vivait à Wałbrzych. Il avait une nouvelle femme et deux enfants sains. Il n'appelait pas, n'écrivait pas. Il craignait peut-être de se faire contaminer par son malheur.

36, rue Brzoskwiniowa. 38. 40… Helena lisait les plaques des numéros successifs grignotés par la rouille. Encore trois maisons et elle serait arrivée. Elle reconnaissait enfin les environs, les souvenirs revenaient : le terminus de la ligne de bus où les fillettes faisaient la course à vélo ; les deux bouleaux entre lesquels elles étendaient un élastique quand elles voulaient jouer au badminton. Elle eut un pincement au cœur, une salive acide lui brûla l'œsophage. Elle était très fatiguée.

Tout cela lui avait fait très mal, bien sûr que ça lui avait fait mal, cette solitude, l'indifférence croissante de son entourage. Mais cela faisait encore plus mal à Janina. Après tout, sa fille voyait comment les passants la regardaient – et comment ils détournaient ensuite les yeux. Elle comprenait pourquoi ses copines de classe ne venaient plus la voir, pourquoi son père avait disparu de la maison, pourquoi elle n'était plus jamais invitée au 46, rue Brzoskwiniowa, où vivait sa meilleure amie, Dorota Czaplińska. Helena inventait toujours de nouvelles excuses, n'importe quoi pour ne pas lui dire la vérité : Dorota avait peut-être un rhume, elle révisait peut-être un contrôle important, elle était peut-être partie rendre visite à sa grand-mère à Zielona Góra… Mais Janina était une fillette futée. On n'arrivait jamais à lui cacher quoi que ce soit, elle débusquait toujours les cadeaux de Noël dissimulés dans les armoires. Enfin, du moins tant qu'elle était capable de se déplacer par ses propres moyens.

Helena s'immobilisa devant la bonne maison et, après un instant d'hésitation, elle appuya sur la sonnette.

Le commissaire Ryszard Czapliński apparut sur le seuil, habillé en civil : survêtement, sandales et polo au col froissé.

– Entre, entre, Helena, je t'en prie… dit-il.

– J'enlève les chaussures ?

– Non, non, tu peux les garder. Tu veux boire quelque chose ?

Une vodka, se dit-elle. Je boirais bien une vodka. Avec un jus de pomme de préférence, mais pure, ça irait très bien aussi. Trois ou quatre verres et ses nerfs se calmaient. Cinq ou six et, l'espace d'un instant, elle oubliait. Alors, elle pouvait même regarder une comédie à la télé. Elle pouvait rire en même temps que les rires préenregistrés. Ou rester assise, en silence, devant un écran noir.

– De l'eau, ça ira très bien, dit-elle. Gazeuse si possible.

– Je te trouve ça. Installe-toi au salon, j'arrive.

Elle s'assit. Sur la cheminée, il y avait des photographies de la petite Dorota – non, se corrigea-t-elle en pensée, de la grande Dorota – dans des cadres kitsch faits de petits cœurs à paillettes, d'angelots en pâte à modeler ou de motifs en ambre. Dorota reçoit son diplôme. Dorota se marie. Dorota avec son époux. Dorota avec son époux et leur enfant. Helena Niemczyk détourna le visage et regarda par la fenêtre. Dans le jardin, il y avait un toboggan en plastique, manifestement inutilisé depuis un moment parce que l'eau de pluie y stagnait, une eau brunie par des feuilles mortes en décomposition. Il fallait croire que leur petit-fils ne leur rendait plus visite aussi souvent qu'avant.

– Voilà, dit Ryszard en posant un verre devant elle. J'ai aussi des biscuits, si tu veux… et des cacahouètes…

– Non merci, dit-elle. Je n'ai pas faim.

– Je comprends.

Ryszard était embarrassé, stressé, il n'évoquait en rien le policier respectable qu'elle croisait en ville dans son uniforme de gala lors de diverses cérémonies locales comme l'inauguration avec messe solennelle d'un chantier ou d'un bâtiment avec coupé de ruban. Helena soupçonnait que sa conscience le rongeait. Au fond, elle espérait que sa conscience le rongeait. Au moins un peu. Après tout, il aurait pu parler à sa fille pour qu'elle appelle Janina le jour de son anniversaire, par exemple, ou lui envoie une carte postale de son lieu de vacances. Pour la petite Dorota, ça n'aurait pas été grand-chose, un effort minime, mais pour elles, ça aurait tout changé. Qui sait, cette conversation n'aurait peut-être pas eu lieu.

– Tu as fait ce que je t'ai demandé ? s'enquit-elle sèchement et sans prendre de gants.

– Oui.

– Et ?

– Je n'ai rien dans les dossiers.

– Et à l'hôpital ?

– Rien non plus, ils n'avaient pas fait d'autopsie. Dans les documents, ils ont mis que le décès...

Le policier s'interrompit et se racla la gorge.

– ... que sa mort est survenue des suites d'une défaillance des voies respiratoires.

– Je comprends.

Elle planta le regard dans le verre qu'elle n'avait pas encore touché. Les bulles de gaz remontaient à la surface pour y éclater.

– J'espère que tu as été discret, ajouta-t-elle.

– Oui, bien sûr. Helena...

Ryszard se pencha vers elle, il posa la main sur le dossier du canapé.

– ... si tu as le moindre soupçon, si tu crois que... Tu sais... Que quelque chose est arrivé... Dis-le et j'agis, je remuerai ciel et terre. On peut obtenir une exhumation, je peux faire venir un légiste de Wrocław, le meilleur du pays...

– Non, l'interrompit-elle. Ça ne sera pas nécessaire.

– Comme tu veux. Mais si jamais…

– Je m'en souviendrai.

Ils restèrent l'un en face de l'autre. Mais ils évitaient de se regarder.

– Mais pourquoi… dit le policier en bégayant. Pourquoi cette demande maintenant ?

– Je préférerais ne pas en parler.

Ryszard hocha la tête et se mordilla la lèvre. Il ne savait pas quoi dire de plus, mais sentait qu'il devrait ajouter quelque chose.

– Comment… balbutia-t-il en fin de compte. Comment tu tiens le coup, comme ça, en général ?

– Parfaitement bien, répondit-elle en se levant du canapé. Merci pour ton aide.

Elle ouvrit la porte elle-même ; après tout, elle connaissait la maison. Elle savait que Ryszard s'était levé lui aussi, qu'il se tenait sur les marches, prêt à lui faire signe de la main, mais elle ne se retourna pas et partit en direction de sa voiture. Une sueur froide coulait dans son dos. Il n'y a rien dans les papiers, se répéta-t-elle dans sa tête, ni au commissariat ni à l'hôpital. Alors comment ? Comment ce Królak était-il au courant, bordel ?

Elle s'installa au volant, prit une inspiration profonde pour se calmer. Ça ne marcha pas. Dans la boîte à gants, il y avait une flasque, pleine – elle veillait à ce qu'elle soit toujours pleine. Elle était tentée de s'en emparer, mais savait qu'elle ne s'arrêterait pas à la première gorgée, qu'elle boirait tout jusqu'au bout, jusqu'à la dernière goutte, et qu'elle ne serait alors plus en état de conduire. Le but était donc d'arriver jusqu'à chez elle ; là, elle s'occuperait de son cas. Elle démarra le moteur et alluma la radio en espérant que la musique détournerait son attention des souvenirs, permettrait de dévier le chemin de ses pensées. Malheureusement, c'étaient les pubs.

2013. Quelle année horrible ça avait été. La maladie se développait brutalement, Janina était de moins en moins mobile, il avait fallu la brancher sur un respirateur. Au mois de février, une infection systémique s'était déclarée, les organes de sa fille commençaient à flancher. Elles avaient fini en soins intensifs durant deux semaines de forte fièvre et d'antibiotiques. Helena s'était battue pour avoir le droit de dormir à l'hôpital, elle harcelait les médecins tous les jours, elle leur demandait comment allaient les progrès et les pronostics. Au mieux, ils étaient indifférents, au pire irrités. Chère madame, lui déclara l'un d'entre eux, un homme aux cheveux poivre et sel avec une barbe de deux jours et des yeux gonflés par le manque de sommeil, pour votre fille ce n'est pas la question de savoir si, mais quand. Ça lui avait fait venir les larmes, mais elle avait dû lui donner raison. À l'époque, elles savaient déjà toutes les deux qu'il n'y avait plus aucun espoir. Prednisone, diltiazem, MYO-029, ACE-083. Les médicaments successifs, de plus en plus mystérieux et de plus en plus chers, s'avéraient inefficaces face à la maladie. Alors oui, la question était de savoir quand. Et comment.

En mars, elles étaient revenues à la maison. Janina était misérable, amaigrie. Elle ne pouvait plus parler, elle communiquait avec sa mère en écrivant. Elle gardait encore un peu de maîtrise dans sa main gauche, mais formait ses lettres lentement, maladroitement, le moindre "oui" ou "non" lui prenait de longues minutes. Les premiers jours, elle ne réagissait pas aux questions, détournait le regard, refusait de s'alimenter. Le 4 mars, elle s'était emparée de son pastel et avait commencé à écrire, calligraphiant péniblement une lettre après l'autre ; cela lui avait pris deux heures. Lorsque Helena avait lu ces quelques mots, le sang avait quitté son visage. Elle était restée longtemps assise près de sa fille, lui caressant la joue ou sa main désarticulée, lui expliquant que non, qu'elle ne pouvait pas, qu'on ne savait jamais, que les miracles, ça arrivait. Le lendemain, Janina avait écrit la même chose.

Helena sentit les larmes lui monter aux yeux. Elle se détestait pour ça, pour sa faiblesse, pour s'apitoyer sur son sort comme si c'était à elle qu'était arrivé un malheur et non à sa fille. Elle essuya ses joues humides du revers de la main et mit la première. Dans un crissement de pneus, la voiture s'engagea dans une ruelle latérale, tourna dans la rue Pieszkowska, puis dans Piłsudskiego. Les immeubles qu'elle dépassait se fondaient les uns dans les autres, la lumière qui variait lui déclenchait un mal de crâne.

Elle ne voulait pas le faire. Elle savait que Dieu ne lui pardonnerait jamais ce péché-là. Elle priait, Lui parlait, demandait un signe – qui ne venait pas. En fin de compte, elle avait cédé. Elle avait donc décidé qu'elles partiraient toutes les deux. Après avoir vérifié quelle substance serait la meilleure et à quelle dose, elle l'avait d'abord administrée à sa fille. Elle l'avait ensuite tenue dans ses bras, la serrant, lui chuchotant à l'oreille à quel point elle l'aimait longtemps après que son corps fût devenu mou et froid. Puis, ça avait été son tour. Mais elle en avait été incapable. Elle n'y arrivait pas. Elle prenait la fiole de poison dans la main et la reposait, elle la portait à sa bouche, mais n'arrivait pas à se forcer à ouvrir les lèvres. Enfin, elle s'était effondrée par terre, s'était roulée en boule et avait hurlé, elle avait hurlé si longtemps que les voisins inquiets avaient fini par appeler une ambulance. On lui avait administré des calmants. Personne n'avait posé de questions.

L'image devenait floue, elle n'y voyait pas grand-chose à travers ses larmes. Helena Niemczyk sentit un sanglot monter dans sa poitrine, un sanglot qu'elle ne retiendrait plus et qui écraserait son corps comme une canette vide. Elle eut à peine le temps d'immobiliser le véhicule : au milieu de la rue, juste avant un carrefour. Elle pressa son visage contre le volant, planta ses ongles dans les rebords de son siège et se mit à pleurer. Des voitures klaxonnaient furieusement et la dépassaient. À la radio, on annonçait qu'il allait geler cette nuit.

– Alors ? Alors ?

Julita s'accroupit à côté de l'ordinateur, enroulée dans la couverture. Elle n'avait pas voulu perdre de temps à se rhabiller.

– Qu'est-ce que c'est ?

– Un e-mail, répondit Jan. D'il y a quelques jours.

– Et qu'est-ce qu'il contient ?

– Regarde toi-même.

Il orienta l'écran vers elle. Julita plissa les yeux devant la lumière trop vive.

De : Susan J. Lewandowsky <sjlewandowsky@broeck.com>
À : Susan J. Lewandowsky <sjlewandowsky@broeck.com>
Date : 19.10.2020, 21:24
Objet : Test

Que se passera-t-il quand les machines apprendront à imiter notre comportement de façon si fidèle qu'elles seront impossibles à distinguer de véritables humains ?

Il semble que certaines imperfections de l'esprit humain peuvent être surmontées par un simple programme, capable de mimétiser nos émotions et nos pensées subconscientes. Comme l'affirme Rupert Sheldrake, philosophe et physicien de l'école einsteinienne, "à l'ère des machines, nous sommes tous du lumpenprolétariat". À mon avis, les technologies du futur posséderont des pouvoirs si extraordinaires que ceux qui s'y opposeront encore seront ignorés parce qu'il n'y aura plus aucun espace de débat.

===========================
Consultant senior
Susan J. Lewandowsky
Broeck Industries

Syntaxe étrange, phrases maladroitement construites – et des frissons dans le dos. Julita n'avait aucun doute, ce texte avait effectivement été généré par NOTAGOOSE. Mais qui était Susan Lewandowsky ? Comment avait-elle eu accès à cet algorithme ? Et pourquoi ses e-mails se baladaient-ils sur le web ?

– Où est-ce que tu as trouvé ça ? demanda-t-elle.

– Je n'ai rien trouvé, c'est mon *web crawler.*

– Mon Dieu, Jan, ne pinaille pas sur les mots, je ne suis pas d'humeur. Comment on a obtenu cet e-mail ?

– OpenLeaks, répondit-il. Il y a quelques heures, ils ont posté un tas de fichiers de chez Broeck Industries, dont des e-mails d'employés, justement. C'est une grosse compagnie américaine… Pétrole, gaz, plastiques, ce genre de choses. À ce que je vois, ils ont pas mal de choses sur la conscience… Financement de rebelles dans le delta du Niger, dissimulation de données sur la contamination des puits d'eau potable à proximité des forages…

Encore une fuite, se dit Julita. Chaque jour, elle entendait parler de ce genre de scandales. Rien qu'au mois de janvier 2020, on avait volé les données de dix millions de clients de MGM Resorts ; chez Microsoft – vingt-huit millions ; et chez Estée Lauder – quatre cent quarante. De son côté, Google avait par inadvertance autorisé à consulter les e-mails échangés à l'intérieur de groupes fermés, tandis que Facebook avait dévoilé par hasard les identités des administrateurs de pages créées sur sa plateforme. Aux premiers jours d'Internet, les activistes rêveurs soutenaient que “les données souhaitent être libres”. Ils voulaient dire par là que les grandes compagnies devraient permettre la consultation gratuite d'articles scientifiques, de résultats d'expériences ou d'œuvres d'art. La réalité avait dépassé leurs espérances. Effectivement, les données souhaitaient être libres. Y compris les numéros de cartes de crédit, les dossiers médicaux et les casiers judiciaires. Personne n'était à l'abri, les données coulaient en larges ruisseaux des plus grandes entreprises mondiales, des universités de pointe, pire, même des ordinateurs des services de renseignement. Ce courant impétueux ne pouvait être ni dévié ni endigué, et les fuites étaient impossibles à nettoyer. Le moment de se poser la question de savoir où cela allait nous mener et ce que nous faisions réellement était passé depuis longtemps.

– Il y a d'autres mails de cette nana ? demanda-t-elle.

– Vérifie. Moi, je vais m'habiller.

Julita s'assit devant l'ordinateur et tira la couverture qui tombait de ses épaules. Le moteur de recherche trouva encore plusieurs dizaines de messages envoyés depuis le compte de Susan. Elle se mit à les lire en commençant par le plus ancien. Il y avait beaucoup de corpo-jargon, des FYI, des KPI et autres ASAP. Le premier message intéressant était arrivé sur le compte de Susan début octobre, rédigé en anglais comme la plupart des autres.

De : Theodore L. Fallwell <tlfalwell@broeck.com>
À : Susan J. Lewandowsky <sjlewandowsky@broeck.com>
Date : 08.10.2020, 09:24
Objet : Algorithme

Susan,
Nous avons reçu une offre intéressante d'une compagnie de la Silicon Valley. Il me semble qu'elle pourrait nous aider dans nos opérations sur le territoire polonais. Pour la vérification de l'offre, il nous faut quelqu'un qui connaît la langue, alors j'ai pensé à toi. Pourrais-tu les appeler et vérifier si leurs annonces sont solides ? Elles me semblent peu crédibles. Jenna te transférera les détails.

============================
Theodore L. Fallwell
Directeur du Développement international
Broeck Industries

Plus bas, la réponse de Susan que oui, évidemment, bien volontiers. L'e-mail suivant important pour l'enquête était celui qu'elle avait lu au début, daté du 19 octobre, avec le texte généré par l'algorithme. Puis, le jour suivant, un autre message du directeur Fallwell. Julita le lut les joues rougies par l'émotion.

De : Theodore L. Fallwell <tlfalwell@broeck.com>
À : Susan J. Lewandowsky <sjlewandowsky@broeck.com>
Date : 20.10.2020, 10:22
Objet : Collaboration avec les Russes

Susan, nous avons décidé d'initier la collaboration avec les Russes. Leur technologie est très prometteuse. Personnellement, je crois qu'elle a le potentiel de changer le monde. Je ne sais pas si c'est en mieux ou en pire – mais nous pouvons certainement gagner beaucoup d'argent avec ça.
Nous voudrions que tu ailles les rencontrer en novembre.
Bien entendu, nous te prions de maintenir la discrétion adéquate.
Jenna s'occupera des formalités.

==============================
Theodore L. Fallwell
Directeur du Développement international
Broeck Industries

Quelle technologie ? se demanda Julita. Après tout, il ne pouvait s'agir d'une simple génération de texte, ça ne les aurait pas intéressés – pire, NOTAGOOSE n'avait a priori pas d'application commerciale digne de ce nom. Ils avaient dû construire quelque chose de plus poussé à partir de ça. Mais quoi ?

– J'ai posé ton T-shirt sur le radiateur.

– Hé ?

Julita détacha le regard de l'écran, désorientée, sortie du flot de ses pensées.

– Il est toujours trempé, dit Jan. Ton T-shirt.

– Et ?

– Comment ça, et… ? Je l'ai mis à sécher, c'est tout.

– D'accord, génial, merci pour ce communiqué d'une importance capitale, dit Julita avec un sourire aussi large qu'artificiel. Et maintenant, excuse-moi, tu pourrais arrêter de me déranger ? J'ai là un truc un peu plus intéressant que des fringues humides.

– Humm. Bien sûr.

E-mails suivants. Sans intérêt, sans intérêt, sans intérêt… Seul l'avant-dernier pouvait avoir un rapport avec l'affaire. Un message d'il y a quelques jours à peine, envoyé par Susan à une adresse extérieure à l'entreprise.

De : Susan J. Lewandowsky <sjlewandowsky@broeck.com>
À : Robert Vickers <robertvickers@hotmail.com>
Date : 31.10.2020

Regarde où ta nana va s'encanailler le mois prochain :> Pas mal, non ?

Pièce jointe : <picture23.jpeg>

=============================
Consultant senior
Susan J. Lewandowsky
Broeck Industries

Julita ouvrit la photo et parcourut les métadonnées. Son programme recracha un tableau vide. Il semblait que Susan ait extrait l'image d'un document interne. Curieux qu'ils n'aient pas protégé le fichier contre la copie, se dit-elle, c'était banal. Enfin, peut-être que personne n'avait prévu qu'un client ferait quelque chose d'aussi stupide pour impressionner son compagnon. Et il y avait de quoi être impressionné, c'était certain. Un paysage de montagne, des rochers, un ciel nuageux et, en guise d'arrière-plan, des sommets saupoudrés de neige. Au milieu des rocs, on voyait un bâtiment imposant : de forme brute, un cube en verre miroir et pierre noire. Devant l'entrée principale, une voiture de luxe était garée, une Maybach à ce qu'il semblait, un peu plus loin, on distinguait une zone d'atterrissage pour hélicoptères… Et c'était tout. Personne, aucune inscription. Julita chargea la photo dans un moteur de recherche et exécuta la commande *reverse search*. Quelques dizaines de résultats, mais aucun ne présentait l'immeuble du panorama. Bizarre.

Le plancher grinça. Jan se tenait à ses côtés. Il était déjà habillé, il avait manifestement même eu le temps de prendre une douche.

– Et alors ? Tu tiens quelque chose ?

– Ouais. Pas mal même.

Jan s'appuya sur le bureau et croisa les bras.

– D'accord, dit-il. Raconte.

– Cette boîte, tu sais ? Broeck Industries. Il semblerait que Królak et X1 les ont contactés avec une proposition, un truc qui a un rapport avec la Pologne. Le directeur du développement international, un certain M. Fallwell, a besoin de quelqu'un qui connaît notre langue si chuintante pour évaluer leur proposition, alors il écrit à Susan Lewandowsky…

Julita prononça ce nom en exagérant l'accent américain.

– … qui possède sans doute des origines polonaises. Quelques jours plus tard, Susan se transmet à elle-même un texte écrit par NOTAGOOSE.

– Alors elle les a sans doute contactés et ils lui ont permis de jouer un peu avec l'algorithme en guise de démo.

– Oui. Exactement. Puis l'amie Lewandowsky relate leur discussion à sa direction. Nous ne savons pas ce qu'elle leur a dit, mais elle a dû faire forte impression parce qu'un instant plus tard, la décision d'entamer la collaboration est prise et Susan reçoit l'ordre de se rendre à un rendez-vous avec Królak et X1.

– Oh ! C'est intéressant. Où ?

– Ça, on ne le trouve pas dans les mails mais fin octobre, Susan envoie cette photo à son copain. Regarde.

Julita ouvrit la pièce jointe du dernier message.

– Hmm... On dirait le siège du Grand Méchant Loup.

– Ce genre d'ambiance, oui...

Julita se détourna de l'ordinateur. Ses joues rougirent.

– Tu comprends ce que ça veut dire ? demanda-t-elle. X1 et Królak vont sortir de leur tanière. Bientôt ! Pour raconter ce qu'ils manigancent ! D'accord, nous ne savons pas où ni quand ils vont voir cette Susan, mais ça doit être possible de l'établir. Je suis prête à le parier.

Jan hocha la tête. Puis, il se tourna vers la fenêtre et tomba dans un silence obstiné.

– Quoi ? demanda-t-elle. Quelque chose ne va pas ?

– Ouais.

– Alors qu'est-ce qu'il y a ?

– Il y a toi.

– Quoi, moi ? s'étonna Julita. Je vais bien, moi.

– Pour le moment. Mais dans pas longtemps, tu vas faire quelque chose de stupide. Comme l'autre fois, à Las Vegas.

Sa bouche devint sèche. Dans son esprit, elle revit le couloir de l'hôtel plongé dans le noir, la foule de gens inconscients du danger, l'homme au pistolet.

– Et qu'est-ce que j'ai fait de stupide à Las Vegas, je te prie ?

Julita s'était emmitouflée dans la couette et jouait les dures.

– Tu y es allée, pour commencer. Bien que je t'aie dit ce que tu risquais à le faire. C'est suffisant.

– Ça va. Pour le moment, je vais juste tenter d'établir où aura lieu cette rencontre.

– Ah oui ? Et après ? Tu vas leur envoyer une carte postale ?

Julita ne répondit pas. La vérité, c'est qu'elle ne savait pas elle-même ce qu'elle ferait après. Mais, se connaissant, elle était capable de prévoir ce qui adviendrait. Tout comme Jan. Elle fuit son regard perçant.

– Je vais… je vais y aller, dit-elle. Je suis claquée et tout, tu comprends…

– Oui, oui…

– Merci pour ton aide… et pour plus tôt.

– Aha.

Julita se leva, enfila ses vêtements encore humides et salua Jan d'une bise furtive sur la joue. Elle avait vraiment l'intention de rentrer chez elle et de se coucher tôt, de se reposer enfin. Pourtant, quand elle se tint au pied de son immeuble, elle s'immobilisa devant l'entrée de la supérette du quartier. Après un instant d'hésitation, elle pénétra à l'intérieur et acheta quatre canettes d'une boisson énergisante et une tablette de chocolat au lait. Quelques minutes plus tard, aux fenêtres de l'appartement de la rue Anders, la lumière s'alluma.

Florian était coincé dans un bouchon sur Frankfurter Allee. Derrière, sur des sièges enfants, il y avait Klara et Hanna – leurs tutus en tulle dépassaient de leurs blousons hivernaux. Klara aspirait une compote de fruit en tube (une partie était tombée sur le tissu synthétique, l'épaisse goutte orange glissait dessus comme de la sève), tandis que Hanna donnait des coups de pied en rythme dans le siège passager, fredonnant une chanson de *La Reine des neiges* (*Ich lass los, lass jetzt looooos…*).

Florian soupira. Si au moins elles aimaient le ballet. Alors, il les y conduirait et les ramènerait le sourire aux lèvres, vraiment. Mais les fillettes leur avaient demandé de les y inscrire seulement parce que leurs copines de classe y allaient. D'elles-mêmes, elles ne s'intéressaient pas beaucoup à la danse et se plaignaient tout le temps : un coup que la prof n'était pas gentille, un autre que les exercices étaient ennuyeux. Pourtant, quand il leur avait demandé si, dans ce cas, elles ne voulaient pas renoncer, ses filles avaient secoué vivement la tête et Beate l'avait pris à part pour lui faire la leçon, soutenant qu'il fallait apprendre la persévérance aux enfants. D'après lui, on leur enseignait ainsi surtout le conformisme, mais il garda cette remarque pour lui. Il ne voulait pas de dispute, il n'en avait pas la force.

Le feu passa au vert, mais la voiture devant lui ne bougea pas d'un pouce. La lumière bleue des gyrophares se refléta sur la carrosserie et, l'instant d'après, une ambulance passa sur Warschauer Strasse. Un accident, donc, songea-t-il. Il ne manquait plus que ça.

– Papoua, et pwourquwa tu n'awances pas ? demanda Clara.

Elle parlait indistinctement parce qu'elle gardait le tube vide entre les dents.

– Et par où veux-tu que j'avance ?

– Bah, par wa rue.

– Mais tu vois bien que tout est bouché.

– *Die Kraft sie ist grenzenloooos…*

Hanna bascula dans un crescendo piaillant. Elle tapait si fort le siège devant elle que la bouteille vide posée dessus tressautait sans arrêt.

– Je n'voua pas.

– Comment ça, tu ne vois pas ?

– Je n'voua pas parcequwe j'ai les yeux fermoués.

– Doux Jésus… chuchota tout bas Florian.

Il regarda sa montre, il était près de 19 heures. Au plus tôt, ils arriveraient à la maison à 20 heures, or il faudrait encore leur donner à manger, les laver, les mettre au lit ; la soirée était foutue. Il aurait fallu y aller en métro. D'ailleurs, Beate le lui avait dit : déconne pas, en métro ça va plus vite. Mais rien qu'à l'idée de devoir traverser la foule sur le quai avec les fillettes, chacune tirant de son côté, rien qu'à l'idée qu'il leur faudrait s'arrêter devant chaque vitrine et chaque malheureux clébard (Et comment s'appelle-t-il, madame ? Oh, comme c'est joli ! On peut le caresser ? Notre papa ne nous permet pas d'avoir un chien, vous savez ? Vraiment !), il en avait la nausée. Il était beaucoup plus facile de les attacher à leurs sièges avec des ceintures de sécurité. Bon, mais il restait les bouchons, il n'avait pas pensé aux bouchons. Peut-être que s'il avait roulé avec un GPS, l'algorithme servile lui aurait indiqué un itinéraire alternatif, plus rapide. Mais Florian n'utilisait jamais de GPS. Il connaissait assez la technologie pour n'en profiter que lorsque c'était indispensable.

Dring-dring. Portable. Appel de Bastien, le patron de Schloss Security. Florian décrocha, activa le mode mains libres.

– Allô, Florian. Tu as une minute ?

– Oui, oui. Balance.

– *Ich lass los, lass jetzt looooos…*

– Hanna ! Un peu plus bas, d'accord ? Papa discute. Allez, parle. Ça a marché ?

– Oui, déclara Bastien, mais il a fallu un max de taf, je te jure.

La découverte qu'*application.exe* ne fonctionnait que dans les systèmes en langue polonaise avait été un moment charnière – mais ne signifiait absolument pas que le jeu du chat et de la souris était terminé. Le programme malveillant avait commencé à fonctionner, certes, mais seulement jusqu'à ce que Florian lance un debugger, c'est-à-dire une application qui devait enregistrer son comportement bit par bit. Il s'était avéré que le créateur d'*application.exe* avait dissimulé dans son œuvre une couche supplémentaire de sécurité. Le programme remarquait que quelqu'un le plaçait sous microscope et cessait aussitôt de fonctionner.

Quand Florian s'en était rendu compte, il avait dû se lever de son bureau pour évacuer sa rage et sa frustration en marchant, sinon il aurait commencé à taper du poing sur son clavier. Il avait quitté l'immeuble en jurant et s'était acheté une barre de céréales dans un supermarché – une barre végane, faite de fruits secs et de noix de cajou moulus, comme il sied à un véritable Berlinois. Il l'avait avalée en quelques bouchés, puis était retourné à son bureau. Peut-être qu'*application.exe* faisait simplement appel à la fonction *IsDebuggerPresent*? pensait-il, tentant d'extraire avec sa langue un bout d'abricot sec d'entre ses dents. Alors, il aurait suffi d'affecter la valeur *BeingDebugged* à zéro un instant avant que la fonction de vérification ne soit exécutée : abracadabra, tu ne vois pas du tout ce que tu vois. Non, bien sûr que non, ça aurait été trop simple. Alors peut-être qu'*application.exe* vérifiait les valeurs du fichier *NtGlobalFlag*? Ça aussi, on pouvait le contourner. Mais non, encore raté. Si Florian avait disposé d'encore une heure ou deux, il aurait fini par décortiquer le mécanisme, mais il devait aller chercher ses filles à leur cours, alors il avait passé le relais à Bastien, à contrecœur.

– Alors comment faisait-il ? demanda-t-il. Comment savait-il qu'il était debuggé ?

– Il vérifiait les *breakpoints*.

Florian hocha la tête avec approbation ; une solution élégante. Pour comprendre comment fonctionne un programme, il faut de temps à autre l'arrêter, appuyer sur pause. Un peu comme un agent de sécurité qui épie le comportement d'un suspect sur les enregistrements de vidéosurveillance et qui arrête la bande au moment clé – à ceci près que, dans ce cas, le criminel se meut à la vitesse de signaux électriques courant sur des circuits intégrés et effectue des dizaines d'actions à la fois. Un être humain n'arrive pas à suivre, il ne fonctionne pas à ce rythme. Il faut donc interrompre ces processus pour les comprendre – mais leur interruption laisse une empreinte, à l'instar des lois de la physique quantique où le seul fait d'observer perturbe le déroulé du phénomène. C'est à cela qu'*application.exe* était sensible. Pour tromper le programme, il avait fallu retrouver le fragment de code qui enregistrait ces interruptions, les *breakpoints*, s'insérer avant le signe égal et falsifier le résultat. Trois plus trois égale – *clac !* – deux, il n'y a eu aucune pause, continue à travailler.

– Je ne sais pas qui a écrit ça, Florian... mais ces fils de pute connaissent leur métier.

– Tsss, fais gaffe à ce que tu dis, je suis en voiture avec les filles.

– Ah, mince, c'est vrai. Excuse-moi.

– *Und ich schlag die Türen zu...* chantait Hanna.

Le coup de pied suivant fit rouler la bouteille en plastique du siège passager sur le tapis.

– D'accord, et la suite ? demanda Florian en criant plus fort que sa fille. Qu'est-ce qu'il y a dans ce code ?

– Nous ne savons pas encore tout... mais, premièrement, on voit qu'il utilise Eternalblue.

– Bien sûr. Classique.

– Papoua, dit Klara qui agitait toujours le tube qu'elle tenait entre les dents, pwourquwa tu n'awances pas ?

– Si tu nous faisais la courtoisie d'ouvrir les yeux, tu...

Florian s'interrompit à mi-phrase parce que la voiture devant lui avait effectivement bougé. Cependant, avant qu'il n'ait eu le temps d'enfoncer la pédale d'accélérateur, un véhicule de la voie d'à côté lui prit la place. Florian klaxonna rageusement. Il se rendait compte que ça ne changerait rien, mais il ne pouvait pas sortir s'acheter une barre de céréales, alors il fallait bien décharger sa colère d'une manière ou d'une autre.

Eternalblue, se répéta-t-il mentalement. Un piratage de l'arsenal de la National Security Agency. Les Américains avaient consacré de nombreuses années – et des dizaines de millions de dollars – à chercher des erreurs encore inconnues dans des systèmes communément utilisés, c'est ce qu'on appelait les *zero days*. Et, au lieu d'informer les fabricants de leur existence et de leur donner une chance de colmater ces brèches, ils avaient créé des programmes qui les exploitaient. Personne n'était en mesure de s'en prémunir, les antivirus et autres firewalls ne servaient à rien, chaque ordinateur connecté au réseau leur était grand ouvert. Les pirates informatiques de la NSA – et plus précisément ceux du département d'élite Tailored Operation Unit – étaient les maîtres de la toile, omnipotents et invisibles.

Tout changea en 2016. L'un des agents copia l'intégralité du cyberarsenal des États-Unis sur un ordinateur privé et quelqu'un le pirata... avant de le diffuser sur le web. Le *wunderwaffen* bâti en secret devint soudain accessible à tous, instantanément et gratuitement. C'était comme si quelqu'un avait chargé toutes les ogives nucléaires américaines dans le coffre de sa voiture et l'avait ensuite garée sur un parking de supermarché avec la pancarte "SERVEZ-VOUS".

Mais le monde ne s'en préoccupa pas plus que ça. Premièrement, les fichiers volés avaient des noms si stupides qu'il était difficile de les prendre au sérieux: *Epicbanana, Epicbacon, Buzzdirection* ou *Eternalblue*, justement. Deuxièmement, après tout, les programmes ne tuaient pas, alors quel était le problème? Troisièmement, en 2016, il se passait, malheureusement, des choses plus intéressantes. L'opinion publique ne se rappela la fuite de ces programmes que quelques mois plus tard, quand WannaCry, un malware constitué à partir de deux programmes volés à la NSA, avait ravagé des centaines de milliers d'ordinateurs à travers tous les continents habités, paralysant hôpitaux, ministères, universités et multinationales, et générant ainsi des pertes estimées à quatre milliards de dollars au bas mot.

– D'accord, et deuxièmement ?

– Ça reste à confirmer… répondit Bastien. Mais il semblerait que ce programme devait attaquer une cible industrielle.

– Parce que ?

– Parce qu'il cherche des fichiers du type SCADA. Puis il change les valeurs dedans, tout en publiant un rapport qui prétend que toutes les mesures sont dans la norme.

– Oh putain ! Comme Stuxnet.

– Papa ! le réprimanda Klara.

Elle était tellement outrée qu'elle en fit tomber le tube d'entre ses dents.

– Puisque tu as fermé les yeux, tu pourrais peut-être maintenant te boucher les oreilles ? grommela Florian, puis il enfonça l'accélérateur et traversa le croisement de la Warschauer Strasse une fraction de seconde avant que le feu ne devienne à nouveau rouge.

Les voitures sur les côtés attendaient patiemment leur tour. Une pensée traversa alors l'esprit de Florian : si quelqu'un avait piraté le système d'administration du trafic routier, il pourrait montrer des feux verts à tous les véhicules. Ou même éteindre toute la signalisation et paralyser la ville en entier. Ou, encore mieux, couper toute une centrale électrique, comme l'avaient fait les Russes en Ukraine – au milieu de l'hiver. En réalité, ce n'était pas si compliqué que ça. S'il y avait bien quelqu'un qui s'en rendait parfaitement compte, c'était Florian.

Il songeait rarement à cela, il se concentrait plutôt sur des détails, sur un défi particulier, le considérant comme un jeu de logique, comme s'il résolvait un sudoku ou complétait un solitaire. Mais, parfois, il prenait du recul et contemplait son travail dans une perspective plus large – et il ressentait alors un vertige, il avait l'impression de se retrouver soudain au bord d'un précipice. Dans le temps, ce qu'on piratait, c'était au mieux un ordinateur. Aujourd'hui, on pouvait prendre le contrôle d'un téléphone portable, d'une voiture ou d'un pacemaker. Ou alors d'une usine, d'une centrale électrique ou d'un barrage. L'Internet avait coulé hors des ordinateurs. Il était partout. Où que tu regardes.

– D'accord. Je vais voir ça de plus près demain, dit-il.

– Aujourd'hui, tu n'y arriveras plus ?

– Non, aujourd'hui non, parce que…

– … *die Kälte sie ist nun ein teil von mir !*

– Ah oui, j'entends ça. Écoute, nous devons… nous devons maîtriser ça vite. Informer les services adéquats. Tu sais quel est le risque, ce que ce programme pourrait faire si…

– Ouais, je sais, dit Florian en coupant la parole à son chef.

Il ne voulait pas qu'il termine sa phrase. Il ne voulait pas que ses filles l'entendent. À tous les coups, elles n'auraient de toute manière pas compris, mais il préférait ne pas prendre le risque. Il était encore trop tôt pour tout ça, elles étaient encore trop jeunes. Florian arriva devant chez eux, éteignit le moteur et détacha ses filles de leurs sièges. Et puis, manifestement à leur très grande surprise, il les serra très fort dans ses bras.

Ding-dong. Quelqu'un venait de sonner à la porte. Julita sursauta sur sa chaise et le sang lui monta à la tête avec une telle force que sa vue se troubla. Qui était-ce ? À cette heure ? Elle n'attendait personne, elle n'avait pas commandé à manger, ce n'était pas la saison pour les visites du curé du début d'année et celle des enfants qui extorquaient des bonbons venait de passer. Elle se leva de table, s'adossa au mur. Dans le couloir, elle entendit des voix étouffées.

Oh putain de sa mère, ils sont venus me chercher, se dit-elle, ils viennent me faire la peau ! Ils ont attendu que l'affaire des élections se tasse, que tout le monde oublie mes articles, qu'on arrête de m'inviter sur les plateaux télé, et ils sont revenus. Elle respirait de plus en plus vite, de façon irrégulière, ses jambes tremblaient. La bombe au poivre ? Dans son sac, resté dans le couloir. Tout près de la porte. Bordel, bordel, je devrais toujours l'avoir sous la main, dans la poche, je me suis trop laissée aller ces temps-ci. Aller la chercher ? Alors, ils entendront mes pas. Ils sauront que je suis à l'intérieur.

Ding-dong. Ils sonnent pour la seconde fois, ils ne laissent pas tomber. Que faire ? Appeler à l'aide ? La police ? Jan ? Se cacher ? C'est nul, ils vont me trouver, sûr qu'ils vont me trouver. Alors quoi, sortir par la fenêtre ? La corniche est large, j'arriverai peut-être à passer dans l'appartement d'à côté, à taper à la fenêtre. Oui, c'est pas mal, c'est ce que je devrais faire, décida-t-elle. Mais elle n'était pas en mesure de détacher ses pieds du sol, elle n'arrivait pas à bouger, seule sa poitrine se soulevait de plus en plus vite, sa tête bourdonnait de plus en plus fort. La porte a une double serrure et un loquet anti-infraction, je l'ai fait installer exprès. Ils ne vont pas entrer si facilement que ça, il y aura du boucan, les voisins sortiront dans le couloir, quelqu'un finira par appeler le 112.

Ça n'aida pas – elle ne croyait pas à ses propres affirmations. Des larmes glissaient sur ses joues, un cri commençait à se former au fond de sa gorge. Elle pressa la main contre sa bouche, de toutes ses forces, pour étouffer les pleurs, pour qu'ils ne l'entendent pas. Quelque chose bruissa. Une feuille dépassa par l'interstice en bas de la porte. Des pas résonnèrent dans le couloir, puis une sonnette tinta à nouveau, mais pas chez elle, quelque part à côté.

Sur des jambes flageolantes, Julita s'approcha du judas et regarda à travers. À l'autre bout du palier, devant le 8, deux femmes âgées qu'elle croisait parfois sur le banc devant l'immeuble discutaient avec un voisin vêtu d'un survêtement et d'un marcel qui moulait un ventre d'amateur de bière. Elle ramassa la feuille par terre. "APPEL AUX VOISINS – LE PAIN SEC DANS LA COUR, C'EST UNE INVITATION POUR LES RATS". Elle relut l'en-tête rédigé en majuscules, puis une autre fois, et elle finit par comprendre. Elle éclata de rire… avant de se cacher le visage entre les mains. Elle ressentait un soulagement immense. Mais elle n'arrivait pas à cesser de pleurer.

Il y avait des moments où elle avait l'impression d'avoir repris le dessus, d'avoir maîtrisé sa peur et digéré ses traumatismes. Et puis, il suffisait d'un truc de ce genre, aussi petit, aussi stupide, et elle tombait en morceaux. Le bon sens s'éteignait, le *moi* rationnel disparaissait, ce *moi* qui avait terminé des études supérieures, savait planifier et mener un raisonnement logique. Il restait un animal terrifié qui ne songeait qu'à fuir, fuir, fuir.

Elle demeura assise longtemps sur le paillasson, adossée au radiateur brûlant, tête basse entre les genoux. Elle sortit un mouchoir malaxé de sa poche, essuya ses larmes, se moucha. Pourquoi je fais tout ça ? se demanda-t-elle – pas pour la première fois, d'ailleurs. À quoi ça me sert ? Si encore elle croyait qu'en y parvenant, qu'en démasquant Królak et Semenov, qu'en dévoilant leurs plans et leurs machinations, ça changerait quelque chose… Elle n'avait pas ce genre d'illusions. Dans ces moments-là, elle se rappelait un jeune Syrien qu'elle avait rencontré lors d'une conférence sur les nouveaux médias à Strasbourg. Il avait risqué sa vie pour documenter les crimes du régime de Bachar al-Assad, il s'était rendu dans chaque maison bombardée d'Alep dès que la poussière était retombée, il avait enregistré les gens qui pleuraient et les corps écrasés. Puis il s'était frayé un chemin par la ligne de front jusqu'en Turquie pour transmettre le disque avec ses vidéos – des heures entières d'enregistrements horribles, cauchemardesques – à une journaliste occidentale. Il était persuadé que si le monde découvrait ce qui se passait réellement dans son pays, il réagirait enfin. Ça n'arriva pas. Le monde haussa les épaules.

Julita passa dans sa salle de bains, versa de l'eau froide dans ses mains, s'en rinça le visage. Ça allait un peu mieux, son cœur cessa de cogner contre ses côtes, ses tempes bourdonnaient moins, elle était capable de réfléchir. Elle retourna devant son ordinateur. Rien ne la calmait autant que le travail.

Une quinzaine d'onglets étaient ouverts dans son navigateur et, parmi eux, des informations sur Susan Lewandowsky. Elle savait déjà tout à son propos. Sa date de naissance. Son adresse. Les prénoms des parents, frères et sœurs. Les crédits, les assurances, les hypothèques. Les numéros de ses cartes bleues, de ses comptes bancaires, de son passeport et de son permis de conduire. Obtenir ces informations avait été d'une facilité affligeante… parce que quelqu'un les avait déjà réunies pour elle. Aux États-Unis, le gouvernement ne tentait même pas de protéger la vie privée de ses citoyens, tout le monde pouvait accumuler des données sur tout le monde et en faire ce que bon lui semblait. Cela avait mené à l'apparition d'entreprises telles qu'Equifax ou TransUnion, qui agrégeaient des informations sur tous les habitants du pays et calculaient ensuite ce qu'on appelait un score de crédit, c'est-à-dire un indicateur qui définissait la fiabilité financière d'une personne donnée. Allait-elle rembourser son crédit ou pas ? Était-il sensé de louer un appartement ou valait-il mieux s'abstenir ? Ce business générait d'immenses bénéfices – mais pour protéger les bases de données, l'argent venait toujours à manquer. En 2017, on avait dérobé chez Equifax les informations détaillées de cent quarante millions de personnes, essentiellement des Américains. Dont Susan Lewandowsky.

Julita regarda sa montre. On approchait 22 heures, ce qui signifiait qu'à New York, où habitait Susan, il serait bientôt 16 heures. Alors, elle était certainement encore au travail, mais dans sa tête elle songeait déjà à rentrer chez elle. Un horaire idéal pour passer un coup de fil – Susan serait distraite, moins vigilante. Julita alluma un portable qu'elle n'utilisait qu'au travail et activa l'application SpoofCard qui permettait de changer l'identificateur de la personne qui appelait. Abracadabra, *clic*, et en lieu et place du préfixe +48 affecté à la Pologne, Susan allait voir sur son écran une communication en provenance des Pays-Bas, et plus concrètement du bureau du service clients de l'alliance de compagnies aériennes Sky Team chez qui elle collectionnait des miles. L'éthique journalistique n'avait jamais été le point fort de Julita.

Première sonnerie. Deuxième sonnerie. Troisième sonnerie.

– Allô ?

Une voix féminine résonna à son oreille.

– Bonjour, je parle bien à Susan Lewandowsky ?

– Oui. De quoi s'agit-il ?

– J'appelle au nom de Sky Team. Puisque vous êtes avec nous depuis…

Julita jeta un œil à ses notes.

– … 2002, nous voudrions vous proposer de participer à notre action TripleMiles, accessible seulement à nos clients les plus fidèles.

– Ah ? Allez-y, je vous écoute.

– Il vous suffit de m'indiquer le numéro de votre prochain vol et nous compterons le triple des miles habituels dessus.

– Sérieux ? C'est cool. Minute, je vérifie ça…

Elle avait mordu à l'hameçon. Bien sûr qu'elle avait mordu à l'hameçon. Julita savait qu'il ne manquait à Susan que quelques milliers de miles pour obtenir la carte Platine qu'elle désirait tant. À l'idée des nombreux conforts qui allaient avec, Susan était devenue tellement excitée qu'elle ne s'était pas posé la question de savoir pourquoi une alliance aérienne lui demandait un numéro qu'elle devait pourtant détenir dans sa propre base de données.

– Je l'ai... DL52.

– Merci...

Julita pianota le code dans son navigateur. Delta Airlines, vol de New York à Zurich. Ben voyons. Comment pourrait-elle aller ailleurs...

– Je vous demande encore la date de départ...

– Le 12 novembre.

– Merci. Ça sera tout. Les miles seront crédités après le vol. Puis-je encore vous aider en quoi que ce soit ?

– Non, non, merci. À bientôt.

Julita raccrocha. Le 12 novembre, se répéta-t-elle mentalement. Dans une semaine. C'était peu. On pouvait tabler sur une rencontre dans les environs de Zurich, probablement dans l'immeuble lugubre dont elle avait trouvé la photographie parmi les mails volés à Susan. Le fait qu'elle n'ait pas réussi à l'identifier à l'aide de la commande *reverse search* signifiait soit que le complexe avait été récemment construit, soit – ce qui était plus probable – qu'il était interdit de prendre des photos dans son enceinte. Mais bon, se dit Julita en ouvrant une autre canette de boisson énergisante au goût de bonbons dissous dans du sirop contre la toux, on avait vu pire comme défi.

Première étape : Wikimapia, un site sur lequel les passionnés d'architecture pouvaient décrire les bâtiments de leurs environs. Requête : Zurich, centres de congrès. Une quinzaine de résultats, mais tous dans le centre-ville, or l'ensemble d'immeubles de la photo devait se trouver en dehors d'une zone d'urbanisme, quelque part au pied des montagnes. Julita tenta encore quelques autres requêtes – hôtel, bureaux, centre d'affaires –, mais celles-ci affichèrent tant de résultats qu'elle n'aurait pas réussi à les parcourir à temps. Bon, se dit-elle, dans ce cas, changeons de direction. Elle rechercha sur le web les plus prestigieux bureaux d'architectes de Zurich et parcourut leurs portfolios, considérant que si l'un d'entre eux était à l'origine du projet du bâtiment de la photo, alors il s'en vanterait. Encore raté. Julita s'enfonça sur son siège et se gratta la nuque. Et maintenant ? Elle pourrait parcourir Google Maps en mode Street View rue par rue, jusqu'à ce qu'elle remarque un bâtiment similaire, mais cela prendrait des jours, sinon des semaines, or le temps filait. Elle ouvrit une nouvelle fois l'image du mail de Susan. Des montagnes. Le ciel. Une route. Des murs de pierres noires. Une zone d'atterrissage pour hélicoptères. Une Maybach. Si seulement on apercevait ses plaques, songea-t-elle, ça serait une piste, une direction, mais non, quelqu'un les avait effacées de la photo. En Pologne, encore, on aurait pu traquer toutes les Maybach, c'était après tout une voiture rare et luxueuse dans la région, mais en Suisse, en revanche, il y en avait probablement une quantité. Dans ce cas, les montagnes en fond peut-être ? On pourrait probablement les comparer à des images satellites, établir quelle chaîne montagneuse était visible dessus… Mais encore une fois, la Suisse ne manquait pas de montagnes. Il s'agirait d'une opération fastidieuse, sans garantie de succès.

Résignée, Julita agrandit l'image jusqu'à en voir les pixels et se mit à la faire défiler morceau par morceau, sans savoir elle-même ce qu'elle cherchait. Ciel. Montagnes. Maybach. Murs. Fenêtres.

– Non mais ça n'a ni queue ni tête, gémit-elle pour donner libre cours à sa frustration et entendre une voix humaine. On n'est pas chez *Les Experts : Miami* pour…

Elle s'interrompit. Vraiment ? Quelque chose se reflétait dans la vitre. On aurait dit des lettres. Julita se redressa sur sa chaise, renversa l'image en mode miroir. Non, ce n'était pas une illusion. HB-XCT… Mais comment ? D'où est-ce qu'elles sortaient, ces lettres ? Elle quitta le zoom et contempla l'image dans son ensemble. Alors, elle eut une révélation. La fenêtre faisait face à la piste d'atterrissage. Quand la photographie avait été prise, un hélicoptère devait être posé dessus. Quelqu'un l'avait ensuite effacé en supposant, à juste titre, que sa présence trahirait trop d'informations, mais il avait oublié le reflet.

– Je vous tiens, les gars… chuchota Julita.

Elle pianotait rageusement sur le clavier, ignorant la douleur croissante dans le poignet, les yeux qui piquaient et le manque de sommeil. La peur s'était évaporée, la sonnerie de la porte avait enfin cessé de résonner à ses tympans, les questions gênantes avaient arrêté de rebondir dans sa tête.

À présent, tout coulait de source. Sur www.swissheli.com elle trouva le registre de tous les hélicoptères présents sur le territoire suisse. Le code HB-XCT correspondait à un modèle Robinson R66 Turbine appartenant depuis neuf ans à l'organisation Schweiz Zentrum. Elle ouvrit un compte payant sur FlightRadar24 et suivit l'historique de ses vols. Cet appareil volait exclusivement entre l'aéroport de Zurich et une aire d'atterrissage située trente kilomètres plus loin, près du village de Schindellegi. Sur un terrain privé. Au pied des montagnes. Julita regarda les photos satellites des environs. Elle n'eut aucun doute. Des murs noirs. Des fenêtres miroirs. C'était ça. Schweiz Zentrum, se répéta-t-elle.

Julita se leva, trempée de sueur en souriant d'une oreille à l'autre. Mais l'instant d'après, elle se rassit. Elle devait vérifier combien il restait d'argent sur son compte. De sérieuses dépenses l'attendaient.

6

12 février 2009, Tomsk

La neige tombait, lourde et humide, comme si quelqu'un avait déchiré les nuages en minuscules morceaux. Le vent écrasait les flocons contre la vitre et ceux-ci fondaient aussitôt, formant des filets rapides qui coulaient sur le verre, tournant un coup à gauche, un coup à droite, puis ralentissaient un instant, comme s'ils se demandaient quelle direction prendre, avant d'accélérer soudainement. Pyotr Semenov suivait le cours de l'eau de ses yeux vitreux et brûlants. Il était enchanté. La complexité du monde ne cessait de l'émerveiller. Partout, des chaînes de causalité, des dépendances, des points d'interrogation... Il souhaitait décrire chacune de ses observations par une équation. Même maintenant, il tendit machinalement la main vers le crayon qu'il portait toujours dans la poche de sa chemise : un portemine en plastique, dureté 2H, idéal pour les dessins techniques. Mais il n'y arriva pas. Ses mains étaient attachées au pied de la table.

– C'est inconfortable ? demanda l'homme assis de l'autre côté de celle-ci.

À l'inverse des autres, celui-ci ne portait pas d'uniforme. Il était jeune, environ trente ans. Un visage dépourvu de signes particuliers, pâle, les cheveux soigneusement peignés sur le côté, des lunettes embuées à monture fine. Pyotr s'étonna en le voyant. Il ne se souvenait pas l'avoir vu entrer. La faute, sans doute, à sa fièvre. La tête lui tournait, la pièce ondulait et le temps se morcelait comme du coton.

– Un peu, répondit-il en hésitant.

Sa langue était aussi sèche que des copeaux de bois.

– Vous voulez qu'on vous détache ?

Il hésita. Cela faisait deux semaines qu'il était en détention, il savait donc qu'il ne devait pas faire confiance à ce genre de manifestations cordiales. Quand, la première nuit, après six heures d'interrogatoire, il avait répondu que oui, il boirait volontiers quelque chose, les policiers lui avaient versé un seau d'eau glaciale sur la tête avant d'ouvrir grand la fenêtre. Le lendemain, il avait commencé à tousser et avait été pris d'une forte fièvre. Ils ne lui avaient même pas donné d'aspirine. À toi, vermine ? lui avait demandé à travers ses dents serrées un gardien penché si bas que Pyotr avait eu les narines envahies par l'odeur d'une eau de Cologne bas de gamme mélangée à celle d'une sueur vieille de quelques jours. C'est de la mort-aux-rats que je te donnerais, avait-il ajouté.

– Non merci, répliqua donc Pyotr, estimant qu'il valait mieux ne pas prendre de risque.

– Allons, allons... je ne vais pas vous faire de mal.

– Vraiment, ce n'est pas nécessaire.

L'homme ôta ses lunettes et se mit à les essuyer avec son écharpe.

– Ils vous en ont fait baver à ce point ? demanda-t-il sans lever les yeux.

Pyotr voulut répondre, mais n'y parvint pas à cause d'une quinte de toux grasse.

– Eh oui... poursuivit son interlocuteur comme si la toux constituait une réponse suffisante. Ils n'aiment pas les pédophiles par ici. D'ailleurs, on ne les aime nulle part.

– Excusez-moi, je ne suis pas...

– Vous, peut-être pas, dit l'homme avec un geste impatient. Mais tout le monde sait en quelle compagnie on vous a embarqué.

Pyotr hocha la tête. Ils s'étaient faits prendre. Lui, Osip et son équipe. On les avait tous ramassés le même jour, ils s'étaient retrouvés dans le fourgon de police. Il lui avait fallu un instant pour reconnaître Osip, grâce à la toile d'araignée tatouée sur la main gauche, parce que son visage ne le permettait pas – Osip avait dû résister au moment de son arrestation. Pyotr n'avait aucune idée de la manière dont ça s'était fait. Quelqu'un les aurait dénoncés ? L'un d'entre eux n'aurait pas pris de précautions ? Ça n'avait certainement pas été lui. Après tout, il faisait très attention à ce que le forum d'échange de clichés soit introuvable pour les non-initiés. Il vérifiait soigneusement chaque nouveau membre, changeait de serveur régulièrement au bout de quelques semaines et n'acceptait de paiements que sous forme de bons au porteur de différents sites marchands qu'il liquidait ensuite grâce à sa centaine de faux comptes. Les autres forums d'échange pédophile tombaient après un an, deux maximum. Le sien fonctionnait depuis près de six ans sans aucun incident. Jusqu'à maintenant.

– Et ce n'est qu'un début... continua son interlocuteur.

Il rechaussa ses lunettes et parcourut la pièce du regard comme s'il la voyait pour la première fois : une ampoule sous une applique de verre laiteux où, dans une sorte de théâtre d'ombres macabre, s'entassaient des insectes morts, des murs humides où la peinture s'écaillait par pans entiers, un sol en dalle de béton parsemé de taches de sang. Or, on n'était là qu'en détention provisoire. Pyotr avait droit à une cellule individuelle, une couchette, une cuvette de toilettes... En prison, ça ne serait pas aussi luxueux.

– C'est ce qu'on m'a dit.

– Oui. Et vous a-t-on dit quel accueil on vous réservera au gnouf quand la nouvelle de l'accusation sous laquelle vous tombez se répandra ? Parce qu'elle se répandra, ça, vous pouvez en être certain.

– Non.

– C'est peut-être mieux comme ça.

L'homme noua ses doigts et fit un moulinet avec ses pouces. La sueur coulait sur ses tempes, mais il n'avait pas déboutonné son pardessus.

– Vous vous demandez sans doute qui je suis, dit-il.

Ce n'était pas le cas, Pyotr ne s'était absolument pas posé la question, son regard fuyait toujours vers les filets d'eau qui coulaient sur la vitre – un chaos apparent régulé par des règles complexes que l'homme était incapable de saisir avec son esprit de singe. Or, ce n'était que de l'eau, une eau qui coulait sur une vitre, l'un des innombrables rouages qui formaient l'hypnotisante machinerie de la réalité.

– Oui, répondit-il tout de même par prudence, faisant difficilement revenir ses pensées engluées dans la fièvre ici et maintenant. Son mal de crâne persistait. – Comment... comment vous appelez-vous ? demanda-t-il.

– Ça dépend de qui le demande, répliqua l'inconnu. Vous pouvez m'appeler Daniel. Daniel Iwanowicz Królak. Je viens de Moscou.

Nom de famille étrange, se dit Pyotr. Probablement tchèque. Ou polonais.

– De Moscou ? répéta-t-il, feignant l'intérêt de manière convaincante.

– Oui. Avec une proposition.

L'homme se pencha et posa ses mains sur la table. Elles étaient délicates et dodues, presque enfantines.

– Laquelle ? demanda Pyotr parce qu'il savait que c'était la question qu'il était censé poser.

Il avait rapidement appris à deviner les souhaits de ceux qui l'interrogeaient. Ce n'était pas particulièrement difficile. Il n'avait jamais eu de problèmes pour deviner les émotions des autres. Sauf que, pour lui, les émotions étaient une langue morte, refroidie, comme le latin ou l'écriture maya.

– Je voudrais que vous continuiez à gérer le forum. Mais pour moi.

– Mais… pourquoi ?

L'homme sourit largement. Pyotr ne voyait pas ses yeux parce que ses verres s'étaient à nouveau embués.

– Parce que je m'intéresse à ses utilisateurs. Avez-vous un jour vérifié qui ils étaient ?

– Non, répondit-il.

Peu lui importait. Il n'investissait dans ce forum que la charge de travail nécessaire, ni plus ni moins ; c'était pour lui une manière de gagner de l'argent. Parfois, il échangeait des messages avec les autres utilisateurs, pour critiquer quelque chose ou pour diffuser un lien vers un article intéressant. Cette forme de contact lui convenait, ne créait pas le besoin d'une conversation en tête à tête. Le reste de son temps, il le passait avec sa mère. Ils regardaient la télé ensemble, jouaient aux échecs, il lui lisait des livres à haute voix parce qu'elle n'était plus capable de le faire seule. Aux beaux jours, il la mettait dans son fauteuil roulant et l'emmenait en promenade le long des berges de l'Ushayka. À moins qu'elle n'ait à ce moment-là des bleus sur le visage. Alors, ils ne sortaient pas – ça aurait suscité trop de questions.

– C'est bien dommage, déclara Daniel Królak. Beaucoup de gens intéressants le fréquentent. Des gens de chez nous, de l'étranger. Et moi, justement, je m'occupe de la question de l'étranger, le proche. Tous ces pays inventés, vous savez, Lituanie, Lettonie, Estonie…

Królak fit une moue dédaigneuse.

– … mais aussi Slovaquie, Tchéquie, Pologne… surtout la Pologne. Pour des raisons familiales, pourrait-on dire. Je suis né dans une base militaire à Legnica, je connais parfaitement la langue. Vous savez où se situe Legnica ?

– Non.

– Peu importe. Quoi qu'il en soit, de façon évidente, tous ces pays se trouvent dans l'orbite de nos intérêts. Nous devons garder la main sur leur pouls, savoir ce qui s'y trame. Et, parfois, influer sur le cours des événements pour que ça ne se passe pas comme avec l'OTAN. Vous voulez que l'Ukraine intègre l'OTAN ?

– Non, répondit fermement Pyotr pour qui ça n'avait aucune espèce d'importance.

– Et voilà. Seulement, pour y parvenir, nous devons disposer de leviers adéquats, comme...

Daniel Królak s'interrompit, son visage s'assombrit.

– Je vous ennuie peut-être, Pyotr Nikolaïevitch ?

Pyotr leva à grand-peine sa tête qui tombait sur sa poitrine, elle était lourde, trop lourde pour son cou.

– Non, lui assura-t-il. Excusez-moi.

– Hmm. Et donc, nous parlions de leviers. Ils sont très importants, mais difficiles à obtenir. Il faut prendre les gens en filature, amasser de quoi les faire chanter, les payer, maintenir un réseau de communication secrète tout en évitant le contre-espionnage ennemi... C'est très coûteux. Et difficile. Et chronophage.

– Je comprends, intervint Pyotr.

En effet, il comprenait ce que la difficulté voulait dire, et l'âpre goût de la frustration aussi. À la maison, sous le bureau, il avait rangé dans un grand carton les disques mémoire du ZNATOK couverts de poussière. Après des années à se cogner la tête contre les murs, il avait enfin jeté l'éponge. D'ailleurs, il n'était pas le seul. Partout dans le monde, les études sur l'intelligence artificielle étaient au point mort. Tout portait à croire qu'il s'agissait d'une voie sans issue dans l'histoire des sciences, à l'instar de l'alchimie ou de la phrénologie. On ne pouvait pas enseigner la réflexion à des machines. Bien que leur puissance de calcul augmentât de façon exponentielle, les ordinateurs restaient de vulgaires outils – une armée de Turcs mécaniques.

– Et vous savez ce qu'on a découvert? continuait Daniel Królak. Nous n'avons pas à fournir tous ces efforts. Parce que les gens amassent eux-mêmes de quoi les faire chanter. En ligne. Prenons votre forum, par exemple. Il est fréquenté par un certain Jan Broniarek, la star montante de la droite polonaise. On dit que dans le prochain gouvernement, il obtiendra un siège de vice-ministre. Et nous avons des dossiers sur lui. Grâce à vous. Nous savons maintenant quelles photos il a chargées, lesquelles il a postées et sur lesquelles il apparaît. Je crois qu'il n'est pas nécessaire de vous dire à quel point ce savoir est précieux.

Le vent gagnait en vigueur, précipitait une neige humide sur la fenêtre en la recouvrant presque entièrement. La pièce devint plus sombre. À moins que ça n'ait été qu'une illusion, c'était peut-être la vision de Pyotr qui s'était assombrie, son esprit rongé par la fièvre n'arrivait peut-être plus à transformer les signaux qui couraient le long de ses nerfs optiques.

– Je vois que vous êtes fatigué, déclara Daniel Królak, je ne vais donc pas m'attarder. Nous voulons que le forum continue à fonctionner. Qui sait combien de Broniarek vont venir dessus, combien de gros lots nous allons encore tirer ? Et puis... et puis, on verra. J'ai lu vos articles, vos exposés. Vous avez un esprit exceptionnel, Pyotr Nikolaïevitch. Ça serait dommage de le gâcher sur des broutilles. Nous avons besoin de gens tels que vous. Qui sait, vous pourriez peut-être imaginer d'autres moyens de nous aider ?

Pyotr Semenov détacha son regard de la fenêtre. Il était intrigué.

– Je t'avais dit que ça se passerait comme ça ! déclara Jan.

– Mais écoute-moi...

– Justement, je viens de t'écouter, Wójcicka. Et je vois que tu es complètement à la ramasse.

– Oh putain, qu'est-ce que tu es vulgaire, lança Julita, feignant l'indignation.

Parfois, ça marchait. Parfois, il était possible de le désarmer par une plaisanterie idiote. Mais pas cette fois.

– Je t'en prie…

– Bon, d'accord, alors parlons sérieusement. Ce que je te propose n'est pas si fou que ça. On y va avant eux. On trouve dans quelle salle la rencontre doit avoir lieu. On entre, on les met sur écoute…

– Et on entre comment, concrètement ?

– On trouvera bien.

– Jésus Marie… dit Jan en se prenant la tête à deux mains. Tu as vu cet endroit ? Ce centre est entouré par une grille de trois mètres de haut. Ils ne laissent entrer que des invités triés sur le volet. Là, là et là… – Jan tapa l'écran qui affichait la photo satellite du centre de congrès. – … il y a des postes de garde. Ils disposent certainement de caméras, de détecteurs et Dieu seul sait de quoi encore.

– Pitié, Jan, maîtrise-toi. Il y a des femmes ici.

– Arrête, grogna-t-il. Arrête ou je pars, je te jure.

– Chaque système de sécurité a une faille, il suffit de la trouver. Après tout, ce n'est qu'un centre de conférences, pas Fort Knox ou la base de Goldfinger. Certes, c'est un centre secret et exclusif, mais…

Jan ne commenta même pas, il ne fit que secouer la tête. Le père de Julita faisait parfois pareil. Par exemple quand, en seconde, elle s'était mis en tête de se teindre les cheveux en rose. Tu vas avoir l'air débile, lui avait-il dit. Et il avait raison. Mais pour ne pas l'admettre, elle n'avait pas changé de coiffure pendant une année entière.

– Et donc imagine… reprit-elle, mais sans sa verve initiale, ses certitudes s'amenuisaient à chaque parole, s'échappaient d'elle comme l'air d'un ballon percé. J'enregistre toute la conversation sur laquelle Królak et X1 admettent avoir commis de nombreux crimes… Nous la transmettons aux services adéquats…

– Comment ça, nous ? Quel nous, bordel ?

Elle sentait que Jan se retenait à grand-peine de ne pas hurler.

– Bah, toi et moi.

– Oh non, non. Il n'en est pas question. Je ne vais pas te laisser m'entraîner là-dedans.

– Alors, j'irai seule.

Jan se leva de table, brutalement, manquant de peu de renverser sa chaise. Il marcha en rond dans la pièce. Il était tendu, les poings serrés. Il semblait sur le point de cogner dans un objet, d'exploser d'un instant à l'autre.

– Non mais sérieux, il faut te mettre sous tutelle, vraiment…

– Mon Dieu, on dirait ma sœur, dit Julita. Vous êtes de mèche ? Quoi, vous allez débarquer un jour ici avec une camisole de force ?

– Ce n'est pas drôle.

– Et qui rigole ? Moi, je ne rigole pas.

– Ils ont essayé de te tuer, Julita.

– Tu crois que je ne le sais pas ? Tu crois que je l'ai oublié ?

Sa voix trembla. Elle ne l'avait pas fait exprès, ce n'était plus du théâtre.

– Alors, je te rassure, je n'ai pas oublié. C'est la première chose à laquelle je pense à mon réveil et la dernière avant de m'endormir.

– Alors pourquoi tu te fourres là-dedans, putain ?

– Parce que ces fils de pute le méritent.

– D'accord, mais…

– Tu veux que je te rappelle ce qu'ils ont fait ? Tous ces gigaoctets d'enfants violés ? Les élections volées ? Emil, Kandy, Alex, ces prénoms te disent quelque chose ? Quoi ? Jan ? Tu te souviens encore d'eux ?

– C'est à la police de s'occuper des meurtres.

– Ouais, effectivement, ils s'en occupent très bien. Ils ont de tels résultats qu'on n'a plus qu'à distribuer des médailles.

– Alors quoi, tu vas le faire à leur place ?

– Et qui d'autre ? Hein ? Qui d'autre ?

Jan s'appuya au rebord de la fenêtre. Il mordillait ses lèvres gercées.

– Julita… commença-t-il après un moment, un peu plus calme. Ce que tu veux faire, c'est plus du journalisme. C'est… je ne sais pas, moi… c'est jouer aux super-héros. Et ce genre de jeu finit mal.

– N'exagérons rien. Puisque Renata Berger y est arrivée, alors moi aussi je peux.

– Qui ?

– Tu ne t'en souviens pas ? C'était une députée d'Autodéfense qui a enregistré des responsables du parti Droit et Justice en train d'essayer de la corrompre… D'ailleurs, peu importe. Jan, je ne te dis pas que je vais mettre une cape, leur faire des prises de karaté puis les laisser pieds et poings liés devant un commissariat. Je veux juste les mettre sur écoute. Tu sais, comme Channel 4 l'avait fait à l'époque, avec Cambridge Analytica…

– Pitié. Cambridge Analytica n'assassinait pas les gens.

– En Europe non, c'est vrai. Mais il paraît qu'en Afrique si.

– Il paraît aussi que ce sont les vaccins qui créent l'autisme, grogna Jan.

– Eh bien quoi, toi, tu peux plaisanter, mais moi, non ?

– Mes plaisanteries sont drôles, au moins.

– Je ne sais pas, ça se discute.

Un sourire fila sur les lèvres de Jan. Il s'estompa aussi vite qu'il était apparu. Le silence se fit. Julita penchait la tête, le contemplait.

– Quoi encore ? demanda-t-il, sentant son regard sur lui.

– Jan, pourquoi tu as quitté la police ?

– Je te l'ai dit. Parce qu'on m'y refilait des cas de merde pour un salaire de merde.

– Mouais, je m'en souviens. Mais, maintenant, je te demande la vérité.

– Quoi ?

– Il ne s'agissait que de ça ? Vraiment, parole de scout ? Ce n'était pas, par hasard, parce que tu étais frustré de voir des enquêtes n'aboutir à rien ? Parce que ceux qui avaient le plus à se reprocher demeuraient impunis ? Parce que les procédures et la politique comptaient plus que les résultats ?

– Je sais ce que tu essaies de faire. Épargne-moi le blabla.

– Mais j'ai raison ou pas ?

– Peu importe. On ne parle pas de ça maintenant.

Jan revint vers la table et posa les mains dessus. Pendant un instant, elle crut qu'il lui prendrait la main. Mais il ne le fit pas. D'ailleurs, il n'en avait peut-être jamais eu l'intention.

– N'y va pas, dit-il avec emphase.

– J'irai.

– S'il te plaît.

– Oh, donc tu connais ces mots finalement.

– Julita, bordel de merde.

– Désolée. Tu ne me convaincras pas.

Jan secoua la tête. Puis il se redressa et se rendit dans le vestibule sans un mot. Elle l'entendit s'habiller : le blouson de cuir craqua, la fermeture éclair grinça. Une seconde après, la porte claquait. Julita resta attablée, le regard planté sur la tasse de café ébréchée. Maintenant qu'elle était seule, qu'elle ne tenait plus tête à quelqu'un, elle n'était plus aussi sûre de ses arguments. Au fond, elle se rendait compte du risque, elle savait qu'elle ne devrait pas le faire. Tout comme elle savait qu'elle devrait arrêter de fumer, se nourrir sainement et ne pas gratter ses croûtes après une coupure. Dans sa conversation avec Jan, elle avait invoqué des arguments moraux, la punition, la justice, que face à la douleur d'autrui et ainsi de suite… Mais, en fait, elle savait que ce n'était pas totalement vrai ou, pour le dire autrement, que ce n'était pas toute la vérité, qu'elle avait aussi d'autres motivations, moins nobles. L'ambition faisait certainement partie de l'équation, tout comme sa fierté blessée et la soif de vengeance. Mais aussi une envie profonde, irrationnelle, de mener cette affaire à son terme, de connaître la vérité, de poser le point final et de regarder défiler le générique.

En fait, je n'y suis pas obligée, songea-t-elle. Je ne suis pas obligée d'y aller. Je pourrais mener mon enquête à distance. J'ai déjà quelques pistes – elles nécessiteront certes de fournir un fastidieux travail de fourmi, mais elles me mèneront peut-être quelque part ? Et même si ce n'est pas le cas, ça ne sera pas la fin du monde. Le pays ne va pas soudain manquer de scandales dont je pourrais m'occuper.

Elle ouvrit l'armoire pour faire sa valise. Elle étala les habits sur le lit. Ça la fatigua, alors elle gagna la cuisine, se fit un café, fuma une cigarette. Après quoi, elle fila à la salle de bains et plaça dans sa trousse de toilette quelques shampoings et savons à usage unique, avant de se rappeler qu'ils devaient être mis dans un sachet transparent pour que l'avion n'explose pas en vol… Alors, elle les ressortit. Elle regarda son reflet dans la glace. Il a peut-être raison, songea-t-elle. Je devrais peut-être vraiment laisser tomber. Elle était à deux doigts de se persuader elle-même lorsqu'elle reçut un message. De la part de Jan.

Jan
05/11/2020, 20:43
Envoie-moi tes billets.

Toc, toc, toc. Helena Niemczyk pianotait trop fort sur son clavier, n'utilisant que ses index. Elle n'avait jamais réussi à se départir des habitudes prises sur une machine à écrire. Elle avait reçu sa première – une Łucznik 1301 d'occasion, version portative, dans une mallette en cuir marron – quand elle était partie à la fac en 1986. Ça avait été une surprise. Son père avait stationné sa voiture devant la gare, ouvert le coffre, et la machine était à l'intérieur, ceinte d'un ruban rouge. Pour que tu ne sois pas obligée d'en emprunter une, avait-il dit. Elle la revoyait, toute cette scène, leur Fiat 125P à la carrosserie chauffée par le soleil, la gargote aux pains chauds de la gare avec des tuiles en amiante, son père en chemise à carreaux à manches courtes, des auréoles sous les bras et des larmes d'émotion dans les yeux.

Par la suite, elle n'arriva pas à jeter cette machine. Elle l'avait donc gardée en souvenir et posée sur la commode près de l'escalier. Petite, Janina apprenait ses lettres dessus. Elle traînait une chaise pour atteindre les touches et tapait si fort dessus qu'on entendait le bruit dans toute la maison. Quand Helena lui demandait ce qu'elle faisait, elle répondait qu'elle écrivait des contes de fées. Et pourquoi des contes de fées, ma chérie ? Parce qu'ils finissent toujours bien.

Helena ferma les paupières de toutes ses forces, jusqu'à ce que ça lui fasse mal. Non, se dit-elle, tu ne peux pas. Pas encore. Et certainement pas maintenant. Elle acheva le document, le relut une nouvelle fois, depuis le début, pour trouver d'éventuelles coquilles. Ce texte n'était qu'un tas de mensonges et de non-dits, il s'opposait à tout ce en quoi elle croyait. Cependant, elle n'avait pas le choix. Elle cliqua sur le bouton "Imprimer", glissa les feuilles encore chaudes dans une chemise cartonnée au logo du Conglomérat polonais du cuivre et se rendit au bureau de son PDG. La secrétaire tenta de l'arrêter, balbutia qu'elle était désolée, mais que le président Bełżyński était occupé et ne pourrait la recevoir au mieux que le lendemain. Helena l'ignora et entra. Elle voulait en finir. Adrian se détourna de son ordinateur et l'interrogea du regard. Au lieu de parler, elle posa la chemise sur le bureau.

– Qu'est-ce que c'est ? lui demanda-t-il.

– Une nouvelle opinion.

– Oh ? Positive ?

– Regarde par toi-même.

Bełżyński feuilleta le document. Il lisait en diagonale, seulement ce qu'elle avait mis en gras – c'est-à-dire comme d'habitude, à la manière d'un PDG. Il ne s'attarda que sur la fin, soit la partie intitulée "Recommandations". Sur son visage s'inscrivit alors un grand soulagement. Bien trop grand. Ce n'était pas l'expression de celui qui se réjouissait de n'avoir plus à ferrailler contre l'état-major de son parti. C'était l'expression d'un homme qui venait miraculeusement d'éviter un choc frontal avec un poids lourd lancé à pleine vitesse.

– Excellent... dit-il en se frottant les mains. C'est tout à fait excellent.

– Puisque tu le dis.

– Toi-même, tu comprends... une occasion pareille.

– Effectivement, fit-elle en hochant légèrement la tête, mais sans le quitter du regard. Du jamais vu, littéralement.

Il y a peut-être davantage en jeu ici, se dit-elle. Elle se rappela sa visioconférence avec Królak. Elle se rappela à quel point Adrian était nerveux, combien il avait hâte de fuir. À peine la suggestion de les laisser seuls avait-elle été faite qu'il était déjà à la porte. Comme s'il avait su ce qui allait suivre.

– D'accord, dans ce cas, je vais appeler Varsovie et leur dire que tout est réglé.

Le PDG n'arrivait pas à soutenir son regard, ses yeux restaient fuyants. Helena en prit note.

– Lors du prochain conseil, on votera ce qu'il faut et on pourra...

– Tu ne me demandes pas comment il m'a convaincue ? s'enquit Helena.

– Pardon ?

– Ton Daniel Królak, là. Ça ne t'intéresse pas de savoir ce qu'il a bien pu dire pour me faire changer d'avis ?

Adrian Bełżyński leva les yeux et cilla. Il avait l'air d'un élève mal préparé à qui on demande de passer au tableau. Elle avait l'habitude de ce genre de types. Durant dix longues années, elle avait enseigné à l'École des mines et de la métallurgie de Cracovie. Et elle avait été la terreur des étudiants.

– Voyons, je suppose qu'il t'a expliqué… euh, les trucs, là… les aspects techniques…

– Pas vraiment. La conversation a bifurqué vers des sujets privés.

– Oh ? Vraiment ?

Le PDG fit une mine surprise. Oui, c'est exactement ça, remarqua Helena, il la "fit". Et il la fit de manière peu convaincante.

– Bon, l'essentiel, c'est qu'il ait réussi, dit-il en se raclant la gorge. C'est le résultat qui compte. Un résultat, c'est un résultat, cela va sans dire.

– Et votre entretien ? Il a porté sur quoi ?

– Quoi ?

– Il a aussi discuté avec toi, n'est-ce pas ? Un peu plus tôt.

– Je ne vois pas de quoi tu parles… répliqua Adrian.

Son visage devint rouge et sa chemise en coton égyptien aussi fin que du papier commença à coller à son torse. Ainsi, elle en devint certaine : ils le tenaient lui aussi.

– Helena, d'où te vient cette idée…

– Ah ? Donc, vous n'avez pas été en contact ?

– Si, je veux dire… juste par mail.

– Alors comment tu savais qu'il n'avait pas d'accent ?

– Je ne comprends pas…

– Avant qu'on se connecte, tu m'as dit que Królak parlait sans accent. Et qu'il était très sympathique.

– Je ne sais pas, je… je l'ai peut-être vu dans une vidéo sur le Net…

– Ah oui ? Laquelle ? Tu me transfères le lien ?

– Helena, dit-il en levant le doigt dans un geste de réprimande. Je n'aime pas le ton que tu prends. Je te rappelle notre relation hiérarchique. Et je te demande de garder ton professionnalisme.

– Oui, convint-elle, tu as parfaitement raison.

Ce disant, la directrice Helena Niemczyk reprit la pile de feuilles posées sur le bureau et les déchira en petits morceaux. Le professionnalisme. C'est ce qui lui restait.

– Que… qu'est-ce que tu fous, putain ?

– Je ne sais pas quel est le fond du problème, Adrian, dit-elle en se dirigeant vers la porte. Mais je vais le découvrir. Je te le promets.

– Tu fais une erreur, Helena. Une très grave erreur.

– Je ne l'exclus pas. Au revoir.

Helena retourna à son bureau. À son grand étonnement, elle constata que, pour la première fois depuis longtemps, son mal de crâne était parti. Son esprit était clair, elle était prête à travailler. Elle prit son téléphone fixe et composa le numéro du service des archives.

– Oui, madame la directrice ? entendit-elle. En quoi puis-je vous aider ?

– Préparez-moi les documents qui concernent la Montagne de fer.

– Bien sûr. Lesquels ?

– Tous, annonça la directrice Niemczyk.

Le café de l'aéroport était vide. Il était très tôt, le soleil venait à peine de se lever. Les rares passagers présents traînaient leurs valises vers le vieux terminal d'où partaient les vols low-cost. Julita les suivit du regard en réprimant un bâillement.

– Vous savez déjà ce que vous voulez ? demanda le jeune homme derrière le comptoir.

– Un bloody mary double vodka et un café noir.

Le serveur ne tiqua même pas. Beaucoup de gens avaient peur de l'avion, ils venaient calmer leurs nerfs avec de l'alcool. Pâle, les mains tremblantes, Julita ne s'écartait pas de la norme. À ceci près qu'au contraire de la plupart des autres passagers, elle avait des raisons concrètes pour nourrir envers les avions une aversion profonde. Sans le vouloir, elle revint en pensée aux événements survenus deux ans plus tôt. Elle revoyait l'éclat stroboscopique des gyrophares, elle entendait le martèlement des bottes militaires sur le tarmac de l'aéroport, elle sentait l'odeur aigre de la sueur des gens terrifiés dans l'Embraer cloué au sol. Dès que le serveur posa devant elle le plateau de sa commande, elle s'empara du cocktail et aspira à la paille. Magda devrait être ravie que je me nourrisse enfin sainement, songea-t-elle. Après tout, c'est presque un jus de légumes.

Vlam. Un sac noir en toile atterrit à ses pieds. Julita sursauta sur sa chaise au point d'avaler sa boisson de travers, dont une partie lui ressortit par le nez. Jan s'effondra sur le siège d'à côté. Il ne lui adressa pas la parole.

– Doux Jésus, Jan… fit-elle en toussotant avant de s'essuyer le visage avec une serviette. Tu pourrais nous épargner cette mise en scène. Tu es furieux contre moi, je sais.

– En effet, je le suis.

– D'accord, j'en prends note, je me repens et tout.

– Oui, on entend la contrition dans ta voix.

– Alors qu'est-ce qu'il faut que je fasse pour que tu arrêtes de bouder ?

– Tu sais ce qu'il faut que tu fasses.

– Oui, rester à la maison… et commencer à écrire, je ne sais pas, moi, des articles sur les sacs à main.

Accoudée, Julita posa le menton sur sa main et pencha la tête.

– À ton avis, la saison prochaine, il sera mieux vu de porter des Pinko ou des Furla ?

– J'en ai rien à foutre.

– Oh ? Alors, c'est exactement comme moi.

Julita termina son bloody mary en aspirant bruyamment à la paille et s'empara de son café. Jan commanda un Coca. Il ne l'ouvrit même pas.

– Écoute, fit-elle après un moment, je te promets que…

– Ne commence pas.

– Mais tu ne sais même pas ce que je…

– Ferme-la, OK ? Au moins une minute.

Jan détourna le visage. Sa mâchoire tremblait, la veine sur sa tempe pulsait.

– Je respecte ce que tu fais, dit-il enfin, s'efforçant de rester calme. Vraiment. Il y a peu de gens…

– Merci.

– Ne m'interromps pas, bordel. Il y a peu de gens qui prennent les choses à cœur. Ou qui font les choses par conviction. C'est pour ça que je suis là. C'est pour ça que je t'aide, mais… Je n'ai pas encore fini ! grogna-t-il lorsqu'il vit que Julita ouvrait à nouveau la bouche. Mais pour réussir, je dois avoir le sentiment de pouvoir te faire confiance.

– Et tu ne l'as pas ?

– Non, je ne l'ai pas. Bien sûr que je ne l'ai pas, putain, dit-il les dents serrées. Parce que tu ne réfléchis pas, Julita. Tu agis à l'aveugle, à la va-vite. Je veux être sûr que si quelque chose commence à aller de travers, tu sauras battre en retraite.

– Je te promets que…

– Arrête.

– Mais sérieux, je te donne ma parole que…

– Tu sais où tu peux te la foutre, ta parole ?

– Là où on a mis les sacs à main ?

– Plus profondément encore, marmonna-t-il. Je ne veux aucune promesse. Je veux le savoir.

Julita hocha la tête. Elle regarda son reflet dans le café. Elle avait une tête horrible.

– Je comprends, déclara-t-elle.

– Tu comprends que dalle, s'indigna Jan. Viens. L'embarquement va commencer.

Dans la file d'attente pour le contrôle de sécurité, il y avait moins de dix personnes, à un intervalle régulier d'un mètre, un masque sanitaire sur le visage. Personne ne parlait. Jan ôta son pardessus, son haut de survêtement et ses bottes noires, puis posa son sac sur le tapis roulant. La fermeture éclair grinça et un enchevêtrement de câbles multicolores apparut aux yeux de tous – on aurait dit que Jan venait de vider un poisson. Elle reconnut une partie de son matériel au premier coup d'œil. Un HackRF – un puissant transmetteur d'ondes radio. Un PROX-MARK 3 – pour scanner et copier des puces RFID. Un Magspoof – pour cloner les données de bandes magnétiques. Un ensemble Pineapple WiFi, idéal pour se greffer sur un réseau privé. Un LulzBot Mini 2 – une imprimante 3D portable. Mais le reste de ces machines, elle le voyait pour la première fois de sa vie. Une douanière s'approcha d'eux et contempla les appareils étalés sur le tapis d'un œil suspicieux. Jan ne haussa même pas un sourcil, il s'y était manifestement attendu.

– Et toute cette électronique, c'est pour quoi faire ? lui demanda-t-elle.

Ses longs cheveux étaient si étroitement serrés que rien qu'en les voyant, Julita eut mal à la tête.

– Pour le travail.

– Hmm. Quel travail ?

– Un travail difficile.

– Ah, vous faites partie des plaisantins ?

Le ton et l'air de la douanière suggéraient que ce n'était pas du tout son cas.

– Répondez à ma question, ordonna-t-elle.

– Je suis analyste en sécurité réseau.
– Ah oui ? Passeport, je vous prie.
La douanière s'empara du document et s'éloigna.
– Tout ça est légal ? demanda Julita.
Elle s'était mise à suer, son pouls avait accéléré.
– Je ne suis pas stupide.
– D'accord. C'est juste que… dit Julita en s'essuyant le front du revers de la main. Tu emportes là un sacré arsenal.
– On en aura besoin. J'ai vérifié ce Schweiz Zentrum pour voir quel matos ils utilisent là-bas. Autant que j'ai pu.
– Et alors ?
– Tu cherches des noises à des gens sérieux, déclara-t-il en enlevant la ceinture de son jean.

Cher client, nous avons toutes les raisons de croire que votre société a été la cible d'une attaque cybernétique, écrivait Florian. Il n'avait pas à réfléchir au choix des mots, il avait déjà rédigé des centaines de mails de la sorte. Toute entreprise, même la plus petite, pouvait devenir la cible d'une attaque. Cela faisait quelques années que les pirates informatiques les plus performants automatisaient leurs agressions, ils n'avaient plus à choisir leurs victimes. Leurs programmes ratissaient eux-mêmes la toile en quête d'ordinateurs sur lesquels on n'avait pas installé la dernière mise à jour ou de matériel sur lequel on n'avait pas changé les paramètres d'usine. Chaque jour, on menait des dizaines si ce n'est des centaines de milliers d'attaques de la sorte – dont un grand nombre couronné de succès. Ensuite, il suffisait par exemple de crypter un disque dur et de réclamer une rançon en bitcoins. Pour celles et ceux dont c'était un premier contact avec des cryptomonnaies, les voleurs avaient préparé des manuels d'apparence professionnelle, voire des numéros verts disponibles vingt-quatre heures sur vingt-quatre. *Bonjour, en quoi puis-je vous aider? Vous voudriez payer une rançon? C'est très simple, je vais vous l'expliquer pas à pas, veuillez simplement préparer de quoi écrire et une feuille de papier... Oui, bien sûr, j'attends...*

En tant qu'ancien anarchiste, Florian avait initialement été très favorable aux cryptomonnaies. Un moyen de paiement indépendant des politiciens et des banques avait enfin vu le jour! On pouvait enfin vendre et acheter sans craindre pour le respect de sa vie privée! Son enthousiasme fut rapidement refroidi. L'argent numérique avait initié une renaissance de la piraterie en ligne. Jusque-là, les hackers étaient en proie à un problème sérieux: comment monétiser son activité rapidement et en toute sécurité? Les banques identifiaient très vite les cartes volées et les versements suspects. Des moyens de contourner ce problème existaient – parfois incroyablement ingénieux –, mais l'argent laissait toujours une trace et tout le monde finissait tôt ou tard par se faire prendre. L'apparition des cryptomonnaies avait tout changé. Probablement pour toujours.

Cependant, il ne s'agissait pas cette fois-ci de données cryptées ou de propriété intellectuelle volée. Il s'était avéré qu'*application.exe* cherchait sur l'ordinateur infecté un fichier nommé *pumps_side_control.clz.* Une recherche rapide lui avait indiqué que ce fichier faisait partie d'un produit qui servait à superviser des systèmes hydrauliques industriels de la compagnie PipeHelper. En quelques clics, Florian avait chargé sur son ordinateur le manuel dudit programme. *Pumps_side_control.clz* servait, comme son nom l'indiquait d'ailleurs, à contrôler à distance des pompes et à visualiser leur état. Ce malware induisait une hausse de pression dans le système hydraulique – et effaçait par la même occasion les traces de son activité. Toutes les lumières brillaient en vert, tout indiquait que le système marchait sans souci. Jusqu'à ce qu'un tuyau pète quelque part. Et concrètement, en

Pologne. Ce dernier élément du puzzle, Florian l'avait établi sans grande difficulté. Il avait vérifié la liste des partenaires de PipeHelper, il les avait retrouvés en ligne un par un – et était rapidement tombé sur un article décrivant l'avarie d'un gigantesque réservoir d'eaux usées au nom imprononçable. Une avarie qui avait eu des conséquences mortelles. “Il est décédé des suites de l'accident une personne, Janusz M, cinquante-trois ans”, annonçait le texte passé par un traducteur automatique. “Il était recouvert d'une vague de boue provenant d'un char éclaté. Autorité ils travaillent toujours pour déterminer les causes de la catastrophe.” Quand il avait lu les mots maladroitement assemblés, il avait senti sa gorge se serrer. Il savait que ça arriverait un jour : les gens commenceraient à mourir. Tous ceux qui travaillaient dans son domaine le savaient. Ce n'était qu'une question de temps.

Il y eut un grondement soudain. Florian détacha ses yeux de l'écran et balaya le bureau du regard. Un ouvrier d'une entreprise de construction avait cogné le haut de son échelle contre le chambranle de la porte. Il leva la main en signe d'excuse – je ne suis plus là, patron, ne vous dérangez pas. Ah oui, se rappela Florian, les travaux de rénovation. Schloss Security avait récemment investi une autre partie de l'immeuble pour pouvoir accueillir de nouveaux employés. En tout, leurs effectifs s'élevaient déjà à plus de deux cents personnes – et ils en cherchaient cinquante de plus. Les affaires florissaient comme jamais auparavant, ils parvenaient à peine à réaliser les commandes et gagnaient chaque jour de nouveaux clients. Florian aurait dû s'en réjouir, après tout il possédait dix pour cent de l'entreprise. Pourtant, ce n'était pas le cas. Premièrement, il regrettait un peu les débuts de Schloss Security, quand il connaissait tout le monde par son prénom, quand ils mangeaient une pizza au dîner et qu'une fois le travail terminé, ils restaient au bureau pour jouer à Counter Strike sur le réseau de la boîte. Ah, c'était le bon vieux temps ! Deuxièmement, il était lucide sur la raison de leur croissance soudaine. Cela ne découlait absolument pas de la conquête d'une part du marché supplémentaire. C'est le marché qui avait grossi. Il fallait être vraiment myope pour fêter ça comme un succès – tel un fossoyeur qui se frotterait les mains à l'idée d'affaires à mener en temps de pandémie.

Florian revint à son mail. *Ces prochains jours, nous prévoyons de publier les résultats de notre analyse*, écrivait-il. *Nous tenons à le faire rapidement car le programme que nous avons découvert pourrait encore menacer d'autres installations industrielles.* Il n'y avait pas d'exagération dans ces propos. Même si tout portait à croire qu'*application.exe* avait été spécialement conçu pour attaquer le Conglomérat du cuivre PMK, n'importe quelle entreprise polonaise qui utilisait le même software pour contrôler ses systèmes hydrauliques était menacée. Les usines. Les stations d'épuration. Les installations alimentaires. Prévu pour fonctionner sur des ordinateurs coupés du réseau, ce malware ne communiquait pas avec ses créateurs, ne convenait pas avec eux de la liste des actions à mener – il semait le chaos, automatiquement et en toute indépendance. *Nous vous demandons de nous contacter de toute urgence. C'est, littéralement, une question de vie et de mort*, conclut-il de manière un brin dramatique avant de cliquer sur le bouton "Envoyer" et de saisir sa tasse de thé. Transformés en une série de chiffres, les mots se précipitèrent à la vitesse de la lumière le long de la fibre optique, d'abord en bas de l'immeuble, vers l'enchevêtrement de câbles posé au fond du puits des télécommunications, puis vers l'échangeur des transmissions Internet situé au 5 Stromstrasse, puis au centre de données Google à Eemshaven, aux Pays-Bas, centre qui desservait les comptes d'entreprise de Schloss Security, et de là, enfin, jusqu'en Pologne : *flash, flash, flash* !

Avant que Florian ait eu le temps de finir sa boisson, la lettre avait été délivrée à son destinataire. Il s'agissait du PDG du Conglomérat polonais du cuivre, M. Adrian Bełżyński.

Jan entra dans l'appartement, referma la porte d'un coup de pied et posa les sacs en papier bruissant sur la table. Il en sortit des sandwichs emballés dans de l'aluminium, une boîte de pâtisseries, quatre pommes et deux bouteilles d'eau minérale.

– Vous ne daignez pas boire l'eau du robinet, Monseigneur ? lui demanda Julita.

– Elles étaient incluses dans le menu.

– Dis ça aux dauphins.

– Quoi ?

Jan se figea, sans un geste de plus, le blouson baissé à mi-bras, une incompréhension totale dessinée sur le visage.

– Parce que tu sais, ce plastique finit dans l'océan et…

– Ah, ça.

Il recommença à se dévêtir. Il ne donnait pas l'impression de vivre mal le destin tragique des mammifères marins à l'époque de l'anthropocène.

– Quoi, tu t'en fiches ?

– Non. Mais désolé, ce sont des foutaises de hipsters.

Jan ouvrit l'emballage de son sandwich, préleva une rondelle d'oignon rouge qui dépassait et l'enfourna.

– Les choix individuels ne changent rien, annonça-t-il. Il faut défoncer le système entier.

– Ah oui ? Donc, mort au capitalisme ?

– Plus ou moins.

– Justement, à propos…

Julita regarda dans le carton des pâtisseries, elles avaient l'air de petites œuvres d'art. Elle en saliva d'avance.

– … combien je te dois ? demanda-t-elle.

– Rien.

– Non mais, sérieux. Je te traîne à l'étranger pour une mission suicide, alors bouffe au moins un éclair au chocolat à mon compte.

– Puisque tu insistes. Attends, que je calcule… dit-il en réfléchissant. Ça va faire dans les trois cents balles.

Julita balaya la table du regard. Deux sandwichs. Quatre pommes. Quelques pâtisseries. Et deux bouteilles d'eau. Incluses dans le menu.

– Je te demande pardon ? fit-elle, incrédule.

– Vérifie, si tu veux.

De la poche arrière de son pantalon, Jan sortit un ticket de caisse froissé et le lança entre les sacs en papier.

– Non, ça va, je te crois, c'est juste que… fit-elle en déglutissant. Wow ! C'est cher.

– Qui l'eût cru ? fit Jan en mordant dans une pomme, et le jus coula sur son menton. À Zurich, la vie est chère.

Julita ne répondit pas. Elle avait encore de l'argent sur son compte, mais plus tant que ça. Quand elle avait encaissé les droits d'auteur de son livre *Vengeance 2.0. L'affaire Emil Chorczyński*, elle s'était sentie comme l'oncle Picsou nageant dans une piscine remplie de monnaie sonnante et trébuchante. Ces sommes semblaient absurdes, impossibles à dépenser, surtout en comparaison du misérable salaire qu'elle touchait avant en sa qualité de grouillot de base du site Meganews. Cependant, sa dernière année avait été maigre. Il avait fallu qu'elle rembourse l'avance pour le second livre qu'elle n'avait jamais écrit, qu'elle couvre les frais d'un voyage imprévu jusqu'à Las Vegas et ceux d'un retour à Varsovie qui l'avait été encore moins, sans même évoquer les dépenses banales telles que la nourriture, les factures et le loyer. Et maintenant, la Suisse. Dans la colonne “entrées d'argent” ne figuraient en revanche que les honoraires pour les articles publiés dans le magazine *Poprzek*, mais il s'agissait de sommes modestes et versées avec plusieurs mois de délai. Au début, ces retards ne la dérangeaient pas trop – ça viendrait quand ça viendrait – mais, ces derniers temps, elle avait commencé à adresser à la rédaction de timides rappels à l'ordre. *Salut, je me demandais si tu avais trouvé une minute pour valider mon virement...*

Elle regarda par la fenêtre. Elle avait loué un appartement en plein centre, non loin de la Weinplatz, près de la rivière, avec vue sur l'hôtel de ville et la tour d'une église ; les aiguilles d'or de son horloge brillaient sous le soleil de midi. Bien sûr, il avait fallu débourser pour cela un peu plus que pour un studio dans un quartier dortoir de banlieue, mais elle ne le regrettait pas. Je ne vais pas me balader dans les rues, avait-elle estimé en versant la caution, je ne goûterai pas aux fameux chocolats ni à la fondue, alors j'aimerais autant admirer un peu cette ville derrière la vitre.

Une péniche de tourisme passait justement au milieu de la Limmat, naviguant en direction du lac de Zurich. De rares touristes s'étaient installés sur le pont à l'air libre, emmitouflés dans des couvertures, portant des lunettes de soleil – ils dégustaient du vin mousseux. Julita poussa un profond soupir. Pendant ce temps, Jan avait engouffré la dernière bouchée de son dessert et, sans cesser de mâcher, s'évertuait à tirer les rideaux, les uns après les autres, *schlac, schalc, schlac*. Tout devint sombre.

– Bon, déclara-t-il en ôtant la housse de son ordinateur, fini les vacances.

Julita poussa un nouveau soupir, encore plus profond. Elle espérait qu'il lui demanderait ce qui se passait. Elle lui aurait alors répondu qu'elle aurait aimé faire un tour – dans un parc, dans un musée, dans une boutique, peu importe – sans penser à la localisation des caméras, sans se demander si son visage était bien couvert et si elle ne risquait pas trop gros en payant avec une carte de crédit. Elle lui aurait dit qu'elle aurait aimé se faire un selfie la bouche barbouillée de chocolat avant de l'envoyer aux copines, ramasser des cœurs et des sourires, écrire un truc bête dans les commentaires. Elle lui aurait avoué que la Julita d'il y a deux ans, d'avant toute cette affaire, lui manquait ; la Julita sociable, enthousiaste, insouciante. Elle lui aurait dit que c'était dur, tout simplement. Mais il n'avait pas posé la question.

Elle sortit son propre ordinateur portable et l'ouvrit à l'autre bout de la table. La pièce fut inondée par la lumière froide des écrans.

– D'accord, alors qu'est-ce que tu as pour moi ? demanda Jan.

Julita cliqua sur un dossier de son bureau, un dossier sécurisé par un mot de passe supplémentaire – prudence est mère de sûreté. Elle avait espéré qu'ils auraient terminé la partie Internet de leur enquête à Varsovie, qu'ils pourraient se reposer ce soir-là, reprendre des forces, dormir comme il faut. Mais il restait trop de points d'interrogation, il n'y avait pas assez de concret. Beaucoup de travail les attendait donc.

– J'ai réussi à identifier quatre personnes qui travaillent dans ce centre de congrès, annonça-t-elle. Trois nanas et un mec qui bosse à la sécurité. Mais le plus prometteur pour nous, c'est la nénette de l'accueil. Hedwig Keller. Très active sur les réseaux sociaux.

– Oh ? Génial. Donne-moi les liens de ses comptes.

– Attends… Voilà.

– D'accord. Quoi d'autre ?

– J'ai huit photographies prises sur le terrain de l'immeuble. Sept sur Instagram, une sur Twitter. Et j'ai trouvé une vidéo d'une dashcam où on voit l'entrée principale.

– Hmm. Pas mal.

– Et toi ? Tu m'as dit avoir vérifié ce qu'ils utilisaient, dans ce Schweiz Zentrum.

– Ouais. J'ai creusé jusqu'à quelques appels d'offres qu'ils avaient faits lors de la construction du centre, dont celui des services IT, dit Jan en se grattant la joue. On y spécifie le matériel commandé. J'ai aussi obtenu le plan détaillé du site.

– Comment ?

– Il vaut mieux que tu ne le saches pas.

– Pourquoi ?

– Parce que si on se plante, la question va t'être posée au tribunal.

Julita se tut. Ce qui la frappa, et ce n'était d'ailleurs pas la première fois, c'était de réaliser à quel point elle en savait peu à propos de Jan. Qu'avait-il fait, au juste, avant de devenir flic ? Où avait-il appris tout ce qu'il savait ? Elle-même n'arrivait à se mouvoir qu'à la surface du web, entre toutes ces fenêtres, ces ascenseurs, ces boutons, au milieu de toute cette interface colorée et amicale qui traduisait ses intentions en langage compréhensible pour les ordinateurs. Jan savait descendre plus bas, contempler les tréfonds, tel un devin déchiffrant la volonté des dieux dans des entrailles fumantes. Elle l'observa, voûté sur son ordi, les yeux plissés, et elle se rappela la fois où, enfant, elle avait reçu à Noël un ensemble d'images 3D. Les feuilles lisses au format A3 étaient couvertes de motifs répétitifs. *Fixe-les intensément pendant quelques minutes à une distance de dix à quinze centimètres*, l'encourageait le guide d'utilisation, *et une toute nouvelle image bondira sur toi de la feuille !* Alors, la Julita âgée de six ans les avait fixées. Pendant toute la durée des fêtes. Initialement excitée par ce cadeau inattendu, elle avait fini en grinçant des dents, des larmes de frustration coulant sur ses joues. Rien. Absolument rien. Ce n'est que bien plus tard qu'on avait découvert qu'elle était astigmate et que, peu importait le temps passé à les fixer, aucune image ne serait jamais sortie de la feuille. C'est précisément ainsi qu'elle se sentait en travaillant aux côtés de Jan, on aurait dit qu'elle souffrait d'une sorte de handicap. Il faudra que je rattrape tout cela un jour, songeait-elle, tous ces Java, ces Python et autres C++. Un jour. Quand tout cela sera terminé. *SI "enquête" = 0, ALORS "vie normale" = 1.*

Ils travaillèrent jusqu'à tard. Au dîner, ils commandèrent des pizzas; elles avaient le goût d'un surgelé de supermarché mais avaient coûté autant que du caviar Beluga. Ils ne firent pas de pause pour le repas, ils mangèrent devant leurs ordis, s'essuyant les doigts dans des mouchoirs jetables pour ne pas salir les claviers. À 2 heures du matin, ils commencèrent à établir un plan qu'ils achevèrent à 4 heures. Beaucoup de préparatifs les attendaient encore, mais les fondations paraissaient solides. Bien entendu, l'opération dans son ensemble demeurait extrêmement risquée. Mais il y a peut-être de la méthode dans cette folie, se dit Julita. Peut-être ne s'attendent-ils pas à ce que quelqu'un puisse être aussi téméraire.

Ils ne refermèrent leurs laptops que lorsque l'aube commença à poindre. Julita alla se brosser les dents. Jan ouvrit la porte de la chambre.

– Putain, grogna-t-il.

– Qouesquissepouasse? marmonna Julita, la bouche pleine de mousse.

– Il n'y a qu'un lit.

– Maigédemouandé... fit-elle avant de recracher le dentifrice dans l'évier. Mais j'en ai demandé deux.

– Bon, peu importe. Je vais dormir sur le canapé.

– Il ne se déplie pas.

– Mais moi, je me plie. Je vais me débrouiller.

Julita s'essuya le visage; ses yeux étaient larmoyants de fatigue. Bon Dieu, qu'est-ce qu'il est mal foutu, ce monde, pour qu'on puisse baiser comme des bêtes mais qu'on soit mal à l'aise de se serrer dans les bras.

– Laisse tomber. On va y tenir à deux, proposa-t-elle, et son ventre se crispa sous la montée soudaine du stress.

Comment allait-il réagir ? Qu'allait-il dire ?

Jan enleva son T-shirt, enfila le haut de son pyjama. Celui-ci avait un trou au coude et, sur le ventre, une tache mal lavée.

– Non merci, marmonna-t-il.

– Pourquoi ?

– Tu sais pourquoi.

– Bordel, Jan… gémit-elle. Ce n'est pas comme si j'allais te traîner dans un salon d'essayage de robes de mariée si jamais tu dors à côté de moi.

– On ne devrait pas mélanger ça… fit-il en indiquant les ordinateurs laissés sur la table. Et tu sais… ça.

Il effectua un geste imprécis dans sa direction avant de saisir une bouteille d'eau comme si cela mettait fin à la conversation. Julita sentit le sang lui monter au visage.

– Tu n'as pas eu de tels scrupules quand on baisait, dit-elle, un adorable sourire aux lèvres.

Il avala de travers, toussa. C'était le but. Elle voulait qu'il en prenne pour son grade, cette espèce de goujat.

– C'est toi…

Jan se tapa du poing sur la poitrine, se racla la gorge et croassa :

– … c'est toi qui as commencé.

– Tu n'as pas protesté.

– Non, mais…

– Très bien, tu sais quoi, je n'ai pas la force d'en parler, dit-elle en balayant l'air de la main. Tu peux dormir sur le paillasson si tu veux, j'en ai rien à battre.

– Bonne nuit à toi aussi.

Julita lui tira la langue et claqua la porte. Lorsqu'elle s'endormit enfin, l'horloge sur la tour du clocher de l'autre côté de la rivière venait de sonner 6 heures.

7

28 novembre 2012, Tomsk

Pyotr Semenov adorait les livres. Autant les vieux tomes jaunis de l'époque tsariste, dans leurs couvertures de cuir où brillaient des caractères cyrilliques fantaisistes rehaussés à la peinture d'or, que les neufs, à peine assemblés, les pages encore collées entre elles qui tachaient le bout des doigts d'encre noire. Il les traitait toujours avec respect, il ne cornait jamais les pages, ne soulignait pas de mots au crayon ni – Dieu nous en garde – au feutre fluorescent. Quand il les emportait à l'extérieur (et il le faisait le cœur lourd parce qu'on ne savait jamais, en dépit des précautions, on pouvait toujours les égarer, les mouiller ou les salir), il les enveloppait au préalable dans du papier journal.

Enfant, il lisait dès qu'il en avait l'occasion. À l'école, durant les récréations, au lieu de courir derrière un ballon ou de jouer au cosmonaute, il restait en classe et feuilletait des atlas. À la piscine, pendant que les autres nageaient, Pyotr se portait pâle et retournait sur la pointe des pieds au vestiaire pour lire, près d'une petite fenêtre entrouverte pour que les feuilles ne s'imprègnent pas de vapeur d'eau. Et chez lui quand, comme chaque soir, son père cognait sa mère si fort que ses cris déchirants se répercutaient dans toute la cage d'escalier, il se planquait avec un livre sous le bureau en contreplaqué. Ses yeux enregistraient les taches d'encre sur les feuilles faites de bois broyé et compressé tandis que son cerveau les assemblait en mots, puis les mots en phrases. Soudain, l'appartement disparaissait, les cris cessaient, tout comme les voisins qui tambourinaient aux murs et même ses propres gémissements de terreur étouffés par sa minuscule main, et il naviguait alors sur une mer agitée dans la caravelle de Long John Silver, il se glissait en douce dans le camp des infâmes Comanches aux côtés de Winnetou ou volait en montgolfière avec le nain Nieznayka. Cependant, ce qu'il aimait le plus, c'était probablement lire l'encyclopédie. À la maison, ils possédaient l'intégralité de la troisième édition, la "rouge", tous les trente volumes, depuis *angoba* (engobe, "fin revêtement d'argile appliqué sur une pièce de céramique avant cuisson") jusqu'à *Jaje* ("village de l'oblast de Kemerovo, fondé en 1897 sous le nom de Zarkov"). Chaque minuscule article élargissait son savoir, chaque renvoi ouvrait de nouveaux horizons, chaque lithographie éveillait l'imagination. Il avait vu la vis d'Archimède tourner, senti la puanteur des alambics infernaux de John Dee, entendu la machine à vapeur de Thomas Savery haleter et siffler.

Il n'était donc guère étonnant que, de tout Tomsk, le lieu préféré de Pyotr fût la bibliothèque scientifique qui se trouvait allée Lénine. Ce bel édifice du XIXe siècle (non pas que Pyotr y ait prêté attention, mais si on le lui avait demandé, il aurait pu désigner tous ses éléments architecturaux par leurs noms et citer les patronymes du fondateur et de l'architecte du bâtiment) abritait l'une des plus riches collections de livres de Sibérie. Il avait obtenu sa première carte de lecteur dès l'âge de onze ans, peu après que sa famille avait déménagé dans la ville depuis Novossibirsk, bien que, selon le règlement de la bibliothèque, seuls les adultes soient autorisés à la fréquenter. Il avait été aidé en cela par la lettre du proviseur de son école primaire: "Pyotr Nikolaïevitch Semenov est un garçon extrêmement intelligent et travailleur. En raison d'une situation familiale difficile, il a besoin d'un lieu pour apprendre et se développer, or notre modeste bibliothèque scolaire bondée n'est pas en mesure de le lui fournir. Je crois sincèrement que Pyotr profitera de l'opportunité qui lui sera faite et, s'il bénéficie du soutien et des conseils moraux adéquats, il accomplira de grandes choses à l'avenir." Sa mère ne lui avait montré cette lettre que bien des années plus tard, alors qu'ils ne vivaient plus que tous les deux. Elle croyait que son fils la garderait, voire qu'il l'encadrerait et l'accrocherait dans son labo à la fac. Pyotr l'avait mise à la poubelle avec d'autres papiers. Il n'était pas sentimental.

Il venait à la bibliothèque trois fois par semaine, les lundis, mercredis et vendredis. Au début, il y venait enfant, puis en lycéen trop sérieux pour son âge, puis, au retour de ses études à Moscou, en doctorant, adjoint et enfin enseignant. Les bibliothécaires le connaissaient de vue, le saluaient d'un hochement de tête, mais n'engageaient pas la conversation : après tout, ce lieu était un temple du savoir où il fallait garder le silence. Ça lui convenait très bien. Comme à ses débuts, il emportait avec lui un sac à dos qui contenait des sandwichs de pain noir enveloppés dans du film plastique et un thermos de thé noir (qui restaient au vestiaire), ainsi qu'un cahier à carreaux, deux crayons et une gomme (qu'il prenait à l'intérieur). L'unique chose qui avait changé – en dehors de lui-même, cela va sans dire, de la racine de ses cheveux qui reculait impitoyablement, de son ventre qui s'arrondissait, des rides qui se creusaient, ce qu'il notait avec fascination, s'observant chaque matin dans la glace tel un géologue qui analyserait une roche érodée –, c'était le bureau sur lequel il travaillait. Jadis, il s'asseyait dans l'aile ouest, au fond de la salle III-D où se trouvaient les livres et les magazines sur l'étude d'une intelligence artificielle au sens large : *Automatica. Künstliche Intelligenz. Knowledge Based Systems*, ainsi que les publications de l'IEEE, l'Institut des ingénieurs électriciens et électroniciens américains. À présent, il contournait largement ce lieu, comme quelqu'un qui, après avoir perdu la personne aimée, évite les endroits qui lui sont liés. Pyotr n'arrivait toujours pas à digérer sa défaite et sa déception, il n'arrivait pas à se débarrasser d'un arrière-goût amer. Il avait consacré tant d'années au travail sur le ZNATOK, il avait tant de fois cru que le moment charnière était à portée de la main. L'unique consolation, c'était qu'il n'était pas seul dans cette frustration. Bien entendu, on semblait faire des progrès sur ce front : aux États-Unis, on avait construit un aspirateur qui se déplaçait seul dans l'appartement ou des engins qui se mouvaient de façon autonome sur Mars, un ordinateur de chez IBM avait gagné l'un de leurs stupides jeux télé et les téléphones portables commençaient à reconnaître la parole humaine. Pourtant, tout cela, c'étaient des jouets, des oiseaux à ressort, simplement faits à plus grande échelle et pour davantage d'argent.

Non, Pyotr Nikolaïevitch Semenov avait laissé tout cela derrière lui. Il avait un nouveau travail qui lui procurait une certaine satisfaction. Il ne s'agissait même plus du forum de pornographie pédophile : depuis que les Américains avaient bâti le réseau Tor, censé sauver les dissidents, soutenir la démocratie et tout le toutim, et blablabla, le dissimuler aux yeux de visiteurs indésirables était devenu d'une simplicité affligeante, alors ses responsabilités dans ce domaine avaient été reprises par quelqu'un d'autre, au même titre que son pseudonyme. Daniel Królak lui avait confié une autre tâche, infiniment plus intéressante. De quelle manière pouvait-on exploiter les systèmes informatiques, et surtout le réseau Internet, à des fins politiques ? À quels endroits chercher des renseignements compromettants, comment semer le chaos et contrecarrer les plans des adversaires ? Les options étaient nombreuses car le développement d'Internet avait mis l'ordre ancien sens dessus dessous. Quelques années plus tôt, la planète entière tremblait devant les États-Unis : celui qui osait les contrarier risquait un embargo, une mise à l'écart politique, sans parler d'une invasion militaire ou d'un bombardement par des avions furtifs. Personne n'était en mesure de faire la course à la dépense contre eux, leurs universités étaient également les meilleures au monde. C'est la Fin de l'Histoire – annonçaient tous ces académiciens fiers d'eux issus des Harvard et autres Princeton – nous avions raison, circulez, il n'y a rien à voir. La toile, semblait-il, allait consolider cette domination et rendre le monde encore plus dépendant des Américains.

On s'était trompé. En effet, il s'était avéré qu'avec Internet, on pouvait frapper et rester indétectable. Réaliser une attaque efficace à un coût incroyablement bas était devenu possible. En détectant une seule faille dans des systèmes de sécurité, on pouvait déployer ses agissements à l'envi. Désormais, il était beaucoup plus facile d'attaquer que de se défendre. Et enfin, autant les Yankees devenaient furieux quand quelqu'un leur plantait des avions dans des gratte-ciel, autant le vol de leur propriété intellectuelle valant des centaines de milliards de dollars ne leur faisait ni chaud ni froid, parce que ça ne se voyait pas, parce que les ordinateurs ne saignaient pas. En d'autres termes, les Américains avaient créé le moyen idéal pour le combat de maquisards, un lieu où David devenait l'égal de Goliath. Ils avaient donné le bâton pour se faire battre. Un taliban armé d'une kalashnikov n'était pas en mesure de se cacher des satellites américains, de leurs drones et de leurs avions de chasse. Mais un pirate informatique assez malin, avec un PC à quelques centaines de dollars, y parvenait.

Bien entendu, pour Pyotr Semenov, ce contexte géopolitique n'avait aucune importance. Ce qui comptait, c'était le défi, le problème à résoudre, rien de plus. Quand il avait fallu célébrer la doctrine marxiste-léniniste, il avait célébré la doctrine marxiste-léniniste ; maintenant qu'il fallait servir la Russie orthodoxe et impérialiste de Poutine, il servait la Russie orthodoxe et impérialiste de Poutine. Pour lui, c'était incompréhensible : être prêt à se trucider les uns les autres au nom d'entités imaginées, toutes ces émotions abêtissantes, *Hourra les nôtres !* Ça n'avait ni queue ni tête, c'étaient des enfantillages. C'était comme si quelqu'un regardait un championnat d'échecs parce qu'il aimait voir les blancs gagner. Cependant, cela ne l'empêchait pas d'exécuter correctement son travail. Daniel Królak était ravi – ils s'entendaient bien, le type n'était pas idiot, il s'y connaissait en ordinateur – et leur cobaye placé sur les bords de la Vistule réagissait selon leurs hypothèses. Les exposés de Semenov, classés a posteriori secret défense, touchaient à présent des cercles de plus en plus larges. Il paraissait qu'ils étaient même lus jusqu'au Kremlin.

Pyotr découvrait de nouveaux domaines scientifiques, lisait des publications de sociologie, d'anthropologie, de psychologie et même de marketing. Il adorait l'excitation qui accompagnait la découverte de nouveaux termes, théories et lois ; il adorait la satisfaction ressentie quand il reliait entre elles des trouvailles de domaines en apparence éloignés, formant de nouveaux concepts et outils. Il n'y avait rien de plus agréable que ce déclic discret, quand un verrou cédait dans le cerveau, quand des dendrites auparavant disjointes s'entrelaçaient.

Mais, parfois, il ressentait néanmoins la tentation de jeter un œil à la salle III-D et de feuilleter les périodiques les plus récents, d'entendre des nouvelles fraîches, de vérifier si rien n'avait changé. D'ordinaire, il parvenait à se persuader de ne pas le faire, à se dire que ça ne lui apporterait qu'amertume et déception, qu'il rouvrirait ainsi une plaie fraîchement guérie. Mais ce jour-là, à 14 heures en ce 8 novembre 2012, il décida de faire un essai.

Pyotr Semenov entra dans la petite salle de l'aile ouest de la bibliothèque de Tomsk comme un funambule qui pose un pied sur une corde tendue entre deux immeubles, comme un soldat qui vient de plonger dans une tranchée et fait ses premiers pas sur un terrain ennemi labouré d'impacts d'obus : sur des jambes flageolantes, le cœur battant la chamade et le souffle court. Il y avait là six bureaux, chacun avec une lampe à abat-jour jaune foncé, des livres cachés dans des armoires aux portes vitrées et, au milieu, un présentoir en bois avec les publications les plus récentes. Pyotr Semenov feuilleta quelques magazines et l'adrénaline céda la place à la déception. Rien de neuf. Des modèles de mélange gaussien et des modèles de Markov dissimulés sous de nouveaux apparats. Il prit le dernier imprimé de la pile, l'ensemble des exposés de la conférence *Advances in Neural Information Processing Systems*. Le lire ou pas ? D'un côté, c'était une perte de temps, et en anglais en plus, donc nécessitant un effort supplémentaire, mais de l'autre, puisqu'il était déjà là... Il ouvrit le volume aussi épais qu'un bottin et balaya rapidement la table des matières du regard. L'article des pages 1097 à 1105 attira son attention, *Imagenet classification with deep convolutional neural networks*. Intrigué, il commença à lire, tel qu'il était, debout au milieu de la salle, son carnet de notes sous le bras.

Quand il eut fini, il pleura de bonheur.

Je vais faire faillite à cause de ces maudits Suisses, gémit Julita en observant la liste des prix accrochée au-dessus du comptoir. Trente złotys pour un café, c'était à devenir fou. Je pourrais peut-être dire que je suis une influenceuse importante qui, en échange d'un en-cas et d'une boisson gratuite, mettra une bonne note à l'établissement ? imagina-t-elle dans un accès de désespoir. Ça ne serait d'ailleurs pas spécialement difficile, il suffirait de trouver le profil d'une nana populaire qui lui ressemblait vaguement et d'agiter sa photo sous le nez du barman en réclamant son dû avec assez d'aplomb. Pourtant, Julita abandonna l'idée. Même son insolence avait des limites.

Elle paya les deux cafés le cœur lourd (soixante balles !), récupéra le plateau avec les tasses et commença à grimper vers la mezzanine par les marches de fer en colimaçon, lentement, prudemment, pour ne perdre aucune goutte du précieux liquide – les cuillères tintaient délicatement contre la porcelaine. Avec Jan ils s'installèrent à la table dans le coin, tout près de la fenêtre – avec vue sur les maisons individuelles alignées de l'autre côté de la rue. Elles étaient identiques, comme découpées dans le même canevas : murs blancs, toit en tuiles rouges, modeste garage desservi par une allée couverte de graviers, et encore une fois, et ainsi de suite, copier-coller. Au numéro 9, pile en face du café, vivait Hedwig Keller, l'une des réceptionnistes du centre de conférences Schweiz Zentrum.

– Je voulais un espresso, dit Jan en grimaçant à la vue des deux immenses mugs.

– *C'est moi, Narcisse est mon nom…* fredonna Julita en guise de réponse. *Je n'utilise jamais les mots merci ou pardon…*

– Arrête, les gens nous regardent.

– *Je suis beau et charmant, regardez-moi attentiveeeeement*, chanta-t-elle encore plus fort, jouant par la même occasion sur une guitare imaginaire.

– Tu veux vraiment attirer l'attention sur toi ?

– À vrai dire, je ne sais pas qui paraît le plus suspect, dit-elle en s'asseyant avant de rapprocher sa chaise. Une jeune femme qui chantonne joyeusement ou un type lugubre dans un blouson de motard usé qui fixe la fenêtre sans un mot ? Hein ? Qu'est-ce que tu en penses ?

Il ne répondit pas. Il n'y avait pas eu beaucoup de discussions entre eux depuis leur dispute de la veille, Jan était encore plus renfermé que d'ordinaire. Bien entendu, ça ne faisait qu'augmenter l'envie de Julita de jouer avec ses nerfs, mais elle tentait de contenir cette impulsion. Malheureusement, elle n'y parvenait pas toujours.

Jan regarda sa montre d'un air insistant. 17 heures approchaient.

– J'anticipe ta question, dit Julita. Oui, j'en suis sûre.

– Et alors ? Tu es toujours sûre de tout.

Quelques ripostes bien senties sur ce que Jan était toujours filèrent dans son esprit, mais elle se retint. Elle fut très fière de sa maturité.

– Elle sera là dans une minute, annonça-t-elle simplement. J'en suis sûre à cent pour cent.

– Tiens donc. Parce que ?

– La nénette est active sur les réseaux sociaux exclusivement entre 7 heures et 8 heures du matin, puis entre 17 h 15 et 23 heures ou minuit. À l'exception des week-ends, où elle y est présente toute la journée. Et une fois qu'elle se plonge dans son Facebook, elle le fait compulsivement. Toutes les deux minutes, un like, un commentaire, une nouvelle photo… elle est réglée, et c'est le cas de le dire, comme un coucou suisse, ajouta-t-elle, fière de sa plaisanterie. Quelles conclusions peut-on en tirer ?

– Qu'elle a un problème.

– Ben ouais, mais pas entre 8 heures et 17 h 15. Pourquoi ? Parce que ce sont ses horaires de travail. Or, son employeur exige qu'elle laisse son portable à la maison et ne l'autorise pas à se loguer à ses comptes privés dans l'enceinte de l'établissement.

– D'accord, mais…

– Ah ! l'interrompit-elle en criant. Regarde ! C'est elle. Je te l'ai dit, précise comme une horloge.

Effectivement, une Volkswagen Golf bleue s'immobilisa dans l'allée de la maison numéro 9. L'instant d'après, la porte du garage se releva, la voiture la franchit et Hedwig Keller en descendit – une brune imposante aux épaules larges et aux cuisses dignes d'une paysanne des romans de Sienkiewicz. Ce n'était guère étonnant. Sur la plupart des photos qu'elle publiait sur Facebook, elle posait en lycra et une pagaie à la main. Moi durant les régates. Moi à l'entraînement sur la Limmat. Moi en rafting à la montagne. Moi, moi, moi. Plonge la pale gauche, plonge la pale droite, selfie.

– Alors, qui avait raison ? Hein ? Qui ? – Cette fois, Julita manqua de maîtrise de soi.

– C'est toi.

– Et maintenant, regarde… Elle rentre dans la maison, passe dans sa chambre… Attends, attends… – La lourde silhouette de l'hôtesse d'accueil fila derrière une fenêtre et, l'instant d'après, la lumière s'alluma dans la pièce d'à côté. – Et voilà, ça y est. Échec et mat.

Julita orienta son téléphone vers Jan. Sur l'écran, elle avait ouvert le profil d'Hedwig Keller, trié selon le filtre *activity-by* – tous les cadenas de sécurité et de vie privée ouverts avec un simple passe-partout. Au sommet de la liste, un nouveau point apparaissait sans cesse. *Hedwig Keller vient de liker ceci. Hedwig Keller vient de liker ceci. Hedwig Keller vient de liker ceci.*

– Elle a ressorti son téléphone, commenta Jan.

– Eh oui.

– Bordel, il pourrait y avoir beaucoup d'informations intéressantes…

– Elles seront difficiles à extraire parce que c'est un iPhone tout neuf. Tu sais comment ils sont cryptés.

– Je sais. Mal.

– Mais elle a aussi d'autres outils électroniques. Une tablette, un Kindle, un ordi de fonction, mais elle doit certainement l'emporter avec elle quand elle part travailler… et une montre Fitbit. Elle publie le tracé de chacun de ses joggings sur son profil.

Jan se frotta le visage, se mordilla la lèvre. Il réfléchissait intensément à quelque chose. Peut-être au nombre d'années qu'ils risquaient de passer en prison s'ils faisaient ce qu'ils avaient l'intention de faire.

– D'accord, dit-il enfin. On imaginera bien quelque chose. On la prend dans notre viseur.

– C'est ce que je me disais aussi… Mais quoi, on va entrer chez elle quand elle sera absente ?

– Je veux, oui. Mais seulement quand on aura vu ce Schweiz Zentrum de près.

– Oui, oui, c'est sûr. Mais comment ? La serrure de sa porte a l'air analogique…

– On pourrait intercepter le signal de la télécommande du garage, mais… dit Jan en buvant une gorgée de café.

Il grimaça.

– Et voilà, il est froid, dit-il.

– Quoi ?

– Il est froid. Le café. Un espresso aurait été chaud plus longtemps. Plus petite surface d'évaporation.

Cette fois, c'est Julita qui leva les yeux au ciel.

– Jan, je compatis à ton malheur, mais concentrons-nous sur des affaires plus importantes, OK ? La télécommande du garage.

– Bah, on pourrait tenter d'enregistrer le signal, comme Emil a fait avec la voiture de M. Pistache…

– À l'aide d'un Rolljam ?

– Ouais, exactement. Ce qui fait chier, c'est que ce garage m'a l'air d'être récent. S'il a moins de deux ou trois ans, la télécommande utilise probablement un nouveau système de cryptage qui n'est plus aussi vulnérable à cette attaque…

– D'accord, je vais chercher des infos sur ces bâtiments, dit Julita en déverrouillant son portable.

– Le mieux, c'est de jeter un œil au site du promoteur immobilier et…

– Oui, oui, je sais.

Julita pianotait sur son téléphone et Jan fixait la maison de l'autre côté de la rue. Quelques minutes plus tard, Hedwig passa au salon ; les stores étaient levés, alors il voyait absolument tout. La jeune femme portait une tenue de sport : leggins, baskets, T-shirt souvenir d'un semi-marathon. Elle alluma la télé, le logo rouge de Netflix s'afficha à l'écran, avant de basculer sur une série, *The Witcher*, d'après ce qu'il pouvait en voir. Plutôt que sur le canapé, Hedwig s'assit sur un vélo d'appartement. Ses jambes puissantes mirent les pédales en mouvement. Elle posa une main sur le guidon, dans l'autre elle tenait son portable qu'elle consultait continuellement au lieu de se concentrer sur les aventures de Geralt.

Pendant ce temps, une camionnette de livraison d'une chaîne de supermarché alimentaire s'immobilisa sur le trottoir devant la maison. Un jeune homme en survêtement bondit de la cabine, préleva à l'arrière un carton rempli de courses et sonna à la porte. Sans cesser de pédaler un seul instant, Hedwig dit quelque chose en direction de la télé. Une lumière s'alluma sur le cylindre gris et blanc posé à côté de l'écran et la porte du garage s'ouvrit. Le chauffeur déposa le carton à l'intérieur et remonta dans son véhicule.

– Bordel, tu avais raison... annonça Julita, plongée dans son portable et imperméable à la situation. Les bâtiments sont de 2017. On n'y entrera pas avec un Rolljam.

– Ce n'est pas grave.

Jan termina son café, oubliant apparemment à quel point celui-ci était froid et mauvais.

– J'ai une autre idée.

Florian n'arrivait pas à dormir. Il s'agitait d'un côté et de l'autre, ajustait son oreiller. Un coup il recouvrait ses pieds parce qu'il avait froid, un autre il les découvrait parce qu'il avait trop chaud. Il fixait le plafond où couraient les ombres bleu foncé des arbres illuminés par les phares des voitures qui passaient devant la maison – cela lui évoquait le mouvement des algues marines agitées par d'agréables courants près du rivage. Je devrais peut-être me lever ? se demanda-t-il. Je vais me lever, je vais me faire du pop-corn et regarder un film stupide, quelque chose avec Sylvester Stallone ou l'autre cinglé belge, là, comment s'appelle-t-il déjà, Van Damme. Quoique non, peut-être pas du pop-corn, sinon je vais réveiller les enfants avec le bruit – ou pire, Beate.

Il jeta machinalement un coup d'œil à sa femme. Elle lui tournait le dos, serrant son oreiller. Ils avaient désormais des emplois du temps totalement différents : elle se levait à l'aube pour ranger la maison et préparer les enfants pour l'école, lui dormait tard et travaillait la nuit. Ils se voyaient au dîner et c'était le cas de le dire, ils s'y voyaient, parce que parler avec trois enfants à table était difficile, surtout de sujets sérieux. Parfois Beate tentait le coup, remplaçant les mots clés par des équivalents aux sonorités innocentes afin que Klara, Hanna et Jochen ne comprennent pas de quoi il était question. J'ai emmené le chien chez le véto et le diagnostic, c'est qu'il s'agit d'un "homard", disait-elle, en le regardant dans les yeux avec insistance. Cette conspiration maladroite le faisait rire, mais que faire ; plus tard, quand les enfants étaient couchés, ils n'avaient plus la force de parler. Beate émergeait de la chambre des filles décoiffée, bâillant de sommeil ; elle plissait les paupières à la lumière tel Kaspar Hauser venant de remonter à la surface après des années passées dans une cave. Lui, à ce moment-là, après avoir fait la vaisselle, essuyé la table, étendu et plié le linge, se trouvait déjà devant son ordinateur, complètement absorbé, l'esprit ailleurs. Bien entendu, il leur restait encore les week-ends. Là, en théorie, ils passaient davantage de temps ensemble, mais il s'agissait d'un temps morcelé : activités extrascolaires des enfants, déjeuner chez les grands-parents, courses, cinéma, fêtes pour les enfants et tutti quanti.

D'un autre côté, Florian se rassurait en remarquant que ce train-train quotidien allait bientôt arriver à son terme : encore cinq ou six ans et Jochen s'envolerait du nid, tandis que les filles disparaîtraient en soirée pour boire du pinard pas cher, fumer des joints et échanger des fluides corporels avec leurs copains boutonneux (ou leurs copines, allez savoir). D'un autre côté, il en avait un peu peur. Que feraient-ils, alors, avec Beate, dans ce grand appartement vide ? De quoi parleraient-ils ? Si peu de choses les unissaient encore.

Il se rappela la fois où il avait fait réviser un contrôle de biologie à Jochen. L'un des termes lui était resté gravé en mémoire. *Spéciation : processus biologique par lequel une nouvelle espèce se forme, par exemple lorsque des représentants de l'espèce d'origine sont séparés et soumis à des facteurs de sélection différents.* C'est comme avec nous, s'était-il alors dit, comme avec Beate et moi. Jadis, on réfléchissait pareil, on avait les mêmes passions, les mêmes rêves, les mêmes idées de vie ; on était capables de terminer la phrase de l'autre à sa place. Et puis, nous nous sommes éloignés. La vie adulte a placé tant de barrières entre nous que nous avons perdu notre langage commun, nous sommes devenus des gens différents, des espèces différentes.

Florian se redressa sur le coude et posa ses pieds sur le tapis. Il s'efforçait de se mouvoir aussi silencieusement que possible. Apparemment, il n'avait pas réussi parce qu'à l'autre bout du lit, les draps bruissèrent.

– Qu'est-ce qui se passe ? entendit-il dans son dos.

– Rien, rien, dors.

– Tout va bien ?

– Oui. Je n'arrive pas à dormir, c'est tout.

– Pourquoi ? demanda Beate en réprimant un bâillement. Quelque chose te tracasse ?

Effectivement, quelque chose le tracassait. Le PDG du Conglomérat polonais du cuivre avait répondu à son mail le jour même. Et il l'avait menacé, prévenant que si Schloss Security publiait son rapport, il les traînerait devant les tribunaux. *Je considère votre rapport comme diffamatoire et scandaleux. Ses conclusions sont loin de la vérité et portent atteinte à la réputation de notre entreprise.* Et ainsi de suite, sur ce ton hystérique, beaucoup de termes grandiloquents et peu de concret, comme souvent chez les Polonais. Florian en était resté bouche bée. C'était la première fois qu'il faisait face à une telle réaction. D'ordinaire, les entreprises informées les remerciaient de leur avoir indiqué le problème ; parfois, elles demandaient une semaine supplémentaire ou deux avant la publication du rapport, histoire de mettre de l'ordre dans leurs affaires avant que l'information de l'attaque ne soit révélée. Mais de là à les menacer de tribunaux ? C'était inouï. Bien sûr, il s'agissait de menaces en l'air et ils n'avaient pas la moindre intention d'y céder, le rapport serait publié dans les prochains jours. Mais il avait néanmoins les nerfs à vif à cause de ce mail.

– Ce n'est rien, dit-il simplement. Le boulot.

– Avec l'autre programme ?

– Humm. Plus ou moins.

– Raconte-moi.

Il se tourna vers elle. Elle avait posé la tête sur son coude et frottait ses yeux ensommeillés. Son T-shirt était remonté, dévoilant un petit trou à hauteur du nombril : la trace d'un ancien piercing. Dans le temps, elle y portait un pendentif en argent, en forme de crâne. Il se balançait sur les côtés quand ils faisaient l'amour. Il sourit à l'évocation de ce souvenir.

– Chuuuut, dit-il en l'embrassant sur le front. Dors.

Julita avait le souffle court. Quand est-ce que j'ai fait du vélo pour la dernière fois ? se demanda-t-elle en se mettant debout sur les pédales. Probablement encore chez mes parents, à Żukowo, quand j'étais au lycée ? À cette période-là, le vélo était un élément de son quotidien, il lui permettait de s'échapper de la maison, il lui avait procuré ses premières notions d'indépendance. Elle n'avait plus à attendre un bus déglingué qui passait deux fois par heure, elle n'avait plus à demander à son père de la déposer quelque part, il suffisait de pédaler : au camp de vacances de Sitino par exemple, ou au vieil étang de Borkowo, ou à la supérette de Miszewo dont le propriétaire ne se souciait pas trop de la limite d'âge pour l'achat de boissons alcoolisées.

Son premier VTT, elle l'avait eu pour sa communion – classique. Il était rouge, avait de larges pneus tout-terrains et possédait jusqu'à vingt-deux vitesses (mais elle n'en utilisait que cinq). Aux dernières nouvelles, il était toujours suspendu dans le garage de ses parents, couvert de poussière et de toiles d'araignée ; les pneus esquintés se détachaient de leurs jantes rouillées. Elle leur avait dit de le vendre, que c'était bête qu'il se détériore à ce point, mais ils n'avaient jamais eu le cœur de le faire. Apparemment, ils n'avaient toujours pas réalisé que leur fille n'avait pas quitté la maison temporairement, en colonie de vacances, en camping ou pour un boulot d'été, mais qu'elle était partie pour toujours et que le VTT rouge n'allait plus jamais servir. Cela ne venait même pas du fait qu'elle leur manquait tant, que le syndrome du nid vide les affectait ou qu'ils vivaient dans le déni. Simplement, le rythme de leur vie avait si longtemps été défini par ce qui se passait pour leurs enfants, par les rituels répétitifs du calendrier scolaire – en septembre on achète les fournitures, en février on part en vacances d'hiver tandis que les vacances d'été ont lieu en juillet et en août, et rebelote, et ainsi de suite… –, que lorsqu'ils s'étaient retrouvés seuls, ils avaient perdu ces points de repère, le temps avait soudainement accéléré et, d'un coup, ils avaient eu l'impression de ne rien faire d'autre que décorer puis jeter le sapin de Noël. Si on leur avait posé la question de savoir combien de temps ce vélo était resté suspendu là, ils auraient probablement eu du mal à répondre. Deux ans ? Cinq ans ? Dix ? Allez savoir.

Ding-ding, ding-ding. Il fallut qu'ils s'arrêtent parce que des vaches traversaient la chaussée. Dommage qu'elles ne soient pas violettes, songea Julita en tendant sa main tremblante de fatigue vers la bouteille d'eau, on aurait vraiment dit une pub Milka. Ce paysage, ces sommets enneigés, ces sapins élancés, ces chalets soignés et enfin ces vaches dont le poil luisait comme si quelqu'un venait de leur passer de la pommade, putain, tout cela lui semblait irréel. C'était comme si elle ne traversait pas un pays véritable, mais un musée en plein air ou, mieux, une maquette qui ne prenait pas en compte tous les détails mais restait une sorte de généralisation. Dans le monde réel, le bitume serait craquelé. Il y aurait des déchets sur les bas-côtés. Enfin, chaque maison aurait un toit d'une couleur différente et, sur chaque grillage, on aurait accroché un panneau publicitaire. Comme en Pologne.

Elle déboucha la bouteille. Celle-ci était presque vide.

– C'est encore loin ? demanda-t-elle à Jan qui, profitant de la pause, avait sorti la carte et l'avait déployée sur le guidon de son vélo.

– Sept kilomètres.

– Quoi ?! Doux Jésus… je croyais que…

– Il n'y a pas de doux Jésus qui tienne, on y va, dit-il quand la dernière vache eut quitté le chemin. On doit être là-bas avant 9 heures.

Il s'élança sans attendre la réponse ; il lui avait fallu se mettre debout sur les pédales parce qu'ils montaient un flanc de colline. Il portait un T-shirt jaune fluo et un short moulant. Julita était ravie que Jan roulât devant. La vue de ses fessiers serrés dans du lycra compensait un peu les difficultés du voyage. On le sait depuis toujours, se dit-elle, un âne avance mieux quand on lui agite une carotte sous le nez. Et celle-ci était particulièrement juteuse.

Ils devaient observer l'immeuble du Schweiz Zentrum de plus près. Sur les photos, on ne le voyait pas dans son intégralité. Avant tout, ils étaient intéressés par les systèmes de sécurité et par les procédures d'entrée sur le site. C'est pourquoi ils avaient décidé de l'atteindre tôt, quand les employés arrivaient sur place. Il ne leur restait plus que la question du moyen de transport. Une location de voiture était à proscrire – chacune de ces autos était équipée d'un émetteur GPS indiquant sa position, de plus ils auraient aussi dû présenter une pièce d'identité, or ils ne savaient pas qui avait accès à ces données ni où elles allaient atterrir. En 2017, la division française de Hertz avait eu une fuite ; en 2020, ça avait été le tour de Buchbinder ; quant à Avis, l'entreprise venait d'être poursuivie pour protection insuffisante de ses systèmes informatiques. Ils avaient songé à l'autocar, mais là il aurait fallu faire attention aux caméras. Au bout du compte, ils avaient opté pour des vélos : comme garantie à la location, une caution suffisait, et il n'y avait aucun tracker, sans compter que le casque et les lunettes de soleil de sport dissimulaient parfaitement le visage sans éveiller de soupçons. Le revers de la médaille ? Ils avaient dû se lever à 6 heures du matin pour rouler plus de trente kilomètres. Or, comme le rappelait douloureusement à Julita son point de côté, elle n'avait pas fait beaucoup d'activité physique au cours des deux années précédentes.

Ils arrivèrent enfin en haut de la colline et elle put reprendre son souffle en s'abandonnant à la force de la gravité. Elle fila vers le bas, le vent froid agitait son T-shirt trempé et piquait ses poumons. Une voiture les doubla – civilement, à une distance d'un mètre et demi, pas comme dans leurs contrées où le cycliste devait faire attention à ne pas se prendre un coup de rétroviseur dans le coude. Puis venait un virage en épingle et une autre montée. Ses cuisses lui faisaient tellement mal que Julita avait envie de pleurer. Oh, les courbatures que je vais avoir demain, gémit-elle en essuyant sa joue en sueur contre son épaule. Je n'arriverai pas à descendre un escalier.

Une demi-heure plus tard, ils arrivèrent à destination, dans le village de Schindellegi. Elle, trempée et le visage rouge; lui, comme s'il venait de faire le tour du pâté de maisons. Ce n'est qu'une question de biologie, se persuadait Julita, les mecs ont simplement une autre proportion de masse musculaire par rapport aux tissus graisseux. Et les seins, n'oublions pas les seins, je suis sûre qu'ils influent très négativement sur l'aérodynamisme et cætera.

– OK, le bâtiment du Schweiz Zentrum est là, au pied de la montagne, sur Rossbergstrasse, dit Jan en indiquant un point sur la carte.

Où c'était précisément, Julita aurait eu du mal à le dire car elle avait la tête qui tournait.

– C'est à dix, quinze minutes d'ici, précisa-t-il.

– Pffiou… hmm, fit-elle.

– On ne peut pas aller jusqu'au portail, ça paraîtrait suspect. Mais regarde ici, il y a un champ. Tu vois?

– Aouch… aha…

– De là, on devrait avoir une bonne vue du portail.

– Ehhh… yyy…

– Alors en route, dit Jan en remontant en selle.

– Non, non, non! s'écria-t-elle alors qu'il accélérait déjà. Mon Dieu, tu te dopes ou quoi?

– Quoi?

– Pour envoyer du lourd sur un vélo comme ça?

– Euh… non.

– Ah ouais. Lance Armstrong disait la même chose, et regarde comment il a fini… pffiou… Dès qu'on rentre à la maison, tu pisses dans un pot et j'envoie l'échantillon à l'agence de lutte contre le dopage.

Jan pouffa, un peu avec pitié, un peu amusé, mais il descendit du vélo et l'appuya contre un muret.

– Cinq minutes, annonça-t-il.

– C'est toujours ça.

Julita s'assit sur un banc et étendit ses jambes endolories. Pendant ce temps, Jan fit des étirements : il s'attrapa le pied et le tira jusqu'au fessier. Un fessier moulé dans du lycra.

– Tu as la forme, dit-elle pour dire quelque chose parce qu'il avait dû remarquer qu'elle le fixait.

– Faut bien compenser.

– Hein ? Qu'est-ce que tu veux dire par là ?

– Peu importe.

– Non mais, maintenant que tu as commencé... pffiou... explique.

– Sois pas si bavarde, régule ta respiration, dit-il en regardant sa montre. Encore une minute et on y va.

Je serais curieuse de savoir ce qu'il avait en tête, songea-t-elle. Le fait qu'il soit petit ? Eh oui, c'est un fait, il est petit. Mais dans ce domaine, la taille n'avait pour elle aucune importance. Une fois, elle était sortie avec un garçon qui faisait près de deux mètres et, d'accord, c'était mignon parfois, comme quand elle se mettait sur la pointe des pieds pour l'embrasser ou quand elle portait ses chemises pour dormir et qu'elles lui arrivaient aux genoux. Mais quand ils marchaient main dans la main le long d'une rue bondée, elle n'arrivait pas du tout à entendre ce qu'il lui disait. Tant mieux, en fin de compte, parce qu'il s'était avéré que le mec était bête à manger du foin.

– C'est l'heure, déclara Jan.

Ils avancèrent dans Rossbergstrasse, qui serpentait en montant ; Julita roulait sur la plus petite vitesse, moulinant des jambes, soufflant et geignant comme une vieille locomotive. Ils grimpèrent au-dessus du village ; là, l'air se faisait froid, l'automne basculait vers l'hiver. Ce n'est que là, à quelques dizaines de mètres du but, qu'ils virent un panneau indicateur : "Schweiz Zentrum, prochaine à gauche." Ils arrivèrent au carrefour et tournèrent aussitôt dans la direction opposée, vers le haut, sur un modeste pâturage. Ils arrêtèrent les vélos. De là, ils pouvaient voir l'allée du centre de conférences : le premier portail, avec une barrière automatique, puis le parking des employés. Ensuite venait un mur de trois mètres de haut dans lequel se trouvait un deuxième passage, cette fois près de la guérite. Le bâtiment lui-même était caché derrière une rangée d'arbres ; les vitres en miroir scintillaient entre les branches. Julita étendit une couverture, sortit de son sac à dos un thermos de thé, des sandwichs, des biscuits… En un mot, elle préparait un pique-nique. Pour un observateur non averti, ils avaient l'air d'un couple d'amoureux en excursion, en route vers le sommet voisin de Höhronen.

– C'est prêt. Mets-toi au boulot, dit-elle.

– D'accord. Toi, surveille si personne ne regarde.

– Ben sour, répliqua-t-elle indistinctement parce que sa bouche était déjà pleine de biscuits.

Elle avait une faim de loup.

Jan sortit un appareil photo de son sac à dos et l'approcha de son œil. Un instant plus tard, les voitures des employés commencèrent à se garer sur le parking du Schweiz Zentrum.

– D'accord, la première barrière se lève simplement à l'aide d'une télécommande…

Clac, l'obturateur s'ouvrit et se referma.

– On peut la contourner bêtement.

– Tu vois, je te l'avais dit. Chaque système a ses points faibles.

– Mais bien sûr.

– Quoi d'autre ?

– Ils ont des badges… On dirait de simples cartes RFID…

– Alors, c'est fastoche.

– Oui. Je suis plus inquiet pour le scan facial. Dans les documents que j'ai consultés, ils passaient commande pour un système de reconnaissance… Bordel.

– Quoi ?
– Regarde.
Jan éloigna l'appareil de son visage et afficha à l'écran la dernière photographie prise. Il avait capté le moment où la porte automatique du poste de garde s'ouvrait. À l'intérieur, derrière un tourniquet, il y avait une seconde porte et là, juste au-dessus de la poignée, un minuscule clavier numérique.
– Donc, il faut encore entrer un code… gémit-elle.
– Eh oui. Ce sera difficile à éviter.
– À moins qu'Hedwig se soit noté la combinaison dans son portable sous l'appellation "travail".
– Elle n'a pas l'air bête à ce point.
– Dans ce cas…
Julita prit un autre biscuit. Elle l'avait mérité. Elle avait certainement brûlé ce matin-là deux millions de calories.
– … sa Fitbit peut-être ?
– Quoi, sa Fitbit ?
– Tu ne t'en souviens pas ? Il y avait un article qui disait que, si tu connaissais l'emplacement et l'angle du clavier, tu pouvais établir grâce aux relevés de l'accéléromètre…
– Tssss… regarde.
Une voiture s'était immobilisée au carrefour, un SUV puissant aux vitres teintées, le moteur toujours en marche. Quelqu'un les observait. Jusque-là, ça avait été trop facile.
– Vite, chuchota Jan. On y va. Allez, allez, allez.
Il était sur le point de bondir de la couverture pour sauter sur son vélo. Elle l'attrapa par la main.
– Bah quoi ? gémit-il.
– C'est une très mauvaise idée.
– Tu en as une meilleure ?
– Ouais.
Elle se leva doucement, sans se dépêcher.
– Enlève le téléobjectif et prends-moi en photo.

– Quoi ?!
– Tu as bien entendu.
Julita se mit sur une jambe, écarta les bras comme un avion et sourit à l'objectif. Jan la regardait ahuri.
– Qu'est-ce que tu attends, bordel ? articula-t-elle à travers son sourire feint qui lui faisait mal aux joues. Mitraille.
Il hésita, mais fit ce qu'elle lui demandait. *Clic.* Julita fit un jumping jack comme si elle voulait qu'il saisisse le moment où elle était en l'air sur fond des cimes enneigées. *Clic.* Elle lui tourna le dos, mit les mains sur les hanches et releva le menton, telle une aventurière prête à faire face aux défis. *Clic.* Voilà, une touriste ordinaire qui souhaitait simplement faire quelques clichés sympas pour ses réseaux sociaux. Rien de suspect.
– Ça ne marche pas, chuchota Jan. Ils arrivent.
Elle regarda du coin de l'œil en direction de la chaussée. Effectivement, la portière s'était ouverte et quelqu'un était descendu.
– Donne-moi ça.
Elle lui arracha l'appareil des mains et s'assit sur ses genoux. D'une main, elle l'attrapa par la tête et l'embrassa sur la joue. Elle tendit l'autre, celle de l'appareil, loin devant elle. *Clic.* Puis elle accola le bout de son nez sur la pointe du sien, façon Esquimaux. *Clic.* Elle sentait son odeur, sa chaleur, son contact ; son corps ne comprenait clairement pas ce qui se passait, il n'avait pas encore reçu le rapport adéquat de son cerveau.
– Tu sais sourire ? demanda-t-elle tout bas en le regardant droit dans les yeux. Mais normalement, je veux dire, pas comme si tu avais une crampe à la mâchoire.
– Oui.
– Alors, au boulot.
Elle se tourna vers l'objectif, fit un grand sourire ; Jan suivit son exemple.

– *Say cheese!* cria-t-elle, bien plus fort que ce qui était nécessaire, et elle serra Jan de toutes ses forces.

Clac! Le flash s'était enclenché. L'espace d'un instant, elle fut aveuglée. Quand sa vue revint, la voiture roulait déjà en direction du bâtiment du Schweiz Zentrum. Au bout du compte, les gardes avaient fini par estimer que Jan et Julita n'étaient que de simples touristes. Elle ressentit un énorme soulagement. Et quelque chose d'autre, plus bas, au niveau du pelvis. Un truc avait commencé à lui appuyer dessus. Un corps étranger.

– Ne te fais pas trop d'illusions, lança-t-elle à Jan avant de monter sur son vélo.

Mme la directrice Helena Niemczyk ne craignait pas de travailler beaucoup. Dans sa famille, ils n'avaient jamais roulé sur l'or, son père était souvent absent, alors en tant qu'aînée de quatre enfants, elle devait aider sa mère. À l'âge de six ans, elle savait déjà changer les couches d'un nourrisson; à l'âge de douze, préparer un repas copieux pour toute la famille. D'ailleurs, elle avait une photo de cette période: elle s'affaire aux marmites dans un tablier de sa mère qui traîne par terre, entre les mains un presse-purée bien trop grand qui ressemble à un sceptre. Puis était venu le temps des études à l'École des mines et de la métallurgie de Cracovie, de longues nuits à plancher sur les manuels pour rattraper d'énormes retards en physique et en chimie, et enfin les premières années au Conglomérat, quand il avait fallu qu'elle prouve à tout le monde qu'elle s'y connaissait vraiment, qu'elle n'était pas trop faible, trop fragile, trop émotive. À l'époque, dans son département, il n'y avait que deux autres femmes: Mme Władzia, la secrétaire, et sainte Barbara, la patronne des mineurs. Et quand elle était tombée enceinte, là vraiment, c'était de la franche rigolade, les chaises rapprochées, les portes tenues, les manteaux qu'on l'aidait à mettre, toute cette galanterie de cinéma qui lui donnait l'impression d'être encore plus à l'écart, encore moins à sa place. Elle s'était alors juré qu'elle ne laisserait jamais tomber, qu'elle ne se laisserait pas mettre en congé parental pour quatre ans, qu'elle n'accepterait pas le poste douillet qu'on lui offrait, un sourire bienveillant aux lèvres, pour qu'elle puisse toujours quitter le bureau à 15 heures et avoir le temps de préparer du bortsch blanc pour Pâques et des pierogis à Noël. Cela revenait bien sûr à avoir deux emplois à temps plein, parce que Stach lui offrait certes son aide pour les corvées à la maison, mais lui posait ce faisant tant de questions sur l'accomplissement des tâches les plus basiques – l'oignon, je le coupe en dés ou en rondelles, et de quelle épaisseur, gros ou fin, et avec quel couteau, le long, ah d'accord, mais où est-ce qu'il est ? – que souvent, elle n'en profitait pas. En réalité, elle n'avait soufflé qu'en 2002. Une promotion longtemps espérée lui avait alors été accordée, tandis que Janina entrait en maternelle. Pour la première fois, elle avait eu le temps de profiter de la vie. Ça n'avait pas duré.

Oui, Mme la directrice Helena Niemczyk ne craignait pas le dur labeur. Elle planchait sur les documents des archives depuis quarante-huit heures. À gauche s'entassaient les dossiers qu'il lui restait à lire, à droite ceux qu'elle avait déjà parcourus. Son bureau, d'ordinaire impeccable, sentait la poussière et le vieux papier. Elle n'était pas rentrée à la maison pour dormir, elle avait fait un somme au bureau, sur le canapé. Deux heures de repos puis café, se laver le visage à l'eau froide et ça recommençait. Quand quelqu'un frappait à la porte, elle lui disait de ne pas entrer, elle ne répondait pas aux mails et, quand le téléphone fixe sonnait, elle soulevait l'écouteur seulement pour le reposer aussitôt sur la fourche. Il devait se passer quelque chose parce que les pas qu'elle entendait dans le couloir étaient plus rapides que d'ordinaire et les portes claquaient plus souvent.

Peu lui importait. Elle avait son propre agenda à suivre, or le temps pressait.

Elle était persuadée que la boîte que représentait ce satané Królak ne possédait aucun coagulant révolutionnaire leur permettant de nettoyer la Montagne de fer au prix proposé. Non, ils étaient prêts à le faire à perte parce qu'ils prévoyaient qu'une telle offre serait trop alléchante pour que PMK la refuse, ils espéraient que le Conglomérat sacrifierait ses intérêts à long terme pour atténuer la crise en cours. Mais pourquoi ? Qu'est-ce que les Américains y gagnaient ? Parce qu'ils devaient y gagner quelque chose. Il ne s'agissait certainement pas d'une œuvre de bienfaisance.

Elle avait quelques soupçons. Sa première hypothèse, c'était que la concurrence souhaitait exploiter le moment de faiblesse provoqué par l'avarie pour leur couper les ailes. Si le Conglomérat cédait aux pressions politiques et aux attentes de l'opinion publique en supprimant le réservoir, il n'aurait bientôt plus aucun endroit où déverser ses liquides post-flottation. Cela aurait comme conséquence une extraction moindre, ce qui provoquerait une baisse de l'offre mondiale et donc une hausse des prix. Les autres producteurs de cuivre y auraient gagné des fortunes. Le mobile était peu probable, mais pas impossible.

La deuxième hypothèse, c'était que, sous la Montagne de fer, il y avait quelque chose de précieux, quelque chose qu'ils avaient raté et que les Américains voulaient obtenir. Après tout, le réservoir s'étendait sur une surface de plus de six cents hectares et se trouvait dans une région riche en matières premières, il cachait peut-être des gisements de valeur, des filons d'argent ou du gaz de schiste voire, qui sait, une Chambre d'ambre ou autre Train d'or ? C'était absurde, mais cela aussi mériterait d'être vérifié. Mais non, rien ne l'indiquait, dans les forages réalisés avant l'inondation de ces terrains, on n'avait rien vu de notable, les cartes géologiques de la région n'indiquaient aucune présence de réserves précieuses.

La troisième hypothèse, Helena la vérifiait en ce moment même. En quelle année avaient-ils fait ces forages, déjà, se demandait-elle en mordillant son crayon, en 1996 ou en 1997 ? En 1996, pensait-elle, parce que ça avait été l'année d'un championnat d'Europe des nations de football. Helena Niemczyk saisit la chemise cartonnée marquée "III-IV '96", souffla la poussière qui la recouvrait et dénoua les ficelles jaunies. Une épaisse liasse de papiers fixés à l'aide d'agrafes rouillées se trouvait à l'intérieur. Il ne restera rien de nous, pensa-t-elle. On aurait dû garder les tablettes d'argile.

Enfin, elle trouva ce qu'elle cherchait. Un rapport qui, au cours de toutes ces années, n'avait pas été lu par plus de trois personnes et était incompréhensible pour quiconque ne travaillait pas dans leur domaine. Peu de texte, beaucoup de schémas, de formules chimiques et de clichés pris au microscope. La directrice Niemczyk remonta ses lunettes qui glissaient sur le bout de son nez et se focalisa sur le tableau nommé "ÉLÉMENTS MINORITAIRES". Et elle se figea. Elle n'arrivait pas à en croire ses yeux. Non, se dit-elle, ils ont dû se planter dans leurs calculs et mettre la virgule au mauvais endroit. Mais non, les maths collaient. Alors, c'était peut-être simplement une question de chance, d'endroit où le prélèvement avait été fait ? Il fallait vérifier. Et le plus vite possible.

Elle sortit son téléphone portable de son sac à main et sélectionna le numéro de son chauffeur. Il ne décrocha qu'à la septième sonnerie.

– Allô ?

On aurait dit qu'il venait juste de se réveiller. Quelle heure était-il au juste ? Helena regarda sa montre. 5 h 57. C'est un peu tôt, mais n'exagérons rien. Mais, bordel, comment s'appelle-t-il, déjà ? Andrzej ou Jędrzej ? Jędrzej, je crois, estima-t-elle.

– Monsieur Jędrzej, venez au bureau dans trente minutes.

– Dans trente… gémit le chauffeur qui, en réalité, s'appelait Tomasz Jędrzejewski, mais craignait de corriger sa chef après cinq ans à son service.

– Oui. Prenez vos bottes en caoutchouc et passez au dépôt, en chemin, pour prendre une sonde SRC avec marteau perforateur. Vous avez déjà manié une sonde comme celle-ci ?

– Pardon ? s'étonna-t-il. Mais moi, je suis un… Non, madame la directrice. Je n'en ai pas eu l'occasion.

– Pas grave. Je vais vous montrer, ce n'est pas dur, mais il faut avoir de la force et moi, j'ai déjà quelques années au compteur.

– Mais… on pourrait peut-être appeler un technicien, je…

– Non, l'interrompit-elle. Aucun technicien. On y va à deux. Et, au dépôt, vous direz que le matériel est pour la directrice Niemczyk et que je remplirai la paperasse plus tard. Est-ce que c'est clair ?

– Oui… je crois, oui.

– Parfait. Ne soyez pas en retard.

La directrice Helena Niemczyk raccrocha. Ce n'est qu'à ce moment-là qu'elle remarqua un SMS arrivé durant sa conversation. Numéro privé. Une menace contenue en deux phrases. Durant un long moment, elle fixa l'écran, puis elle ouvrit le placard placé dans un coin de la pièce. Elle devait boire quelque chose de fort.

– Tu crois vraiment que ça va marcher ? demanda Julita.

Jan ne répondit pas. Il fouilla dans son sac d'équipement et en sortit un boîtier noir et plat avec variateur avant de s'agenouiller devant le trépied.

– Allô, je t'ai posé une question.

– J'ai entendu.

– Alors pourquoi tu m'ignores, si je peux me permettre ?

– Parce qu'il faut que je me concentre.

Elle soupira. Et elle le regretta aussitôt parce qu'une immense douleur se déversa alors dans sa poitrine. Comme elle l'avait craint, l'escapade à la montagne de la veille avait provoqué d'horribles courbatures, y compris dans des muscles dont elle avait depuis longtemps oublié l'existence.

– Passe-moi un jack 6 et 3, réclama Jan.

– Quoi ? C'est quoi, un jack ?

– Un câble. Comme pour des écouteurs.

– Tu ne peux pas dire ça comme un humain dès le départ ?

Elle s'accroupit devant le sac. Cette fois, la douleur explosa dans ses cuisses. Bon Dieu, se dit-elle, quels péchés ai-je donc commis ? Cependant, elle se rendit compte qu'elle aurait eu l'embarras du choix.

– Tiens, dit-elle avec le sourire, faisant contre mauvaise fortune bon cœur.

Elle ne voulait pas que Jan voie dans quel état elle était, elle ne voulait pas lui donner cette satisfaction.

– Hmmm… marmonna-t-il.

Une nouvelle fois, elle eut envie de soupirer, mais se retint. Elle se détourna, ferma les yeux et offrit son visage au soleil. Il fallait en profiter tant qu'elle le pouvait encore ; en Pologne, elle n'était pas près d'avoir du beau temps. Elle entendait le crissement du gravier sous les pieds de quelques joggeurs, les perles qui se mouvaient sur les rayons d'un vélo d'enfant, le halètement d'un chien fatigué. Ils avaient déployé leur matériel dans un petit parc, non loin du café d'où ils avaient préalablement mené leurs observations, à une centaine de mètres de la maison d'Hedwig Keller. Jan déplia le trépied et posa le téléobjectif dessus. De loin, il ressemblait à un photographe amateur qui souhaitait immortaliser un oiseau en visite sur une mangeoire suspendue à une branche, une sittelle ou une mésange charbonnière par exemple. De près, plus tant que ça. Parce que, de près, on voyait que le téléobjectif n'était pas fixé à un appareil photo, mais à un pointeur laser. À côté, sur un banc, dans un enchevêtrement de câbles, il y avait un ordinateur portable, une batterie externe, un contrôleur de diode laser ainsi qu'un amplificateur de son.

– D'accord… dit Jan en se levant. C'est prêt.

Il s'épousseta les genoux.

– Et maintenant ?

– On teste, répliqua-t-il.

Il s'assit sur le banc, posa l'ordinateur sur ses cuisses et tapa sur le clavier. La diode du pointeur laser clignota et, de l'autre côté de la rue, dans la maison d'Hedwig Keller, les ampoules du plafonnier s'allumèrent.

– Tu vois ? Ça marche.

– Oh l'encu… chuchota Julita. Oh putain.

Jan se leva du banc. Il avait l'air fier de lui.

– Tu m'as dit qu'elle était au travail ? demanda-t-il.

– Ouais. Elle ne devrait pas rentrer avant 17 heures. Ça nous laisse trois heures.

– OK. Dans ce cas, je te prépare le matos. On commence dans cinq minutes.

Julita secoua la tête, incrédule. C'était incroyable. Bien entendu, elle avait lu des articles à propos de ce piratage, mais les lire c'était une chose, et le voir en vrai, une autre. Cela avait commencé par un Japonais particulièrement curieux qui avait découvert que les microphones dont étaient équipés les appareils électroniques du type smart home réagissaient à la lumière d'une intensité donnée comme s'il s'agissait d'un son. Puis, il s'était avéré que si on modulait la lumière de manière adéquate, on pouvait transmettre des commandes vocales prédéfinies. Au fond, pour un ordinateur, tout – une image, un son, du toucher – n'était qu'une suite de 0 et de 1. Siri, appelle maman. Alexa, mets une chanson de Rod Stewart. Ou, comme à l'instant : OK Google. Allume la lumière.

Ces haut-parleurs prétendument intelligents auxquels on pouvait connecter l'électroménager de son domicile, comme un thermostat ou un frigo, et constituer ainsi une "maison intelligente", ne disposaient d'aucun système de protection. Ils ne reconnaissaient pas la voix du propriétaire, ne réclamaient pas un code PIN ou un mot de passe envoyé par SMS. L'idée, c'était que, si tu te trouvais à portée de voix d'un haut-parleur, alors soit tu étais son propriétaire, soit un de ses proches. Mais on s'était aperçu qu'on pouvait envoyer ces commandes sans un bruit, à travers des fenêtres, en éclairant le microphone avec un laser depuis une distance de quelques dizaines ou même de quelques centaines de mètres, si le faisceau lumineux était amplifié par un téléobjectif. Le plus dingue dans toute cette histoire, c'est que personne, y compris le Japonais curieux, n'avait la moindre idée de la raison pour laquelle les choses se passaient ainsi. Le laser chauffait-il la membrane du micro, induisant une oscillation, que l'ordinateur interprétait comme une commande vocale ? À moins que le laser n'éclaire à travers le micro et frappe directement la puce qui servait à transformer le son en signal électrique placée derrière et l'éveille selon un principe photovoltaïque ? Tout ce qu'on savait, c'est qu'on ne pouvait pas supprimer ce point faible grâce à une mise à jour du programme. Les fabricants des haut-parleurs intelligents auraient dû les retirer du marché et les remplacer par des modèles plus robustes. Jusque-là, aucun d'entre eux n'avait franchi le pas. Or, mener une telle attaque ne nécessitait pas d'équipements expérimentaux dignes du laboratoire de Q dans *James Bond*. On pouvait s'offrir l'ensemble du matériel nécessaire pour quelques centaines de złotys. Un pointeur laser, par exemple, coûtait moins de quarante balles. JOUET IDÉAL POUR CHIENS OU CHATS, vantaient les vendeurs, PARFAITEMENT INOFFENSIF !

– Bon, tiens, tout est là, dit Jan en lui confiant un sac à dos petit, mais étonnamment lourd. Et mets ton oreillette pour qu'on reste en contact.

Julita se mit le morceau de plastique dans l'oreille et attacha le minuscule micro à son col.

– Mince, on se croirait dans un film d'action, dit-elle avec le sourire.

Jan se raidit. On aurait dit qu'il venait de se faire mordre.

– Putain, non, ce n'est pas comme dans un film d'action.

Il fit un pas dans sa direction. Machinalement, elle recula, manquant de peu de renverser le trépied.

– C'est de ça que je parlais à l'aéroport, poursuivit-il. Ce n'est pas un film. Ça a lieu pour de vrai. Tu piges, bordel ? Tu comprends ce qui va se passer si tu te fais prendre ?

– Sainte Mère, Jan, calme-toi, c'était juste une blague...

– Et c'est ça le problème. Ce n'est pas le moment de plaisanter. Les blagues, il y en a dans ces films débiles, justement. Pour toi, il s'agit d'un fait divers bas de gamme sur le bandeau d'une chaîne d'info en continu, n'est-ce pas ? *Piège de cristal*, putain.

– Eh ! Arrête, d'accord ? Ça y est, j'ai compris. Tu peux...

Il ne lui permit pas d'achever sa phrase.

– Si je te dis qu'on arrête, tu dois décamper comme s'il y avait le feu. Est-ce que c'est clair ?

– Bah ouais, tu me l'as dit.

– Je ne te demande pas si je te l'ai dit, mais si c'est clair.

– Tout est clair, mon général !

Julita fit un salut militaire et claqua des talons.

Jan ravala une autre grossièreté. L'espace d'un instant, elle avait l'impression qu'il allait l'attraper par les épaules et la secouer, ou qu'il allait donner un coup de pied dans une poubelle. Il finit par exécuter un geste vague de la main et par s'asseoir sur le banc.

– Vas-y, dit-il.

– Jan, vraiment, je…

– Allez, vas-y avant que je change d'avis.

Elle y alla. Ses oreilles bourdonnaient, elle serrait les dents au point d'en avoir mal. Elle était furieuse. Contre lui, contre elle-même. Rien qu'à l'idée de devoir passer encore plusieurs jours en sa compagnie, elle en avait la nausée. Le chemin du retour depuis le Schweiz Zentrum, ils l'avaient effectué en silence. Jan était embarrassé et, quand il l'était, il se renfermait, devenait encore plus désobligeant que d'ordinaire. Même quand ils avaient fait une pause, ils ne s'étaient pas adressé la parole. Chacun avait mangé une barre de céréales et bu une boisson isotonique, chacun était allé pisser du côté opposé de la route avant de reprendre leur chemin. La soirée, ils l'avaient passée à fixer leurs ordinateurs, les seuls mots qu'ils prononçaient, c'était "donne, tiens, viens" – des ordres pour chiens. Et maintenant ça. Ce n'était pas qu'elle se prît pour une innocente grondée à tort. Elle était capable de prendre assez de recul pour savoir qu'elle pouvait être agaçante. Or elle agissait sur Jan comme une cape rouge sur un taureau.

Elle traversa la rue et s'arrêta devant la maison d'Hedwig Keller. À présent, son cœur cognait encore plus fort, sa tête bourdonnait davantage. Elle réalisa enfin ce qu'elle était sur le point de faire. Une effraction. Un cambriolage. Le sabotage d'un ordinateur. Elle était curieuse de savoir quelles peines prévoyait le code pénal suisse pour cela.

– Prête ? entendit-elle dans l'écouteur.

Elle avait beau s'y attendre, elle sursauta quand même et eut la chair de poule.

– Ouais.

– Un… Deux… Trois…

Abracadabra. La porte du garage se leva – la maison intelligente vous souhaite la bienvenue. Julita prit une profonde inspiration et pénétra à l'intérieur. La voiture n'était pas là. De nombreuses pièces d'équipement sportif étaient suspendues aux murs en parpaings nus : skis, bâtons, pagaies, planche de kitesurf. À sa gauche, il y avait une porte. Elle appuya sur la poignée ; même à travers son gant, elle sentait à quel point le métal était froid. C'était ouvert. Elle monta l'escalier, précautionneusement, en silence, sans rien toucher. Bien que d'après les photos, tout semblât indiquer qu'Hedwig vivait seule, n'avait ni chien, ni chat, ni même de poisson rouge, Julita préférait prendre ses précautions. Au premier étage, elle tourna à gauche, vers la chambre. Il y avait là un grand lit, d'épais rideaux et, aux murs, des encadrements de photos de vacances passées dans les coins les plus éloignés de la planète : Nouvelle-Zélande, Pérou, Alaska. Le Schweiz Zentrum devait bien payer ses salariés.

– Je suis en haut, chuchota-t-elle dans le micro.

Elle espérait que Jan ne percevrait pas à quel point sa voix tremblait.

– D'accord, répondit-il. Ici, tout est calme. Tu peux te mettre au boulot.

D'abord, la Fitbit. Sur les photos de ses réseaux, on voyait qu'elle la portait en alternance, alors elle était peut-être quelque part dans la maison. Pas sur le bureau, pas sur la table de chevet… Bingo, elle était dans le tiroir. Elle la remplaça par un modèle identique sorti de son sac à dos. À présent, il fallait retrouver le téléphone, un iPhone 8 Plus – ils avaient établi le nom du modèle à partir des métadonnées des photographies. Il était sur le rebord de la fenêtre, branché à un chargeur. Ce modèle était crypté. Le pirater était bien au-dessus de leurs capacités, pour cela il leur aurait fallu l'aide de l'une de ces sociétés de "consulting" israéliennes auxquelles faisaient si souvent appel les dictateurs aux poches bien remplies. Pourtant, même si Jan et Julita n'étaient pas capables d'en prendre le contrôle, cet iPhone pouvait leur servir de relais pour un autre piratage.

Julita retira le câble du chargeur et brancha un O.MG Cable à la place. Jan avait acheté ce gadget lors d'un DEFCON quelques années plus tôt pour moins de deux cents dollars. L'O.MG Cable avait l'air d'un câble blanc Apple standard terminé par un port USB, mais contenait en réalité quelques circuits supplémentaires et une masse de programmes malveillants. À présent, quand Hedwig rentrerait de chez Schweiz Zentrum avec son ordinateur de fonction et y connecterait son téléphone – pour le recharger un peu, par exemple, ou pour transférer rapidement des photos –, ils pourraient fouiller son disque dur. Les données qui transitaient sur le câble entre l'ordinateur et le téléphone n'étaient pas cryptées. Après tout, il s'agissait d'une communication interne entre deux équipements dignes de confiance, celle-ci devrait donc être sûre à cent pour cent. Mais voilà, le terme clé était là : elle "devrait".

Maintenant, le plus important – le badge d'accès au Schweiz Zentrum. Hedwig avait publié sur ses réseaux des centaines, sinon des milliers de prises de vue. Sur dix-sept d'entre elles, elle portait une lanière au cou avec un rectangle en plastique lisse qui dissimulait une puce RFID. Sur neuf d'entre elles, la lanière était rouge, sur huit, bleue. L'explication la plus plausible était que l'hôtesse d'accueil avait, à un moment donné, perdu son badge et en avait obtenu un nouveau, livré avec un nouveau collier. Cependant, les photos étaient publiées en alternance : une fois, le ruban était rouge, une autre, bleu. Cette chronologie était confirmée par les métadonnées des images. Alors soit Hedwig alternait les lanières pour une raison ou une autre, soit, ce qui était plus probable, elle disposait de plus d'un badge. Cela contrevenait bien entendu aux normes de sécurité – mais c'était évidemment très pratique. Quand elle égarait un des badges, elle pouvait utiliser le second sans devoir passer par une visite humiliante au département IT. La question était de savoir où Hedwig l'avait rangé. Dans son tiroir à dessous peut-être ? Raté. Dans la poche de l'un de ses manteaux ? Non plus. Dans le coffre à bijoux ? Non. Julita fouilla toute la chambre, en vain.

– Ça va être encore long ? grinça tout d'un coup son écouteur.

Elle faillit avoir une crise cardiaque.

– Tout est fait, mais je cherche encore le badge.

– D'accord. On se remue, on se remue.

Julita s'adossa au mur et attendit que sa respiration et son cœur qui battait la chamade se calment. Putain de sa mère, pensa-t-elle, est-ce qu'on pourrait baisser le son de cette saloperie ? Elle porta un doigt à son oreille, chercha un régulateur à l'aveugle, mais ne trouva rien. A priori, elle pouvait sortir l'oreillette et la regarder en détail, mais elle craignait de casser quelque chose. Bon, concentre-toi, se dit-elle, tu es Hedwig Keller, où est-ce que tu rangerais ton badge de secours ? Au salon, dans le meuble télé ? Non. Dans la salle de bains, avec tes cosmétiques ? Non plus. Dans la cuisine ? N'importe quoi. Dans ce cas, la chambre d'amis peut-être ? D'ordinaire, c'était là qu'atterrissaient toutes les broutilles qu'on n'utilisait pas au quotidien, les sacs de couchage, les classeurs de documents, les vis restées après avoir monté des meubles, alors un badge aussi peut-être ?

Elle entra dans la chambre. La pièce était petite, sombre, coincée dans un angle de la bâtisse. Une vieille housse d'ordinateur était posée contre le mur. Là, peut-être ? Non. La commode sous la fenêtre ? Encore raté. Julita ouvrit la placard ; une petite penderie d'une surface de deux mètres sur deux se présenta à ses yeux. Sur les cintres, il y avait des combinaisons de plongée en néoprène, des blousons de ski, des harnais d'escalade. Eh oui, il fallait bien ranger quelque part toute cette camelote sportive. Julita pénétra à l'intérieur et fit coulisser les cintres un par un – *schlack, schlack, schlack* – sans bien savoir elle-même ce qu'elle cherchait : un coffre-fort ? Un passage secret ? Enfin, la chance lui sourit. Dans le coin de la penderie, masqué par un pantalon de tempête en toile cirée fluo, une boîte en carton était entreposée et contenait des broutilles du type foulards, bandanas, serre-têtes – ainsi qu'un badge d'accès accroché à sa lanière.

– Bingo, chuchota-t-elle avant d'ouvrir son sac à dos.

Vite, il fallait maintenant sortir le PROXMARK 3, enregistrer la signature radio de la carte et voilà ! Plus tard, ils la transféreraient sur leur propre puce RFID. Minute, minute, comment on branche ce truc, déjà… ah oui, le bouton sur le côté…

Clac-clac. Clac-clac. Du coin de l'œil, elle remarqua qu'à l'autre bout du couloir, dans le salon, la lumière s'éteignait et s'allumait. Un court-circuit, se dit-elle, ou une ampoule en fin de vie ? Puis, elle eut une illumination. C'était Jan ! Il tentait de lui dire quelque chose et elle ne l'entendait pas, mon Dieu, pourquoi elle ne l'entendait pas ? Elle aurait accidentellement débranché quelque chose en tripotant son oreillette ? Non, c'était cette saloperie de penderie, enfoncée dans un coin de la maison entre des murs épais : la connexion avait dû s'interrompre. Au moment même où elle en sortait, un hurlement résonna dans l'écouteur.

– Wójcicka, bordel de merde !!! criait Jan. Casse-toi ! Tout de suite !

– Qu'est-ce qui se passe ?!!

– Elle est là ! Elle ouvre le garage !

Julita voulut dire quelque chose, mais d'en bas un grincement familier lui parvint : la porte commençait à se lever. Premier réflexe : balancer tout ça au diable et prendre ses jambes à son cou, par l'escalier, par n'importe où, pour atteindre la sortie, la rue, le plus vite possible, le plus loin possible. Mais non, non, ça n'aurait eu aucun sens, elle aurait fait du boucan et attiré l'attention sur elle. Il fallait agir lentement, très lentement, mais le temps, est-ce qu'elle avait le temps ? Elle relâcha doucement l'air de ses poumons et serra les mains au point d'en avoir mal aux doigts. Du calme, Julita, réfléchis. La porte du garage doit se lever jusqu'au bout. La voiture doit rouler dedans. Hedwig doit détacher sa ceinture, couper le moteur, sortir son sac du coffre. Alors, il lui restait une minute, maximum deux. Par où sortir d'ici ? Par l'entrée principale ? Non, Hedwig l'entendrait, la remarquerait, le risque était trop grand. Elle s'approcha de la fenêtre. Celle-ci donnait sur le toit plat du garage. Un mètre et demi ou deux de hauteur. Pour un cascadeur ce n'était rien, pour elle c'était beaucoup, vraiment beaucoup. Le saut pourrait s'achever par une chute douloureuse, une entorse ou pire. Mais un hôpital suisse valait mieux qu'une garde à vue suisse.

Le badge ! se rappela-t-elle soudain. Je n'ai pas scanné le badge. Le PROXMARK était resté dans la garde-robe, au sol, prêt à l'emploi. Combien de temps peut durer une copie de signal ? Dix secondes ? Quinze ? J'aurai le temps. Je crois.

– Julita ? entendit-elle dans l'écouteur. Qu'est-ce qui se passe ?

Elle lui avait promis. Elle lui avait juré que, s'il lui demandait d'arrêter l'opération, elle lâcherait tout et filerait, immédiatement. Mais elle était si près du but. Encore dix, quinze secondes. Pas plus.

– Je sors, mentit-elle.

– Je ne te vois pas.

– Minute. Faut que je passe par la fenêtre. Je ne peux pas parler.

Il se tut. La porte qui reliait le garage à la maison grinça. Maintenant ou jamais, se dit Julita. Elle s'accroupit près de la machine, accola le badge au lecteur. Des pas dans l'escalier. Plus vite, plus vite, plus vite… *Bip*, la diode verte s'alluma, c'était prêt. Encore une fois, elle dut vaincre l'impulsion de se mettre à courir, elle dut ignorer tous ces signaux d'alarme ataviques insérés dans le cerveau depuis des millions d'années qui hurlaient : Fuis ! Fuis ! Fuis ! Non, il fallait d'abord reposer le badge à sa place, refermer la porte de la penderie, doucement, délicatement, pour qu'elle ne claque pas. Des pas, de plus en plus près. Du calme, se disait-elle pour s'encourager, mordant ses lèvres jusqu'au sang, personne ne va dans la chambre d'amis à peine revenu du travail. Ses mains tremblaient, un repas à moitié digéré lui monta à la gorge et la brûla, la piqua, l'irrita. Enfin, ça avait marché, c'était prêt, il ne restait plus qu'à…

Une latte de parquet grinça. Tout près, dans le couloir. Hedwig était juste à côté, de l'autre côté la porte. Julita se figea. L'hôtesse d'accueil était peut-être rentrée plus tôt parce qu'elle avait rendez-vous avec une connaissance pour un jogging au parc ou un entraînement d'aviron ? Elle allait peut-être entrer ici dans un instant pour prendre sa veste en Gore-Tex ? Alors que la panique montait en elle, elle vit la poignée s'abaisser lentement, la porte s'entrouvrir progressivement. Ça y est, je suis foutue, eut-elle encore le temps de penser. Je suis foutue.

– *QUAND JE REGARDE LOIN DERRIÈRE MOI !!!* hurla soudainement Maryla Rodowicz, la plus kitsch des chanteuses pop polonaises, depuis le haut-parleur du salon et avec la puissance d'un avion à réaction qui décolle, au point que ça cassait les oreilles et que les vitres des fenêtres se mirent à vibrer. *LES ANNÉES PASSÉES, LES ÉMOIS !!!*

– *Was ?!* cria Hedwig, surprise. *OK, Google, stop the music !*

– *QUAND JE PENSE AUX CHOSES PERDUES, ET À CE QUI EST ALLÉ AU DIABLE !!!*

Jan. C'était Jan qui passait la musique grâce au laser pour détourner l'attention d'Hedwig. Julita s'élança vers la fenêtre, l'ouvrit en grand. La distance entre le rebord de fenêtre et le toit du garage ne s'était pas réduite entre-temps. Au contraire, elle avait peut-être même augmenté.

– *OK, Google, I said stop the music !*

– *JE LES COMPTERAI, JE LES COMPTERAI*, poursuivait Maryla, imperturbable. *MAIS TOUJOURS JE DIRAI, QUE CE QUE JE REGRETTE LE PLUS, CE SONT...*

D'accord, maintenant ou jamais, se dit Julita. Et elle sauta.

– *LES FÊTES FORAINES COLORÉES !!!*

L'écho de la chanson se répandit dans la rue.

– *LES MONTRES ARGENTÉES !!! LES PERRUCHES EN PELUCHE !!! LES BALLONS, LES AVIONS !!!*

Vlam ! Cette douleur ! Une douleur cauchemardesque inonda tout son corps, transperça ses mollets, ses cuisses, son ventre, son dos, comme si elle avait été électrocutée. Elle tomba, roula sur le flanc. Oh mon Dieu, oh Jésus, haletait-elle, je me suis cassé quelque chose, je me suis toute brisée, je vais être paralysée, je ne sentirai plus mes pieds, je passerai le reste de ma vie dans un fauteuil roulant, en prison et dans un fauteuil roulant, et... Ah non, comprit-elle quand la douleur disparut aussi vite qu'elle était apparue, ce ne sont que mes courbatures.

– *OK, Google, shut the fuck up !!!* hurla Hedwig.

– *LES CHEVAUX À BASCULE, LES PAPILLONS EN BOIS, LES CABANES EN PAIN D'ÉPICES ET LA BARBE À PAPA !!!* lui répondit Maryla Rodowicz, deux fois plus fort.

Julita sauta du garage et tituba en direction du parc. Soudain, elle comprit pourquoi Jan avait passé justement une chanson qui parlait de choses perdues à tout jamais. Et elle éclata de rire.

8

12 décembre 2012, Tomsk

Pyotr Semenov regarda dans le frigo. Celui-ci était vide. Furieux, il claqua la porte à en faire trembler l'intérieur. Il fallait qu'il mange quelque chose, les gargouillis dans son estomac minaient sa concentration, l'irritaient. Or, il travaillait. Certes, il aurait pu descendre faire des courses, mais il craignait trop de se disperser, il avait peur que les pensées qu'il n'avait pas encore eu le temps de coucher sur le papier s'envolent. Les chiffres sur les boutons de l'ascenseur, sur les plaques minéralogiques des voitures et sur les étiquettes se mélangeraient avec les chiffres dans sa tête, les mots des caissières grincheuses étoufferaient les siens. Non, il devait manger quelque chose et retourner devant son ordinateur, le plus vite possible. Il ouvrit le placard au-dessus de l'évier. Vide. Il vérifia les tiroirs sous le four. Rien. Ce n'est que dans le vaisselier qu'il trouva un paquet de farine de pomme de terre entamé et un pot de sucre glace périmé. Il mélangea les deux à la hâte, maculant le plan de travail de poudre blanche, puis il y versa de l'eau bouillante avant de touiller. Il mangea cette purée douçâtre et répugnante par cuillerées entières, luttant contre la nausée, jusqu'à se bétonner totalement l'estomac. Il fit passer ce repas avec une tasse de thé noir très corsé et revint à son ordinateur. Des coups discrets lui parvinrent de la chambre attenante. Sa mère. Elle était devenue complètement grabataire ces dernières années, elle n'était même plus capable de se lever seule du lit.

– Pas maintenant ! hurla-t-il. Je suis occupé !

Toc, toc. Encore.

– Pas maintenant, je te dis ! répliqua-t-il en frappant du poing sur le mur.

Tout redevint calme. Pyotr s'assit à son bureau et ajusta ses lunettes qui glissaient. Il ne prêtait aucune attention aux traces de doigts gras sur les verres, ni à la puanteur qui émanait dans le couloir en provenance des sacs-poubelles qui s'entassaient près de la porte. La seule chose qui comptait, c'est ce qui se passait à l'intérieur, dans sa tête. Il était animé par des émotions si fortes qu'elles se comparaient seulement au ravissement religieux que ressent un ascète qui, après des années de renoncement et de mortification, toucherait enfin à l'absolu tant désiré.

Et dire que la solution était si simple. Au lieu d'exercer un ordinateur à ce qu'il réfléchisse comme un humain, au lieu de l'initier à nos schémas et à nos limitations, de l'accabler avec nos concepts et nos axiomes erronés, il suffisait de lui donner quartier libre. Qu'il apprenne tout seul. Parce que en réalité, l'homme était un très mauvais enseignant : lent, illogique, se fiant à des jugements intuitifs. Pyotr avait enfin compris pourquoi les nombreuses tentatives de transposer le savoir des experts en langage compréhensible pour les ordinateurs avaient toujours échoué, pourquoi l'algorithme leur fournissait des réponses inintelligibles. Parce que ces soi-disant experts ne comprenaient pas eux-mêmes de quelle manière ils arrivaient à une conclusion donnée, ils ne savaient pas quels facteurs ils prenaient en compte et quel poids ils leurs affectaient. Leur objectivité n'était qu'illusion. En réalité, ils ne comprenaient ni la manière dont ils pensaient ni ce qu'ils pensaient. Comment enseigner alors une chose que nous ne comprenons pas nous-mêmes ?

Pyotr avait vu tout cela dans cet unique article : *Imagenet classification with deep convolutional neural networks*. Ses auteurs s'étaient donné une tâche qu'on aurait crue simple : apprendre à un ordinateur à reconnaître des images. Ils n'avaient pas été les premiers, loin de là, c'était le Graal des scientifiques qui s'occupaient de l'intelligence artificielle. Car si une machine arrivait à relever un défi si banal, elle accomplirait les suivants – si un enfant apprend à marcher, on sait qu'un jour il courra. Mais comment y arriver? Après tout, un ordinateur ne voit pas d'images, mais des 0 et des 1. Il n'est pas non plus conscient de l'existence du monde réel auquel il pourrait confronter une photo donnée. Auparavant, on tentait d'expliquer à une machine comment elle pouvait savoir que, disons, un chat est un chat. Et donc: un chat possède quatre pattes, une moustache, des yeux, une truffe... Mais un chien aussi. Alors, on l'expliquait plus précisément: un chat possède telles proportions de son crâne, telle forme d'oreilles, telles pupilles... Mais que faire s'il est couché roulé en boule et qu'il a caché sa tête sous sa queue? Et cætera, et cætera... les gens tentaient de reproduire dans le silicone leurs propres algorithmes, ceux qu'ils utilisaient pour percevoir la réalité et interpréter le monde – mais sans succès. Cette fois, on avait donc fait autrement. On avait montré à l'ordinateur des photos qui contenaient l'objet choisi, disons le chat, et d'autres sur lesquelles il n'y avait aucun chat. Ensuite, on lui avait demandé dans quel ensemble classer la photo suivante. Et l'ordinateur l'avait fait. Mais d'après quels critères? Qu'est-ce qui était, selon la machine, l'essence même de la "chatitude"? Personne ne le savait. L'ordinateur non plus n'était pas en mesure d'expliquer le déroulé de sa réflexion, celle-ci restait impénétrable. Cependant, ce n'était pas cela qui comptait mais les résultats. Or, ceux-ci étaient vraiment, mais alors vraiment prometteurs.

Une personne dotée d'un esprit moins brillant aurait lu cet article et se serait dit "oh, c'est intéressant". Pyotr Semenov avait eu une révélation. Il avait compris que cette découverte changeait tout, que les générations à venir allaient compter à partir du jour de sa publication l'avènement d'une ère nouvelle. Voici qu'il avait devant lui une découverte du calibre de l'électricité, mieux !, du calibre du feu. Les gens, en majorité de façon totalement inconsciente, avaient commencé un voyage irréversible vers un autre monde. Car un ordinateur qui sait classer des images va apprendre à classer absolument tout. Sur un cliché aux rayons X, il reconnaîtra un cancer. Dans des relevés de comptes bancaires, il découvrira des malversations. Et dans l'enregistrement audio d'une conversation, il détectera un mensonge.

Et ça ne sera pas parce qu'il en aura conscience, non, cela restait de la science-fiction, aussi éloignée aujourd'hui qu'il y a un siècle. Il s'agissait d'une tâche d'apparence très terre à terre : le tri et l'interprétation de données. Une action que seul un être humain pouvait auparavant accomplir, lentement et imparfaitement, une machine le ferait désormais à sa place, comme elle avait commencé à tisser une étoffe ou à labourer un champ. Les incommensurables océans d'informations, insaisissables par l'esprit humain, deviendraient la ressource la plus précieuse de l'histoire humaine, car ces océans commenceraient à parler. L'ordre émergerait du chaos, des milliers de corrélations ténues, à peine détectables, s'entrelaceraient en signaux assourdissants qui résonneraient telles les cloches d'une cathédrale, annonçant l'avènement d'un nouveau monde. Tout cela serait mesuré et mémorisé, et l'homme n'aurait plus de secrets. Ni pour lui-même, ni pour personne d'autre. L'existence équivaudrait à un aveu.

Dire qu'il n'y avait pas si longtemps, on se moquait de Pyotr parce qu'il voulait analyser automatiquement les données de chaque usine – maintenant, on pourrait faire ça avec chaque être humain ! Bien entendu, tout cela ne se produirait pas du jour au lendemain. Des années de dur labeur, une immense puissance de calcul et de pétaoctets de données seraient nécessaires. Mais qu'on le veuille ou non, la course venait de démarrer, l'écho du coup de feu vibrait toujours dans l'air : PARTEZ ! Et celui qui franchirait la ligne d'arrivée en premier gagnerait tout : la médaille d'or, d'argent et de bronze.

Toc, toc. Il entendit à nouveau des coups sur le mur, bien que plus faibles qu'auparavant. Cette fois, Pyotr ne répondit même pas. Il écrivait. Non pas du code, non, le temps viendrait pour cela. Il rédigeait une lettre. Il se rendait compte que d'autres auraient du mal à voir dans un article scientifique assez sec ce qu'il avait découvert dans sa vision. Les Thomas incrédules devaient tremper leurs sales paluches dans le sang du Seigneur, ils devaient sentir l'odeur douceâtre et le goût ferreux, sans quoi ils ne croiraient jamais. Alors il fallait leur présenter une preuve, minuscule à l'échelle de ce qui allait suivre, mais assez convaincante pour qu'ils embrassent l'inéluctable. Or, Daniel Królak et ses subordonnés avaient par hasard créé un terreau fertile pour cette expérience. En cherchant des compromissions, ils avaient amassé d'immenses quantités de données sur un échantillon restreint d'humanité. Si on élargissait cet ensemble, si on unissait différentes bases de données, si on faisait passer tout cela par des ordinateurs d'une puissance suffisante, alors... Pyotr Semenov se figea au-dessus de son clavier. Ah oui, se dit-il, encore un truc, j'ai failli oublier.

Un outil pour interpréter le langage.

Je dois prendre de gros risques pour sentir que je suis en vie.
À chaque pas, je sens l'adrénaline baigner mon corps.
À chaque atterrissage d'urgence, j'ai l'impression de me contrôler.
À chaque saut, l'émotion du public et du chemin derrière moi augmente.
À chaque mot, je veux que les gens du dernier rang m'entendent.
À chaque pièce que j'assemble, je me sens plus confiant.
Lorsque je suis en mouvement, je garde le contrôle.
J'ai besoin de me sentir en contrôle.
Ces sentiments, ils me blessent même.

Julita fixait l'écran. Le pointeur placé à la fin du texte clignotait, apparaissait et disparaissait. Elle avait une impression étrange, comme dans un rêve qui paraît assemblé d'images familières, de bribes de souvenirs, de bouts de conversations, mais où rien ne va avec rien, où il est illusoire de chercher un sens. Ici la salière peut soudain vous adresser la parole, ici on découpe la lumière au couteau et les nuages ont des yeux. En apparence, il ne se passe rien de mal, mais les cheveux se dressent malgré tout sur ta tête, ton estomac se contracte et tu veux te réveiller au plus vite.

Les mots qu'elle venait de lire étaient à la fois parfaitement ordinaires et absolument incroyables. Elle les connaissait, elle les avait même rencontrés dans ces combinaisons-là, précisément : l'émotion augmente, le dernier rang… Si on effectuait une lecture superficielle, on pourrait dire oh, rien, ce n'est qu'un mauvais poème écrit par une adolescente exaltée, un truc qu'on pourrait publier dans la section "Courrier de lecteurs" d'un mensuel en couleur pour la jeunesse. Cependant, ces mots n'avaient pas été écrits par un être humain. Ils avaient été recrachés par une machine. Si on lisait attentivement, on pouvait s'en rendre compte. Ces constructions totalement ratées (l'*émotion* augmentait tant chez le *public* que chez le *chemin*), ces phrases maladroitement assemblées (*Ces sentiments, ils me blessent même*) ; aucun humain ne l'aurait formulé de la sorte. Mais, paradoxalement, ces gaucheries renforçaient l'illusion que, derrière ce texte, se cachait malgré tout une conscience étrangère, même limitée, un homunculus emprisonné dans les circuits intégrés qui écrirait sur un monde qu'il n'avait jamais vu de ses yeux, ni entendu, ni touché.

Bien sûr, Julita réalisait que c'était inepte, que l'algorithme NOTAGOOSE possédait une vie intérieure aussi riche que son sèche-cheveux. Mais la logique était une chose, le ressenti une autre. Elle se sentirait mal à l'aise en arrachant la tête d'une poupée qui piaillerait *I love you, I love you*, bien qu'il s'agisse en réalité d'un morceau de plastique avec haut-parleur et pile. Elle n'aimerait pas faire l'amour dans une pièce tapissée d'images saintes, sous le regard d'un Jésus mélancolique ou d'une Marie meurtrie, bien que ce ne soient que des feuilles colorées. L'homme était ainsi fait : il cherchait un visage dans un toast grillé, des animaux dans la forme des nuages et une preuve de conscience dans un texte produit par un ordinateur.

Cependant, c'est un autre aspect qui éveillait une véritable angoisse chez Julita. Elle n'avait fourni à l'algorithme qu'une seule phrase, quelques mots à peine, et il avait malgré tout décrit de façon assez juste ce qu'elle ressentait. Certes, le style était affreux, mais le contenu faisait sens. Oui, elle se sentait mieux quand elle était en mouvement, quand quelque chose se passait. Oui, même si cela paraissait kitsch, c'est durant les atterrissages d'urgence qu'elle avait l'impression de contrôler sa vie. Et oui, elle était douloureusement consciente que *ces sentiments, ils me blessent même*. Bien sûr, elle se rendait compte aussi que ce n'était pas une grande découverte, que n'importe quel psychologue relativement compétent lui aurait déclaré la même chose – mais NOTAGOOSE n'en était pas un. C'était une suite de 0 et de 1.

Alors comment ? Comment était-ce possible, bordel ? Après tout, NOTAGOOSE ne possédait aucune donnée supplémentaire à son sujet, il ne drainait pas les clics et les p'tits cœurs de ses comptes sur les réseaux sociaux, pire, il ne se connectait même pas à Internet. Il s'appuyait entièrement sur ses données d'entraînement. L'espace d'un instant, elle avait même songé que Królak et Semenov avaient abreuvé NOTAGOOSE de ses articles et de ses mails volés il y a fort longtemps, que c'était pour cela que le programme lisait si bien ses pensées. Ils avaient peut-être voulu créer une simulation dans laquelle ils vérifieraient comment elle répondrait à certaines questions, dans laquelle ils feraient passer un interrogatoire à un clone de sa conscience ? C'était absurde, oui, mais qui pouvait être à cent pour cent sûr désormais de ce qui relevait de la science-fiction et de ce qui constituait l'avenir proche ? Cependant, elle l'avait vérifié : certains de ses articles figuraient effectivement dans cet ensemble, mais noyés au milieu de millions d'autres, en commençant par les *Mémoires* de Jan Chryzostom Pasek du XVIIe siècle et en terminant par les éditions compilées du mensuel de recettes de cuisine *Prześlij przepis !* Alors comment ? Comment était-ce possible ? Est-ce qu'à partir de cette courte phrase qu'elle avait introduite dans l'algorithme, une machine dénuée de conscience pouvait déduire tant de choses, extrapoler à ce point ? Est-ce qu'on pouvait décomposer chacune de nos déclarations en facteurs premiers, la quantifier et la transposer dans le langage froid des mathématiques ?

Une clé grinça dans la serrure. C'était Jan.

– Salut, lança-t-elle sans se détourner de l'écran.

– Qu'est-ce que tu fais ?

– Pas grand-chose. Je fouille dans NOTAGOOSE.

– Encore ?

– Ouais. Ça ne me laisse pas en paix. Qu'est-ce qu'ils veulent en faire ?

– Tu l'apprendras bientôt.

– J'espère.

– Tu as pu établir pourquoi Hedwig était rentrée chez elle plus tôt ?

– Elle devait prêter de l'équipement de parapente à une copine. Ça a été immortalisé sur Facebook, si tu veux voir.

– Pas vraiment. Et est-ce qu'elle a connecté l'O.MG Cable à son ordinateur ?

– Pas encore. Je te l'aurais dit.

Quelque chose bruissa. Jan s'approcha de la table, du verre tinta contre le bois. Elle leva les yeux. Une bouteille de bière. Elle l'interrogea du regard.

– Il faut bien célébrer une opération réussie, déclara-t-il en haussant les épaules.

– Pourquoi pas.

Ils trinquèrent. Jan s'assit sur le canapé et prit une grande gorgée. Des voix de passants leur parvenaient de derrière la fenêtre, accompagnées de rires et de musique qui s'échappaient des bars – c'était la rumeur de la vie. Julita eut un pincement au cœur. Et elle sentit une irritation croissante.

– Tu pourrais simplement admettre que tu te sens mal, dit-elle.

– Quoi ?

– Tout l'après-midi, tu as été aux petits soins pour moi. Tu as pansé ma jambe égratignée, tu m'as fait un petit thé, tu as proposé toi-même d'aller chercher à manger, même si c'était mon tour, et là, j'ai droit à une binouze…

– Je voulais… commença-t-il.

– Oui, je sais, tu voulais bien faire. Jan…

Elle soupira, remit de l'ordre dans ses pensées.

– Je le vois et j'apprécie, dit-elle. Mais ça serait cool que tu utilises des mots, tu sais…

Il ne répondit rien. Il se contenta d'expirer bruyamment avant d'avaler une nouvelle gorgée de bière au point de faire des remous dans la bouteille. Sainte Mère, gémit-elle intérieurement, c'est pas gagné, avec ce type.

– D'accord, tu ne veux pas, alors c'est moi qui vais parler. Tu m'as passé un savon en long, en large et en travers, juste avant l'opération, comme tu l'as appelée. Et tu sais quoi, je te comprends. Tu étais stressé. Tu croyais que je ne prenais pas l'affaire au sérieux. Mais, Jan, le fait que j'en aie plaisanté ne voulait pas dire que je te prenais de haut. C'est juste que… je voulais alléger l'atmosphère, tu vois… parce que j'étais nerveuse aussi.

– Hmm.

– Et bon d'accord, peut-être qu'une partie de la situation est de ma faute, parce que je n'ai pas pensé à ce que tu ressens ni quelles sont tes craintes, mais…

Elle s'interrompit.

– Excuse-moi, mais c'est quoi ce sourire ? demanda-t-elle. Je t'amuse ?

– Non, pas du tout.

– Alors quoi, tu as des crampes ?

– Non, c'est juste…

Il se massa le coin des lèvres comme s'il voulait effacer la moquerie de son visage.

– Je ne savais pas qu'on allait se faire une thérapie, là, dit-il.

– Ce n'est pas une thérapie. C'est comme ça que parlent les gens matures.

– Ah, parce que tu es mature, toi ?

Elle ignora la provocation et ravala une réplique acerbe. Calme, se dit-elle, reste calme.

– Peut-être pas complètement, admit-elle. Mais, au moins, je sais admettre quand j'ai tort. Et m'excuser.

– Hmm. Alors dis-moi, mais honnêtement, est-ce que tu es sortie dès que je t'ai demandé de dégager ou pas ?

– Oui, mentit-elle sans une once d'hésitation, machinalement, avant d'avoir le temps de réfléchir à ce qu'elle aurait dû dire en réalité.

Aussitôt, elle sentit du remords, mais aussi le soulagement d'avoir eu l'air crédible.

– Promis-juré ?

– Oui. Promis.

Elle hocha la tête en arborant la mimique d'une innocente injustement soupçonnée. Elle l'avait exercée à la perfection, à la maison, à l'école, dans ses relations précédentes. Mine de rien, si elle avait bien un talent, c'était celui de fabuler et de faire gober des conneries.

– D'accord… répondit Jan, manifestement déboussolé. – Il avait l'air d'un joueur de volley censé envoyer un smash mortel dans la moitié de terrain adverse mais qui, sans qu'on sache pourquoi, était passé à côté de la balle. – Dans ce cas… reprit-il. Dans ce cas, désolé.

– Oh ! Merci. J'apprécie que ce mot t'ait traversé la gorge.

– Hmm. On peut s'arrêter là ? Et manger, parce que j'ai faim.

– Oui. Volontiers.

Ils s'attablèrent. Je pourrais encore avouer, songea-t-elle, je pourrais lui dire comment c'était en vrai. C'est la chose à faire, c'est l'unique bonne solution. Mais elle garda le silence. Jan sortit les barquettes d'aluminium contenant le curry. L'odeur était fabuleuse. Dans le sac, il y avait encore autre chose : une monture de lunettes pour femme, épaisse et lourde. A priori, elles étaient censées rappeler le style des années 1980, mais elles évoquaient en réalité tous les stéréotypes négatifs sur les bibliothécaires ennuyeuses.

– Et ça ? demanda-t-elle pour changer de sujet et étouffer ses pensées incommodes. C'est quoi ?

– Ton nouveau visage, répliqua Jan comme si c'était la chose la plus banale au monde.

– Et donc ? demanda Florian. Ils l'ont corrigé ?

– Non, répliqua Bastien, bien que l'écran blanc marqué d'un “Erreur 503. Service indisponible” ait valeur de réponse. La page est toujours HS.

– *Scheisse.* Qui nous protège des DDOS ?

– CloudSentinel.

– Et alors ? Tu les as appelés ?

– Du calme, oui, je les ai appelés. Ils configurent un *sinkhole* en ce moment même.

– Et ça leur prendra combien de temps ?

– Quelques heures, d'après ce qu'ils disent. Au moins.

– *Scheisse.*

– Tu te répètes, Florian. Sors du bureau, va faire un tour, écoute les oiseaux et respire l'air frais.

– Mais il pleut.

– Alors je ne sais pas, moi, enferme-toi dans les chiottes et joue sur ton téléphone.

Bastien pivota sur son fauteuil rotatif et lui tourna le dos. Il avait des taches sombres de sueur sous les aisselles.

– Fais ce que tu veux, sauf rester planté au-dessus de moi, parce que ça n'aide pas, je te jure. Allez, file, du balai.

Florian voulait ajouter quelque chose, mais il finit par laisser tomber et sortit dans le couloir. Bastien avait raison, il ne restait plus qu'à attendre. Quelqu'un avait envoyé un essaim de bots sur eux, ils enregistraient des centaines de milliers de visites chaque minute : *ping, ping, ping!* Ces "invités" indésirables étaient des ordinateurs infectés éparpillés sur la planète, mais aussi des équipements connectés : des routeurs, des caméras, des frigos. Tels des rats enchantés par la musique du Joueur de flûte de Hamelin, ils cheminaient en transe vers les serveurs de Schloss Security, les surchargeant complètement. Pour s'en débarrasser, il fallait créer un *sinkhole* : un piège qui attirait le faux trafic et l'absorbait, l'avalait. Or, ça prenait du temps.

– *Scheisse*, jura Florian pour la troisième fois, entre ses dents cette fois.

Il évita soigneusement le coin cuisine du bureau. Premièrement, il n'avait pas envie de discuter, de savoir ce qu'il y avait de neuf en Bundesliga ou quels étaient les restos servant les meilleurs sushis véganes en ville et, deuxièmement, il craignait de sauter à la gorge de quelqu'un juste pour évacuer sa colère.

Parce que Florian était en colère. Furieux même. Il était persuadé que l'attaque avait un rapport avec son dossier d'expertise sur *application.exe*. Le fait que quelqu'un leur ait envoyé des bots un instant avant qu'ils ne le publient ne pouvait pas être une coïncidence. Mais qui, et pourquoi ?

Un concurrent peut-être? Trois jours plus tôt, il avait envoyé son texte à quelques amis analystes en leur demandant d'y jeter un œil et de pointer d'éventuelles erreurs. Mais dans cette profession, on ne pouvait se fier à personne à cent pour cent : s'attribuer les mérites d'autrui était la norme, tout comme le vol de clients, voire de virus analysés. Le rapport avait peut-être atterri entre les mains de quelqu'un qui s'était également procuré le code d'*application.exe*, qui avait aussi passé de longues semaines à le décomposer lentement en éléments premiers et qui ne voulait pas, maintenant, que Florian le devance dans l'annonce de sa découverte. Au fond, c'était compréhensible. Scott et Amundsen ne se faisaient pas non plus de courbettes pour se laisser passer quand ils faisaient la course pour atteindre le pôle Sud en premier.

Florian entra dans son bureau et se laissa choir sur le canapé, soulevant un nuage de poussière. Mais qui est ce Judas, analysait-il en fixant le plafond, qui lui aurait planté un couteau dans le dos de cette ignoble façon ? Il parcourut mentalement la liste des personnes auxquelles il avait envoyé le rapport avant publication. Ashley? Non, impossible, la fille avait la réputation d'une sainte, amplement méritée. Ladislav? L'année passée, Florian lui avait rédigé des références grâce auxquelles il avait obtenu un juteux contrat aux États-Unis, il n'était quand même pas ingrat à ce point. Noémie ? Non, elle n'aurait pas le temps pour ce genre de petits jeux, elle venait à peine de revenir au travail après un congé parental. Ça ne tenait pas debout, ça ne tenait vraiment pas debout.

Il y avait aussi un autre scénario, mais si absurde qu'il était difficile de le prendre au sérieux : c'était que le directeur du Conglomérat polonais du cuivre se tienne derrière l'attaque DDOS. Le Polonais lui avait tout de même adressé un mail avec des menaces à peine voilées : *Je m'oppose fermement à ce qu'un rapport qui concerne les affaires internes de l'entreprise soit rendu public. Je vous préviens que je ferai tout ce qui est en mon pouvoir pour l'empêcher de voir le jour.* Florian avait cru que ce *tout ce qui est en mon pouvoir* se limiterait aux mémos de juristes – ils en avaient entre-temps reçu une quinzaine –, mais peut-être que le président Bełżyński avait décidé de recourir à des moyens plus drastiques ? Cependant, ce gars devait se rendre compte qu'une telle attaque les retarderait de quelques jours au plus, alors que le risque était énorme. Si la nouvelle qu'il utilisait des méthodes de gangster se répandait, il perdrait son poste avec fracas. Il avait peut-être besoin de temps pour revendre ses actions en douce ? Il était clair qu'après de telles annonces, le cours allait encore baisser. Ou peut-être qu'il avait convenu d'un deal qui deviendrait caduc si la véritable raison de l'avarie de la Montagne de fer était rendue publique ?

Sa colonne vertébrale recommença à lui faire mal, alors il bascula sur le côté. Il remarqua une balle de tennis par terre, non loin du canapé ; il jouait parfois au foot avec Bastien dans le couloir. La porte du coin cuisine était leur but, l'endroit d'où ils tiraient les penalties était marqué au sol au gros feutre. Florian ramassa la balle et sourit à l'évocation de ces souvenirs – un jour, Bastien s'était cassé le nez contre le chambranle de la porte au cours d'une parade désespérée, une autre fois ils avaient brisé l'halogène de la cuisine et avaient dû ramasser les minuscules morceaux de verre dans l'évier –, puis il la jeta contre le mur. *Toc*, la balle rebondit dessus et lui revint en main. *Toc* – encore une fois. C'est un si chouette rapport, pourtant, songea-t-il. *Toc*. Ils avaient réussi à remonter le fil entièrement depuis le début. *Toc*. Il s'était avéré que l'un des informaticiens du Černý Blesk était polonais. *Toc*. Il avait été contaminé par *application.exe* dans un hôtel à Legnica où, une semaine plus tôt, une formation pour les employés du Conglomérat du cuivre avait eu lieu. *Toc. Application.exe* avait dû infecter l'ordinateur de l'hôtel et, de là, bondir sur le laptop de l'informaticien. *Toc.* Il était peut-être passé à l'accueil avec une clé USB contenant un fichier à imprimer. *Toc.* Il s'était peut-être connecté au wi-fi de l'hôtel sans protection adéquate. *Toc.* Enfin, *application.exe* avait détecté que, sur son ordinateur, on avait défini le polonais comme langue par défaut. *Toc.* Alors après, quand il était rentré à Brno…

– Hé ! Tu peux arrêter avec cette balle, putain ?! hurla quelqu'un de la pièce voisine.

– Excuse !

Florian se leva du canapé, jeta la balle dans un tiroir et s'assit devant son ordinateur. Leur site était toujours HS. Non mais, sérieux, se dit-il, il faut que je m'occupe, sinon je vais devenir dingue. Il se demanda s'il ne devrait pas commencer à décortiquer le virus suivant envoyé pour analyse – on n'en manquait jamais, il était prêt à croire qu'ils naissaient des enchevêtrements de câbles, à l'instar des souris qui, selon les légendes du Moyen Âge, naissaient du foin humide –, mais estima qu'il ne parviendrait pas à se concentrer dessus. Au lieu de cela, il ouvrit sa messagerie. Même si ses mails arrivaient à présent non seulement sur son ordinateur, mais aussi sur son téléphone et sur sa montre, il n'avait jamais le temps d'y répondre, et plus ils étaient longs, plus il tardait à le faire. Dans le dossier "Non lus", il avait 1 720 éléments. Assez pour m'occuper le temps qu'ils mettent enfin en place ce *sinkhole*, se dit-il avec malice.

Florian effaçait les messages successifs : une invitation à une conférence, des rappels pour des suscriptions qui arrivaient à leur terme, une newsletter professionnelle… Il mit quelque temps à trouver un mail qui valait la peine d'être lu.

De : Noémie Paquet <noemie.paquet@protectioncomplete.com>
À : Moi <florian.schulte@schlosssecurity.com>
Date : 11.11.2020, 15:12
Re : Rapport

Salut Florian,
Excuse-moi de ne répondre que maintenant – les gosses, tu comprends :(
Marjorie fait une poussée de dents, c'est un massacre, je n'ai pas dormi depuis une semaine.
Ton rapport est très chouette, vraiment. J'ai peu de remarques, je les ai mises en Suivi des corrections. Pour l'essentiel, ce sont des broutilles, des coquilles et cætera. Je n'ai qu'un seul commentaire majeur.
Tu écris qu'on ne peut attribuer *application.exe* à aucun groupe connu. Mais moi, j'ai l'impression d'avoir déjà lu quelque part ce code qui vérifie les breakpoints. J'ai fouillé un peu et je crois avoir retrouvé la source. Vérifie les attaques attribuées au groupe NastyWolf. Je ne vais pas entrer dans les détails, tu verras vite le dénominateur commun.
À part ça, respect et jalousie. Je crois que ça va faire du boucan. Mets ta chemise au pressing parce qu'on va bientôt te traîner sur les plateaux télé, tu verras ;-)
Bises
NP

Florian aurait dû être reconnaissant – il avait non seulement eu droit à des compliments, mais aussi à une piste intéressante. Au lieu de quoi, il sentit la morsure de l'envie. Comment ça, il n'avait pas réussi à attribuer *application.exe* à un groupe, et Noémie si ? Et elle y était arrivée comme ça, en quelques jours, en berçant simultanément un enfant qui braillait ? C'était dur à croire.

Il avait de bonnes raisons d'être sceptique. L'attribution d'un malware était extrêmement compliquée et chronophage. D'ordinaire, les auteurs de ces programmes tenaient à leur anonymat – et s'ils avaient un minimum de savoir-faire, ils étaient capables de le préserver. Pourtant, chaque codeur avait ses propres us et coutumes, et un analyste de programmes malveillants pouvait tenter de les reconnaître, tel un policier qui établit l'identité d'un cambrioleur sur la base des outils que celui-ci a utilisé, de son modus operandi.

À ceci près que – si on filait la métaphore – dans le monde virtuel, un criminel habile pouvait modifier ses empreintes digitales, manipuler son code ADN et semer des fausses pistes. Les Russes se faisaient passer pour des Coréens, les Chinois pour des Américains et les Iraniens pour le Mossad. Des voleurs faisaient semblant de travailler pour la NASA tandis que des pirates informatiques à la solde du GRU maquillaient leurs attaques en banditisme maladroit. Ainsi, les analystes tombaient rarement d'accord sur l'identité de celui qui était à l'origine d'une variante de malware, sur la composition précise d'un groupe de hackers ou sur leur donneur d'ordre. L'unique chose où ils étaient cohérents, c'étaient les dénominations débiles dont ils affublaient ces groupes. *FancyBear. Sandworm. NewsBeef.* On comprenait pourquoi les inventeurs de ces noms travaillaient dans l'IT et non au marketing.

Florian ouvrit un navigateur et y inscrivit le terme “NastyWolf”. L'instant d'après, il lisait le code attribué à ce groupe. Avec une incrédulité croissante.

– *Scheisse*, gémit-il pour la quatrième fois.

– Alors, tu as eu de la chance ? demanda Julita en se penchant sur l'ordinateur.

– Oui, à fond, maugréa Jan. J'ai gagné un million au loto et on m'a choisi comme jury de *Top Model.*

– Ça va, je posais juste la question…

– Pas maintenant.

Jan était voûté sur le bureau empêtré dans mille câbles. Devant lui, il y avait un ordinateur portable connecté à une imprimante de pelliculage et une caméra de surveillance, de celles qu'on voyait suspendues sous le plafond d'un hall d'entrée d'immeuble de bureaux ou sur les clôtures de lotissements fermés. L'écran affichait une photographie d'Hedwig Keller : rien que le visage et, dessus, une myriade de pixels brillants reliés par des traits fins; leur dessin évoquait les marques que laisse sur le corps un chirurgien esthétique juste avant une opération – ici, ajuster le nez, là, tendre la peau...

L'imprimante bourdonna, bipa et recracha un feuillet plastique couvert de bandes multicolores de différentes épaisseurs ; cela ressemblait à une version plus gaie d'un code barres. À l'aide d'un emporte-pièce, Jan découpa deux cercles vides à l'intérieur et les colla sur la monture de lunettes achetée la veille, de sorte qu'ils entourent les verres. Ça ressemblait à quelque chose qu'Elton John aurait pu mettre... à une époque où il se camait beaucoup.

– D'accord, essayons encore une fois, dit-il.

– Ouaip.

Julita chaussa les montures criardes et se plaça devant la caméra. Sur l'écran, un carré blanc apparut autour de son visage. L'instant d'après, il changea de couleur en rouge. Encore.

– Putain de sa mère ! cria Jan, rallongeant le "re" vers un crescendo vibrant.

Cela sonna de façon si typiquement polonaise, comme les "ce n'est pas graaaave" scandés après un énième match de foot perdu par l'équipe nationale, comme le piaillement des enfants qui s'arrosent joyeusement d'eau le lundi de Pâques, comme la question rhétorique "puis-je vous payer le reste la prochaine fois ?" posée dans une boutique. Il était difficile de croire que la famille de Jan n'habitait pas les abords de la Vistule depuis l'époque de Świętopełk de Poméranie, que ses parents n'avaient pas dansé une polonaise lors du bal des bacheliers, que ses grands-parents n'avaient pas rebâti Varsovie sur ses gravats et que ses arrière-grands-parents ne râpaient pas des patates tous les jours et ne faisaient pas passer le hareng de Noël avec une vodka bien fraîche.

– Enlève, dit-il.

– Tiens, dit Julita en lui rendant les lunettes. Si tu n'as plus besoin de moi, je vais téléphoner à Magda, d'accord ?

– Oui. Bien sûr.

Jan arracha la pellicule des montures, la froissa et la jeta furieusement dans la poubelle remplie à ras bord de lambeaux multicolores. C'était quelle tentative, se demanda Julita, la vingtième, la vingt et unième ? Mais ça finirait par marcher. Ils n'avaient pas le choix.

Ils s'étaient réveillés à 6 heures. Jan avait reçu une alerte parce que Hedwig avait enfin connecté son téléphone à son ordinateur de fonction. L'O.MG Cable fonctionna comme il se devait, ils avaient pu fouiller son disque dur sans aucune restriction. Ils commencèrent par vérifier le système de réservations du Schweiz Zentrum. L'une des salles de conférences avait été réservée au nom de Susan Lewandowsky. Le 13 novembre. C'est-à-dire le lendemain. Or, ils avaient encore tant de choses à faire. Premièrement, ils devaient être certains que Julita aurait la possibilité d'entrer sur le terrain du centre. Deuxièmement, ils devaient faire en sorte qu'Hedwig Keller, dont le badge permettrait de s'y introduire, resterait ce jour-là à la maison.

Julita passa dans la chambre et sortit son portable. Elle savait qu'elle devait passer cet appel, elle savait qu'elle n'avait pas le choix, mais durant un long moment elle n'arriva pas à franchir le pas, à appuyer sur le combiné vert. Magda ne serait pas aux anges. Oh, non, loin de là ! Bon, très bien, se dit-elle, quand il faut y aller, il faut y aller.

– Allô ? entendit-elle à son oreille. Serait-ce ma petite sœur prodigue ?

– Tu étais censée ne jamais commencer une conversation avec moi sans mot de passe. Tu t'en souviens ?

– Oh, arrête, Julita, j'entends bien que c'est toi.

– On peut se procurer ma voix.

– Et est-ce qu'on peut te procurer un bonnet en papier aluminium ? demanda Magda. Avec une antenne ? Tu sais, pour que les extraterrestres ne lisent pas tes pensées.

– Ha, ha, très drôle. Pose la question du mot de passe.

– D'accord, ça va. Comment s'appelait mon hamster ?

– Baltazar, répondit Julita. Je t'enverrai la question pour la prochaine conversation par mail.

– Parfait. Ça pourrait être : où est-ce qu'on vend les meilleurs marrons ?

Julita sourit. Elle apprécia la plaisanterie. C'était une tirade d'une série télé culte des années 1960 qui mettait en scène des résistants polonais et dont l'un des mots de passe devenu célèbre était "À Paris, les meilleurs marrons sont place Pigalle".

– Je vais voir ce qu'on peut faire. Écoute, tu te demandes peut-être pourquoi j'appelle…

– Non, fit Magda, lui coupant la parole.

– Non ?

– Tu appelles parce que tu veux quelque chose. Pas vrai ?

Julita soupira, passa la main dans ses cheveux emmêlés. Elle n'avait pas été une très bonne sœur ces temps-ci.

– Oui, c'est vrai, admit-elle. Désolée.

– C'est bon, je me suis habituée à ne pas en attendre trop de toi. Alors, de quoi s'agit-il ? Il faut récupérer quelque chose, poster un colis, régler un truc ?

– Bah… disons régler un truc. Écoute… Comment est ton allemand ?

– *Sehr gut*, répliqua Magda qui avait passé une année en échange étudiant à Vienne. *Warum fragst du ?*

– Bon…

Julita se leva du lit et approcha de la fenêtre. Rien qu'à l'idée de ce qu'elle devait à présent dire et de ce qu'elle entendrait en retour, son ventre se crispait.

– J'ai besoin que tu appelles un centre d'appels d'un opérateur téléphonique suisse.

– Ah ? Pour ?

– Pour... hmm... euh... pour extorquer la carte SIM de quelqu'un, annonça Julita en se recroquevillant et en plissant les paupières comme si elle était sur le point d'encaisser un coup de poing.

– Pardon, qu'est-ce que tu as dit ? Parce que ça ressemblait à s'y méprendre à "extorquer une carte SIM".

– Oui. On appelle ça du *sim swapping* et...

– Julita, chère enfant, intervint Magda d'une voix préoccupée, j'ai l'impression que tu as définitivement perdu les pédales.

– Écoute, je sais ce que tu te dis...

– Oh, je n'en suis pas si sûre...

– ... mais je ne te demanderais pas ça si je n'étais pas obligée. C'est vraiment très, très important.

– Ah oui ?

– Je suis à un cheveu de résoudre toute l'affaire.

– Félicitations, dit sa sœur. Mais ma réponse, c'est non, non et encore une fois non.

– Magda, je t'en supplie...

– Chérie, il n'en est pas question. Autre chose ? Il faut que je file chercher les enfants dans pas longtemps.

– Magda, insista Julita, si j'y parviens, si j'arrive à les choper... Ça sera la fin de tout ça, tu comprends ? Je pourrai enfin souffler. Reprendre une vie normale.

À l'autre bout du fil, tout devint silencieux. Et puis un lourd, très lourd soupir retentit.

– D'accord. Je n'arrive pas à croire que je le fais, mais d'accord.

– Merci ! fit Julita en sautant de joie. Tu es la meilleure sœur au monde, tu sais ?

– Je sais. Mais c'est la première et la dernière fois, pigé?

– Ouais.

– Après quoi, tu t'occupes de quelque chose d'inoffensif, d'accord? Tu deviens dompteuse de lions ou cascadeuse, par exemple.

– Promis, mentit Julita sans sourciller, comme un automate bien huilé.

– Bon. Qu'est-ce que je dois faire, au juste?

– Tu as Skype?

– Oui.

– Super. Alors ouvre-le. Je vais t'envoyer le numéro que tu vas appeler... Mais tu dois d'abord changer ton préfixe pour la Suisse, je te donnerai les instructions pour le faire. Je serai en même temps sur la ligne avec toi, d'accord? Je te dirai ce que tu dois dire, puis tu traduiras ce que tu entendras comme réponse. Ça te va?

– Fantastique. Je regrette déjà d'avoir dit oui.

Julita se rassit sur le lit et disposa devant elle le laptop sur lequel ils avaient transféré les fichiers dérobés dans l'ordinateur professionnel d'Hedwig. Elle ouvrit les contrats où figuraient ses données personnelles: date de naissance, numéro de compte, adresse du domicile.

– Putain de sa mère la pute! entendit-elle en provenance du salon.

Visiblement, quelque chose allait encore de travers.

– C'est Jan? demanda Magda.

– Ouais.

– C'est toi qui l'as mis dans cet état?

– Pas cette fois. Bon. Tu as tout? Prête?

– Si on veut...

– Alors, prends de quoi écrire et passe le coup de fil. Tu leur diras que tu t'appelles Hedwig Keller. Tu as perdu ton téléphone professionnel, or tu dois de toute urgence passer un appel depuis ce numéro. C'est pourquoi tu leur demandes de copier ton numéro sur une autre carte SIM. Cet opérateur offre ce service, tu peux avoir deux téléphones avec le même numéro.

– D'accord, Hedwig Keller, je l'ai. J'appelle. Hmm… pour le moment, personne ne… Oh, *Guten Tag!*

Magda bascula vers l'allemand. Julita entendait dans le fond la voix de l'employé du service client. Elle tenta d'entendre s'il parlait avec un fort accent ; s'il était suisse de naissance, il remarquerait certainement qu'il avait affaire à une étrangère. Mais si, ce qui était le plus probable, elle venait de se connecter à un centre d'appels situé en Roumanie, en Bulgarie ou en Pologne, cela devrait marcher. Le problème, c'est que l'allemand de Julita se limitait au vocabulaire entendu dans les films de guerre – des *Halt! Raus! Ausweis bitte!* aboyés rageusement –, alors il lui était difficile d'en juger.

– Ils me demandent le numéro client, chuchota Magda.

– J'arrive.

Julita ouvrit la facture qu'elle avait trouvée dans la boîte mail d'Hedwig.

– 1, 3, 8, 8, 4.

On parla à nouveau dans l'écouteur. À l'intonation, on pouvait deviner qu'une autre question avait été posée.

– Ils veulent le mot de passe numérique.

– Dis-leur que tu ne t'en souviens pas.

– D'accord. *Es tut mir leid, ich erinnere mich nicht…*

Le stress se faisait entendre dans la voix de Magda.

– *Moment…* Dans ce cas, il me demande le numéro de la carte d'identité et l'adresse.

– 0, 0, 2, 3, 2, 4, 7, 4, 4, lut Julita. 9 Wiedingstrasse.

Encore de l'allemand, des chiffres, un nom de rue, puis la réponse à peine audible de l'employé du service client. Est-ce qu'une pointe de soupçon y transparaissait ou était-ce seulement son impression ?

– Oh mon Dieu… gémit Magda.

– Quoi ? Quoi ?!

– Ça a marché. Ils me demandent le numéro de la nouvelle carte SIM. Oh putain, c'est vraiment si simple que ça ?

– On en parlera plus tard. Je te donne le numéro. Tu es prête ?

Julita communiqua la suite de vingt chiffres et sortit de son sac à dos un portable dans lequel elle avait auparavant placé une carte SIM de secours vide. Un instant plus tard, le téléphone capta du réseau.

– OK, ça marche !

– Ils me demandent s'ils doivent désactiver l'autre carte SIM.

– Non ! Surtout pas !

– D'accord, je transmets…

Encore quelques mots, des formules de politesse, en quoi puis-je encore vous aider ? Et voilà. C'était réglé, *haben Sie einen guten Tag!*

– Ô Sainte Mère, Magda, merci, merci, merci…

– Remercie-moi encore, espèce de folle, je le mérite. Mais je dois raccrocher.

– Ah, tu vas chercher les enfants ?

– Plus tard. D'abord, je vais passer à ma banque.

– À ta banque ?

– Oui, confirma la grande sœur. Pour changer ma façon de me loguer à mon compte.

Numéro masqué
09/11/2020, 05:41
Si tu continues à nous déranger,
tout le monde saura ce que tu as fait à ta fille.
C'est notre dernier avertissement.

Helena Niemczyk relut une nouvelle fois le message reçu quelques jours plus tôt. Elle ne doutait pas qu'il s'agisse de menaces sérieuses, que si elle ne déposait pas les armes, ils la détruiraient vraiment. Elle avait peur, bien sûr qu'elle avait peur. Elle craignait les regards accusateurs, les flashs qui aveuglent et les micros fourrés sous son nez, la réputation d'une mère infanticide. Elle savait que personne ne voudrait entendre son histoire, comprendre ce qu'elle avait traversé, ce que la petite Janina avait traversé, que les gens ne croiraient pas que sa fille le lui avait demandé. Si Daniel Królak était effectivement en possession d'une quelconque preuve de ce qui s'était passé, cette histoire ne pouvait se finir autrement qu'avec des menottes, des barreaux et le mépris illimité du monde entier. Un monstre… Comment a-t-elle pu… Pauvre gamine…

Pourtant, Helena Niemczyk était étrangement calme, resignée, acceptant son sort. Ce secret la rongeait depuis des années, il la rongeait de l'intérieur. Elle n'était qu'une carcasse remplie par l'épais goudron du chagrin et du remords. Elle s'était coupée des gens, du monde entier. La nourriture n'avait plus de saveur, les fleurs avaient perdu leur parfum, même les couleurs étaient délavées comme sur une photographie restée trop longtemps au soleil.

Souvent, elle s'était préparée à avouer ce qu'elle avait fait. Elle avait fait la queue devant un confessionnal, les mains serrées si fort sur le chapelet qu'elle en avait ensuite eu des bleus sur les doigts. Elle avait été sur le point de glisser dans la boîte aux lettres une missive adressée au commissariat de police de Lubin, une lettre dans laquelle elle décrivait tout, comme elle savait si bien le faire : méthodiquement, point par point et en n'omettant aucun détail. Mais à la fin, le courage venait toujours à lui manquer. Elle revenait à la maison tellement remplie de dégoût envers elle-même qu'elle était incapable de se regarder dans la glace.

Bien entendu, elle avait aussi songé au suicide. Pratiquement chaque jour. En tant que chimiste, elle se serait facilement procuré des substances adéquates et aurait su quelle dose s'administrer. Parfois, elle se berçait ainsi : couchée dans sa chambre, plongée dans le noir, au lieu de compter les moutons, elle dressait dans sa tête la liste des poisons qu'elle pourrait avaler et analysait les avantages et les inconvénients de chacun d'entre eux. Du phosphure d'aluminium peut-être ? Sa tension chuterait, elle aurait mal au crâne, elle s'endormirait et ne se réveillerait plus jamais. Ou du trihydrure d'arsenic ? Il sentait l'ail, paraissait-il ; c'était drôle. À moins qu'il vaille mieux utiliser de l'aminoptérine, pour qu'elle souffre un peu quand même, pour qu'elle vomisse du sang et qu'elle ait ce qu'elle mérite ?

Mais le matin elle se levait, se brossait les dents, enfilait un tailleur et partait au travail. Elle sentait que ça aurait été de la triche, qu'elle ne méritait pas de raccourcis, qu'elle ne pouvait pas simplement balancer sa croix dans les buissons, s'en laver les mains et constater que ça y était, que ça suffisait. Au fond, ce n'est peut-être pas une mauvaise solution ? songea-t-elle. Il faudrait que quelqu'un le fasse à ma place, qu'on me dénonce. Mais pourvu que je puisse tout régler avant et mettre mes affaires en ordre. Et défendre le Conglomérat.

Bip – le spectromètre signala que l'analyse était terminée. C'était le dernier échantillon, celui du remblai nord, prélevé à un endroit où les liquides post-flottation s'étaient déjà évaporés, laissant derrière eux un paysage stérile digne de Mars. Helena Niemczyk ajusta ses lunettes et ouvrit le fichier généré. Pour un novice, celui-ci aurait été intimidant : des chiffres et des symboles chimiques en rangs serrés, des graphiques hérissés de centaines de traits fins comme des aiguilles. C'étaient là les effets d'une désorption laser, d'un bombardement ionique ou d'une excitation inductive du plasma. Mais pour Helena, tout cela était familier et évident. Elle adorait ce monde de radicaux, de moles, de sols et de suspensions où rien, mais alors absolument rien, ne lui faisait penser à sa fille.

La directrice Niemczyk vérifia le résultat qui l'intéressait : Re = 0.181 ppm. Sur un million de particules analysées, moins d'une particule était du rhénium. C'était peu, pourrait-on croire, mais ce métal était l'un des éléments les plus rares de la planète. Il n'apparaissait qu'en quelques rares endroits de la Terre, d'habitude en compagnie du cuivre, justement, comme dans les mines du PMK. Cependant, dans les années 1970, quand on avait commencé à les exploiter, les méthodes de récupération des particules microscopiques de ce métal n'existaient pas encore. Les techniques appropriées n'avaient été mises en œuvre qu'au début du XXIe siècle – et la Pologne était immédiatement devenue le quatrième producteur mondial de rhénium. Avant cela, durant plus de trente ans, ce métal finissait simplement dans les égouts, et ceux-ci dans le réservoir de la Montagne de fer où, avec le temps, de fortes quantités de cet élément s'étaient amassées. Avec cette particularité que, au regard de la loi, la Montagne de fer n'était pas un gisement, mais un lieu de dépôt de déchets ou, plus simplement, une poubelle. Pour exploiter ce terrain, aucune concession, aucun appel d'offres ni négociation n'étaient nécessaires. Tant que les Américains de chez Królak nettoyaient joliment tout après leur passage et plantaient des sapins par-dessus, personne ne leur aurait demandé ce qu'étaient devenus les métaux récupérés dans le sol.

Tout cela est bien beau, se dit Helena Niemczyk, mais est-ce que cela tient debout, économiquement parlant ? Le rhénium est précieux, certes, mais l'est-il au point de se lancer dans de telles manigances ? En 2008, un kilo de rhénium coûtait dix mille dollars, c'est-à-dire dans les trente, quarante mille złotys, selon le cours de la monnaie. Mais, ces jours-ci, son prix ne s'élevait plus qu'à mille trois cents dollars le kilo. Même si Królak et ses acolytes extrayaient tout le rhénium qui s'était déposé sur le terrain de la Montagne de fer, cela ne couvrirait pas les pertes générées par leur dumping, le prix anormalement bas qu'ils avaient proposé. Donc, finalement, ça ne serait pas ça la raison ?

À moins que les Américains sachent quelque chose que je ne sais pas, estima Helena. Ils prévoient peut-être que le prix du rhénium va brutalement bondir dans un avenir proche. Par exemple, parce que les autres gisements vont devenir inaccessibles, pour une raison ou une autre, ou parce que la demande mondiale va brusquement augmenter. Ni l'un ni l'autre ne lui paraissaient très probable. Les gisements du rhénium restants se trouvaient au Chili, au Canada et en Chine ; et il s'agissait de régions assez stables de la planète, rien ne poussait à croire qu'une guerre serait sur le point d'y éclater, un conflit qui rendrait difficile l'exploitation minière, comme au Congo, disons. À part ça, le rhénium était surtout utilisé dans la construction de moteurs à réaction et dans le processus du raffinage du pétrole – or, ni les groupes pétroliers ni l'aviation n'étaient en ce moment en plein essor. À moins qu'on ait découvert une nouvelle application au rhénium ? Helena ouvrit un moteur de recherche d'articles scientifiques et y inscrivit la requête adéquate. L'instant d'après, elle déroulait la liste de résultats.

Intéressant, se dit-elle, intriguée. Ça ressemble à un truc tout droit sorti des romans de Lem.

– Très bien, dit Jan en l'appelant d'un geste. C'est prêt. Mets-les.

Julita s'empara des lunettes. La monture était entourée par une énième version de pellicule colorée. À première vue, elle ne différait en rien des précédentes : une séquence de traits criards qui juraient les uns avec les autres en termes de couleurs. Mais elle estima qu'elle garderait cette remarque pour elle. Jan y avait passé la journée et semblait au bout du rouleau : T-shirt trempé de sueur, cheveux pointant dans tous les sens et cernes sous les yeux.

– Allez, croisons les doigts…

Jan s'essuya le front de l'avant-bras. Son ton prouvait qu'il ne fondait pas lui-même de grands espoirs sur cette nouvelle tentative.

– Un, deux, trois…

Sur le monitoring de la caméra de vidéosurveillance, le visage de Julita apparut, encadré par un carré blanc qui, comme ils le savaient tous les deux, changerait bientôt de teinte et deviendrait rouge : *intrus détecté.* Mais non. Cette fois, le cadre devint vert. La caméra, ou plutôt le programme que celle-ci utilisait, estimait que c'était bien Hedwig Keller qui venait de se présenter devant l'objectif.

– Ha ! cria Julita. Ça a marché !

Elle avait cru que Jan bondirait de sa chaise et ôterait son T-shirt dans un geste triomphal, tel un footballeur qui vient de marquer le but décisif à la dernière minute du match, ou qu'il sauterait sur le canapé pour chanter *We Are The Champions* dans une canette de Coca en guise de micro. Au lieu de quoi, il s'enfonça dans sa chaise et ferma les yeux. Il devait être vraiment éreinté.

– Hé… fit-elle en lui posant la main sur l'épaule. Je peux faire quelque chose pour toi ?

– Oui.

– Dis-moi.

– Je veux une *phở*.

– Une *fa* ? s'étonna Julita. Je ne comprends pas. C'est du savon ?

– Non, une *phở*, répéta-t-il en insistant. La soupe.

– Aaaaah… je croyais que ça se prononçait plus comme *pcho*. Bien sûr, je peux aller t'en chercher… Attends…

Elle s'approcha de son ordinateur.

– Là, pas très loin de la vieille ville, il y a un resto vietnamien…

– Laisse-moi deviner. Il s'appelle Saïgon.

– Comment tu sais ?

– Parce que les bistrots vietnamiens d'une vieille ville ne peuvent s'appeler que Saïgon ou Viet-Thaï. Et on y sert de la merde pour touristes. Et moi, je veux une vraie *phở*.

– D'accord, c'est bon. Regarde, et celui-là ? Le Dong Que ? Ça a l'air mieux ?

– Ça a l'air.

– OK. Autre chose ?

– Non, mais laisse tes lunettes, sinon tu risques de les perdre.

– Ah oui, c'est vrai, dit Julita en se touchant la tempe. J'ai oublié. C'est comme dans cette vieille comptine pour enfants, *Monsieur Hilaire, homme très bête, crut égarer ses lunettes. Mais en fait il est niais, elles sont sur son propre nez.*

Julita ôta la monture bigarrée de son visage ; la pellicule chaude lui collait toujours aux doigts. Elle la regarda, incrédule, la contemplant comme une chose qui ne devrait pas exister, et certainement pas fonctionner. A priori, elle comprenait en quoi consistait ce piratage : les algorithmes de reconnaissance faciale agissaient différemment des gens. Ils ne comparaient pas un œil à un œil, un nez à un nez, une oreille à une oreille – en réalité, ils ne les voyaient pas. On pourrait dire qu'ils regardaient une empreinte numérique propre à chaque être humain : un assortiment unique de proportions, une combinaison inimitable de pixels. Par ailleurs, les algorithmes modernes ne se basaient pas sur des indications transcrites par un informaticien. Non, leur efficacité choquante, proche de cent pour cent, ils la devaient à l'utilisation de l'intelligence artificielle. Or, la façon qu'avait celle-ci d'arriver à ses conclusions différait de celle des hommes, ce qui conduisait parfois à des erreurs amusantes. Par exemple, une image où on voyait des collines verdoyantes, des nuages sombres et des cailloux était décrite par l'algorithme comme un "mouton" – car c'est dans ce genre de paysage qu'on voyait le plus souvent ces animaux, le programme avait donc estimé que les éléments de l'arrière-plan constituaient un meilleur indicateur de la "moutonitude" que le pelage laineux ou les pupilles horizontales. D'autres fois, il suffisait de modifier la disposition ou la teinte de quelques pixels à peine, de façon invisible pour l'œil humain, pour que, selon l'algorithme, une chaise devienne soudain un tigre, et un arbre, un gratte-ciel. Ce genre d'erreur avait inspiré une nouvelle famille d'attaques qui avait pour but d'induire en erreur l'intelligence artificielle de manière indétectable pour l'homme qui la supervisait. La monture criarde de Julita ne se contentait pas de perturber son identification faciale, mais elle la rapprochait aussi de la signature d'Hedwig Keller. À l'aide du même programme que celui utilisé au Schweiz Zentrum, Jan avait d'abord vérifié quelle empreinte était générée par le visage de la réceptionniste pour la récréer ensuite en combinant l'image de Julita et les raies d'une longueur et d'une couleur données. Il avait hypnotisé la machine.

Julita descendit dans la rue et alluma une cigarette, protégeant de la main la flamme qui dansait au vent. À la nuit tombée, l'air devenait frais : la brise prenait l'arrière-goût métallique de l'hiver, une couche de particules de glace se formait à la surface des flaques d'eau. La plupart des boutiques avaient baissé le rideau, mais les vitrines soigneusement décorées restaient illuminées : les montres scintillaient sur leurs coussinets en velours, telles des pierres précieuses, des dessous en dentelle enserraient des mannequins aux mensurations idéales mais dépourvus de tête, des friandises formaient des arrangements des plus fantasques, comme des volcans en chocolat qui exploseraient d'une lave caramel ou un nid tressé avec des fils de sucre brûlé qui abriterait des pralines à pois, camouflées en œufs de perdrix, voire comme une huître gigantesque constituée d'une meringue dans laquelle brillaient de véritables perles. En observant ces devantures dignes de Byzance – ainsi que les prix qui les accompagnaient –, Julita arriva à la conclusion que la Pologne ne rattraperait pas l'Occident de sitôt. Et elle n'était pas non plus sûre que c'était une si mauvaise chose ; peut-être qu'elle ne devrait pas le rattraper.

Elle trouva le restaurant Dong Que, passa commande et s'assit dans un coin. C'était une soirée paisible : seules quelques tables étaient occupées, bercées par une musique morne, un serveur las était adossé au mur et fixait l'écran de son portable. Cependant, à travers une étroite ouverture, on pouvait jeter un œil en cuisine et constater que là, le chaos régnait, les éléments se combattaient : des volutes de vapeur s'échappaient de marmites aussi grosses que des chaudières de locomotive, le feu léchait avidement les woks tandis qu'un immense ventilateur soufflant tantôt à droite, tantôt à gauche, faisait bruisser les factures épinglées à un tableau de liège. Les cuisiniers faisaient des pieds et des mains, éminçaient, mélangeaient, assaisonnaient, s'évitant à peine dans l'espace étriqué – ils devaient préparer beaucoup de commandes à emporter. Julita les observait, enchantée, comme si elle assistait à un grand spectacle théâtral ou à un ballet de niveau international. Elle avait faim de normalité, du monde tridimensionnel des odeurs, des sons et du toucher. Elle souhaitait – non, elle désirait de toutes ses forces – s'éloigner enfin de son écran à cristaux liquides et accomplir quelque chose de ses propres mains, sans intermédiaires ni facilitateurs en silicium : creuser des plates-bandes dans un jardin jusqu'à avoir des ongles noirs, par exemple, ou essuyer la poussière de ses livres jusqu'à ce que ça lui irrite le nez, voire même râper des pommes de terre pour des galettes jusqu'à ce qu'elle se blesse contre la râpe. Elle en avait assez de sa vie déconnectée, de la répétitivité de celle-ci. Boulot, nourriture à emporter, boulot, nourriture à emporter, et encore, et ainsi de suite, les jours se fondaient les uns dans les autres, son corps lui faisait savoir par une douleur lancinante et continue qu'il en avait assez. Mais ça allait enfin changer. Car soit elle serait capable de mener cette histoire à son terme, soit… Soit quoi, en l'occurrence ? Quelle était l'alternative ? Elle craignait d'aller au bout de sa pensée, de parer de mots les mauvais pressentiments qui, non verbalisés, tournoyaient à la lisière de sa conscience. Elle en frémit, planta les doigts dans le siège de sa chaise. Elle tenta désespérément d'orienter ses pensées sur d'autres rails – sans succès notable.

Quand elle revint à l'appartement de location, Jan dormait, roulé en boule sur l'étroit canapé. Les ordinateurs disposés sur la table dormaient eux aussi. Leurs écrans étaient éteints, seules leurs diodes s'allumaient et s'éteignaient au rythme d'une paisible respiration humaine, un et deuuuux, un et deuuuux. Le fait qu'elles le fassent à ces intervalles et non à d'autres n'était pas le fruit du hasard ; ce rythme était familier, rapprochait la machine de l'homme, lui permettait de l'appréhender.

– Frère Jacques, frère Jacques, dormez-vous ? Dormez-vous ? fredonna Julita tout bas. Sonnez les matines, sonnez les matines, ding-ding-dong, ding-ding-dong.

Jan se hissa sur le coude, frotta ses yeux rougis.

– Désolé, j'étais claqué.

– Ça va, tout roule. Écoute, si tu veux encore dormir, il n'y a pas de problème, on réchauffera la soupe au micro-ondes…

– Ne dis pas de bêtises. La *phở* se mange sitôt prête.

– Alors viens.

Ils s'attablèrent. Julita ouvrit le récipient en plastique ; une odeur de gingembre, d'anis et d'ail s'en échappa.

Jan s'empara d'une cuillère, la plongea dans l'épaisse soupe et émit un grognement de satisfaction. Mais alors qu'il était sur le point de la porter à sa bouche, il balaya la table vide du regard et fronça les sourcils.

– Et pour toi, tu n'as rien pris ? demanda-t-il.

– Non.

– Tu n'aimes pas la cuisine vietnamienne ?

– C'est pas ça. Je n'ai pas faim.

– Sérieux ? s'étonna-t-il. La dernière fois qu'on a mangé, c'était il y a huit heures.

– Je sais.

– Alors déconne pas, mange quelque chose.

– Je te l'ai dit, je n'ai pas faim.

– Tu t'es regardée dans une glace dernièrement ? On peut te compter les os.

– Merci du compliment.

– Doux Jésus, ce n'est pas ce que je veux dire, mais…

– Jan, l'interrompit-elle, j'ai peur, d'accord ? J'ai horriblement peur. Mon estomac est si serré que je n'arriverai à rien avaler. Demain, je suis censée me jeter dans la gueule du loup, littéralement. Quand j'y pense, j'en tremble tout entière. Tu comprends ?

Il la contempla longuement, immobile. La soupe gouttait de la cuillère, brisant les cercles gras à la surface du bouillon.

– Pardonne-moi, dit-il. Je ne savais pas.

Il avait bien dit “pardonne-moi”, pas juste “navré” ou “excuse”.

– Et qu'est-ce que tu croyais ? demanda-t-elle. Que j'avais hâte d'y être ?

– Honnêtement ? Quelque chose dans ce genre-là, oui.

– Bah alors, tu ne me connais peut-être toujours pas très bien.

– Apparemment, admit-il en hochant la tête. Je croyais que tu aimais jouer avec le feu.

– C'est un peu plus compliqué que ça.

Jan enfourna la cuillère, aspira d'abord le liquide, puis les pâtes.

– Explique, dit-il la bouche pleine.

Quand il voulait, il savait écouter, comprendre l'autre. Il n'est peut-être pas aussi asocial que je croyais, songea Julita. À moins que ce soit un reste de son travail dans la police, au moment des interrogatoires ? Il savait soutirer des informations aux gens. Il savait atteindre son interlocuteur.

– Je ne sais pas si j'en suis capable, répliqua-t-elle après un temps. Je ne sais pas si j'en ai envie.

– Je comprends. Je n'insiste pas.

Jan mangea en silence. Julita restait assise en face de lui, les bras croisés. Les larmes aux yeux.

– Tu te rappelles m'avoir traitée de folle ?

– Euh… oui.

– J'ai peur qu'il y ait du vrai là-dedans. Que je sois vraiment… – Elle s'interrompit. – En fait, je réalise ce que je risque, comment tout cela peut se terminer. Et, au jour le jour, j'ai tellement peur que… un ballon qui éclate, la sonnerie d'une porte… c'est assez pour que je sois complètement… mon Dieu…

Jan poussa sa soupe inachevée de côté, s'essuya la bouche avec une serviette. Il écoutait. Il ne l'interrompait pas. Il ne la pressait pas. Julita calma sa voix tremblante, étouffa les sanglots qui montaient. C'était la première fois qu'elle en parlait à quelqu'un. Exception faite des ordinateurs.

– Mais… reprit-elle. Je ne sais pas me dire non. Je n'arrive pas à abandonner. Si je le faisais, ça me bouf-ferait de l'intérieur, tu comprends ? Et quand j'entre en action, quand les affaires reprennent, je suis incapable de ralentir. C'est comme si je n'avais aucun frein. C'est addictif… Ô mon Dieu, c'est addictif à un point ! Et je le sais, je m'en rends parfaitement compte, d'accord ?

Mais je n'arrive pas à m'arrêter. C'est comme avec ces foutues clopes.

Elle se tut, embarrassée par ses propres paroles, complètement à nu. Elle craignait de le regarder, elle craignait de voir de la moquerie dans ses yeux. Elle serra les paupières pour retenir ses larmes et s'épargner un peu de honte. Il lui toucha le bras.

– Je ne le savais pas, dit-il. Tu le caches bien.

– Bah, rien ne me réussit tant que de mentir.

– Tu n'écris pas trop mal non plus.

– Merci. T'es chou.

Jan sourit, délicatement, levant à peine le coin de ses lèvres.

– Bah quoi ? demanda-t-elle.

– Rien. Personne n'avait encore dit ça de moi.

– Ben tu vois, on a une soirée pleine de surprises, commenta-t-elle en essuyant les larmes au coin de ses yeux.

Ils étaient assis en silence, Jan, accoudé, la tête appuyée sur ses mains, Julita recroquevillée comme si elle avait froid.

– Est-ce que je peux faire quelque chose pour toi ? demanda-t-il.

Julita le regarda droit dans les yeux. Lui dire ou pas ? Que se passerait-il si elle entendait "non" en retour ? Ah, peu importe, estima-t-elle, après tout je passe déjà pour une idiote.

– Oui, fit-elle en hochant la tête, mais si tu n'as pas envie, tu n'es pas obligé.

– Évidemment. Quoi donc ?

– Tu peux me serrer dans tes bras ? Juste ça. Je veux seulement que quelqu'un me touche, me tienne.

Jan hocha la tête. Il s'assit à côté d'elle et passa son bras autour de ses épaules. Elle ferma les yeux et se blottit contre lui comme si elle présentait sa face au soleil pour se réchauffer, pour se charger d'une énergie extérieure. Il était encore bouillant de la soupe brûlante, en sueur, mais cela ne la dérangeait pas ; elle sentait que ces sensations l'ancraient davantage ici et maintenant. Elle écoutait sa respiration et le rythme paisible de son cœur. Son corps à elle, crispé par le stress, sembla dégeler, s'éveiller à la vie. Même un peu trop.

– Jan ? chuchota-t-elle.

– Quoi ?

– Tu te souviens quand je t'ai dit que rien ne me réussit tant que de mentir ?

– Ouais.

– Je crois que je viens encore de le faire.

– C'est-à-dire ?

– Eh bien, tu sais, en te disant que je ne voulais rien de plus…

Elle fut embarrassée.

– … mais que ce soit clair, reprit-elle, je n'essaye pas de te piéger pour que tu tombes amoureux ni de te coincer avec un gosse, d'accord ? Tu es le mec le plus énervant que je connaisse, alors non merci. C'est juste que…

Il ne lui permit pas de terminer sa phrase. Il se leva de table, la prit par la main. Elle se laissa conduire jusqu'à la chambre. Ils se couchèrent dans le lit, elle l'enveloppa de ses jambes. Il la caressait lentement, délicatement, pas comme la fois précédente quand ils s'arrachaient leurs vêtements à en faire craquer les boutons. Sa main glissait le long de ses cuisses, de son dos, il lui embrassait l'oreille, passait la langue sur sa clavicule. Elle n'essayait pas de lui rendre la pareille, elle sentait que ce soir-là, elle pouvait simplement prendre, puiser. Son corps stimulé envoyait de nouveaux rapports à son cerveau – que c'est bon ! que c'est bon ! –, faisant taire les monologues étirés sur des semaines, réduisant l'horizon du temps à un seul point, éteignant les rajouts successifs tissés par la matière grise, aussi utiles à l'être humain que problématiques.

Quand il la pénétra, elle ferma les yeux et pencha la tête en arrière, se laissant bercer par le rythme subtil comme si elle flottait à la surface d'une mer agitée par de petites vagues. Elle attendait l'orgasme comme quelque chose d'inéluctable, dicté par les lois de la nature, une chose qu'il ne fallait ni hâter ni chercher à obtenir. Jan le comprenait, il n'avait pas besoin d'indications. D'ailleurs, le langage du corps était difficile à traduire en mots, ses transcriptions paraissaient toujours malhabiles, pleines de maladresses, de toutes ces paroles visqueuses et rebutantes. Tout simplement : ils étaient proches l'un de l'autre, en eux. Ils s'aimaient, bien qu'ils ne s'aiment absolument pas.

Cette fois, quand tout fut terminé, il la serra dans ses bras. Puis – ce dont Julita fut grandement déçue –, il se leva.

– Tu es vraiment obligé ? soupira-t-elle.

– Je n'ai pas fini ma soupe.

– Elle est déjà froide de toute façon.

– Et alors ? Je la réchaufferai.

– Tu disais que c'était un sacrilège.

– C'est l'hôpital qui se moque de la charité, répliqua-t-il en enfilant son pyjama défraîchi. Tu as invoqué tant de fois Dieu en vain qu'aucun prêtre ne te donnera plus l'absolution.

– Tu crois ?

– Ouais. Sûr.

– Écoute, il est 23 heures... fit-elle en bâillant. Je vais dormir.

– D'accord. À demain.

– Jan ?

– Oui ?

– Merci.

– Il n'y a pas de quoi. À plus.

Il referma la porte de la chambre. Il mangea la soupe, puis – une fois qu'il fut certain que Julita dormait à poings fermés – il se rassit devant l'ordinateur. Plus tôt, quand elle était sortie chercher le repas, avant qu'il ne fasse sa petite sieste, il était tombé sur une piste prometteuse. Au début, il avait prévu de lui en parler, mais finalement il avait estimé qu'il valait mieux garder cette information pour lui. Il ne lui faisait pas entièrement confiance. Après tout, rien ne lui réussissait tant que de mentir.

9

4 juillet 2013, Tomsk

– Je crains d'avoir de mauvaises nouvelles, déclara Daniel Królak.

Ils s'étaient installés dans un bar, à l'angle des rues Krasnoarmeïska et Nakhimov, près de la fenêtre qui donnait sur un jardin d'enfants. La journée était belle, alors la marmaille était en pleine effervescence ; il fallait profiter du court été sibérien. Pyotr Semenov posa le regard sur un garçon de cinq ans aux cheveux blonds et au nez retroussé qui tentait, sans succès, de bâtir une tour avec du sable sec comme du poivre. Oh, celui-ci aurait été hyper populaire sur le forum, songea-t-il, les clients auraient chargé ses photos à en faire griller les câbles. Pyotr ne s'en occupait plus, il ne lançait plus d'appâts aux pédophiles, mais il était dur de se départir de certaines habitudes ; un mécanicien, qu'il le veuille ou non, se demande toujours ce qui cloche dans l'automobile déglinguée qui vient de rouler sous ses fenêtres, un architecte remarque toujours les murs de guingois dans la maison de ses amis. C'est drôle, se dit Pyotr, ces pensées réflexes... Chaque image, chaque son, chaque odeur est comme une tape discrète d'un petit marteau sous le genou, ça éveille des associations d'idées spontanées, des émotions, des souvenirs. Et nous, nous sommes comme ces enfants installés dans un camion en plastique, là-bas, sur le terrain de jeu, à tourner un volant qui n'est connecté à rien, tantôt dans un sens, tantôt dans l'autre, et nous avons l'impression de conduire ce véhicule quelque part.

– Quelles mauvaises nouvelles ? demanda-t-il en se détournant de la fenêtre.

– Le sommet nous met un stop.

– Quoi ? Mais pourquoi ?

– Ils disent que ce n'est pas la peine, que les méthodes plus simples que vous avez inventées donnent d'excellents résultats, tandis que le ZNATOK est un projet très coûteux. Ils estiment simplement que ce n'est pas rentable.

Pyotr baissa la tête vers une assiette où la crème fraîche laissée par un plat de *pelmeni* se figeait lentement. C'était un mauvais mois. D'abord, la mort de sa mère, et maintenant ça. Une nouvelle fois, ses pensées avaient rompu leur laisse, si tant est qu'une telle laisse existe, et il eut devant les yeux des images du cimetière de la Tikhaya Dolina, il revit ce pope obèse et barbu dans une chasuble dorée qui scintillait à la lueur des bougies, il revit les moucherons collés à la Coliva gluante, il revit le cercueil ouvert. On avait dû lourdement maquiller sa mère pour couvrir les bleus. Elle s'était cogné le visage sur le coin de la baignoire en se levant des toilettes. Il lui avait crié d'attendre, qu'il viendrait la chercher dès qu'il aurait terminé un truc, mais elle avait encore une fois estimé qu'elle pourrait se redresser seule. L'instant d'après, il avait entendu un fracas. Quand il était arrivé dans la salle de bains, elle était étendue par terre, étrangement tordue. Cela avait suffi, ses os étaient aussi friables que des oreillettes. C'était un spectacle misérable : les jambes maigres, couvertes de varices violacées, d'épais bas en laine baissés jusqu'aux chevilles et des yeux jaunies, aveugles. Par la suite, il avait été difficile de nettoyer le sang, il avait dû frotter le joint entre les carreaux à l'aide d'une brosse à dents, mais n'avait de toute manière pas réussi à tout enlever. Pyotr Semenov secoua la tête comme s'il voulait chasser un insecte pénible et força ses pensées à revenir sur les bons rails, vers des affaires importantes.

– C'est débile, affirma-t-il.

– Je vous comprends.

– C'est comme si un homme des cavernes disait que ce n'est pas la peine de se fatiguer avec le feu parce qu'on peut bien se nourrir de viande crue.

– C'est exact, répliqua Daniel Królak. Mais ils ne réfléchissent pas avec cette perspective. Ce qui compte, ce sont les bénéfices immédiats. Or ceux-ci sont déjà significatifs.

Pyotr Semenov serra les poings. C'était encore la même chose. Une nouvelle fois, il faisait face à l'entêtement, l'ignorance, une vision à court terme. Lui apportait les tables du mont Sinaï et eux préféraient se plier en deux devant un veau d'or. Comment pouvait-on ne pas comprendre ? Comment pouvait-on être bête à ce point ? Le vieux monde était fini. Le pétrole, l'or, l'uranium, tout cela perdrait son importance d'ici une quinzaine d'années, comme le sol ou les épices de l'Extrême-Orient d'antan. La seule chose qui comptait, c'étaient les informations, les données, et celles-ci étaient laissées en jachère, sans surveillance, on pouvait les prendre sans demander la permission ou les acheter à des indigènes naïfs, inconscients de leur valeur, contre une poignée de colliers en perles de verre. Mais non. Ce n'est pas rentable. À quoi bon. Pyotr tremblait de rage. La violence lui répugnait, mais si on lui avait indiqué à ce moment précis le décideur qui avait apposé sur sa demande un tampon de refus, il l'aurait mis en pièces à mains nues, il lui aurait déchiqueté la trachée à coups de dents, il lui aurait arraché les yeux.

– Du calme, mon cher Pyotr, tout n'est pas perdu, dit Daniel en finissant son thé.

D'un geste, il demanda l'addition.

– Vous croyez que vous arriverez encore à les convaincre ?

– Non. La décision est définitive.

– Alors qu'est-ce qui reste ?

– Allons faire un tour, répliqua Królak. Je vais vous raconter ça.

Ils sortirent du bar et prirent le boulevard Nakhimov en direction du Tom. Cette voie était d'une largeur absurde, comme si on l'avait construite pour des tanks et pas des voitures. Ils longeaient des barres d'immeubles faites de parpaings blancs sans crépi, des sortes de blocs caricaturaux, anguleux, bâtis dans les années 1990, ainsi que des arbres rachitiques aux troncs saupoudrés de mégots, comme si des cigarettes poussaient dessus et qu'il ne restait là que les pépins de ces fruits goudronneux. Le soleil brillait. Les gens étaient sortis en promenade, conduisaient des poussettes sur des trottoirs irréguliers – les dalles de béton fissurées se chevauchaient les unes les autres telles des plaques de banquise portées par le courant d'une rivière.

– Moi, je vous crois, affirma Daniel Królak, je n'ai aucun doute. Une révolution commence. Et je veux être à sa tête, parmi les vainqueurs. Je suppose que vous aussi.

– Absolument.

– La question est de savoir combien vous êtes prêt à sacrifier pour y arriver.

– Tout, répliqua Pyotr sans hésitation.

Sur ce point particulier, sa conscience et son subconscient étaient parfaitement en accord.

Królak hocha la tête comme s'il s'était attendu à cette réponse. Ils s'arrêtèrent un instant devant la sortie d'une allée pour laisser passer une Lada Niva rongée par la rouille. ZONE SOUS VIDÉOSURVEILLANCE annonçait une plaque métallique vissée au mur de l'immeuble. Précision inutile, estima Pyotr Semenov, lucide. Absolument tout était sous vidéosurveillance.

– Le monde change, dit Daniel Królak. Notre pays change. Nous nous familiarisons avec des choses qui auraient été impensables il n'y a pas si longtemps.

Pyotr Semenov ne répondit rien, il comprenait que ce n'était qu'un préambule à une tirade plus longue. Ils traversèrent la rue. Au milieu de ce pâté de maisons, quelqu'un frappait un tapis pour le dépoussiérer, l'écho des coups rebondissait dans le puits formé par les barres d'immeubles.

– J'ai été éduqué dans la croyance que l'Amérique, c'était l'ennemi, reprit Królak. Mais la réalité est plus complexe que les manuels d'école primaire. Il s'avère que là-bas aussi, il y a des gens à qui l'ordre actuel déplaît. Cette éternelle ingérence dans les affaires des voisins, cette hypocrisie des droits de l'homme et de la démocratie, cette bigoterie et cette moralisation… Eux aussi voudraient un monde de valeurs différentes, plus authentiques, où chacun veille à ses propres affaires et gouverne d'une main ferme. Et ils ont l'argent pour arriver à leurs fins.

– Où voulez-vous en venir ?

– Si je vous permettais de poursuivre vos travaux sur le ZNATOK, seriez-vous prêt à quitter Tomsk ?

– Oui.

– Pour aller aux États-Unis ?

– Oui.

– Sans possibilité de revenir ici ? Jamais.

– Oui.

– Bien.

Królak plissa les yeux tel un chat repu.

– Dans ce cas, je vais mettre les choses en branle, reprit-il. Je ne sais pas combien de temps ça va prendre, un an, peut-être deux. D'ici là, continuez comme si de rien n'était. Mais, un jour, je viendrai chez vous. Sans m'annoncer, avec un billet d'avion et un passeport avec un visa tamponné. Vous devrez être prêt à partir et avoir fait votre valise. Est-ce que c'est clair ?

– Oui, répliqua Pyotr Semenov. Il était tellement excité qu'il avait l'impression de flotter au-dessus du sol. – C'est clair comme de l'eau de roche.

Julita et Jan se trouvaient à nouveau au café en face de la maison d'Hedwig Keller, installés à la même table que la dernière fois, sur la mezzanine. Mais ce coup-ci, Julita avait commandé à Jan un espresso pour qu'il ne râle pas. Elle n'eut pas à attendre les consommations longtemps, ils étaient les premiers clients. L'horloge indiquait 7 h 06, le soleil n'était même pas encore levé.

– D'accord, tout est prêt, annonça Jan.

– Alors, au boulot.

Jan brancha sur son ordinateur la dernière machine de sa corne d'abondance électronique. Il s'agissait d'un boîtier métallique avec quelques ports et lumières, connecté via un câble à une antenne de la taille d'une paume qu'ils avaient cachée derrière le canapé. Aucun écran tactile, ni forme élégante, ni courbes aérodynamiques agréables à l'œil, rien de ce à quoi les consommateurs pourris gâtés étaient habitués, ce gadget-ci était censé marcher et non paraître. Or, à en juger par le relevé sur l'écran de l'ordinateur, il marchait parfaitement bien.

IMSI	*Country*	*Operator*
228514676577856	Switzerland	BebbiCell AG
228019857373522	Switzerland	Swisscom
228547800982713	Switzerland	Lycamobile
228072114567532	Switzerland	TDC Sunrise
228015939201234	Switzerland	Swisscom
228011200875324	Switzerland	Swisscom
...		

Et ainsi de suite, et ainsi de suite... la liste avait des dizaines de lignes et, à chaque instant, d'autres s'inscrivaient. L'appareil de Jan servait à intercepter les données entrantes et sortantes des téléphones mobiles et autres équipements proches qui utilisaient le réseau GSM. Ces machines prenaient son gadget pour une antenne relais standard. À partir de ce moment-là, ils pouvaient observer qui se trouvait à proximité, qui téléphonait à qui ou qui envoyait des SMS à qui. C'était une attaque *man-in-the-middle* classique. Avec un minimum d'efforts, ils auraient pu lire les messages qui transitaient par leur ordinateur ou écouter les conversations ; les cryptages utilisés dans le protocole GSM – A5/1 et A5/2 – étaient affreusement désuets.

En théorie, la commercialisation de ce genre de matériel, connu sous le nom de IMSI Catchers, était strictement réglementée, seuls les services adéquats, prêts à mettre des milliers de dollars sur la table pour en acheter un, pouvaient en faire usage. En pratique, n'importe qui s'y connaissant un peu en électronique pouvait assembler un gadget de la sorte à partir d'éléments communément disponibles, en ne dépensant pour cela pas plus de vingt-cinq dollars. Les instructions sur la manière de le faire étaient disponibles sur le web, non pas dans les recoins les plus sombres du dark net d'affreuse réputation, mais sur le bon vieux YouTube, entre les clips vidéo amateurs, les tests de cosmétiques sponsorisés et les contes pour enfants psychédéliques confectionnés par des algorithmes. Cela parce que les informations voulaient être libres.

Julita se concentra sur la colonne des numéros IMSI, c'est-à-dire sur les identificateurs de cartes SIM. Elle lisait en chuchotant de façon à peine audible les suites de chiffres successives : 7, 5, 0, 6, 2…

– Là ! cria-t-elle en tapant du bout du doigt au point que des cercles concentriques se diffusèrent sur l'écran à cristaux liquides comme si une goutte était tombée à la surface de l'eau. C'est son portable… Et là, plus bas, c'est son routeur LTE. On la tient.

– D'accord. À toi de jouer.

Julita s'empara du téléphone sur lequel on avait copié le numéro d'Hedwig Keller et envoya un message, préalablement écrit avec l'aide de sa sœur, au supérieur hiérarchique de la réceptionniste : *Salut Janne, je suis vraiment désolée, mais je ne viendrai pas travailler aujourd'hui, je me suis réveillée avec une forte fièvre. J'espère que ce n'est pas un problème.* L'instant d'après, à partir d'un autre portable, elle envoya un message à Hedwig : *Salut, c'est Janne, je t'écris d'un nouveau numéro. Ne viens pas au travail aujourd'hui, l'un de nos VIP a loué l'intégralité du centre, il tient à une discrétion absolue, alors il renvoie toute l'équipe à la maison. On se voit demain.*

– C'est fait.

– D'accord… Bon, ça y est, elle a reçu le message… Je bloque son portable.

Jan inscrivit la commande adéquate et appuya sur Entrée. Au même moment, l'IMSI Catchers commença à orienter tellement de bruit sur le téléphone et le modem d'Hedwig qu'il les coupa du réseau de son opérateur : oh, simple avarie, ça arrive… À partir de cet instant précis, la réceptionniste était coupée du monde, elle ne pouvait appeler personne ni se connecter à Internet. Elle n'était donc pas en mesure de demander des précisions à son chef sur le pourquoi du comment de cette fermeture du centre, ni de lire les vœux de prompt rétablissement que celui-ci venait de lui envoyer. En conséquence, elle croyait avoir obtenu une journée libre, tandis qu'il pensait que son employée avait pris un congé maladie. Hedwig ne se rendrait donc pas au travail, n'utiliserait pas son badge d'accès, mais son absence n'éveillerait pas de soupçons. En supposant, bien sûr, que tout irait selon le plan, or c'était loin d'être certain. Après tout, Hedwig pouvait à tout instant prendre son téléphone et sortir de chez elle ; dès qu'elle se retrouverait hors de portée de leur IMSI Catchers, elle capterait aussitôt du réseau. Bien entendu, s'ils étaient du FBI, ils pourraient la suivre partout en ville dans une fourgonnette banalisée. Mais ils n'étaient pas du FBI. Ils n'étaient que des amateurs avec un budget qui fondait comme neige au soleil.

– Je peux vous débarrasser ?

Julita sursauta en entendant le serveur. Elle était si absorbée par ce qui se passait à l'écran qu'elle ne l'avait pas remarqué, elle ne l'avait pas vu approcher. Soudain, elle prit peur : et s'il comprend ce qu'on fait, s'inquiéta-t-elle, s'il remarque que nous contrevenons à la loi ? Mais non, le jeune homme les regardait avec indifférence, les suites de nombres sur l'écran ne lui disaient rien, il n'avait pas reconnu parmi elles le numéro de sa carte SIM. Pour lui, ces deux-là étaient encore des clients qui s'étaient organisé un bureau au café et allaient s'attarder une demi-journée au-dessus d'une tasse vide comme s'ils avaient payé le loyer.

– Non, merci, on n'a pas encore fini, répondit-elle.

– Dans ce cas, vous voulez autre chose ?

– Bordel de merde… grogna Jan, ignorant le jeune homme. Regarde.

Julita suivit son regard et se tourna vers la fenêtre. De l'autre côté de la rue, dans la maison numéro 9, la porte venait de s'ouvrir et Hedwig Keller était apparue sur le seuil. Oh non, se dit Julita. Oh non, non, non ! Ne va nulle part, n'y songe même pas ! Mais la réceptionniste était déjà sur le trottoir. Elle avait des chaussures de sport aux pieds. Julita sentit le sang quitter son visage. Ben ouais, comment pouvait-on ne pas l'avoir anticipé – se sermonna-t-elle –, puisqu'elle avait une journée de libre, elle irait courir, sauter ou faire des putains de squats, elle ne tiendrait certainement pas en place chez elle. Et alors, elle recevrait le message de son chef, l'appellerait, et ils comprendraient tous les deux que quelque chose clochait, il faudrait annuler l'opération. Tout ça pour rien. Tout ça pour que dalle, fait chier.

Mais non. Hedwig Keller sortit son téléphone et le leva en l'air dans l'espoir de capter du réseau. Comme cela ne l'avançait à rien, elle haussa les épaules et retourna à l'intérieur. Manifestement, elle avait décidé de faire ses exercices devant la télé. Julita soupira de soulagement. Elle avait l'impression d'avoir achevé un tour de montagnes russes : sa circulation sanguine était revenue, son estomac crispé se relâcha.

– Excusez-moi, donc vous voulez autre chose ou pas ? demanda le serveur, impatient et totalement inconscient du drame qui venait de se dérouler sous ses yeux.

– Oui. Un autre café, répliqua Julita. Mais à emporter.

– Écoute, on pourrait peut-être regarder quelque chose ensemble ? demanda Beate, s'essuyant les mains sur un torchon.

Ils venaient d'achever le rangement après le petit-déjeuner : le lave-vaisselle était chargé, le sol balayé, les restes de nourriture rangés au frigo.

– Pourquoi pas, répliqua Florian.

– Quoi donc ?

– Peu importe. Tout me va.

Les filles venaient de partir à un concert avec leurs grands-parents, Jochen jouait au basket avec des copains, ils avaient l'appartement à disposition. Et ils ne savaient pas quoi en faire. Dans le temps, ils auraient commencé par faire l'amour. Ils seraient allés au lit dès que la porte se serait refermée derrière les enfants, ou ils l'auraient fait directement dans la cuisine, debout, appuyés contre le plan de travail poisseux, au milieu des miettes de pain qui s'incrustaient dans la peau.

Mais ces dernières années, ils faisaient l'amour de plus en plus rarement. Cela avait commencé par des excuses : un coup elle était trop fatiguée, un autre il devait travailler, un autre encore ils devaient se lever tôt le matin. Plus tard, quand les planètes s'alignaient enfin dans une conjonction favorable et qu'ils atterrissaient entre les draps, ils n'arrivaient pas à trouver un rythme commun, ils s'étaient désynchronisés : quand elle avait simplement envie de baiser, il avait soif de tendresse, quand il sortait de la table de chevet les menottes en fourrure rose, elle faisait non de la tête. Et c'est ainsi que faire l'amour, au lieu de leur procurer du plaisir, était devenu stressant tant pour l'un que pour l'autre, l'acte s'était chargé de rancœurs et d'attentes insatisfaites, s'était transformé en un autre point à cocher dans un emploi de temps surchargé : faire les courses, nettoyer le frigo, accomplir le devoir conjugal – ouf, c'est fait. Ils auraient dû en parler : après tout, ils étaient tous les deux impudiques et libérés. Cependant, il s'était avéré qu'il était plus facile de se susurrer des cochonneries à l'oreille que de discuter des problèmes. Ils craignaient de se blesser avec des mots ; ils se blessaient donc par le silence.

– Qu'est-ce que tu dirais d'un film policier ? demanda Beate en allumant la télé.

– Hmm. Avec plaisir.

– Alors on pourrait peut-être finir *Sherlock* ? On n'a toujours pas vu la dernière saison.

– Il paraît qu'elle est nulle.

– Oui, mais j'aimerais savoir comment ça finit.

– D'accord, envoie.

Florian s'installa confortablement dans le canapé, s'entourant de coussins de sorte que sa colonne vertébrale le laisse tranquille, puis il tendit la main vers l'ordinateur portable laissé sur la table basse.

– Pourquoi tu prends ton ordi ? demanda Beate, mais on pouvait déduire du ton de sa voix qu'elle en connaissait parfaitement la raison et que celle-ci ne lui plaisait absolument pas.

– Je vais travailler un peu.

– Mais on devait regarder une série.

– Bah, on va la regarder. Je peux être multitâche. C'est pour l'autre rapport, tu sais. On a enfin réussi à le publier, mais tout porte à croire qu'il va falloir ajouter une annexe…

Beate soupira comme si toutes les rancœurs qu'elle voulait exprimer la faisaient exploser de l'intérieur. Pourtant, elle ne dit rien, elle enfonça la touche Play et se recouvrit d'une couette. Quant à Florian, il se remit à lire des articles sur NastyWolf.

Ce nom avait été inventé par des analystes américains du Trend Micro en 2016, tandis que la première attaque attribuée à ce groupe avait été enregistrée un an plus tôt, en 2015. Dans un premier temps, Florian avait été surpris de ne pas avoir entendu parler d'eux ; mine de rien, il se tenait au courant, il suivait ce qui se passait dans son domaine. Il en comprit bien vite la raison : contrairement à beaucoup d'autres collectifs de hackers qui tenaient à un maximum de publicité et de renommée, les NastyWolf faisaient leur possible pour ne pas attirer l'attention sur eux. Ils n'exigeaient jamais de rançon, n'humiliaient jamais ceux dont ils avaient réussi à voler les données. Ils ne se vantaient jamais de leurs prouesses. Et ils n'attaquaient jamais de cibles médiatiques : ils n'entraient par effraction ni dans les messageries des célébrités ni dans les serveurs d'un parti politique à la veille d'une élection. Bien au contraire, ils se concentraient sur des institutions inconnues du grand public : l'Organisation intergouvernementale pour les transports internationaux ferroviaires, l'Organisation européenne pour l'exploitation des satellites météorologiques, la Société pour l'attribution des noms de domaine et des numéros sur Internet. Pour le dire brièvement, la liste des cibles attaquées donnait envie de bâiller. Ce n'est qu'à l'occasion du piratage aux conséquences tragiques du Conglomérat polonais du cuivre qu'ils étaient sortis de ce cadre. Là, NastyWolf avait sorti ses griffes, avait montré de quoi il était capable.

Ce qui impressionnait beaucoup Florian, c'était l'ampleur de leurs agissements. À ce jour, on avait attribué au groupe NastyWolf plus de trois cents attaques.

Or, les autres collectifs connus en avaient quelques-unes, tout au plus une quinzaine à leur actif. Seuls les Chinois suivaient la cadence, eux qui, au cours de la dernière décennie, s'étaient introduits dans des centaines d'entreprises américaines et y avaient volé une propriété intellectuelle dont l'estimation se calculait en milliards de dollars. Prouesse dont, bien entendu, on ne parlait pas trop, car comment s'en vanter ?

Beate partit d'un éclat de rire. Florian jeta un coup d'œil à l'écran et, bien qu'il ne sache absolument pas de quoi il s'agissait, il ricana aussi pour qu'elle ne puisse pas l'accuser de ne pas regarder. Il tendit la main pour la poser sur la cuisse de sa femme – allez, un petit geste pour souligner qu'il était là, ici et maintenant, avec elle –, mais son ordinateur se mit à glisser de ses genoux, alors il interrompit son effort. NastyWolf, se rappela-t-il à l'ordre en se concentrant sur le travail, que pouvait-on en déduire à leur sujet ? L'échelle des attaques laissait supposer un budget important, alors ils étaient probablement liés à un gouvernement – mais lequel ? Les traces laissées indiquaient que leurs programmes étaient compilés essentiellement dans un milieu russophone, mais l'heure de ces travaux correspondait aux horaires de bureau non pas en Russie, mais aux États-Unis, et plus précisément sur la côte Ouest. Par conséquent, NastyWolf se composait soit d'oiseaux de nuit moscovites, soit de Russes agissant en Californie… soit de petits malins qui jouaient sciemment avec les métadonnées pour rendre plus difficile leur identification. La qualité de leur malware était impressionnante. Comme dans le cas d'*application.exe,* c'étaient des programmes parfaitement pensés, parfaitement construits, qui exécutaient leurs tâches en silence, sans rumeur inutile et, dans la mesure du possible, en couvrant leurs traces. De plus, comme l'avait remarqué fort à propos Noémie, ils disposaient d'un dénominateur commun sous la forme d'un code caractéristique qui vérifiait les *breakpoints*. Florian n'arrivait toujours pas à digérer le fait qu'il n'y avait pas lui-même pensé. Il n'avait pas encore répondu à son mail. Il lui faudrait la remercier, la féliciter, et il n'en avait pas envie. Après tout, c'était son heure de gloire à lui, sa grande découverte. Si seulement il pouvait encore découvrir leur mobile…

– Bordel, quel est leur but dans tout ça… marmonna-t-il.

– Hein ? Tu disais ?

Beate ne détacha même pas le regard de l'écran.

– Non, non, rien, excuse-moi.

– Si tu ne regardes pas, au moins ne dérange pas.

– Mais je regarde.

– Oui, oui, c'est ça.

Cette fois, c'est Florian qui sentit un soupir monter de sa poitrine. Bien sûr, des reproches, ça y était, et pourquoi donc, au juste ? Qu'avait-il fait de mal ? Qu'est-ce que ça changeait si elle regardait cette série seule ou avec lui ? Sherlock ferait de toute façon la même chose, indépendamment des spectateurs, il ne prendrait pas ombrage du fait qu'ils étaient distraits. Florian sentait déjà qu'il y aurait des griefs ; dès que le générique de fin apparaîtrait à l'écran, Beate se lèverait sans un mot et irait prendre une très longue douche. Il se sentit soulagé à l'idée du retour prochain des enfants qui rempliraient le silence de leurs cris.

À quoi bon tout cela, se demanda-t-il, revenant à sa pensée précédente, vraiment, à quoi bon ? Tous ces efforts, tout ce travail pour s'introduire dans des fichiers, des archives et des bases de données oubliés… pour ne rien en faire ? Ça ne tenait pas debout. Ils devaient être mus par un objectif, ils devaient y gagner quelque chose. Mais quoi ?

Il posa son regard sur la télé. L'écran était rempli par le visage de Sherlock : un front perlé de sueur traversé par une ride profonde, des yeux agités, des lèvres remuant sans un bruit. Le célèbre détective réfléchissait intensément à quelque chose, connectait des faits disjoints en apparence pour découvrir le fin mot de l'affaire.

Mais oui, se dit Florian. C'est élémentaire.

– *Grüezi, wohin fahren Sie*?

– Euh… *Sorry… Ich kaïne doïtch chprache… Nicht verchtéïen…* balbutia Julita.

– Où allez-vous ? demanda le conducteur en basculant vers l'anglais.

Son accent était meilleur que celui de la prof d'anglais qu'elle avait eue à Żukowo. Il la regarda d'un air interrogateur teinté d'une suspicion non dissimulée. C'était peut-être parce qu'elle cachait son visage sous une casquette de base-ball, une écharpe et, malgré la grisaille matinale, des lunettes de soleil ? Ou alors, il n'aimait simplement pas les immigrés…

– À Schindellegi.

– Cinq francs et soixante centimes, s'il vous plaît.

Julita paya et s'assit près de la vitre. Elle sentait un martèlement à ses tempes, ses lèvres tremblaient. Mon Dieu, Wójcicka, espèce de débile, pensa-t-elle, tu n'arrives pas à communiquer avec un chauffeur de bus de banlieue et tu veux te mêler aux Suisses, faire semblant d'être l'une d'entre eux ? Ça ne marchera pas, ça n'a aucune chance de réussir. Elle ressentit une impulsion soudaine, l'envie de bondir de son siège, de courir dans la rue et de téléphoner à Jan, de lui dire, les larmes aux yeux, la morve au nez, que finalement non, qu'elle se retirait, qu'elle n'y arriverait pas. Mais le conducteur venait de refermer la porte et de quitter l'arrêt. Julita se leva brusquement, dans l'intention de se ruer vers la sortie ou de tirer le signal d'alarme – la poignée rouge qui se trouvait pile au-dessus de son siège la tentait comme une pomme bien mûre –, mais finalement, elle s'écroula sur son fauteuil.

Non, songea-t-elle avec une détermination froide, je ne serai pas une lâche.

Jan avait insisté pour qu'elle y aille une nouvelle fois à vélo, lui disant que ça serait plus sûr, mais elle s'était moquée de lui. Elle serait arrivée à destination haletante, en sueur, les jambes tremblantes de fatigue. Or, pour que leur plan réussisse, elle devait entrer au Schweiz Zentrum d'un pas assuré, avec un maquillage impeccable, le menton haut et fier. C'est pourquoi (bien qu'en raison des caméras disséminées partout, ce ne soit pas une solution idéale), elle avait opté pour le bus. Il y avait quelque chose de risible là-dedans, d'inapproprié à la gravité de la situation. S'ils avaient été dans un film, elle serait arrivée au centre conférencier dans une Aston Martin flambant neuve, ou mieux, elle y aurait sauté en parachute. Mais ce n'était pas un film. Et le happy end n'était pas du tout garanti.

Jan avait proposé de faire le trajet avec elle, mais ils avaient fini par juger que ça n'avait pas de sens. Il n'aurait pas pu pénétrer dans l'enceinte et, à l'attendre devant l'entrée, il aurait certainement attiré l'attention sur lui. En dehors de cela, il ne lui aurait servi à rien : si tout se déroulait selon le plan, elle n'aurait pas besoin de son soutien, et dans le cas contraire… il ne serait de toute manière pas en mesure de l'aider. Il ne volerait pas à sa rescousse en parapente, il ne déboulerait pas dans la pièce dans une pluie de verre brisé. Sur le web, Jan était capable de plier les règles à sa convenance, il voyait et pouvait plus que le commun des mortels. Mais débranché du réseau, il n'était rien. Ils avaient donc convenu que si, à midi, elle ne lui faisait pas signe pour dire que tout allait bien, il ferait sa valise et irait à l'aéroport – après quoi, il reviendrait pour demander un permis de visite ou déposer une gerbe de fleurs, selon la conclusion de l'histoire. Leurs adieux avaient été brefs, pragmatiques, sans grandes effusions ni déclarations.

Julita ouvrit les yeux. La ville s'éveillait à peine, les stores se levaient sur les vitrines des boutiques telles des paupières encore collées par le sommeil, les serveurs disposaient les chaises sur les terrasses et balayaient les trottoirs devant leurs établissements. En dehors d'elle, il n'y avait qu'une quinzaine de personnes dans le bus, en majorité au teint foncé : des femmes voilées, des hommes en survêtement et blouson en faux cuir écaillé. Ils dormaient, les visages pressés contre des vitres sales, les mains nerveusement crispées sur l'anse de sacs plastiques fatigués. Ils revenaient dans leurs logements de banlieue après avoir travaillé de nuit : cuisiniers, gardiens, personnels de ménage. Ils ne collaient pas à ce paradis alpin, aux chocolats et au champagne, aux banques d'investissements et aux salons de spa. On aurait dit les techniciens d'une pièce de théâtre qui n'entraient en scène que lorsque le rideau les séparait des spectateurs, ils devaient rester inaperçus pour maintenir l'illusion que les décors apparaissaient et disparaissaient sans ingérence humaine, que le travail s'accomplissait tout seul.

L'autobus quitta Zurich. À présent, les arrêts se faisaient plus rares, sur demande, alors ils avalaient rapidement les kilomètres ; cela allait peut-être même un brin trop vite. Julita ressentait un stress qu'elle n'arrivait ni à faire taire ni à désamorcer. Il lui était de plus en plus difficile de tenir en place : sa jambe sautillait en cadence, ses dents mordillaient ses lèvres, ses doigts arrachaient mécaniquement des bouts de son manteau. Julita ne savait pas quoi faire de son corps tremblant ni comment calmer ses pensées ; celles-ci se recouvraient les unes les autres comme des diapositives collées entre elles. Méthodiquement, elle tentait de répéter les étapes du plan, mais au lieu de cela elle voyait le visage de l'homme qui l'avait mise en joue à Las Vegas. Elle voulait apaiser sa conscience affolée avec des souvenirs agréables – de vacances en famille, de sourires amicaux –, mais c'était l'enregistrement vidéo du meurtre de KandyKroosh qui lui revenait en tête. Un fil de fer qui s'incrustait dans la peau délicate du cou. Des yeux exorbités, terrifiés.

– Schindellegi ! cria le chauffeur avant de se déporter vers l'arrêt.

Ô mon Dieu, se dit Julita, ça y est, c'est maintenant. Elle bondit de son siège, lança un vague au revoir vers la cabine et sauta sur le trottoir. Le bus revint sur la chaussée, rota des gaz d'échappement et disparut au coin de la rue. Tout était vide, pas âme qui vive, de lourds nuages pluvieux masquaient le panorama montagneux. Julita s'assit sur un banc, calma sa respiration saccadée, posa ses mains glaciales sur ses joues enflammées. Elle regarda sa montre. 8 h 20. Il fallait y aller ; plus tôt elle arriverait sur place, moins il y aurait de gens, de regards curieux, de questions auxquelles elle n'aurait pas de réponses et qu'elle ne comprendrait même pas.

Elle remonta Rossbergstrasse et, bien qu'elle fût à peine à quelques centaines de mètres au-dessus du niveau de la mer, elle eut l'impression de souffrir du mal aigu des montagnes : jambes de coton, bourdonnements dans les oreilles, points noirs devant les yeux. Elle baissa la tête et regarda ses pieds. Elle s'efforçait de ne pas songer à ce qui l'attendait à la fin de cette route, à ce qu'elle serait obligée de faire et au risque qu'elle encourait. Pour ne pas vomir de stress, elle se concentra sur le prochain pas à faire ; le gravier grinçait bruyamment sous ses pieds, le vent froid agitait son écharpe.

Un quart d'heure plus tard, elle s'arrêta devant le panneau routier qu'elle avait eu sous les yeux deux jours plus tôt avec Jan. C'était une pancarte modeste, à peine visible au milieu d'un feuillage abondant : "Schweiz Zentrum, prochaine à gauche." Encore une inspiration profonde... Encore une prière qu'elle ne récitait plus depuis des années et dont elle mettait l'efficacité en doute, mais dont elle se remémora les paroles sans aucune difficulté, ces mots s'étaient gravés dans son cerveau par la force d'un rabâchage continu et irréfléchi : *Ange de Dieu, qui êtes mon gardien, par un bienfait de la divine Providence*... À la fin, elle tourna vers le bâtiment de pierres noires et de surfaces en miroir.g

– Oh, vous vous laissez aller, chère madame Helena, ce n'est pas possible... dit la coiffeuse en soupirant.

La directrice Helena Niemczyk se détourna du miroir pour éviter son regard. Elle avait honte.

– Je vous ai pourtant dit d'utiliser un revitalisant. Et maintenant voilà, voyez par vous-même, il suffit que je passe le peigne et les cheveux tombent par poignées...

– J'étais très occupée.

– Madame Helena, vous devez faire attention, prendre soin de vous, à votre âge...

– Merci pour votre sollicitude, l'interrompit-elle, mais le ton de sa voix contredisait ses paroles. Faites-moi une teinture. La même couleur que la dernière fois.

– D'accord, mais on va d'abord poser une argile capillaire pour...

– Aucune argile. Rien que la teinture.

– Mais, madame... Vos cheveux sont desséchés. Ça va les abîmer.

– Je n'ai pas le temps. À 10 heures, je dois être au bureau.

– À 10 heures ? Il est 8 h 30. Je ne sais pas si on aura le temps...

– On n'a pas le choix. Allons-y.

La coiffeuse soupira de manière théâtrale, mais se mit finalement au travail, Dieu merci. Une visite dans un salon de coiffure était la dernière chose dont Helena avait envie, mais elle n'avait pas d'autre choix, elle devait la faire. Ce jour-là, elle devait parler devant le conseil de surveillance du Conglomérat, composé, bien sûr, exclusivement d'hommes de plus de soixante ans. Même s'ils la connaissaient depuis des années et bien qu'elle ait présenté devant eux des dizaines d'analyses et de rapports, elle devait se battre à chaque fois pour qu'ils la prennent au sérieux. Elle avait vite appris que ce qui comptait, ce n'était pas ce qu'elle disait, mais comment elle le disait – et de quoi elle avait l'air. Elle savait que si elle y allait avec des racines apparentes sur le crâne, des ongles non vernis et sans maquillage, elle serait pour eux une vieille carne qu'on pouvait ignorer et renvoyer sans considération aucune. Bien entendu, elle ne pouvait pas non plus tomber dans l'excès inverse, mettre un rouge à lèvres criard, des talons trop hauts ou des boucles d'oreilles tape-à-l'œil. Alors, elle serait une vamp vieillissante, une virago fardée. L'apparence acceptée possédait une définition étroite et il était facile de forcer le trait. Encore heureux qu'elle n'ait jamais été particulièrement attirante, au moins personne ne l'avait soupçonnée de devoir ses promotions à ses charmes.

La coiffeuse commença à poser la teinture. Au moins, elle n'essaye pas de me faire la causette, songea Helena, elle ne me demande pas comment va la santé et la famille. Ces conversations sans queue ni tête, dépourvues d'objectifs clairs, la fatiguaient ; parler pour parler, pour faire taire le silence, ne servait à rien. La directrice Niemczyk ferma les yeux et passa une nouvelle fois en revue le discours préparé pour le conseil.

Tout portait à croire que l'avarie de la Montagne de fer n'était pas due à un malheureux accident, les ragots à ce sujet allaient bon train au Conglomérat. La veille, un rapport avait été publié par on ne savait quelle boîte allemande spécialisée dans la sécurité informatique qui, par le plus grand des hasards, était tombée sur le programme malveillant utilisé pour l'attaque. Helena ne comprenait pas les détails techniques mais, par chance, les conclusions du rapport avaient été rédigées dans une langue simple et limpide – et confirmaient pleinement ses soupçons. Selon ce rapport, c'était le système hydraulique de l'établissement qui avait été attaqué. Le programme malveillant avait augmenté la pression dans les tuyaux qui pompaient les liquides post-flottation dans les réservoirs, conduisant à une perte d'étanchéité dans ces derniers et, en conséquence, à une fuite catastrophique. Et bien que rien ne relie cette attaque aux Américains, en appliquant la logique du *cui bono?*, on pouvait supposer qu'ils y avaient trempé de quelque manière. Ils tenaient à ce qu'un accident survienne à la Montagne de fer parce que alors les chances étaient fortes que le Conglomérat, en dépit de ses intérêts à long terme, décide de se débarrasser de ses cuves – d'autant plus que, pour des raisons obscures, le PDG Bełżyński était favorable à la transaction, tout comme le ministre Artur Warecki, leader du parti Pologne Demain. Et pourquoi tout ça? Probablement pour s'approprier l'un des plus gros gisements de rhénium au monde. Bien que le prix de ce métal soit ces temps-ci au plus bas, on pouvait supposer que, dans un futur plus ou moins proche, il allait retrouver des niveaux records et même les dépasser, qui sait. En effet, il s'avérait que ce métal, en tant qu'excellent supraconducteur à une température proche du zéro absolu, trouvait une nouvelle application dans la construction d'ordinateurs quantiques.

Jusqu'à peu, ces machines n'existaient essentiellement qu'en théorie, sur le papier, mais ces dernières années, des scientifiques à la solde de multinationales avaient franchi plusieurs étapes clés. Pour finir, en 2019 Google avait annoncé que leur machine quantique, le Sycamore, avait atteint ce qu'on appelait une suprématie quantique. En d'autres termes, en moins de trois minutes, elle était capable d'effectuer une opération mathématique incroyablement compliquée qui aurait demandé au plus rapide des ordinateurs conventionnels la bagatelle de dix mille ans. Et même si de nombreux experts avaient émis des doutes quant à certains détails de cette déclaration, une chose était sûre : la course technologique avait fait un bond. Peut-être que, d'ici quelques années, n'importe quelle entreprise, administration ou faculté voudrait posséder un ordinateur quantique qui, pour le moment, n'était utilisé que par une poignée de laboratoires ? Et, ce jour-là, le rhénium deviendrait un matériau très très demandé.

– Ça ne brûle pas, au moins ? demanda la coiffeuse.

– Non, répliqua Helena alors que ça la brûlait de tous les diables.

Mais ça lui était égal ; le lendemain, ses cheveux pouvaient même tomber, la seule chose qui comptait, c'était maintenant, aujourd'hui. Elle tiendrait tête à Bełżyński, elle ne permettrait pas que le Conglomérat tombe entre de mauvaises mains. Après quoi, advienne que pourra, que ces menaces envoyées d'un numéro masqué se réalisent. Elle était prête. Dans ses veines coulait l'alcool, cet antidouleur formidable, son unique ami. Pas trop, deux dixièmes, allez, peut-être un demi-gramme par litre, autant dire rien pour une alcoolique aussi aguerrie qu'elle. Pourtant, c'était suffisant pour que tout devienne agréablement chaud à l'intérieur, pour que ses mains ne tremblent pas, pour que sa tête n'explose pas.

Helena tint le coup avec la teinture une demi-heure de plus, répétant dans sa tête les arguments qu'elle avait préparés pour la session du conseil afin de ne rien oublier, de ne pas perdre le fil et de ne pas tomber dans les profondes ornières de la haine de soi creusées dans sa matière grise durant des milliers de nuits sans sommeil et de dimanches solitaires. Enfin, la coiffeuse rinça la teinture, et la peau de son crâne cessa d'être en feu. Le séchage ne dura pas longtemps – ses cheveux fins et clairsemés ne gardaient pas l'humidité – et, à 9 h 30 pile, Helena Niemczyk montait dans sa voiture. Elle renifla longuement pour vérifier si ce Jędrzej ou Andrzej n'avait pas encore fumé de cigarette, mais non, on ne percevait que la senteur de fleurs synthétiques émanant du sapin en carton qui pendouillait du rétroviseur. Ah, j'ai enfin réussi à lui faire comprendre ça, songea la directrice Niemczyk avec une certaine satisfaction avant de boucler sa ceinture.

– Au bureau, lui lança-t-elle.

– Bien sûr.

Ils roulèrent en silence par les rues paisibles de Lubin. Helena ne regardait pas par la fenêtre. Elle craignait de voir une femme avec une poussette, des enfants qui taperaient dans un ballon ou une famille qui marcherait main dans la main et que des larmes humiliantes perlent encore sous ses paupières, qu'elle recommence à s'apitoyer sur son sort, bien qu'elle n'ait pas le droit de le faire, bien qu'elle ait mille fois mérité sa douleur et tout ça. C'est probablement pour cela qu'elle remarqua que le chauffeur la regardait à la dérobée dans le rétroviseur. Des coups d'œil furtifs, nerveux. Qu'est-ce qu'il me veut ? se demanda-t-elle. C'est à cause de mes cheveux ? La couleur est mal posée ? Ils commencent à tomber ? Mais non, elle vérifia son reflet dans la vitre, tout allait bien. Alors c'est quoi le truc, pourquoi il me mate ? Il est tombé amoureux, ou quoi ? D'ailleurs, peu lui importait, ils étaient presque arrivés.

– Vous pouvez rentrer chez vous, ça risque de durer un moment, déclara-t-elle. Je vous appellerai quand ça sera terminé.

– Merci, madame la directrice.

– Mais soyez prêts à sortir, d'accord ? Que je ne sois pas obligée de vous attendre.

– Bien entendu, madame la directrice.

La voiture s'arrêta devant l'immeuble. Helena passa d'abord à son bureau. Elle voulait imprimer le résumé de son exposé pour que ces messieurs du conseil ne soient pas obligés de lui poser des questions si jamais ils ne comprenaient pas tout, ils n'aimaient pas l'admettre. Cependant, quelque chose clochait. La directrice Helena Niemczyk n'arrivait pas à se loguer à son ordinateur de fonction.

Julita contourna la barrière mobile à l'entrée du parking du Schweiz Zentrum, ôta sa casquette et ses lunettes de soleil. Enfin, elle sentit l'adrénaline monter. En une fraction de seconde, sa nausée s'estompa, ses larmes séchèrent, et bien que son cœur continue à frapper dans ses côtes, elle se sentait plus forte et plus sûre d'elle à chacun de ces battements. Elle aurait voulu croire qu'il s'agissait d'une intervention divine, que c'est l'ange qu'elle avait prié qui avait joué de son clairon d'or et lui avait redonné du courage. Mais elle connaissait bien ce mécanisme, ou plutôt : cette addiction. Elle n'était calme que dans l'œil du cyclone. Maintenant que chaque erreur, même la plus infime, impliquait une défaite, ses pensées, ses doutes et ses craintes inutiles s'étaient tus. Elle était complètement concentrée sur l'objectif, elle contrôlait son esprit et son corps, devenus des instruments soumis à sa volonté. Et elle en jouait à la perfection, sans hésitation ni fausse note, comme un musicien qui s'exerce en coulisse, observant nerveusement le public derrière le rideau, mais qui, une fois sur scène, oublie le monde entier et se perd dans son art.

Elle dépassa une Sedan rouge et, sans même ralentir le pas, salua d'un hochement de tête l'homme qui en descendait comme s'ils se connaissaient depuis toujours et que leurs enfants fréquentaient la même école. Le Suisse agita la main en guise de bonjour, tiraillé par le remords de n'avoir pas reconnu une collègue. Julita ne le voyait plus, elle l'avait déjà oublié ; d'un geste sûr et rapide, elle sortit de son sac les montures de lunettes coloriées jusqu'à l'absurde préparées par Jan. N'importe qui d'autre aurait eu l'air débile dans un tel accoutrement, mais Julita dégageait une telle confiance en soi que tout le monde les considérerait sur elle comme le dernier cri en matière de mode, la jalousant et regrettant de ne pas en avoir de pareilles. Elle déboutonna son pardessus pour montrer ses fringues chères, achetées la veille avec une carte de crédit dans l'une des boutiques de luxe de la Bahnhofstrasse – les étiquettes, toujours pas coupées, étaient glissées dans le col et derrière la ceinture ; si tout se passait comme prévu, elle rendrait ces vêtements le lendemain. Elle sourit à la caméra de surveillance suspendue au-dessus du poste de garde, radieusement, chaleureusement, comme à la vue d'un ami après une longue séparation. Puis elle programma un réveil dans son téléphone portable – il devait sonner dans soixante secondes, très précisément – et elle pénétra à l'intérieur.

Il s'agissait d'une pièce exiguë d'apparence toute médicale : murs blancs, éclat d'halogènes réfléchi par un sol en pierre lisse ; devant elle, il y avait un tourniquet en acier qui gardait l'accès à une porte à code et, à côté, une vitre sombre, à demi transparente, derrière laquelle était assis un agent de sécurité dans un uniforme dépourvu d'insignes. L'homme lui lança un bref coup d'œil avant de tourner la tête vers l'écran de son ordinateur. Julita apposa la copie de la carte de la réceptionniste sur le lecteur, la lumière passa au vert. C'était le premier moment délicat : si le gardien avait la fiche de la personne qui entrait sur son écran, il se rendrait vite compte que quelque chose n'allait pas, que cette brune menue n'était pas l'imposante Hedwig Keller. Mais non, il ne tiqua même pas. D'ailleurs, pourquoi vérifierait-il quoi que ce soit ? Le bâtiment était gardé par une technologie qui faisait tout à sa place, qui regardait, écoutait, veillait. Privé de tout stimulus, le cerveau tombait dans l'ennui, et de là dans un état d'hébétude amorphe dont ne pouvait l'extraire que le rugissement d'une sirène d'alarme. Julita poussa le bras du tourniquet. Dès qu'elle passa de l'autre côté, elle entendit un *clic* métallique – le mécanisme libératoire s'était à nouveau bloqué, les jeux étaient faits.

Deuxième moment à risque : le clavier numérique. Avec Jan, ils avaient espéré reproduire le code à l'aide des données de la Fitbit volée. Ce bracelet enregistrait la position avec une précision chirurgicale – mine de rien, le GPS avait été créé comme technologie militaire servant au guidage de missiles, alors chaque centimètre comptait, tandis que l'accéléromètre intégré percevait les mouvements de la main. En théorie, en couplant ces données avec l'information de la position exacte du clavier et de ses dimensions, on pouvait reproduire le code tapé dessus. Le poignet portant la Fitbit se lève, se fige au milieu du clavier, devant le 5, puis se déplace d'un demi-centimètre vers le haut, jusqu'au 8, puis à gauche, vers le 7… Dans des conditions de laboratoire, on avait réussi à le faire, Julita avait un jour lu la description de cette expérience. Mais la vie, ce n'est pas un labo et, en dépit de nombreuses tentatives, Jan n'avait pas été capable de reproduire la combinaison. Elle devait donc se débrouiller autrement. Quand elle fut presque au niveau de la porte, le réveil programmé plus tôt retentit avec la sonnerie typique d'un appel entrant. Julita s'empara de son téléphone et entama une représentation théâtrale d'une unique actrice dédiée à un unique spectateur.

– Oui ? Allô ? Oui, j'arrive en ce moment même… lança-t-elle en anglais.

En effet, ils devaient certainement avoir des clients qui ne connaissaient pas l'allemand.

– Bien sûr, je note…

Julita coinça son portable entre son oreille et son épaule, et ouvrit le sac à main suspendu au creux de son coude. Elle en sortit un stylo et un carnet, puis commença à gribouiller des choses à la hâte.

– Oui, oui, absolument… reprit-elle.

Du coin de l'œil, elle remarqua que le gardien avait détaché son regard de l'écran et l'observait. Parfait.

– Je m'en occupe dès que je suis à mon bureau, laissez-moi une minute… ajouta-t-elle assez fort pour que l'homme l'entende.

Et puis, toujours sans cesser de noter et en pressant toujours son portable contre son oreille, elle tenta d'inscrire le code avec son coude parce qu'elle n'avait évidemment plus de main libre. Elle choisissait des chiffres au hasard ; cela n'avait aucune importance. 2-3-8-0. *Erreur.* 5-0-2-5. *Erreur.* 9-6-1-1. *Erreur.*

– Ah oui… Je comprends que ça soit urgent, ne vous énervez pas… dit-elle dans le micro d'une voix tremblante (bordel, songea-t-elle, j'espère que je n'en fais pas trop), avant de lancer au gardien un regard implorant.

Ayez pitié de moi, disait celui-ci. Vous entendez bien que le client s'agace, se plaignait-il. Vous voyez bien que je n'ai pas la possibilité d'inscrire ce satané code, persuadait-il.

L'agent hésita. Il voyait cette femme pour la première fois de sa vie, il aurait probablement dû l'arrêter, l'interroger… Mais le système l'avait reconnue, elle avait passé le tourniquet sans problème, elle savait comment tout fonctionnait par ici. Et puis, elle avait l'air d'être quelqu'un d'important, une responsable d'une chose ou l'autre qui, si elle le voulait, transformerait sa vie en enfer. En fin de compte, il céda et appuya sur le bouton caché sous son bureau qui libérait le verrou. Julita hocha la tête dans un remerciement muet, ouvrit la porte avec le pied et pénétra à l'intérieur du Schweiz Zentrum.

Elle savait que ça se passerait ainsi, qu'il lui suffirait d'un peu de bluff, d'une dose d'arrogance et de charme personnel pour que n'importe quel sésame s'ouvre devant elle. L'homme est plein de paradoxes : on se fait les pires crasses, on se vole, on s'assassine, mais on n'est pas en mesure de se départir de quelques basiques réflexes de cordialité, on tient la porte à un inconnu, on aide à ramasser des feuilles de papier éparpillées sur le trottoir. C'était une erreur *zero day* impossible à supprimer avec une mise à jour.

Julita rangea le téléphone et le carnet dans son sac, elle ôta son manteau et le plia sur son bras. Elle marchait dans un long couloir sans fenêtres qui reliait l'entrée des employés au hall et au comptoir d'accueil. Elle devait passer devant, appeler l'ascenseur et monter au deuxième étage, puis tourner à gauche et ouvrir la troisième porte à droite. Jan lui avait tout indiqué sur un plan de l'immeuble arraché à aux tréfonds d'Internet. C'est là que se trouvait la salle de réunion Matterhorn où ce jour-là, à midi – soit dans à peine plus de trois heures ! – allaient se rencontrer Susan Lewandowsky, Daniel Królak et Pyotr Semenov. La seule chose qu'elle devait faire, c'était entrer dans cette pièce, poser les micros et sortir de l'établissement sans se faire repérer. Cette étape était censée être plus simple – il est toujours plus facile de sortir que d'entrer, n'est-ce pas ? Le pire est derrière moi, se dit-elle.

Julita quitta le couloir pour pénétrer dans le hall : un sol en marbre, une baie vitrée avec vue sur les Alpes et le chuchotement apaisant de l'eau coulant dans une fontaine minimaliste et de bon ton. En dehors du bureau de l'hôtesse d'accueil – Julita lui sourit sans ralentir pour que celle-ci n'ait pas le temps de bien la regarder ou de lui demander quoi que ce soit – il n'y avait rien d'autre ici, aucun grand pot de plantes vertes, aucun sofa, pas même une poubelle. C'était un volume brut, quasi irréel dans son ascétisme ; Julita eut l'impression de traverser une visualisation préparée par un architecte d'intérieur et non un lieu réel.

Elle retrouva sans mal l'ascenseur et l'appela en appuyant sur le bouton. Chaque seconde d'attente s'allongeait impitoyablement et amplifiait le danger ; plus elle allait attendre ainsi et plus forte était la probabilité que quelqu'un la remarque, s'approche et lui adresse la parole. Julita s'efforça d'étouffer l'angoisse qui croissait, de ne pas laisser le stress apparaître à l'extérieur : aucun geste brusque, aucun balancement nerveux d'un pied sur l'autre, aucun coup d'œil à sa montre. *Ping.* Enfin. La porte métallique s'ouvrit sans un bruit, Julita pénétra à l'intérieur et appuya sur le bouton numéro 2.

Rien ne se passa. L'ascenseur ne bougea pas d'un millimètre, même la porte ne se referma pas. Bordel, bordel – Julita commença à paniquer – qu'est-ce qui ne va pas, qu'est-ce qui se passe ? Elle observa le panneau de commandes ; en bas, il y avait un lecteur RFID. Elle y apposa la carte d'Hedwig, appuya à nouveau sur le bouton – toujours rien. Ce n'est pas bon, ça, ce n'est vraiment pas bon… Il fallait croire que les réceptionnistes n'avaient pas accès aux niveaux supérieurs. Elle sortit de l'ascenseur aussi vite qu'elle put sans attirer l'attention sur elle. L'escalier, où était l'escalier ? Elle l'avait vu sur le plan, il était derrière, croyait-elle, caché par la colonne… Elle s'immobilisa devant une porte blanche dépourvue d'un quelconque écriteau ou signe, elle posa la main sur la poignée… et hésita. Elle réfléchissait : la porte pourrait être ouverte et, dans ce cas, tout ira bien. Elle pourrait être fermée, dans ce cas j'aurai un problème. Ou elle pourrait être branchée à une alarme, dans ce cas je suis dans la merde. Elle ferma les yeux, se mordilla la lèvre. Un… deux… trois…

Fermé. Bordel, putain, chier. Ben ouais, puisque l'accès à l'ascenseur était restreint, alors celui à l'escalier l'était aussi. Désespérée, elle appuya une nouvelle fois, plus fort, même si cela n'avait aucun sens. La porte céda sans un bruit. Comment ? Pourquoi ? Ça ne servait à rien de se poser la question. Julita soupira de soulagement et pénétra dans la cage d'escalier. Tout était blanc par ici : les balustrades, les marches, les murs, au point que les bords s'estompaient, les formes s'effaçaient – c'était un espace "escherien" déboussolant. Julita tentait de se mouvoir le plus silencieusement possible, mais les talons claquaient malgré tout sur les marches, chaque pas, réfracté en écho sur les murs, se propageait dans le bâtiment entier. Ce n'est rien, se disait-elle, les gens sont bien obligés de passer parfois par ici, personne ne va débarquer une arme au poing. Cependant, elle se rappela quand même l'hôtel de Las Vegas, quand elle dévalait l'escalier avec Jan, à se rompre le cou, pieds nus, la plante d'un pied entaillée et en sang, pleurant d'effroi. Du calme… se répétait-elle comme un mantra, reste calme, du calme, reste calme…

Deuxième étage. Julita passa la tête par l'embrasure de la porte et vit un long couloir carrelé de pierre, probablement du basalte, et une rangée de portes conduisant à des salles de réunion… ainsi qu'un chariot de service garé en plein milieu, rempli de sachets de sucre de canne, de gobelets à usage unique et de bouteilles d'eau minérale. Si terre à terre, si ordinaire, il jurait avec cet intérieur, avec tous ces complots et manigances, avec ces élections volées. Julita le contourna, passa devant une porte entrouverte derrière laquelle bruissait un aspirateur et s'arrêta devant la salle Matterhorn. Elle cola l'oreille à la porte. Rien, silence, il n'y avait apparemment personne à l'intérieur, comme ils l'avaient supposé avec Jan ; sur le graphique qu'ils avaient copié depuis l'ordinateur d'Hedwig, il n'y avait aucune autre réservation pour ce jour. La tuile, c'est que la poignée n'avait pas remué d'un pouce. Bordel. Julita accola le badge d'Hedwig à la serrure, mais le scintillement d'une diode rouge lui ôta tout espoir ; elle n'entrerait pas. Et maintenant ? se demanda Julita. Ils n'avaient pas prévu cette éventualité, comment avaient-ils pu ne pas la prévoir ?

Elle eut une illumination. La femme de ménage ! La femme de ménage devait avoir une carte d'accès à toutes les salles ; chaque pièce, même la plus protégée, devait en effet être dépoussiérée de temps à autre. Mais comment se procurer cette clé ? Elle n'allait pas assommer cette pauvre femme, l'étaler d'une prise de karaté. Elle pourrait lui demander d'ouvrir parce qu'elle aurait soi-disant laissé quelque chose à l'intérieur, mais la femme pourrait refuser, et même si elle acceptait, elle y entrerait probablement avec elle et attendrait – comment, dans ces conditions, mettre la pièce sur écoute ? Non, se dit Julita, je dois avoir cette salle rien que pour moi, sans témoins. Elle se demanda un instant comment y arriver. L'idée qui lui traversa l'esprit était folle, risquée… mais pouvait marcher.

Julita trouva des toilettes. Elle y entra, prit du papier toilette dans une cabine avant de le dérouler, de le jeter dans un lavabo et d'y mettre le feu. La fumée sombre, irritante, s'épaississait de seconde en seconde, s'élevait vers le plafond… au milieu duquel se trouvait un détecteur anti-incendie. Encore un instant, encore une minute… *OooooIiiiIIIiiiIII !!!* hurla la sirène. Julita ouvrit le robinet, se mouilla les mains et courut dans le couloir. La femme de ménage s'y trouvait déjà, elle se dirigeait vers l'escalier ; la lumière d'alarme qui clignotait à intervalles réguliers peignait son tablier blanc en rouge.

– *Halo !* Excusez-moi ! poursuivit Julita en anglais.

La femme s'arrêta et se tourna dans sa direction, visiblement déboussolée. Elle avait une quarantaine d'années, les cheveux gras, le teint jaunâtre, des cicatrices de piercing refermées sur les oreilles. On voyait d'emblée qu'elle n'aimait pas côtoyer le personnel de rang supérieur, qu'elle préférait rester inaperçue, dans l'ombre. C'est bien, estima Julita, totalement dépourvue d'empathie à ce moment-là, elle sera plus facile à manipuler.

– Vous pourriez m'ouvrir la salle Matterhorn ? Je suis sortie pour aller aux toilettes sans ma carte et mon ordinateur est resté à l'intérieur, déclara Julita en anglais en levant ses mains trempées, censées crédibiliser son histoire.

– *Es tut mir leid, ich verstehe nicht...* balbutia la femme.

Elle parlait avec un accent lourd. Elle pouvait même être polonaise. Peu importait.

– Matterhorn, répéta Julita avec emphase, d'un ton ne souffrant pas de refus. Ouvrez-moi.

– *Entschuldigung, aber...*

– Tout de suite ! Je dois emporter mon ordinateur, vous comprenez ? Ordinateur !

La femme de ménage se recroquevilla. Son regard passait de Julita au signal d'alarme clignotant en rouge – la fumée se faisait déjà sentir dans le couloir. En fin de compte, manifestement effrayée, elle lui indiqua d'un geste de la suivre. Elle lui ouvrit la porte de la salle de réunion et, sans demander son reste, courut vers l'issue de secours. Parfait, songea Julita, maintenant il faut placer les micros et dégager d'ici comme s'il y avait vraiment le feu. Elle entra dans la salle, referma la porte derrière elle... et se figea.

À l'intérieur, il y avait quelqu'un. Daniel Królak. Il était assis dans un coin de la pièce, devant un ordinateur portable. En la voyant, il le repoussa sur le côté.

– Bonjour, madame Julita, dit-il en lui indiquant une place à l'autre bout de la table. Je vous attendais.

10

3 février 2020, environs du lac Tahoe,
Californie, États-Unis

Pyotr Nikolaïevitch Semenov approcha son œil du viseur optique. Le monde entier se réduisit à un disque étroit bordé de noir. Les montagnes, le ciel, la forêt et même ses propres mains avaient disparu, il ne voyait que la verdure intense des plantes qui poussaient au bord du ruisseau. Mais il ne la voyait pas de manière claire parce que tout mouvement rendait l'image floue et la petite croix dessinée sur la lentille tremblotante.

– Tu dois calmer ta respiration, mon pote, lui dit la voix grave de Logan Milburn. Sinon tu ne l'atteindras jamais.

Pyotr Semenov suivit son conseil. Il inspira profondément et retint l'air dans ses poumons. Effectivement, la forêt cessa d'onduler et les formes prirent une netteté exagérée, quasi artificielle. Alors, il le vit sur la rive caillouteuse du ruisseau, près d'un sapin abattu : un castor. Les longues dents jaunes grignotaient l'écorce tandis que ses yeux méfiants surveillaient la zone sans relâche, à la recherche d'un prédateur : loup, coyote, puma. Il avait peut-être déjà remarqué leur présence, celle des humains : un éclair de soleil se reflétant dans la vitre du véhicule tout-terrain ou le bonnet de laine rouge sur la tête de Pyotr. Cependant, même si c'était le cas, l'animal les ignorait. Il ne se doutait pas que ces vagues silhouettes à l'autre bout de l'étendue d'eau pouvaient constituer un danger ; la distance qui les séparait était trop grande. Pas plus gros que le poing d'un enfant, son petit cerveau était incapable de comprendre le fonctionnement de la technologie humaine, il ne saisissait pas que le projectile tiré du fusil de chasse parcourrait cette distance en une fraction de seconde et déchirerait son corps en morceaux.

– Tu le vois ? demanda le milliardaire. Oui ? Alors vas-y, tire avant qu'il se casse. Ces enfoirés sont nerveux.

Ses poumons commençaient à piquer. Ses instincts primaires de survie intervenaient déjà, reprenaient le contrôle de son corps, lui ouvraient les mâchoires de force : inspire, expire ! Mais Pyotr Semenov tint le coup quelques secondes de plus, assez pour placer le centre du viseur sur la tête de l'animal, puis il appuya sur la gâchette glissante de sueur. Il y eut un fracas et la crosse de la carabine heurta douloureusement son épaule, l'image devint à nouveau floue, brouillée.

– Yiaah ! Touché ! cria Logan Milburn.

Dans sa voix, on pouvait entendre une joie authentique, presque enfantine. Pyotr retint à nouveau sa respiration. Encore vivant un instant plus tôt, le castor était à présent couché immobile sur le bord rocheux, son sang sombre avait éclaboussé les galets et les feuilles des fougères, la tête de l'animal transformée en une bouillie informe. Grâce au zoom multiple, le Russe voyait précisément les fragments des os brisés et le rose pâle des organes internes. C'est fascinant, se dit-il. C'était – ce n'est plus. Vivant – mort.

Il éloigna son visage du fusil, se releva et épousseta son pantalon. Celui-ci était vert, imperméable, avec des genouillères spéciales. Il le portait pour la première fois, ils l'avaient acheté la veille, dans une boutique de chasse à Truckee. Logan y était reçu en roi. Pas étonnant, cent personnes travaillaient dans son ranch près de la ville, deux cents autres sur son terrain de golf situé non loin de là.

– Si tu savais les problèmes que j'ai avec ces fils de pute.

Le milliardaire tendit la main vers un petit frigo portatif bleu et en sortit deux canettes de bière. Daniel Królak était assis sur un tabouret de pêche et grignotait une tranche de *beef jerky*. Il était arrivé quelques jours plus tôt et avait tué son castor la veille.

– Pas une semaine ne passe sans que ces salopards n'inondent un coin ou ne bloquent une route. Bière ?

– Non, merci, répondit Pyotr.

– Un Russe qui ne boit pas ?

– Pyotr Nikolaïevitch est unique en son genre, intervint Królak, tout sourire.

– Tant pis, dans ce cas je boirai les deux… Et vous savez ce qui est le pire, dans tout ça ? – *Pcht…* Logan ouvrit la canette et lécha la mousse qui s'échappait, seules quelques gouttes tombèrent sur les lichens. – On avait déjà réussi à les éradiquer une fois par ici, ces nuisibles. Au début du XXe siècle. Et qu'est-ce qui s'est passé ? Dans les années 1940, le gouvernement nous les a ramenés. Sérieusement ! Foutus Forest Services. Sans aucune consultation, sans rien demander. Vous imaginez ça ? Pour préserver les terrains marécageux dans leur état naturel, qu'ils disaient. Elle est bien bonne.

L'Américain secoua la tête, véritablement indigné, et prit une autre gorgée de bière, comme si citer les paroles des gardes forestiers lui avait laissé un goût désagréable en bouche et qu'il fallait le rincer au plus vite.

– J'ai dû faire du lobbying pendant sept ans pour qu'ils me permettent de les chasser, poursuivit-il. Sur mes propres terres ! C'est absurde. Chez vous, c'est pareil ?

– Chez nous, personne ne se préoccuperait d'une autorisation.

– Oh, voilà, voilà ! Ça, c'est ce que j'appelle la liberté ! Pas toutes ces administrations, ces tampons, ces réglementations, c'est à devenir dingue. Mais je vais les buter, ces connards, les castors, je veux dire, vous allez voir. L'année dernière j'en ai buté près de soixante, cette année déjà plus de quarante. Ils vont apprendre à rester loin d'ici.

Logan Milburn termina sa bière, écrasa la canette et la jeta dans les buissons. Il avait près de soixante-dix ans, mais avait l'air d'en avoir à peine quarante. On sentait cependant que cette jeunesse était découpée au scalpel et figée au botox : sa peau avait un reflet plastifié, tandis que la racine de ses cheveux d'un noir profond était si régulière qu'on aurait dit qu'elle avait été tracée au compas. Son apparence évoquait un fruit décoratif en cire : parfait, mais artificiel dans sa perfection, voire repoussant.

Son premier million, il l'avait gagné grâce à des opérations immobilières dans son Kentucky natal. Dans les années 1980, il avait déménagé en Californie et s'était mis à investir dans les entreprises technologiques. À présent, près de quarante ans plus tard, il était fabuleusement riche. Mais ça ne lui suffisait toujours pas, il avait toujours faim. Non pas de dollars, ceux-là, il en avait à foison, plus que ce que lui et ses neufs enfants nés de quatre mariages différents seraient capables de dépenser. Logan voulait le pouvoir, modeler le monde. Il s'était porté candidat aux élections à plusieurs reprises, mais, bien qu'il ait dépensé une fortune pour sa campagne, sans succès. Ses meetings, malgré un cadre splendide et des saucisses généreusement distribuées, restaient déserts. Ses discours ne suscitaient pas l'adhésion. Les gens dont il cherchait à gagner le vote sentaient qu'il les méprisait, qu'il s'abaissait à parler avec eux à contrecœur, avec un dégoût à peine dissimulé et un ressentiment à l'égard du monde. Comment, lui, Logan Milburn, le multimilliardaire, devait s'entretenir avec un mécanicien aussi sale, avec une femme de ménage latino moustachue, avec un paysan puant la fiente de poules, comme s'ils étaient ses égaux ? Ils ne l'étaient pas et ne le seraient jamais.

Mais le monde changeait. Il était beaucoup plus facile de tirer les ficelles, l'argent ouvrait de plus en plus de portes. Logan Milburn avait compris qu'il n'avait pas besoin d'obtenir un mandat électoral lui-même, que – comme pour tout le reste, d'ailleurs – il pouvait avoir des gens pour cela. Des gens qui, en échange des restes tombés de sa table, seraient prêts à tout.

Logan n'était pas seul. Dans ses cercles – c'est-à-dire dans les stations de ski d'Aspen, dans les villas huppées de Martha's Vineyard ou sur les îlots-palais éparpillés dans le bassin du fleuve Saint-Laurent –, nombreux étaient ceux qui se plaignaient des mêmes maux: de l'État qui enflait, des libertés qui fondaient, des impôts qui augmentaient. Tout à coup, il suffisait de sourire à sa secrétaire pour se retrouver dans le pétrin, on disait une petite blague sur les noirs et on finissait en première page des journaux, sous les huées – et cela malgré ses millions, ses parts et ses actions!

Ils se lamentaient donc, ces milliardaires opprimés, et leurs plaintes avaient été entendues – le diable prête toujours l'oreille. Dans les bals de charité et sur les terrains de golf, dans les marinas des Caraïbes et dans les stations thermales de luxe, il était de plus en plus courant d'entendre un anglais teinté d'un lourd accent de l'Est. Les verres s'entrechoquaient, les couverts en argent tintaient; c'est au son de cette musique qu'on réorganisait le monde.

Daniel Królak et Logan Milburn avaient fait connaissance lors de l'une de ces mondanités. En théorie, leur conversation n'aurait rien dû donner: Logan était en effet un vrai patriote, la vue de la bannière étoilée flottant au vent lui mettait la larme à l'œil. Mais son patriotisme était déformé par la croyance en sa propre prééminence; l'ego du milliardaire était si grand qu'il courbait tout autour de lui. Il était le seul à savoir ce qui était bon pour sa patrie – et cela correspondait bien sûr en tout point à ce qui était bon pour lui.

Initialement, Królak avait eu l'intention de l'utiliser, de le remettre entre les mains de ses supérieurs – un autre pion à placer sur l'échiquier mondial. Mais il avait été plus facile de se retrouver sur l'orbite du milliardaire que de s'en libérer. Rien ne monte tant à la tête que du champagne bu dans un jet privé ; celui qui goûte une fois à ce divin nectar méprisera pour toujours la nourriture des mortels. Daniel Królak aurait peut-être pu résister à ces tentations sans les frustrations accumulées au fil des ans : en dépit des succès colossaux du programme qu'il menait, la promotion tant espérée se faisait attendre. Bien que Semenov, le savant numérique qu'il avait découvert, ait promis de faire des miracles, on leur avait refusé leur financement. Alors, Królak avait commencé à jouer son propre jeu, planifiant comme toujours plusieurs coups à l'avance. Simultanément, il pipait les élections en Pologne pour ses anciens employeurs et se préparait un atterrissage en douceur de l'autre côté de l'océan où l'attendaient déjà des serveurs remplis de données et un Semenov préalablement transféré. Quoique, non, il ne "l'attendait" pas, cela aurait impliqué l'inaction, or Semenov agissait. Chaque semaine qui passait, le ZNATOK obtenait des résultats, de plus en plus probants.

– Très bien, les gars, dit Logan en achevant sa seconde bière avant de s'essuyer la bouche sur la manche de sa chemise en flanelle. On s'est bien amusés, maintenant rentrons dans le vif du sujet. Je veux entendre à quoi a servi mon argent.

– Bien sûr, répondit Daniel, dès qu'on sera de retour au ranch.

– Non, pas quand on sera de retour. Ici. Maintenant.

– Mais on a préparé une présentation sur laquelle…

– Aucune présentation, fit l'Américain en lui coupant la parole.

On aurait dit un enfant qui faisait un caprice.

– Si tu ne me convaincs pas sans diapos, c'est que t'as que dalle, reprit-il. Et tu m'as promis de l'or pur.

Królak se racla la gorge. Logan payait beaucoup – et exigeait beaucoup. Ils s'étaient mis d'accord sur le fait que la Pologne, sur laquelle ils avaient préalablement amassé le plus de données, allait servir de cobaye. Elle était parfaite pour cela : un petit pays persuadé de sa spécificité qui n'importait à personne d'autre qu'aux Polonais. À l'instar de Cambridge Analytica, Semenov et Królak avaient donc commencé leurs expériences hors du cadre du monde occidental, là où ils pouvaient se permettre des erreurs. Leur capacité ou non à s'emparer des gisements de rhénium cachés au fond du réservoir de la Montagne de fer devait servir de mesure à leur efficacité. Comme d'autres milliardaires de la Silicon Valley, Milburn pariait sur le fait que les ordinateurs quantiques se généraliseraient dans les années à venir et que le prix de ce métal s'envolerait. La Chine couperait alors ses réserves du marché mondial et les entreprises concurrentes se jetteraient sur les gisements canadiens et chiliens. Celui qui serait prêt serait en mesure de distribuer les cartes. Or, Logan Milburn adorait distribuer les cartes.

– Comme nous l'avons prévu, le ministre Warecki nous est favorable. Il est prêt à user de son autorité pour faire aboutir la transaction.

– Tu l'avais dans ta poche dès le départ. Ça ne prouve rien.

– Oui, c'est vrai. Mais nous avons aussi décortiqué la direction du Conglomérat. Et ce, grâce au ZNATOK, justement.

– Humm…

Le milliardaire croisa les bras sur sa poitrine et s'adossa au capot de son véhicule tout-terrain imposant, couvert de poussière, qui consommait à peine moins qu'un char de combat : un monstre d'acier nourri au gasoil.

– Et de quelle manière ? demanda-t-il.

– Pyotr ? Pourriez-vous nous l'expliquer ?

Semenov acquiesça. Il était calme. Mieux, il était enchanté. Il avait longtemps attendu ce moment, ce triomphe. Cela ne le dérangeait pas d'avoir un public aussi restreint et de présenter les preuves indiscutables de la véracité de ses thèses non pas dans un amphi universitaire, mais en plein cœur d'une forêt où flottait une odeur douceâtre de carcasse en décomposition.

– Commençons peut-être par rappeler les principes fondamentaux du projet, dit-il avec une emphase propre aux anciens universitaires.

Logan leva les yeux au ciel, mais ne l'interrompit pas.

– Nous postulons que nous avons atteint le moment critique de saturation des données. Chacun d'entre nous génère, bon gré mal gré, d'énormes volumes d'informations sur lui-même et, compte tenu du nombre toujours croissant d'enregistreurs dont nous nous entourons, il y en aura de plus en plus au fil du temps. Le problème, c'est que ces données sont, d'une part, dispersées, et de l'autre, anonymisées. Cependant, en ayant à notre disposition A, un nombre suffisamment grand de données, et B, une intelligence artificielle capable de trier ces données et de les croiser, nous devrions être en mesure de réunir ces ensembles dans une base d'informations centralisée pour y identifier ensuite les individus qui nous intéressent. En d'autres termes, dans un milieu proche d'une saturation totale d'informations, la vie privée cesse d'exister. Totalement.

– Assez de théorie, grogna Milburn. Je veux du concret.

– Minute, j'y viens. Dès l'année dernière, nous avons prouvé que notre système, le ZNATOK, était capable de reconnaître les traces numériques d'une personne donnée. Cependant, nous avions encore du mal avec l'interprétation automatique d'une langue. C'est là que le camarade Królak nous est venu en aide en se procurant un algorithme synthétisant des textes en polonais. Depuis, j'ai réussi à l'intégrer pleinement au ZNATOK.

– D'accord, et... ? À quoi ça sert ?

L'Américain perdait patience. C'était la seule chose qui lui manquait. Il voulait tout, tout de suite, servi sur un plateau d'argent.

– Je l'explique. Les algorithmes qui synthétisent des textes se basent sur la reconnaissance des relations entre les mots. Ils doivent déchiffrer de quelle forme de discours il s'agit et ajuster la séquence de mots suivants au matériau de départ. En utilisant l'architecture et les bases de données développées dans le cadre du projet NOTAGOOSE, j'ai conçu un outil qui inverse ce processus, pour ainsi dire. On peut l'utiliser pour déterminer si un texte est un contrat juridique, un rapport boursier ou un roman, et si oui, de quel genre. Cela facilite grandement la classification des données.

Pyotr vit que Logan ouvrait déjà la bouche pour dire quelque chose, mais ne se laissa pas interrompre.

– De plus, nous sommes capables de reconnaître dans quel état émotionnel un texte a été créé. Nous savons si la personne qui l'a écrit était triste, heureuse, effrayée ou désespérée. Et, avec un corpus de données assez grand, nous pouvons également attribuer la paternité d'un texte donné, à condition, bien sûr, qu'il soit suffisamment long. C'est de notoriété publique, l'inflexion, le vocabulaire, la ponctuation sont des traits caractéristiques personnels, et les relations entre les mots utilisés cachent beaucoup d'informations précieuses. Un être humain ne le voit pas forcément, mais une machine si. Alors, si nous disposons d'un certain nombre de documents écrits par quelqu'un, nous pouvons retrouver dans la base d'autres textes écrits par la même personne sans pour autant disposer d'indications sur leur auteur. Et nous pouvons en extraire plus que ce qui a été consciemment exprimé.

Pyotr fit une pause. Puisque l'Américain devait faire une remarque, c'était le moment, avant qu'il ne passe au point suivant. Mais, cette fois, Logan se taisait. Cette fois, Logan souhaitait juste écouter.

– Je vais illustrer ce mécanisme par deux exemples, reprit l'homme qui se cachait jadis sous le pseudonyme de Xtraterrestria1. Le premier, c'est Adrian Bełżyński, le PDG du Conglomérat. Nous avons introduit dans ZNATOK tous les documents dont nous étions sûrs qu'ils avaient été prononcés par lui ou écrits de sa plume, et non dictés à un assistant. Et donc, les transcriptions de ses déclarations dans les médias, des enregistrements non officiels sur lesquels il a été identifié par un algorithme de reconnaissance faciale, ainsi que des mails volés dans sa boîte électronique privée. Après avoir modélisé sa manière de s'exprimer, nous avons recherché toutes les données collectées sur les serveurs du ZNATOK, qu'elles aient été obtenues légalement ou frauduleusement, dans le cadre d'une fuite ou d'un vol. À partir de cela, nous avons découvert des messages que Bełżyński a rédigés sur un portail mettant en lien des prostituées avec des clients qui restaient bien évidemment anonymes. Les enregistrements de ces conversations ont fuité il y a plusieurs années, mais à l'époque il n'était pas possible de les relier à des personnes précises. Aujourd'hui, si. Nous pensons que lorsque nous présenterons ces informations au président Bełżyński, il sera prêt à faire d'importantes concessions en échange de notre discrétion.

– Humm, humm…

Logan Milburn se frotta la barbe. Il tentait de cacher son excitation, de la dissimuler derrière un masque d'indifférence, mais n'y parvenait pas très bien.

– Et le second exemple ? demanda-t-il.

– Beaucoup plus intéressant. Nous avons assez vite établi que la personne clé, de notre point de vue, c'est la directrice des réserves et des gisements, Mme Helena

Niemczyk. Elle est au Conglomérat depuis des décennies, de nombreuses fois récompensée, une experte d'envergure mondiale dans son domaine. Sans sa bénédiction, il sera difficile de remporter la Montagne de fer. À première vue, elle n'offre aucun point de pression, c'est une célibataire, mère endeuillée après la mort d'une enfant handicapée. Aucune liaison, abus, action contraire à l'éthique à des fins personnelles. Il n'y a rien à faire, à part exprimer sa sympathie. La seule chose à laquelle on pourrait s'accrocher, c'est un alcoolisme flagrant, mais dans cette zone géographique il ne s'agit pas d'un penchant inhabituel. Nous avons donc piraté ses messageries, professionnelle et privée, mais là, il n'y avait rien non plus, du moins à première vue. Ce n'est que l'analyse linguistique qui nous a permis de trouver un indice intéressant.

– Lequel ?

– À un moment, à peu près à la moitié de l'année 2013, son courrier commence à contenir des expressions et des associations caractéristiques des personnes en proie aux remords. Il ne s'agit pas, bien sûr, d'une culpabilité ouvertement admise, c'est beaucoup plus subtil que ça. Par exemple, les références à Dieu se font plus fréquentes. La proportion d'adjectifs négatifs par rapport aux adjectifs positifs évolue, surtout lorsqu'ils décrivent le sujet à la première personne. Les heures d'activité changent aussi, ce qui suggère des problèmes de sommeil. Et des centaines, voire des milliers d'autres signaux interdépendants, qui ne peuvent être exprimés en mots car ils font appel à des concepts mathématiques qui ne peuvent être traduits en langage courant.

– Hmm… Alors comment puis-je être sûr que tu ne me racontes pas de conneries ? demanda Logan.

Comme beaucoup de gens riches, Milburn était maladivement méfiant, suspicieux, persuadé que tout le monde, y compris sa femme et ses enfants, ne cessait de tricher, de jouer et de mentir pour s'emparer de son argent – parce qu'il aurait fait la même chose à leur place et parce qu'il n'arrivait pas à imaginer d'autres motivations.

– Parce que nous avons des résultats, intervint Daniel Królak. Poursuivez, Pyotr.

– Nous avons établi la date exacte de ce changement. Elle coïncide avec le décès de l'enfant. Bien sûr, la directrice Niemczyk peut simplement culpabiliser de n'avoir pas fait assez pour prévenir cette tragédie. Mais nous avons des raisons de croire qu'il s'agit de plus que ça, parce que, quatre jours plus tôt, la directrice Niemczyk a adressé au laboratoire de sa compagnie une commande d'acide fluorhydrique. J'ignore si vous le savez, mais c'est une substance utilisée dans les études géologiques, elle dissout très bien les silicates. Et elle est aussi mortellement dangereuse. Quelques gouttes à peine suffisent à tuer quelqu'un. Rapidement et sans douleur.

– Bon d'accord, mais ça ne prouve pas que…

– Bien sûr. Par chance, nous avons pu accéder aux relevés de son portable sur cette période. Le jour du décès de sa fille, la directrice Niemczyk s'est rendue au laboratoire. Elle y a passé précisément cinq minutes, puis elle est rentrée directement chez elle. Deux heures plus tard, elle appelait une ambulance. Bien entendu, il reste la possibilité, certes faible, que la corrélation entre ces signaux ne soit que le fruit du hasard, mais…

Des applaudissements l'interrompirent. Les mains bronzées et si soignées de Logan Milburn claquaient, des mains sur lesquelles veillaient des légions de manucures thaïes et philippines transportées illégalement à travers la frontière. L'écho des frappes se répandait dans la forêt vide et agonisante.

– Génial ! cria Logan, et ses yeux brûlaient d'enthousiasme. C'est tout bonnement fabuleux ! Ah, nous devons nous procurer au plus vite des algorithmes similaires en langue anglaise… Où est-ce que vous m'avez dit qu'on faisait ça, chez nous ? Open AI, Facebook et Google, c'est ça ? Bon, ils ne vont pas nous les vendre, c'est sûr, mais ce n'est pas un problème de leur racheter quelques ingénieurs pour qu'ils nous fassent la même chose depuis le début… Fantastique, c'est fantastique…

– Est-ce que cela signifie que nous pouvons passer à la réalisation de notre plan ? demanda Królak. Le malware pour l'attaque du réservoir est prêt.

– Oui, oui, bien sûr…

Le milliardaire acquiesça, mais ses pensées voguaient déjà ailleurs, vers des sujets plus grands et plus importants. Il venait de comprendre que, au regard de ce qu'il pourrait obtenir, les gisements de rhénium n'étaient qu'un modeste en-cas. En sachant tout sur tout le monde, on pouvait réaliser n'importe quel objectif, assouvir n'importe quelle ambition. Or, Logan Milburn et consorts n'en manquaient pas.

– Il faudra juste créer une entreprise écran pour l'appel d'offres, ma succursale en Arizona s'en chargera… Et je dois… je dois aussi vous présenter à quelques personnes, nous réunirons des financements… Vous devriez passer un coup de fil à Theo Falwell de Broeck Industries, lui aussi a des intérêts en Europe de l'Est. C'est un bon gars, un ami, on peut lui faire confiance…

– Volontiers.

– Ah oui, et vous vouliez une salle de serveurs plus grande, n'est-ce pas ? Pas de problème. J'ai récemment acheté un site du genre près de San Jose, ça fera parfaitement l'affaire. Fabuleux, tout simplement fabuleux…

Logan débordait manifestement d'énergie : il marchait en rond, le paillis sec craquait sous ses bottes de randonnées boueuses. Le milliardaire souriait à ses pensées, tissait des plans d'envergure comme une araignée tisse sa toile, cachée, invisible pour ses victimes, cercle par cercle, de plus en plus serrés. Soudain, il s'arrêta, s'assombrit ; quelque chose lui était revenu à l'esprit. Quelque chose de désagréable.

– Et l'autre journaliste ? demanda-t-il.

Il avait prononcé ce mot, "journaliste", avec un mépris infini. Il considérait les représentants de cette profession comme des parasites oppressifs qui n'existaient que pour le harceler, c'étaient des punaises humaines, des tiques, des poux, une erreur divine.

– Wójcicka ?

– Exact. D'après mes souvenirs, elle a bien failli te coincer à l'occasion de cette élection.

– Ne t'inquiète pas. On a un plan pour l'empêcher de nuire.

– Humm…

Logan fronça les sourcils autant que les sutures probablement cachées derrière ses oreilles le permettaient.

– Mais si vous voulez vous débarrasser d'elle, précisa-t-il, rien ne peut me relier à ça, est-ce que c'est clair ?

– Sois sans crainte, répliqua Daniel Królak tout sourire. Cette fois, on va utiliser une autre méthode.

Quelqu'un referma la porte derrière elle, quelqu'un qu'elle n'avait pas remarqué plus tôt : un homme grand et large d'épaules dans une veste couleur graphite et un pull à col roulé noir. Visage plat, nez cassé, des yeux bleu pâle. Julita le reconnut aussitôt… et se sentit rapetisser, se contracter, s'effondrer intérieurement, écrasée par une terreur animale sans borne. C'était l'homme qui l'avait poursuivie à Las Vegas, l'homme qui avait voulu la tuer.

– Calmez-vous, dit Daniel Królak en voyant sa réaction. Vadim ne vous fera pas de mal, bien qu'il en ait certainement envie. De l'eau ? Vous devez être épuisée. Plate ou gazeuse ?

Elle ne répondit rien. Elle n'en était pas capable : ses mâchoires étaient crispées par la peur, ses pieds vissés au sol. L'homme, ce Vadim, s'écarta d'elle à contrecœur, tel un chien à qui on aurait crié "Pas touche !" Il s'assit sur une chaise postée dans un coin de la salle. Le siège semblait trop petit pour sa forte corpulence, presque un meuble pour enfants.

– Vous ne répondez pas. Dans ce cas, je vais vous donner de l'eau plate, il ne manquerait plus que vous ayez le hoquet à cause des bulles. Allez, je vous en prie, prenez place.

Elle avait envie de fuir. Elle en avait très envie. Mais elle savait qu'elle n'avait aucune chance ni aucun choix. Elle s'approcha de la table, les jambes molles, flageolantes. Elle ne contrôlait plus son visage, ses lèvres tremblaient, des larmes coulaient sur ses joues enflammées. C'était la fin. Elle avait perdu.

– Oh, madame Julita, vraiment, ne faites pas cette tête. Après tout, on ne va pas vous tuer.

– À… À Las Vegas, vous avez essayé, parvint-elle à articuler.

La crainte résonnait dans chaque voyelle comme dans une clochette.

– C'est vrai. Et même plus tôt, à Varsovie, quand vous avez été renversée par une voiture. Si vous saviez tous les soucis que nous avons eus après coup à cause de ça ! Le ménage qu'il a fallu faire ! Un massacre, si j'ose dire. – Il sourit. – À propos, ça se dit encore, ces jours-ci ? Un "massacre" ? Ou ce n'est plus d'usage ? Si c'est le cas, pardonnez-moi, je ne pratique plus la langue au quotidien.

Julita s'assit sur une chaise. De quoi s'agit-il, se demanda-t-elle, plus terrifiée de seconde en seconde, qu'est-ce qui se passe, putain ? Pourquoi me parle-t-il comme à une vieille amie sur laquelle il serait tombé par hasard dans un bar à la mode ? Królak s'empara d'une bouteille et la dévissa d'un geste rapide et adroit, comme s'il tordait le cou à un petit animal. Il versa l'eau dans les verres, puis essuya soigneusement ses mains humides sur une serviette. Il n'était visiblement pas pressé. Pour une raison qui lui échappait, Julita n'en fut que plus terrorisée.

Fais quelque chose, se dit-elle. N'importe quoi, bon sang. Prise de panique, elle observa la pièce tel un animal acculé. Une seule sortie. Les fenêtres ne s'ouvraient pas. Il n'y avait rien sur la table à part l'ordinateur et cette putain d'eau. Elle fit une liste dans sa tête : les poches, qu'est-ce qu'elle avait dans ses poches ? Un briquet, un téléphone, un paquet de mouchoirs… et un dictaphone. Le vieux, celui offert par Magda. Elle prit une inspiration profonde, aspira péniblement l'air à travers son larynx comprimé et puis, lentement, très lentement, elle glissa une main tremblante dans la poche latérale de sa veste. *Clic.*

– Il y a des capteurs partout, des téléphones et des caméras bien sûr, reprit Daniel Królak en la regardant droit dans les yeux. Où qu'on regarde. Même là, voyez, sous le plafond. Souriez, s'il vous plaît. C'est parfois bien utile, je l'avoue, mais d'autres fois ça dérange aussi. Jadis, on embarquait une personne, on l'emmenait dans la forêt, un sac sur la tête, et voilà, au revoir. Et maintenant ? On ne peut même plus quitter la ville sans que quelqu'un le voie. Vous avez certainement entendu parler de l'autre journaliste à Malte, non ? Un boulot propre en apparence, aucun témoin, aucune trace. Mais ils ont quand même trouvé les tueurs. Pareil avec cet Alex McCabe que nous avons éliminé. J'étais sûr qu'on avait fait ça bien, mais vous avez quand même fouiné jusqu'à découvrir ce qui s'était passé. Tous ces assassinats n'en valent pas la peine, à présent je le sais. Pire, je vais vous dire, ça ne vaut même plus le coup de se faire faire de faux papiers. Il fut un temps où j'avais six passeports. Différents noms, différentes nationalités. Aujourd'hui, ça ne passe plus. On sait d'emblée qui est qui, personne ne peut tromper les marqueurs biométriques. Bref, pourquoi vous ne buvez pas ? Buvez. Allez savoir combien de temps on va attendre.

Julita frémit.

– Attendre quoi ?

– Pas quoi, mais qui. La police.

Julita en fut estomaquée. La police ? Comment ça, la police ?

– On vous observait de là par les caméras, dit Daniel Królak en indiquant l'ordinateur posé sur la table. Entrée par effraction sur un terrain privé, sabotage numérique, incendie volontaire... Je suppose qu'il y a aussi eu un vol ou un cambriolage en cours de route, vous avez bien dérobé ce badge quelque part, non ? On saura tout ça dès qu'on vérifiera les logs de sécurité. De plus, je parie que vous avez apporté des micros espions, ce qu'un juge arrangeant greffera sur un article supplémentaire, et nous veillerons à ce qu'il soit arrangeant. Avez-vous pris une arme ? Un couteau, au moins ? Non ? Aïe, quel dommage. Mais vous allez bien en prendre pour quatre ans, sûr et certain, cinq peut-être. Les Suisses n'aiment pas les journalistes fouineurs. D'ailleurs, qui les aime ? Heureusement, encore quelques années et toute votre profession va crever pour de bon, comme les foulonniers ou les poêliers.

– Mais... – Elle n'arrivait pas à parler. – Je...

– Ne vous donnez pas cette peine, je sais à quoi vous pensez. Vous vous dites que c'est nous qui sommes les méchants, pas vrai ? C'est nous qui avons des crimes sur la conscience. Mais de quelles preuves disposez-vous ? D'aucune. Ah oui, et si vous tentiez de nous enregistrer en ce moment même, n'espérez pas trop, je vous ai vue glisser votre main sous la table, donc je vais vous décevoir. Toutes les salles du Schweiz Zentrum sont équipées de générateurs de bruits, des *bruisseurs*, comme on les appelle joliment de nos jours, mais bien meilleurs que ceux de la Commission de surveillance financière. Ils saturent tous les enregistreurs de sons accessibles sur le marché, et les non accessibles aussi, d'ailleurs. Parce que vous comprenez, madame, nous sommes aujourd'hui des hommes d'affaires décents, nous agissons en toute légalité. Même Vadim, madame Julita, dispose d'un passeport, d'un visa, tout ce qu'il faut. Et voyez, il ne vous a même pas touchée, il ne vous a pas fouillée, ce que nous montrerons aussi à la police sur les enregistrements pour qu'il n'y ait aucun doute à ce sujet.

Julita avait l'impression de sombrer, de se noyer. Sa vision s'obscurcissait, elle avait la poitrine serrée, tandis que ses mains, crispées sur le siège, se mettaient à trembler. Quelque chose goutta sur la table. Un filet de bave avait coulé de sa bouche entrouverte.

– Vous vous demandez peut-être comment nous avons su que vous alliez nous rejoindre, dit Królak en se redressant sur sa chaise. D'ailleurs, excusez-moi de parler autant, comme le stéréotype du méchant dans un *James Bond*, il ne me manque plus qu'un chat, vous ne trouvez pas ? Mais bon, vous vous taisez et il faut bien meubler le silence. Et puis, soyons honnête, j'en tire une certaine satisfaction… C'est nous qui avons transmis les e-mails de Broeck Industries à WikiLeaks. De façon anonyme, cela va sans dire, et soigneusement sélectionnés. Il n'y a rien d'incriminant là-dedans, du moins pour personne à part vous. Nous savions que vous n'alliez pas nous lâcher, que vous tenteriez de mettre votre grain de sel. Or, nous ne pouvons plus le permettre. Il fallait donc vous éliminer et, comme je vous l'ai dit, avec ces meurtres, il n'y a que des problèmes, nous avons donc décidé de lancer un appât. Parce que nous savions aussi que vous ne pourriez pas y résister. Nous savions que vous feriez tout pour contrecarrer nos plans. Même si vous deviez pour cela enfreindre la loi. De nombreuses fois.

Non, se dit Julita, fiévreuse, incohérente. La peur ne lui permettait pas d'associer les mots en une séquence plus longue, ceux-ci étaient comme des briques anguleuses qui ne s'imbriquaient pas les unes dans les autres. Non, non, non. Ça ne se passe pas pour de vrai. Impossible.

– La rencontre avec Mme Lewandowsky aura bien lieu, mais seulement demain, au moment où vous serez déjà en garde à vue, poursuivit Daniel Królak avec une satisfaction manifeste. C'est même assez amusant, quand on y pense. Vous savez comment nous avons su que vous agiriez de la sorte ? Entre autres, grâce aux articles par lesquels vous avez tenté de nous combattre. Vous ne vous en rendez pas compte, mais chaque mot, pire, chaque virgule, point ou tiret vous dévoilent. Ils nous parlent de votre caractère, de vos faiblesses. De votre personnalité compulsive, par exemple. Ou de vos penchants autodestructeurs. Ces derniers temps, vous avez tant veillé à préserver votre vie privée, vous avez disparu du web, vous vous êtes cachée sous terre... Mais à chaque article que vous avez publié, à chaque interview que vous avez donnée, vous vous trahissiez un peu plus, complètement inconsciente de cela.

L'interphone sonna ; Julita sursauta. Vadim se leva, écouta le message. Puis il se retourna vers son chef et hocha la tête.

– Bon, c'était agréable de bavarder un peu, mais il est temps de vous faire nos adieux, dit le Russe avec un regret feint. Ils sont venus vous chercher, madame Julita.

Helena Niemczyk souleva le combiné pour appeler les informaticiens et leur demander ce qui se passait avec son ordinateur. Pas de signal. Elle prit son téléphone portable dans son sac à main. Celui-ci ne captait pas de réseau. Alors, elle comprit. Elle était arrivée trop tard.

– Madame Niemczyk ? – Quand la porte de son bureau s'ouvrit et que l'assistante du PDG Bełżyński apparut sur le seuil, ça ne l'étonna donc plus. – Le président vous attend. Tout de suite.

Helena ne la regarda même pas, elle hocha la tête. Elle aurait dû le prévoir. Elle aurait dû savoir qu'ils ne la laisseraient pas participer à la réunion du conseil. Mais tout n'était pas perdu. Elle avait encore un exemplaire du rapport sur elle; certes, raturé, avec des annotations dans la marge, mais toujours lisible. Si elle le photocopiait et l'envoyait à qui de droit…

– Dites-lui que j'arrive.

– Je crains que ça ne soit pas possible, s'entendit-elle répondre. Le président demande à ce que vous veniez sur-le-champ. Il m'a dit que si jamais vous résistiez, je devais…

– Je ne le ferai pas, l'interrompit-elle. Allons-y.

L'assistante se racla la gorge et se poussa sur le côté pour lui libérer le passage devant la porte. Helena sentit sa bouche devenir sèche. Son regard glissa vers la commode où, derrière la vitre, les cognacs, les whiskys et autres alcools forts se tenaient prêts; ils l'attiraient comme des fleurs une abeille. Elle s'obligea à passer à côté du bar, à se tenir la tête haute. Puisqu'elle était sur le point de tout perdre, elle voulait au moins garder sa dignité. Elles prirent la direction du bureau du PDG, l'une derrière l'autre, en silence.

Quand Helena se sentait particulièrement mal et qu'elle voulait se consoler, elle imaginait son dernier jour au Conglomérat. Parfois, la cérémonie d'adieu se déroulait quelque part en plein air, parfois dans les locaux de l'entreprise, sur la place à côté du bâtiment principal, par exemple. Il y avait toujours la fanfare des mineurs en uniforme noir garni de broderies d'or, avec des bonnets ornés de plumes rouges. Ils jouaient quelque chose d'entraînant tandis que les trompettes et les trombones scintillaient sous le vif soleil de juillet, renvoyant tant de reflets qu'il fallait plisser les paupières. Il y avait un discours, puis des applaudissements, les enfants dans leur costume folklorique lui remettaient un diplôme commémoratif et un lingot de cuivre poli portant son nom et ses années de service gravés en italiques fantaisistes et à peine lisibles. Ses collègues, ses subordonnés, ses anciens étudiants s'approchaient à tour de rôle avec des vœux et des expressions de gratitude, la bière coulait à flots dans des gobelets en plastique suintants d'humidité, l'air devenait poisseux à cause de la chaleur et de l'odeur grasse des côtelettes de porc grillées. Mais ces visions s'interrompaient toujours net, brutalement, telle une pellicule de film coupée par les ciseaux d'un censeur impitoyable. Arrête de t'apitoyer sur ton sort, se disait-elle alors, arrête de nourrir ta vanité, tu ne le mérites pas, tu ne l'obtiendras pas, jamais, tu comprends ?! Et voilà. Elle ne l'avait pas obtenu.

La directrice Niemczyk pénétra dans le bureau du PDG. Il était assis derrière son bureau, les mains croisées sur la table, l'air soucieux – foutu homme politique. Il était flanqué d'autres gens assis dans de profonds fauteuils en cuir : des représentants des ressources humaines, du service juridique… Elle ne les salua pas, ce n'étaient que des figurants dans ce spectacle. Après tout, elle savait fort bien comment ce genre de conversation allait se dérouler : on lui présenterait des décisions arrêtées, il y aurait des documents à signer, des menaces cachées derrière un fin voile d'euphémismes. Elle se demandait simplement ce que le président accepterait de dire, ce qu'il allait révéler. Allait-il la clouer au pilori ou se limiterait-il à des expressions ambiguës : je sais que tu sais que je sais.

– Chère madame, je ne pense pas devoir vous préciser que le Conglomérat a un fort degré d'exigence envers ses employés, commença-t-il.

Tiens donc, ils ne se tutoyaient plus.

– Tant en ce qui concerne leurs compétences, leurs connaissances, que leurs valeurs morales.

Elle ne répondit pas, même si sa langue se chargeait de sarcasme comme d'un venin.

– Pour ce qui est de votre professionnalisme, aucun doute n'est permis. Mais en ce qui concerne les valeurs morales précédemment évoquées… – Adrian Bełżyński secoua la tête ; c'était l'incarnation de l'amertume et de la déception. – Eh bien… on a porté à notre attention des documents qui suggèrent que vous avez commis un crime horrible, inimaginable. Les détails ont du mal à franchir mes lèvres, mais je ne pense pas que ce soit nécessaire. Vous savez très bien de quoi je parle, n'est-ce pas ?

Soudain, elle eut très chaud, elle sentit le sang lui monter au visage. Pourtant, elle était prête, elle maîtrisa ses muscles contractés, sécha ses yeux humides d'un clignement rapide des paupières. Ce moment aussi, elle l'avait joué dans sa tête, encore et encore, toute la nuit parfois, jusqu'à ce que les murs de sa chambre rougeoient aux rayons du soleil levant. Et c'est en forgeant qu'on devient forgeron.

– C'est exact, répondit-elle d'une voix forte et assurée.

– Et le fait que vous ayez eu l'audace d'utiliser pour cela le Conglomérat, vos collaborateurs, et d'acheter le poison avec l'argent de notre entreprise… c'est scandaleux. Je dirais même plus, c'est dégoûtant. Vous comprenez sans doute qu'à la lumière d'allégations aussi sérieuses, nous avons décidé de mettre fin à notre collaboration par des mesures disciplinaires à effet immédiat. Quant aux documents que nous avons reçus, nous les avons transmis aux autorités compétentes.

Tout le monde la fixait. Toute l'assemblée. Des regards accusateurs, pleins de mépris et de supériorité – Helena avait cru qu'ils allaient la brûler, la perforer, lui faire mal comme des aiguilles mais, à son grand étonnement, ils lui étaient indifférents. Ces gens n'avaient pas été là. Ils n'avaient pas traversé ce qu'elle avait traversé. Ils n'avaient pas vu leur enfant bien-aimé progressivement dévoré par son propre corps. Alors, ils n'avaient pas le droit de la juger.

– Oui, c'est compréhensible, répondit-elle simplement, sans une hésitation.

– En raison de vos nombreuses années de travail et pour préserver la bonne réputation de l'entreprise, nous veillerons à ce que votre départ se fasse le plus discrètement possible. Le personnel sera informé de votre départ en préretraite. Bien entendu, nous ne savons pas ce que le parquet décidera dans votre cas. Les preuves ne sont pas concluantes, il s'agit de preuves indirectes, mais l'envergure de l'affaire peut néanmoins conduire à l'ouverture d'une enquête. Nous demanderons toutefois, officieusement bien sûr, que cela ne se produise pas, étant donné ces nombreuses années ensemble et le fait que vous ayez certainement agi sous l'emprise de fortes émotions et, on le sait tous, les émotions sont les émotions.

Le PDG Bełżyński fit une pause pour que la sagesse contenue dans la répétition puisse résonner pleinement et pour qu'Helena ait le temps d'assimiler la manière magnanime dont elle était traitée. Il la regarda attentivement, comme s'il voulait découvrir si on pouvait lire sur son visage le soulagement provoqué par la promesse de la grâce. Elle s'efforça de jouer le jeu.

– En contrepartie, nous attendons une loyauté sans faille à l'égard du Conglomérat, ajouta le président en levant le doigt comme s'il la réprimandait. Vous nous remettrez tous les documents relatifs aux affaires de l'entreprise en votre possession. Et vous vous engagerez à ne jamais parler en public de questions relatives à votre travail au Conglomérat.

Surtout celles relatives à la Montagne de fer, acheva-t-elle mentalement. Alors, c'est comme ça que vous voulez la jouer… Un bâillon et une muselière en échange de… Eh bien, de quoi, au juste? D'une lente agonie solitaire dans une maison hantée par les souvenirs ? D'une vie dans une peur constante, privée de la dernière chose au monde que j'aime ? Oh non, conclut-elle. Pas question.

– Madame Niemczyk ? fit le PDG, haussant un sourcil, étonné par le silence qui se prolongeait. Est-ce que vous acceptez ces conditions ?

– Bien sûr. Avec gratitude.

– Dans ce cas, veuillez signer ces papiers.

– Parce qu'un papier, c'est un papier.

– Je ne l'aurais pas mieux formulé. Madame Iwona, passez-nous les documents, je vous prie.

L'assistante glissa un dossier vers elle. Helena parcourut les feuilles à la va-vite, sans examiner les points rédigés en petits caractères, leurs sous-points et leurs sous-sous-points, ça n'avait plus aucune importance. À la vue des articles qui la menaçaient de dommages et intérêts aux montants exorbitants pour telle ou telle chose, elle avait envie de rire – l'idée lui vint que c'est ainsi que devait se sentir un athée qu'on menacerait de l'enfer. Pourtant, elle gardait un visage impassible et signait en silence la suite d'engagements et de déclarations : Helena Niemczyk, Helena Niemczyk, Helena Niemczyk, Helena Niemczyk... Répétés à l'infini, les mots s'effritaient, se mélangeaient, leur sens s'évaporait complètement, comme si, à chaque mouvement de plume, la personne à laquelle ils faisaient référence se dissolvait aussi. D'ailleurs, c'était un peu le cas.

– Merci, dit le PDG lorsqu'elle eut fini.

Il tentait encore de jouer le rôle d'un père strict mais juste. Cependant, à travers sa mine sévère, l'autosatisfaction transpirait. Il pensait avoir réglé la question, résolu le problème. Certainement pas !

– Veuillez rentrer chez vous et réunir les documents d'entreprise en votre possession. Demain, nous enverrons un chauffeur pour les récupérer.

– Je comprends. Je serai prête.

– Parfait. Dans ce cas, veuillez nous rendre votre badge d'accès. Mme Iwona vous accompagnera jusqu'à la sortie.

Elle partit sans dire au revoir, sans serrer de mains. La secrétaire de Bełżyński veilla à ce qu'elle n'emporte rien du bureau à part son sac à main et son manteau. Helena quitta les lieux, traversa la rue et s'arrêta sous un arbre effeuillé ; les branches sèches s'entrechoquaient, courbées par le vent. Pendant un long moment, elle regarda les bâtiments où elle avait passé la plus grande partie de sa vie. Elle tenta de se rappeler à quoi ils ressemblaient avant d'être rénovés, de reproduire dans sa tête son premier jour de travail, la fierté qu'elle avait alors ressentie – puis de mémoriser cet endroit tel qu'il était aujourd'hui, à la fin. Elle serra fort les paupières, comme si elle craignait de surexposer la pellicule et de perdre l'image qu'elle venait de capturer. Au bout d'un moment – une minute, deux peut-être –, elle sortit son téléphone portable privé et appela une compagnie de taxis.

– Où voulez-vous vous rendre ? lui demanda la réceptionniste.

– Rue Traugutta, répondit-elle. Au commissariat.

Après tout, le commissaire Czapliński lui devait un service.

Des policiers entrèrent dans la salle de réunion. Ils étaient trois, grands, semblables, vêtus de pantalons bleu foncé, de chemises bleues et d'épaisses ceintures surchargées d'équipement : gants, torche, pistolet, menottes de métal froid scintillant. Ils vont me les passer dans un instant, comprit Julita. Ils vont me menotter et m'emmener. Elle avait envie de se lever, de leur crier que ce n'était pas ça, que les hommes qui les avaient appelés étaient des criminels, qu'ils avaient des meurtres sur la conscience, qu'ils avaient molesté des enfants et volé des élections. Mais Królak avait dit vrai. Elle n'avait aucune preuve tangible à leur présenter. Au contraire d'eux : tous les délits qu'elle avait commis dans les locaux du Schweiz Zentrum avaient été filmés. Elle était tombée dans un piège et, à chacun de ses mouvements, l'étau se resserrait davantage.

Królak passa à l'allemand. Il parlait de manière fluide, avec fougue : apparemment, la connaissance des langues était cruciale dans sa profession. Il pointa Julita du doigt, les policiers lui jetèrent des regards indifférents, insensibles à ses larmes, et hochèrent la tête. Ils ne se doutaient pas du genre d'homme auquel ils avaient affaire, ni dans quel repaire ils se trouvaient. Les paroles de Królak résonnaient encore dans sa tête : "Vous comprenez, madame, nous sommes aujourd'hui des hommes d'affaires décents." Ils étaient sortis de l'ombre, s'étaient débarrassés de leurs vieilles peaux comme des serpents se débarrassent de leur mue. Même si l'Europe se sécularisait, la tradition des indulgences ne faiblissait guère : en échange d'une coquette somme, on pouvait effacer n'importe quel péché. Quant à moi, je suis finie, pensa Julita. Discréditée. Détruite. Non, ça ne peut pas se finir comme ça, je n'irai pas en prison. Ça n'est pas bien. Ce n'est pas juste.

– Messieurs, je vous en supplie, ce n'est pas ça... balbutia-t-elle en anglais. Je suis innocente, vraiment. Ces gens, ils...

L'un des policiers – bronzé, avec une barbe soigneusement taillée – la fit taire d'un geste. Ce mouvement de la main fut suffisant pour que le reste de ses paroles reste coincé dans sa gorge, il lui prouva qu'elle n'obtiendrait rien. Elle comprit que, cette fois, elle n'allait pas se sortir de là avec du baratin, qu'elle n'en échapperait pas avec une mine abattue et une histoire larmoyante. *Game over* – tu n'as pas d'autres vies. Elle sentit le regard de Vadim sur elle. L'homme ne la quittait pas des yeux, tel un prédateur prêt à bondir. Il était évident qu'il était gêné par son costume, que les nouvelles règles le contraignaient. Il aurait préféré régler l'affaire à l'ancienne, terminer le contrat inachevé et laver la tache sur son honneur : ici, maintenant, à mains nues s'il le fallait.

Królak paracheva l'énumération des infractions de Julita et passa à la présentation des preuves. Il s'attabla, fit signe aux policiers de s'approcher et ouvrit son laptop. Un air de satisfaction se dessinait sur son visage ; il avait l'air de l'oncle détesté de la famille qui insiste pour présenter à ses proches la vidéo de vacances très coûteuses à l'étranger. Il jeta encore un coup d'œil en direction de Julita, comme s'il voulait s'assurer qu'elle regardait aussi, qu'elle ne manquerait surtout pas le moment où sa vie serait brisée ; ce serait dommage.

Et puis, quelque chose changea. Julita ne savait pas quoi, elle vit seulement que le visage de Królak se décomposait, que toute son assurance s'était soudain évaporée. Hautain jusque-là, voire flegmatique, il se mit à cliquer de plus en plus vite, nerveusement, il jurait tout bas en lançant des regards fébriles aux policiers qui se tenaient derrière lui. À nouveau, il dit quelque chose en allemand, Julita n'en comprit que trois mots : *ein Moment, bitte.* Qu'est-ce qui s'est passé ? se demanda-t-elle. De quoi s'agit-il ? Et chaque mot non prononcé était ponctué par un battement de cœur palpitant. Królak continuait à parler nerveusement, bégayant une fois ou deux, en désignant un coup son ordinateur, un autre la caméra suspendue au plafond. Soudain, elle eut une illumination. Ils n'avaient plus ces enregistrements. Les vidéos avaient disparu. Mais pourquoi ? Comment était-ce possible ?

L'un des policiers s'adossa au mur, un autre consulta ostensiblement sa montre : ça commençait à faire long. Ils n'avaient pas la moindre idée de ce qui se passait ici, pas la moindre idée des enjeux, de la nervosité dans l'air, ils ne savaient pas que c'était une question de vie ou de mort; pour eux, c'était une affaire banale, un énième appel dans la journée. Et celui-ci allait s'avérer infondé, visiblement, parce que les preuves promises des nombreux délits de Julita n'étaient toujours pas là. Daniel Królak se leva de table, il pérorait toujours, mais on voyait bien que les policiers perdaient patience. Sur des visages indifférents jusque-là, l'agacement commençait à poindre, ils avaient l'impression qu'on leur faisait perdre leur temps. Finalement, l'un d'entre eux – celui à la barbichette, probablement le plus haut gradé – lui coupa la parole. Il passa à l'anglais pour que Julita comprenne également.

– Excusez-moi, mais je ne vois aucun motif d'arrestation ici, déclara-t-il. Rien n'a été volé, aucun dommage n'a été causé…

– Minute, cette dame a mis le feu dans les toilettes…

– Pas du tout! intervint Julita.

Enhardie par la confusion, elle avait recouvré la voix, prête à mentir.

– Nous avons des enregistrements qui le prouvent, il doit juste y avoir un problème avec le serveur, il suffit d'attendre un instant et…

– Vous les transmettrez au procureur si des poursuites sont entamées. On va noter l'identité de madame, qui quittera ensuite les lieux. Est-ce que c'est clair?

Julita n'en croyait pas ses oreilles. Elle ressentit un immense soulagement, un soulagement presque écrasant; le saut entre deux sentiments extrêmes lui coupait le souffle, c'était comme si elle était passée d'une pièce climatisée et glaciale à du bitume fondant sous la chaleur de l'été. Et donc quoi, se demanda-t-elle, confuse, en regardant les policiers qui s'apprêtaient à quitter la pièce, il n'y aura pas d'arrestation, pas de prison?

Mais sa joie disparut aussi vite qu'elle était apparue et un frisson glacial lui parcourut l'échine. Ils n'allaient pas la laisser partir ainsi. Elle en savait trop, elle en avait trop vu. Ils avaient essayé de régler l'affaire sans se salir les mains, en s'en tenant à la lettre à la loi, mais comme cela n'avait pas marché, ils allaient devoir régler son cas autrement, par des méthodes traditionnelles : une balade en forêt, un sac plastique sur la tête. Cela impliquait davantage de risques, davantage de nettoyage, d'accord, mais que faire ? D'ailleurs, en voyant la mine de Vadim, on comprenait que cet imprévu soudain ne le gênait pas. Bien au contraire : le colosse s'éveilla, se leva, ouvrit la porte aux policiers. Il avait carrément hâte qu'ils partent. Julita sentit à nouveau le goût dévorant de la peur dans sa trachée. Elle comprit que si elle restait ici, elle mourrait. Il n'y avait aucun "peut-être" ni "probablement" là-dedans, il n'y avait aucun pourcentage ni hésitation. La situation s'exprimait en 0 et en 1. La vie, la mort.

– Attendez, s'il vous plaît ! cria-t-elle aux policiers.

Sa voix était criarde, comprimée par la crainte.

Królak lui jeta un regard haineux. Il sentait qu'elle manigançait un truc, que d'autres problèmes allaient suivre. Mais il était coincé, quand on avait dit A, il fallait dire B ; il devait jouer l'homme d'affaires honnête, souriant, posé. C'est pourquoi, au lieu de trancher la gorge de Julita avec un cran d'arrêt probablement caché dans la poche intérieure de sa veste, il n'émit qu'un lourd soupir.

– Messieurs, vous avez déjà perdu trop de temps, dit-il d'une voix si mielleuse qu'il paraissait entièrement fait de sucre. Vraiment, il n'est pas nécessaire de…

– C'est nous qui en déciderons, répliqua le policier à la barbichette. Donc ? Qu'est-ce qu'il y a ?

– Je veux partir avec vous. Je ne me sens pas en sécurité ici.

– Dans ce cas, suivez-nous.

– Non, non, minute, grogna Królak.

L'espace d'un instant, son masque tomba et son visage se tordit dans une grimace hostile. Mais il se maîtrisa vite : il se racla la gorge, obligea ses lèvres à former à nouveau un sourire amical.

– Je comprends que vous ne voyiez pas de raisons pour l'arrêter... Mais cette dame a tout de même pénétré par effraction dans notre centre de conférences. Elle a sur elle un badge d'accès qui ne lui appartient pas. Nous devons établir comment elle est entrée en sa possession. Le service de sécurité de l'établissement doit l'interroger.

– En effet, je comprends.

– Mais... non, je ne resterai pas ici ! fit Julita en bondissant de sa chaise. J'ai peur qu'il m'arrive quelque chose !

– Mais, chère madame, soyons sérieux. Nous voulons simplement vous poser quelques questions, ça ne durera pas plus d'une heure. Personne ne lèvera le petit doigt sur vous. Vous avez ma parole.

– Pas question. Tu m'entends ?! Je ne resterai pas ici ! Aidez-moi, bordel ! fit-elle en direction du policier barbu.

Celui-ci ne paraissait pas particulièrement ému par son sort. En fait, pour quelqu'un qui observait la situation de loin, hors contexte, Julita devait avoir l'air d'une hystérique. Après tout, on ne se faisait pas tuer pour être entré sur une propriété privée sans permission, on n'était pas en Amérique. Ce flic sera très surpris quand on retrouvera mon corps, songea Julita... à condition qu'on le retrouve.

– Effectivement, ces messieurs ont de bonnes raisons de vous garder ici pour vous poser des questions. Mais soyez sûre que...

Julita ne l'écoutait plus. Elle s'efforçait d'assembler un mensonge à la hâte, une histoire qui lui permettrait de s'échapper. Cependant, elle voyait que le policier s'impatientait, qu'il voulait partir, ses collègues l'attendaient déjà dans le couloir. Elle pouvait lire la réticence dans ses yeux : il savait très bien que quelque chose clochait dans cette situation, que tous ces gens aux accents de l'Est jouaient un petit jeu dans lequel il était censé être un pion, ce dont il n'avait pas du tout envie. Il ne me croira pas, pensa Julita. Quoi que je dise, il ne me croira pas. Mais il doit me faire sortir d'ici. Il le faut. Sinon, je suis morte.

– Je comprends, dit-elle en hochant la tête. Mais je voudrais encore ajouter quelque chose avant que vous partiez.

– Oui ? Quoi donc ?

– Que je vous demande sincèrement pardon.

Julita fit un pas dans sa direction. Son corps était tendu par le stress. C'était maintenant ou jamais.

– Pardon ? s'étonna le policier. Mais pour quoi ?

Au lieu de lui répondre, elle lui administra un coup de pied dans l'entrejambe.

Florian Schulte sentit une pointe douloureuse ; son dos faisait encore des siennes. C'était toujours le cas quand il restait assis devant l'ordinateur plusieurs heures d'affilée. Peu importait le nombre de certificats que possédait sa énième chaise ergonomique qui coûtait autant qu'une petite voiture, peu importait le nombre d'oreillers et de coussinets à picots en caoutchouc dont il s'entourait : son corps protestait. Florian se leva, déplia sa colonne vertébrale, siffla.

– Ça suffit peut-être pour aujourd'hui, non ? demanda Bastien.

Il était assis à côté de lui, mais sur un canapé, un laptop sur les genoux. Il avait dit qu'il leur serait plus facile de travailler ainsi, d'échanger des commentaires, mais Florian savait qu'il s'agissait d'autre chose. Bastien était ici, dans son bureau, non pas en tant que chef, mais en tant qu'ami. Il lui témoignait son soutien, lui montrait qu'il pouvait compter sur lui dans un moment difficile. Bien entendu, il n'avait rien dit de tel. Même dans leur Berlin de gauchos, ce genre de phrases ne sortaient pas de la bouche des mecs.

– Non, non. Une petite pause et je retourne au turbin, déclara Florian.

– Écoute, cette annexe n'est pas si urgente. Tu veux peut-être décompresser, relâcher…

– Non. Merci, mais non. Je veux la terminer aujourd'hui.

– Ça ne presse pas. Demain, ça ira aussi.

– Demain, j'ai rendez-vous avec un avocat, marmonna-t-il. Et je ne sais pas combien de temps ça va me prendre. Beaucoup, je suppose.

Bastien ne répliqua pas. On pénétrait sur des eaux dangereuses, encore un mot ou deux et ils devraient appeler un chat un chat, avouer qu'ils avaient des émotions. Florian s'approcha de la fenêtre et appuya son front en sueur contre la vitre froide ; à chacune de ses respirations, le verre se couvrait d'une couche de vapeur laiteuse qui disparaissait aussitôt.

Des données, se dit-il en observant la Frankfurter Allee, partout des données. Le distributeur d'argent au coin de la rue consignait les dépôts et les retraits. La caisse enregistreuse du maraîcher transmettait à sa centrale chaque transaction effectuée avec une carte de crédit. Les caméras de surveillance enregistraient le trafic automobile. De surcroît, tous les passants avaient dans leurs poches des téléphones qui communiquaient la position de leurs propriétaires à un mètre près. Ce carrefour, cette ville et ce monde étaient devenus un laboratoire et nous en étions les cobayes, dont chaque mouvement ou presque, chaque clic, chaque mot étaient enregistrés, de manière invisible et imperceptible pour nous, traduits en bits, renvoyés de satellite en satellite, transmis sur des fibres de verre étroitement entremêlées et recueillis dans des coffres-forts numériques sans fond.

Chaque ensemble de données dit quelque chose, chacun est précieux, mais ne représente qu'un fragment d'une image plus vaste. Jusque-là, nous expérimentions le monde exactement de cette manière-là : morceau par morceau, incapables d'appréhender avec notre esprit la réalité infiniment complexe, toutes ces interdépendances intriquées, les millions de chaînes de cause à effet provoquées par des battements d'ailes de millions de papillons.

Mais tout est différent à présent. Nous avons créé des outils capables de trouver du sens dans ce bruit : de percevoir le pouls à peine audible d'une corrélation, de trouver le dénominateur commun à des ensembles apparemment sans rapport. Et nous apprenons à peine à les utiliser. Nous sommes comme les astronomes du XVIe siècle qui, venant pour la première fois de regarder le ciel à travers un verre concave, réalisent leur petitesse face à l'immensité de l'univers et sentent dans leur cou le souffle glacial de l'infini. Et de même que le ciel nocturne, une fois vu au télescope, cesse à tout jamais d'être un plafond plat avec des étoiles peintes dessus, de même la réalité qui nous entoure, en apparence familière, banale, vue par le prisme de l'intelligence artificielle, gagne une profondeur qui donne le vertige.

Florian s'éloigna de la fenêtre, fit quelques flexions pour étirer sa colonne vertébrale raide et s'assit à nouveau derrière son bureau. Avec Bastien, ils étaient censés terminer l'annexe sur les activités du groupe connu sous le nom NastyWolf. De plus en plus d'indices laissaient à penser qu'ils opéraient depuis le territoire des États-Unis. Leurs empreintes numériques permettaient également de les associer à un homme qui se cachait jadis sous le pseudonyme Xtraterrestrial, probablement un Russe. Des liens avaient aussi été établis avec d'autres groupes de pirates informatiques, principalement originaires de l'ex-Union soviétique, dont les services étaient à louer. En revanche, contrairement à ce que Florian pensait, il n'était tombé sur aucune trace permettant de relier ce groupe à un gouvernement. Et c'est probablement ça qui le choquait le plus.

Que nous vivions à l'ère de la surveillance de masse, c'était connu au moins depuis les révélations de Snowden. Les services de renseignement recueillaient des informations sur tout le monde, tels des chalutiers géants qui traînaient leurs filets au fond de l'océan et ne laissaient derrière eux que de la roche nue et morte. Chaque bit était enregistré, copié et archivé. Chaque citoyen avait son dossier qui regorgeait de détails les plus intimes. Terrifiant, bien sûr, mais il y avait néanmoins quelque chose de réconfortant dans le fait que de telles bases de données ne pouvaient être constituées que par des agences gouvernementales, que cela se faisait en accord avec la loi – une loi criminelle, certes, mais tout de même. Cependant, les activités de NastyWolf suggéraient qu'un tel livre de saint Pierre où tous les péchés étaient consignés pouvait aussi être constitué aujourd'hui par des particuliers. Il fallait croire que ça ne coûtait plus des billions, mais de simples milliards. D'ailleurs, ce n'était guère étonnant, la loi de Moore, bien que manifestement sur le déclin, était toujours d'actualité : les processeurs étaient de plus en plus petits, de plus en plus rapides, de moins en moins chers.

Florian vit l'avenir, et ce n'était pas un avenir qui rendait optimiste. Bientôt, le monde serait divisé entre ceux qui savent tout et ceux qui ne savent rien, pas même qu'un tel fossé existe. Il y aura ceux qui ne pourront garder aucun secret et ceux devant lesquels rien ne restera secret. Il y aura ceux dont le libre arbitre sera remis en cause et ceux dont la volonté se fera chair. La machine était déjà en branle, les engrenages grinçaient, les 0 et les 1 virevoltaient, de plus en plus vite ; c'était l'inexorable rouleau compresseur du progrès qu'on avait oublié d'équiper de freins.

Tout cela mettait Florian d'une humeur exécrable. Et les papiers de divorce posés près de son ordinateur ne faisaient qu'exacerber ce sentiment.

La réalité pressa brutalement le pas, comme si quelqu'un avait appuyé sur l'accélérateur ou enclenché le mode “avance rapide”. Le policier à la barbichette gémit, se plia en deux et tomba à genoux ; de la salive jaillit de sa bouche ouverte. Ses collègues se jetèrent sur Julita, la poussèrent contre le mur et lui plièrent les bras dans le dos, à en faire craquer les articulations, jusqu'à ce qu'elle crie de douleur. Vadim mit la main sous un pan de sa veste où, très probablement, il avait dissimulé une arme, mais Daniel Królak l'arrêta d'un geste. Il y eut des cris en allemand, le bruit sourd de lourdes bottes, le cliquetis de menottes qu'on refermait. Julita sentit le goût du sang dans sa bouche, son visage meurtri la brûlait. Ses jambes tremblaient tant qu'elle avait du mal à tenir debout. Les policiers la saisirent par les coudes, l'un d'eux lui tira violemment les cheveux en arrière ; à présent, elle ne voyait que le plafond, elle regardait droit dans l'œil mort de la caméra.

Elle entendit la voix de Królak dans son dos, une voix calme et dégoulinante de sarcasme :

– Ah, c'est ce que j'aime chez vous, les Polonais. Cette fantaisie de uhlans, ces stupides charges au sabre contre des chars d'assaut. On ne sait pas comment, mais on croit que ça ira toujours, pas vrai ?

Elle le regarda du coin de l'œil. Le sourire était revenu sur ses lèvres. Elle savait que ce sourire, elle allait en rêver la nuit. Toute sa vie.

– Vous êtes sauvée, d'accord, mais ça revient au même, à ce que je voulais. C'est même mieux, parce que rien que pour l'agression d'un policier, vous allez en prendre pour cinq ans. Et une fois qu'on aura récupéré ces enregistrements, et nous allons les récupérer, vous pouvez en être certaine, vous allez monter jusqu'à dix. Et à quoi vous aura servi tout cela ?

– Va te faire foutre, grogna-t-elle. Va. Te. Faire. Foutre.

– Je vais vous répondre. À rien. Parce que vous n'avez rien contre nous. Un gros, un immense rien du tout.

Quelqu'un la secoua, la détourna brutalement du mur. Le policier à la barbichette se releva, manifestement endolori, et lui lança un regard rageur. Il grommela quelque chose en allemand et on lui fit prendre la direction de la porte. Elle traînait ses chaussures élégantes sur la moquette.

– Je vous dirais bien *do svidaniya* une nouvelle fois, entendit-elle encore de la voix de Daniel Królak, mais je doute que l'occasion se représente.

Couloir. Ascenseur. Regards interrogateurs. Des gens qui la désignaient aux collègues. Elle sentait les doigts des policiers s'incruster dans sa peau, fort, elle allait certainement avoir des bleus. Elle recommença à pleurer; ils n'y prêtèrent pas attention. Elle tentait de ne pas réfléchir à la suite, à ce dont les prochains jours et les prochaines heures auraient l'air, à la manière dont allaient réagir ses parents, sa sœur, ses amis, au procès et à la prison à l'étranger.

Elle sentit une brise fraîche, leva la tête. Ils avaient franchi la porte, ils avançaient dans l'allée, la voiture de police était garée là. Elle regarda de toutes parts, attendant désespérément des secours. Bien qu'elle sût que c'était idiot, elle chercha Jan: il allait peut-être arriver en courant, révéler la vérité, la libérer? Il n'était pas là, bien sûr qu'il n'était pas là. Et tant mieux. Elle espérait qu'il était en route pour l'aéroport, que lui au moins réussirait à fuir, qu'ils n'allaient pas le retrouver ensuite pour s'en débarrasser, comme ils l'avaient fait avec elle.

Les policiers la poussèrent dans la voiture qui démarra en trombe, projetant des graviers sous ses roues. Derrière la vitre, le paradis suisse défilait; les vaches, dérangées par le hurlement du moteur, levaient leurs lourdes têtes sans cesser de mâcher. Julita sentit son nez couler, mais personne ne lui offrit de mouchoir, alors elle s'essuya le visage sur son épaule, sur l'élégante veste de tailleur qu'elle avait prévu de rendre aujourd'hui. Effectivement, se demanda-t-elle, à quoi tout cela m'a servi ? Pourquoi j'ai fouillé dans la mort de Buczek, pourquoi j'ai continué avec l'affaire des élections truquées, pourquoi j'ai traqué Królak ? Cela devait mal se terminer, elle le savait, elle avait juste ignoré les signes avant-coureurs. Parce qu'elle était incapable de faire autrement.

Ils arrivèrent en ville, la voiture de police fut bloquée dans les embouteillages. Les policiers se taisaient, tout était parfaitement silencieux. Et dans ce silence, Julita entendit un *clic* discret. Non loin d'elle. Tout proche. Elle regarda autour, confuse. Soudain, elle comprit. Le dictaphone. Son vieux dictaphone analogique, reçu de la part de Magda, avait fonctionné tout ce temps, jusqu'au bout de la bande magnétique. Peut-être que quelque chose avait été enregistré malgré tout ? osa-t-elle penser. Królak était sûr de lui, il disait que les brouilleurs fonctionnaient de manière infaillible, mais... quelque chose avait bien flanché au Schweiz Zentrum, quelque chose avait provoqué le dysfonctionnement des caméras... Alors peut-être que, peut-être que, peut-être que...

Elle jeta un coup d'œil discret au policier assis à sa gauche. Il regardait par la fenêtre. Très lentement, délicatement, elle déplaça ses mains en direction de sa poche. Les menottes la gênaient, mais en tordant douloureusement ses poignets, elle était en mesure de glisser un doigt à l'intérieur. Elle aurait dû attendre, elle savait que ce n'était pas le meilleur moment, mais si on lui enlevait ce dictaphone par la suite ? Elle retrouva à tâtons les boutons familiers, émoussés par les nombreuses années d'utilisation, retrouva celui pour rembobiner et appuya. La bande se mit à bruire. Au cas où, elle regarda à nouveau autour, mais personne ne s'occupait d'elle. Elle arrêta le mécanisme, appuya sur Play.

– … pas cette peine, je sais à quoi vous pensez, entendit-elle de la voix de Królak, une voix faible, légèrement déformée, mais parfaitement audible. Vous vous dites que c'est nous qui sommes les méchants, pas vrai ?

Le policier se tourna vers elle, surpris, mais elle avait déjà eu le temps d'appuyer sur Stop et d'extraire son doigt de la poche. Il l'observa, méfiant. Il se demandait sans doute pourquoi cette Polonaise avec de la morve au nez s'était soudain mise à sourire à pleines dents comme un idiot à la vue d'un fromage.

Peu de temps après, ils arrivèrent au commissariat. On appela un employé de l'ambassade polonaise. Celui-ci écouta l'enregistrement. Il resta jusqu'au matin. Après quoi, il passa de nombreux, de très nombreux coups de fil.

11

14 décembre 2021, San Francisco, États-Unis

Le juge s'essuya le front avec un mouchoir en tissu et ajusta les lunettes qui glissaient de son nez en sueur. Il était manifestement fatigué, son taux d'insuline avait dû baisser. On lui avait diagnostiqué du diabète en 2005 au cours d'un contrôle de routine, dans une clinique privée sur Castro Street. Son médecin s'appelait Albert Ma, il était diplômé de l'école de médecine de Stanford. Ils jouaient tous les deux au golf de temps en temps sur le terrain du parc Presidio. En général, c'est le médecin qui gagnait. Puis ils allaient déjeuner ensemble au Peet's Coffee sur California Street où le juge commandait un repas à faible indice glycémique conforme aux recommandations. Mais lorsqu'il y mangeait seul, il prenait un beignet avec glaçage au chocolat et un café sucré au sirop de caramel.

Pyotr Semenov savait tout sur lui : pour qui il votait, où il investissait, qui il fréquentait, où il avait rencontré sa femme et quels sites il consultait quand celle-ci était couchée. Il savait ce que faisaient ses enfants et le nombre de fois où le juge avait dû tirer des ficelles pour leur éviter des ennuis pour possession de marijuana avant qu'elle ne soit enfin légalisée. Pyotr Semenov connaissait également tout sur les membres du jury : leur situation financière, leur vision du monde et les menus péchés qu'ils dissimulaient. Face au ZNATOK, nourri aux flots impétueux de données, personne n'avait de secrets.

– Je donne la parole au procureur, déclara le juge.

Il s'agira de la dernière fournée de questions avant la pause, estima Pyotr. Dans 89 % des cas, le juge ordonnait une suspension de séance avant 14 heures. Après la reprise, le travail du tribunal durait en moyenne trois heures et dix-sept minutes. La probabilité qu'ils aient le verdict le jour même était donc proche de 60 %. C'est bien, pensa le Russe. Le procès traînait depuis plus d'un an, il était grand temps de mettre fin à cette farce.

Pyotr se redressa sur sa chaise. Il sentit le regard du dessinateur judiciaire sur lui, un homme maigre aux cheveux bouclés et à la barbe clairsemée. L'artiste restait assis dans un coin, penché sur une feuille de papier Bristol et des aquarelles. Quelle institution désuète, estima Pyotr. Tout comme le tribunal en soi, d'ailleurs. L'issue du procès leur était déjà connue depuis la première audience. Ils avaient passé au ZNATOK toutes les précédentes affaires du juge : les transcriptions des déclarations, les justifications, les commentaires. Combiné au profil psychologique du magistrat établi sur la base d'informations recueillies à son sujet, ils avaient pu prédire avec un haut degré de probabilité la conclusion à laquelle il parviendrait. Idem pour les juges adjoints ; Pyotr et consorts lisaient en chacun d'eux comme dans un livre ouvert. Semenov serait reconnu coupable et condamné à quatre ans et trois mois plus ou moins un mois. La prédiction de la peine pour Daniel Królak était beaucoup plus sévère : vingt-cinq ans sans possibilité de demander une libération anticipée. C'est lui que les avocats payés par Logan Milburn avaient chargé ; il ne lui était plus utile. Pyotr, quant à lui, s'était vu confier le rôle du scientifique naïf exploité par des gens malveillants. Il le campait de manière convaincante, tirant sur les ficelles qui levaient ou abaissaient les coins de ses sourcils, tendant ou relâchant ses cordes vocales, dévissant les robinets régulateurs des canaux lacrymaux aux moments opportuns. Toute sa vie, il avait appris à simuler les émotions ; l'effort fourni finissait par payer.

Le procureur se leva et boutonna sa veste d'un geste habile. Il était corpulent, séduisant, avec une cravate bien assortie et un bronzage de surfeur. Il s'appelait Jordan Osborne, c'était une star du barreau de Californie, côté ministère public… et un habitué du casino Lucky Chances sur Hillside Boulevard. À l'issue du procès, il devait prendre un poste dans le secteur privé, au sein d'une entreprise appartenant à l'un des amis de Logan. Le salaire à six chiffres promis l'aiderait certainement à rembourser ses nombreuses dettes. Mais pour commencer à le percevoir, Jordan devait faire aboutir ce procès au plus vite. Cela impactait sans doute la qualité de son travail et la détermination dont il faisait preuve. Ainsi, il n'avait pas démêlé tous les fils ni déniché tous les manquements.

Le procureur s'approcha de la place occupée par Pyotr. Il faisait les cent pas, les mains dans le dos, comme s'il réfléchissait à quelque chose : du théâtre pour les badauds, se dit Pyotr, mystères et miracles. Dans un instant, comme à son habitude, il allait lui poser une question difficile, pénétrante, censée décontenancer l'accusé, lui faire révéler sa vraie nature. Pyotr y était préparé comme l'acteur qui jouait Polonius caché derrière le rideau était prêt pour le coup porté par Hamlet. Tout cela était déjà écrit, sauf que tout le monde n'avait pas lu le scénario.

– Le procès de Pyotr Semenov touche désormais à sa fin, déclara le procureur. On lui a posé de nombreuses questions. À propos du forum de pornographie pédophile qu'il a contribué à animer. Sur sa participation à des manipulations politiques. Enfin, à propos de l'intelligence artificielle qu'il a construite. Mais ces questions se concentraient sur les objectifs. Nous lui avons demandé dans quel but, mais nous ne lui avons pas demandé pourquoi. C'est sur cela que je voudrais m'attarder maintenant. Pourquoi avez-vous créé le ZNATOK ?

Quelle question stupide, pensa Pyotr. Parce que je le pouvais. Parce que le temps était venu. Parce que la technologie se développe selon ses propres lois, aussi immuables que les lois de la nature. Si je ne l'avais pas fait, quelqu'un d'autre l'aurait fait. L'avènement de l'intelligence artificielle était inéluctable. D'ailleurs, les gens le pressentaient ; après tout, ces mythes des automates animés surgissaient bien de quelque part, depuis Talos gardant les rives de la Crète jusqu'à la horde de balais indisciplinés de Mickey Mouse. Il était tout aussi inévitable que les intelligences artificielles continueraient à évoluer. Il y a quelques années à peine, il était impensable qu'une machine gagne contre un humain au jeu de go, aujourd'hui c'était de l'histoire ancienne. Il y a quelques années, l'impact de l'intelligence artificielle sur le marché du travail n'était qu'une question théorique, aujourd'hui c'était un problème réel. Les algorithmes avaient déjà commencé à remplacer les radiologues, les traducteurs, les comptables, les avocats, les journalistes… D'autres métiers se présentaient dans une file d'attente de plus en plus rapide. On pouvait s'en réjouir, on pouvait s'en inquiéter ; cela n'y changeait rien.

Bien entendu, il ne pouvait pas déclarer une chose pareille. À en croire le ZNATOK, s'il faisait cela, sa peine de prison serait prolongée d'au moins 60 %. Il ne pouvait pas se le permettre, son travail interrompu l'attendait. Certes, la salle des serveurs avait été investie par les services fédéraux, et les ordinateurs réquisitionnés. Mais cela n'avait aucune importance, les données étaient partout et nulle part, sur des milliers de disques simultanément, dans le cloud. Or, le cloud ne pouvait ni être mis en bouteille ni menotté.

Pyotr regarda son avocate, Christine. Celle-ci hocha la tête : tout est sous contrôle, dis ce qu'on a convenu. Le Russe se racla la gorge et approcha son visage du micro.

– Parce que je voulais aider l'humanité, annonça-t-il.

Les Américains adoraient ce genre de déclaration.

– Je voyais une misère et une souffrance inutiles autour de moi. La faim, la pauvreté, la maladie… Ce sont là des conséquences de l'inefficacité, rien de plus. Après tout, il y a assez de nourriture sur la planète pour faire manger tout le monde, assez d'argent pour secourir tous les gens dans le besoin et assez de médicaments pour soigner tous les malades. Mais nous utilisons ces ressources de manière maladroite, inefficace. Elles ne vont pas là où elles devraient aller, ou elles y arrivent trop tard.

Pyotr parlait avec assurance, sans hésitation. Il aurait pu répéter ces phrases branché à un détecteur de mensonges ; c'était la pure vérité. Sauf qu'elle lui importait peu.

– Le ZNATOK devait résoudre ces problèmes, continuait-il. Il était censé rationaliser les processus de prise de décision, mettre fin aux gaspillages. Malheureusement, mes recherches ont été interrompues. J'étais prêt à tous les sacrifices pour les reprendre, à tous les compromis. Plus que cela, je me sentais dans l'obligation morale de les reprendre, c'était mon devoir envers l'humanité...

– Et c'est pour cela que l'accusé a participé à l'animation d'un forum pour pédophiles ? intervint le procureur. Par devoir envers l'humanité ?

– Je ne le nie pas, je me suis égaré. J'ai fait de mauvais choix, je me suis lié à de mauvaises personnes. Et quand j'ai réalisé ce qui se passait, ce pour quoi ils comptaient m'utiliser... il était déjà trop tard.

– Mais vous avez pris l'avion pour les États-Unis de votre plein gré, n'est-ce pas ?

De mon plein gré, pensa Pyotr, elle était bien bonne.

– Permettez-moi de répéter ce que j'ai déclaré plus tôt. J'avais l'impression d'être sous la contrainte.

– Et plus tard, quand vous viviez à San Francisco dans une villa d'une valeur estimée à sept millions de dollars au bord de l'océan ? Là aussi ?

– Une cage dorée reste une cage.

Pyotr avait usé d'une formule qui, il le savait, allait résonner auprès de l'une des jurées, Linda Allen, une femme divorcée. Son ex-mari, président du conseil d'administration d'une multinationale de l'industrie chimique, l'avait battue et humiliée pendant des années. Elle en savait long sur les cages dorées.

– Merci, je n'ai pas d'autres questions.

– Dans ce cas, dit le juge en saisissant son marteau, les pensées déjà à la cantine, j'ordonne une suspension de séance jusqu'à 15 heures.

Les chaises traînèrent par terre, les portes s'ouvrirent en grinçant, un chœur de voix retentit. Les personnes réunies dans la salle d'audience rassemblaient les documents étalés sur les tables, fermaient leur sac d'ordinateur portable, certains se dirigeaient vers la porte. Une seule personne était restée immobile, les yeux rivés sur Pyotr Semenov. C'est l'autre Polonaise, pensa-t-il, intrigué. Julita Wójcicka.

– Tu as entendu la déposition de ce fils de pute ?!

– J'ai entendu, répondit Jan. Calme-toi, Julita, sinon la cour va nous mettre…

– Parce qu'il voulait aider l'humanité ! Putain, je vais péter un câble !

– Je vois ça. Viens, allons faire un tour, tu vas t'aérer la tête.

Il fallut qu'il la prenne par le bras pour qu'elle se lève. Et même là, elle n'arrêtait pas de fixer Semenov. Visage poupin, cheveux gras et clairsemés, teint gris typique d'une personne qui sort rarement d'entre quatre murs. Un homme ordinaire, sans intérêt. Seuls les yeux ne correspondaient pas au reste : des yeux attentifs, perçants. Il ne fuyait pas son regard, il se fichait éperdument de sa grimace haineuse. Non, il la contemplait avec intérêt, mais sans émotion : il ne la craignait pas, il ne lui en voulait pas. Quand Julita quitta la salle d'audience, il lui adressa même un léger hochement de la tête, comme pour dire “à bientôt !” Ce faisant, il la rendit encore plus furieuse.

– Ils ne peuvent quand même pas croire ces conneries, gémit-elle.

– Ils le peuvent, ils le peuvent. N'oublie pas qui ils ont élu comme président. C'est un pays aux possibilités infinies.

– Mais, Jan, son histoire ne tient pas debout. Ce sont des mensonges éhontés.

– Je t'en prie. Tu écris toi-même sur l'ère de la post-vérité et tu me balances une phrase comme ça ? Encore heureux que Królak en ait pris pour aussi longtemps.

C'est vrai, songea-t-elle. Vingt-cinq ans ! La vidéo où on le voyait sortir du tribunal menottes aux poignets, elle avait dû la regarder une centaine de fois. Cette mine confuse, ces yeux égarés et effrayés, sa chemise mouillée de sueur, et juste derrière lui Vadim, condamné à une peine similaire, impuissant malgré sa corpulence, ah, voir ça, c'était une *schadenfreude* dans sa forme la plus pure et la plus douce.

Daniel Królak avait cru que les demi-dieux du pays du 1 % l'avaient reconnu pour leur égal, qu'ils l'avaient invité sur les hauteurs d'un mont Olympe en dollars pour qu'il s'assoie parmi eux. Or, il avait fini sur le marbre froid de l'autel sacrificiel, son sang servant à payer pour les péchés d'autrui, et ils l'avaient sacrifié sans une once d'hésitation, sans aucun remords ; après tout, les affaires étaient les affaires. S'il était libéré un jour, ce serait en vieil homme abîmé par son emprisonnement, rongé par la frustration. Satisfaisant ? Oui. À ceci près que Królak, en dépit de ce qu'il pensait de lui-même, n'était que du menu fretin dans cette histoire.

– Ben ouais, fit Julita en jetant son sac sur son épaule, mais le gars qui a financé l'entreprise n'a même pas été mis en accusation.

– Je le répète, c'est l'Amérique. Le type est milliardaire. Il ne pouvait pas en être autrement.

– Tu es devenu affreusement cynique.

– J'ai toujours été cynique. C'est toi qui parles comme une enfant ingénue, comme si tu avais soudain oublié comment fonctionne le monde.

– Non, c'est juste que…

Julita s'interrompit.

– Oui ? Qu'est-ce qu'il y a ?

– Je ne sais pas.

– Tu sais, tu sais, mais tu ne veux pas le dire. Allez, crache le morceau.

Julita soupira, cherchant ses mots.

– Il doit y avoir une justice, bordel, finit-elle par dire, manifestement frustrée. Parce que si ce n'est pas le cas, si on ne leur tape pas un bon coup sur les doigts, à tous ces gars sans exception, et fort qui plus est… alors qu'est-ce qui nous garantit que cela ne se reproduira pas bientôt ? Qu'est-ce qui nous prouve qu'un autre Crésus ne s'achètera pas un autre algorithme pour faire exactement la même chose ? Mine de rien, on pourrait prendre la documentation de ce procès comme manuel d'utilisation, comme source d'inspiration, vu que la technologie existe.

– Elle existe, grommela Jan. Et elle ne va pas disparaître comme par magie.

Ils quittèrent le palais de justice par McAllister Street. Il faisait froid, la ville était plongée dans un épais brouillard. Julita se recroquevilla et entoura ses épaules de ses bras. Elle avait cru, puisqu'ils partaient en Californie, qu'il ferait chaud, alors elle n'avait emporté que des chemises à manches courtes et des robes légères. À présent, elle lançait une mode, paradant dans San Francisco avec le blouson de Jan de deux tailles trop grand pour elle et des chaussettes de sport blanches glissées dans ses sandales.

L'année d'avant, en Suisse, ils avaient eu beaucoup de chance. L'employé de l'ambassade l'avait prise au sérieux, l'avait écoutée, avait pris connaissance de l'enregistrement.

Puis il avait remué ciel et terre pour que celui-ci parvienne aux personnes adéquates. Il s'était alors avéré que le nom de Królak circulait déjà dans le cadre d'une autre affaire dont Julita n'avait pas eu connaissance : on le soupçonnait d'être lié à l'explosion, catastrophique dans ses effets, d'un réservoir appartenant au Conglomérat polonais du cuivre. Une femme qui y travaillait s'était adressée aux médias avec des informations sur une société américaine louche que Królak représentait, sur des tentatives de chantage et de corruption. Elle avait également porté des accusations, soutenant que la rupture du réservoir, considérée jusque-là comme un malheureux accident, était en fait le fruit d'un sabotage cybernétique. On l'aurait peut-être prise à la légère, si Schloss Security, un fabricant allemand d'antivirus, n'avait pas trouvé sur l'ordinateur de l'un de ses clients le logiciel malveillant qui avait été utilisé dans l'attaque. Quelqu'un avait fait le lien, avait informé les services américains et ceux-ci, étonnamment, avaient pris le signalement avec le sérieux de rigueur. Un mois plus tard, Pyotr Semenov et Daniel Królak étaient arrêtés à l'aéroport international de San Francisco à leur descente d'un jet privé appartenant à un certain Logan Milburn. Bien évidemment, ce dernier avait nié avoir eu connaissance des agissements des deux Russes. Dans un communiqué de presse, il déclarait avoir été induit en erreur par des "partenaires commerciaux malhonnêtes". Puis, dans un habile tour de relations publiques, il avait fait don de dix millions de dollars à des œuvres de bienfaisance quelconques, fermant ainsi la bouche aux critiques, avant de disparaître de la surface de la terre. Fort probablement, il était en train de lécher ses plaies dans son ranch dont la surface avoisinait celle d'un petit pays européen ou sur son yacht de plusieurs millions de dollars qui naviguait sur les eaux de l'un des paradis fiscaux des Caraïbes.

Jan et Julita commandèrent des cafés à emporter et s'assirent sur un banc du Civic Center Plaza. La place était bordée d'érables : les arbres se tenaient au garde-à-vous, en rangs réguliers, plantés dans du béton, leurs branches taillées de sorte à former des boules parfaites. Ils poussaient là où l'homme leur avait ordonné de pousser, de la façon dont l'homme le leur avait ordonné. Sur les mâts devant la mairie, des drapeaux effilochés flottaient au vent, tandis qu'une des voitures autonomes tests empruntait la rue d'à côté. Elle s'arrêta pour laisser passer une vieille dame en manteau à carreaux engagée sur la chaussée sans prévenir. Cela s'effectua sans freinage brusque, sans crissement de pneus, la voiture avait parfaitement évalué la distance. La femme ne se retourna même pas, ne remarquant sans doute pas qu'il n'y avait personne au volant. Ou peut-être qu'elle s'en moquait, qu'elle s'y était déjà habituée.

Julita sortit un paquet de cigarettes et en offrit une à Jan ; la fumée se dissolvait dans la brume. Ils restèrent assis en silence. Étonnamment, ce silence n'était ni gênant ni chargé du crépitement statique d'une dispute en suspens. C'était déjà leur troisième jour ici et pas une seule fois ils ne s'étaient querellés. Tous deux étaient étrangement calmes. Très probablement, ils pressentaient qu'il s'agissait de l'épilogue de leur histoire commune ; il n'y avait plus ni grandes émotions ni grands dangers. D'ici peu, le générique de fin allait défiler et il serait temps de se dire au revoir.

À peu de choses près, ce final aurait pu être différent. Il s'en était fallu d'un rien pour que Julita finisse derrière les barreaux… ou dans une tombe peu profonde parmi les épicéas des Alpes, un sac en plastique sur la tête. Le fait qu'elle soit sortie de cette aventure en un seul morceau, elle le devait en grande partie à Jan. La veille de leur opération, il avait découvert un point faible dans la sécurité du Schweiz Zentrum. Il avait d'abord accédé au service fofa.so qui scannait Internet à la recherche d'équipements connectés au réseau ; c'était une sorte d'annuaire téléphonique très épais, réunissant des centaines de millions d'entrées. Les résultats pouvaient être triés par type d'appareil, par protocole de communication ou par type de port. Mais aussi en fonction du pays. Jan avait restreint sa recherche à la Suisse et au matériel qu'il savait utilisé au centre de conférences. Il avait déterminé sans mal l'adresse IP du centre, puis généré la liste des périphériques associés. Parmi eux, il y avait des serveurs, des thermostats, des imprimantes, des cellules photoélectriques… et des caméras de surveillance. Tout cela, bien sûr, avec le préfixe SMART. Le problème, c'était que l'administrateur du réseau avait oublié de modifier les paramètres d'usine de l'un des composants qui constituaient le système de sécurité de l'établissement. Login : admin, mot de passe : admin. Cela avait été suffisant pour mettre le pied dans la porte… avant de l'ouvrir en grand. Un simple oubli, une négligence. Un ordinateur n'aurait jamais commis une telle erreur ; les humains en commettaient forcément une tôt ou tard. Jan avait non seulement été capable de suivre ce qui se passait dans le centre de conférences, mais aussi d'effacer à distance les enregistrements vidéo… et de désactiver les brouilleurs.

Et c'était peut-être ce qu'il y avait de plus réconfortant dans cette histoire. Puisque personne n'était en mesure de garder ses secrets, les méchants ne le pouvaient pas non plus. Personne, pas même le plus rusé des criminels, ne pouvait effacer toutes ses traces imprimées dans le silicium ni défendre simultanément et efficacement les milliers de portes de ses forteresses numériques. Nous étions tous emmêlés dans les mêmes câbles, pour le meilleur et pour le pire ; les informations voulaient être libres, alors les preuves aussi. Il suffisait de vouloir faire quelque chose avec ça, il suffisait de s'en préoccuper, car de plus en plus souvent la défense la plus efficace n'était même plus une fausse déclaration, mais un simple haussement d'épaules.

Bien sûr, ces réflexions lui étaient venues plus tard. Lorsque Julita avait découvert ce que Jan avait fait, elle avait été submergée par des sentiments contradictoires, ce qui, au fond, résumait fort bien leur relation. D'un côté elle lui serait bien sûr éternellement reconnaissante, de l'autre elle avait envie de le gifler. Pourquoi ne le lui avoir pas dit ? Comment avait-il pu garder cette info pour lui ?! Si elle avait su qu'elle pénétrait à l'intérieur du centre réellement accompagnée d'un ange gardien, elle aurait géré la situation différemment, elle n'aurait pas été aussi vulnérable, elle aurait eu davantage d'options !

Mais sa colère s'était bien vite évaporée. Mine de rien, elle comprenait pourquoi Jan ne lui faisait pas confiance. Elle lui avait donné de nombreuses raisons de ne pas le faire. Et puis, allez savoir, peut-être que si Królak n'avait pas vu dans ses yeux cette terreur animale, infinie, il n'aurait pas été aussi arrogant, il n'aurait pas baissé autant sa garde. Peut-être, peut-être, peut-être… Ce n'était pas la peine de s'y attarder. En fait, nous ne sommes pas en mesure de voir où nous mènent tous les chemins, tous les embranchements, nous ne savons pas calculer les probabilités dans des constellations de millions de pièces en mouvement. Mais d'ici quelques années, qui sait…

Julita jeta un œil à sa montre. 14 h 45. Dans un petit moment, le tribunal reprendrait ses délibérations, il y avait des chances que le verdict soit prononcé le jour même. Ils étaient venus là spécialement pour l'annonce, pour voir cela de leurs propres yeux, pour être présents au moment où le point final serait mis. Elle avait cru que ce serait un instant de triomphe, qu'ils iraient boire du champagne après. Au lieu de cela, c'était l'angoisse et l'amertume qui montaient en elle. Julita était préoccupée par la confiance qui émanait de l'avocate de Semenov, par le visage impassible du Russe, par la distraction du juge. Elle pressentait que la sentence serait clémente, puis qu'elle serait réduite grâce à la bonne conduite du prévenu. Dans un an ou deux, Semenov s'assiérait à nouveau devant un clavier.

C'était ce qu'elle redoutait.

Assis devant son ordinateur, le commissaire Ryszard Czapliński mangeait une pâtisserie au pudding. Il l'avait achetée à l'épicerie en face du commissariat, comme tous les jours. Il la tenait à travers un sac plastique jetable pour que ses doigts ne collent pas à cause du sucre glace. Sur son bureau en contreplaqué, les miettes s'accumulaient ; quand il aurait fini de manger, il les balayerait dans sa paume et les jetterait par la fenêtre. Comme tous les jours.

Au commissariat, c'était le calme plat. Enfin ! L'année écoulée avait été pleine d'agitations diverses et de nervosité. Ryszard n'aimait pas du tout cela. Certains officiers de son rang regrettaient le temps passé dans les rues, l'adrénaline, le goût de l'aventure. Pas lui. Il se sentait à l'aise derrière un bureau, la routine lui convenait. Signer ici, cacheter là, aller à une conférence, revenir avec une casquette et un classeur souvenirs – que vouloir de plus ? C'est pourquoi il se sentait bien à Lubin. C'était une ville riche et paisible, sur le flanc occidental de la Pologne qui plus est, donc il s'évitait les problèmes de contrebande ou d'immigration clandestine. Tout au plus, il fallait aider parfois ses collègues allemands d'outre-Oder à retrouver une voiture volée, et le tour était joué.

Le commissaire termina son gâteau, se lécha les doigts – en fin de compte, il les avait un peu salis – et jeta le sac gras à la poubelle. Il avait soif, alors il se rendit dans le couloir. Là, dans une alcôve près de l'escalier, il y avait une table en plastique craquelée, autrefois blanche, d'une couleur crème sale à présent, avec une bouilloire et trois bocaux dessus : café soluble, thé noir bon marché et sucre en morceaux dans lequel on trouvait de temps en temps des fourmis mortes. À côté, il y avait un distributeur de gobelets jetables, présentement vide. Ryszard Czapliński soupira. Mme Kasia a encore oublié de le remplir, pensa-t-il. Il va falloir le lui rappeler, mais gentiment, pour qu'elle ne se vexe pas comme la dernière fois. Il ouvrit le placard au-dessus de l'évier et en sortit un verre ébréché. Ça fera l'affaire, conclut-il, mais sans enthousiasme.

Des pas retentirent dans l'escalier ; les semelles en caoutchouc des chaussures de service grinçaient sur le linoléum. Deux personnes – elles marchaient vite, presque en courant, cela voulait dire qu'il se passait quelque chose, qu'il y avait eu un appel urgent. Le commissaire passa la tête hors du coin cuisine : c'était le brigadier Knyszyński et le brigadier-chef Jackowiak, deux bons gars qui portaient juste la main un peu trop souvent à leurs matraques. Il faudra leur obtenir cette formation en maîtrise de soi, se rappela Ryszard, sans quoi ça finira par faire du grabuge un jour.

– Le devoir vous appelle ? s'enquit-il. Un truc intéressant ?

– Non. Un cambriolage.

– Où ça ?

– Rue Wrzosowa.

Le commissaire Czapliński reposa son verre.

– À quel numéro ?

– Le 17.

Il connaissait cette adresse. Il eut un coup de chaud, la pâtisserie pesa soudain dans son estomac.

– Je viens avec vous.

Les jeunes policiers échangèrent un regard surpris – le commissaire ne se déplaçait jamais sur les lieux d'une intervention –, mais ne dirent rien. Ils descendirent au garage, Czapliński s'assit au volant, alluma le gyrophare. D'ordinaire, il aimait ce moment-là : l'éclat des lumières bleues, les voitures qui s'écartaient, les piétons figés avant de s'engager sur la voie. Alors, il se sentait important, respecté. Mais présentement ses pensées étaient ailleurs, revenues aux événements de l'année passée. D'abord, la catastrophe de la Montagne de fer, puis… puis, ça avait été de mal en pis.

Ils ne roulèrent pas longtemps. Lubin était une petite ville, surtout lorsqu'on filait au son d'une sirène. La voiture de police s'arrêta au 17, rue Wrzosowa. Le portillon rouillé de la clôture était ouvert. La fenêtre du rez-de-chaussée était brisée et des bouteilles cassées jonchaient les marches de l'entrée. Sur le mur, quelqu'un avait tagué à grands traits "OÙ ES-TU SALE PUTE ?" et, à côté, "MÈRE INFANTICIDE". Czapliński sortit de la voiture et claqua la portière rageusement.

– Le signalement vient des voisins ?

– Oui.

– Allez leur demander s'ils ont vu quelque chose. Moi, je vais jeter un œil à l'intérieur.

– À vos ordres.

Il s'immobilisa devant la porte d'entrée entrouverte ; une odeur d'urine flottait dans l'air. Le commissaire franchit le seuil, prenant garde à ne pas marcher sur les bouts de verre brisé. Quelqu'un avait tailladé au couteau le canapé en similicuir et brisé les chaises contre les murs. Les cambrioleurs n'avaient pas voulu voler la vieille télé, alors ils l'avaient simplement fait chuter de son meuble. Il ne restait plus qu'une tache claire à la place de la vitrine de minéraux accrochée près de la porte qui donnait sur le jardin. Apparemment, ils avaient estimé qu'il y avait là quelques spécimens précieux ; ils n'étaient pas les premiers à prendre de la pyrite pour de l'or. Le policier monta à l'étage. En haut de l'escalier, l'ascenseur pour handicapé avait été arraché du mur. La porte de la chambre à coucher était grand ouverte. Ça empestait la merde, quelqu'un avait chié au milieu du matelas. Et, au-dessus de la tête de lit, un autre tag annonçait : "ON TE TROUVERA, SALOPE".

Ryszard en doutait sincèrement. Helena Niemczyk avait disparu corps et biens. La dernière fois qu'il l'avait vue, c'était il y avait plus d'un an. Elle était venue le voir au commissariat, pour lui dire qu'elle avait besoin de son aide. Elle lui avait tendu quelques feuilles de papier froissées, lui demandant de les photocopier et de les distribuer partout où il pourrait : à la Direction générale de la police, à la Chambre suprême de contrôle, à l'Agence de sécurité intérieure. Il lui avait répondu que ça ne marchait pas ainsi, qu'il y avait des procédures, que, s'il s'agissait d'une affaire urgente, il pourrait transmettre les documents à son supérieur et on verrait ensuite. Elle lui avait lancé un tel regard qu'il en était resté sans voix, il s'était recroquevillé. Tu me le dois, lui avait-elle dit. Elle avait posé les papiers sur son bureau et était partie. Il était resté longtemps immobile, se demandant ce qu'il devait faire, pesant les différentes obligations : envers elle, envers lui-même, envers sa conscience et envers sa propre famille. En fin de compte, il avait fait ce qu'Helena lui avait demandé. Elle avait tout à fait raison : il le lui devait.

Il avait appris qu'après l'avoir quitté, Helena avait fait le tour des rédactions locales, des stations de radio et de télévision. Elle avait des contacts partout, elle était connue partout. Malgré cela, on lui avait signifié une fin de non-recevoir à de nombreux endroits. Après tout, nul ne voulait se mettre Bełżyński à dos. Mais pas partout. Quelques jours plus tard, le journal *La Voix de Lubin* avait publié un article sur la relation entre le président du conseil d'administration et une société américaine douteuse, ainsi que sur les pressions exercées pour vendre la Montagne de fer contre les intérêts à long terme du Conglomérat. Les médias nationaux s'étaient faits écho de l'affaire, les véhicules de reportage radio de Wrocław étaient revenus à Lubin. Mais lorsque les journalistes avaient voulu inviter Helena Niemczyk devant leurs caméras, celle-ci avait disparu. On avait rapidement compris pourquoi. Il n'avait pas fallu longtemps avant que d'autres journaux – ceux favorables au PDG furieux – accusent Helena Niemczyk d'avoir tué sa propre fille. Il n'y avait aucune preuve tangible, mais cela avait suffi pour que le bureau du procureur ouvre une enquête ; manifestement, quelqu'un à Varsovie avait tiré des ficelles.

L'atmosphère était devenue brûlante. Bien que différentes agences gouvernementales aient balayé la dénonciation d'Helena sous le tapis, la Chambre suprême de contrôle, en sa qualité d'institution indépendante, avait envoyé une inspection au Conglomérat. De fil en aiguille, de nombreuses irrégularités avaient été découvertes dans les documents relatifs à la Montagne de fer, des accusations de corruption avaient été formulées, il était apparu que le ministre Artur Warecki, chef de file du parti Pologne Demain, était impliqué dans la malversation. Et comme au siège du parti majoritaire Droit et justice, on ne cherchait qu'un prétexte pour absorber ce petit parti de sa coalition, on avait profité de l'affaire pour démettre l'homme de ses fonctions. Des négociations avec les autres députés de Pologne Demain allaient bon train en coulisses et on ne savait toujours pas si des élections législatives anticipées auraient lieu ou pas. Avec un vote en ligne, bien sûr.

Le commissaire avait également eu des ennuis. Il avait été réprimandé pour sa prise d'initiative, on l'avait menacé de mesures disciplinaires. En fin de compte, l'affaire s'était tassée, mais il pouvait oublier sa promotion. Au fond, il avait enfreint les procédures pour une bonne cause, mais dans les échelons supérieurs de la police, la loyauté était plus importante que le sens du devoir. Sa femme s'en était moins bien sortie, elle qui travaillait à la comptabilité du Conglomérat ; on l'avait licenciée du jour au lendemain. Il craignait qu'elle lui en veuille, qu'elle lui fasse des reproches et lui réserve des jours de silence buté. Mais non, elle avait compris. Il avait fait ce qu'il fallait faire.

Ryszard s'arrêta devant la chambre de l'enfant. Il eut devant les yeux l'image datant d'une douzaine d'années : la petite Janina et sa fille, Dorota, jouent sur le tapis, construisent quelque chose avec des Lego, rient. Une odeur de pancakes frits et la rumeur d'une conversation d'adultes montent d'en bas. Des verres de vin s'entre-choquent. À l'époque, il se sentait très heureux. La vie était si merveilleusement simple.

Le policier ouvrit la porte. Il avait peur de ce qu'il trouverait à l'intérieur : d'autres meubles brisés, d'autres gribouillis. Mais non, la pièce était complètement vide : il n'y avait que le sol, les murs et une tringle à rideaux nue. Cela ressemblait à l'une de ces tristes images publicitaires pour vendre une maison, avec ces murs dépouillés de tout souvenir et d'une quelconque intimité. Helena avait dû nettoyer la pièce avant de partir. Je me demande ce qu'elle a fait du matériel médical, pensa-t-il, de tous ces respirateurs, aspirateurs et autres spiromètres. Elle les avait peut-être donnés à une institution quelconque ? Elle les avait peut-être jetés ?

Ryszard redescendit et se dirigea à la cuisine. Il y avait des bouteilles vides partout, les surfaces des meubles étaient poisseuses à cause de l'alcool déversé. Les cambrioleurs avaient dû trouver le bar d'Helena, et celui-ci était certainement bien garni. Le policier écarta les déchets du bout du pied et ouvrit le tiroir le plus bas. Là, sous le fond en toile cirée, Helena Niemczyk gardait les clés de sa maison de campagne. Stach et elle possédaient un petit chalet dans la forêt près de Wilkocin, à la limite du parc paysager de Przemków. Ryszard s'y était rendu plusieurs fois avec sa fille avant que l'état de Janina ne se détériore au point que Dorota ne veuille plus la voir, qu'elle en ait peur et soit dégoûtée. Mais lors de ces séjours, il les aidait à faire leurs valises et se souvenait d'où Helena rangeait ses clés. Le commissaire était peut-être bureaucrate par nature, mais il avait l'œil pour les détails.

Les clés n'étaient plus là. Il était peu probable que les cambrioleurs les aient prises, la poignée du tiroir était propre, elle ne collait pas, ils ne l'avaient probablement pas ouvert. Alors, quelqu'un d'autre l'avait fait. Plus tôt. Ryszard Czapliński se leva, épousseta son pantalon. Il décida de garder cette information pour lui. Helena méritait d'avoir la paix.

Julita entra dans la salle d'audience et s'assit au deuxième rang. Elle sortit un carnet de son sac, le même que celui dans lequel elle avait dessiné des gribouillis informes il y avait un peu plus d'un an de cela, lors de son rendez-vous à la Bibliothèque nationale. À présent, elle notait tout avec précision : chaque détail, chaque pensée. Elle venait d'encaisser une solide avance pour son prochain livre. Titre provisoire : *CRIME 3.0*. Elle était censée y décrire l'affaire Semenov, depuis sa carrière universitaire ratée jusqu'à son procès et sa condamnation. L'éditeur avait pris en charge le coût des billets d'avion et de l'hôtel, lui avait accordé des indemnités journalières, mieux, il avait même accepté de payer le vol de Jan. Ce n'était pas par bonté d'âme, bien sûr : l'intérêt pour le livre s'annonçait énorme, des contrats avaient déjà été signés pour des éditions étrangères, les négociations pour l'adaptation sur grand écran allaient bon train. On parlait de Julita dans les médias, on lui commandait à nouveau des articles et on l'invitait pour des interviews. Pourtant, elle n'arrivait pas à s'en réjouir.

Quand elle voyait que ses articles devenaient tendance, elle se demandait qui calibrait les algorithmes et comment ceux-ci influençaient le choix des lecteurs. Quand elle lisait des commentaires, elle se demandait s'ils avaient été écrits par un humain ou par une machine. Trouble délirant, avait conclu sa thérapeute, nous y travaillerons. Quand Julita avait entendu le diagnostic, elle avait ricané dédaigneusement – méfie-toi, que je ne te contamine pas avec cette paranoïa, s'était-elle dit. Mais elle n'avait pas arrêté sa cure. Les effets de celle-ci étaient indéniables. Cette fois, le voyage aux États-Unis s'était déroulé sans crise de panique. Elle n'avait plus de palpitations au bruit des portes qui claquent ou des ballons qui éclatent. La seule chose qu'elle n'arrivait pas à arrêter, c'était fumer. Mais ce n'est pas grave, se disait-elle, une chose après l'autre, on ne règle pas tout à la fois.

Jan s'assit à côté d'elle. Ou plutôt : le brigadier-chef Jan Kazimierz Nguyen Tran s'assit à côté d'elle. Julita avait toujours eu l'impression qu'il ne pourrait renier sa nature et elle n'avait pas eu tort. Jan avait démissionné de son poste dans une multinationale et était retourné au sein du Bureau de lutte contre la cybercriminalité. Il avait obtenu une promotion, une augmentation, des affaires plus intéressantes. Ils savaient tous les deux que c'était en partie grâce à elle, que la réputation qu'il avait acquise grâce à ses articles y était pour beaucoup, mais ni l'un ni l'autre ne l'avaient jamais dit à haute voix. Lui en était empêché par sa fierté, elle ne voulait pas passer pour prétentieuse. D'ailleurs, comment dire… elle lui devait également beaucoup. La vie, par exemple.

– C'est parti, annonça Jan.

En effet, la porte du fond de la salle s'ouvrit, le juge et les jurés entrèrent. Les conversations s'interrompirent, les gens se levèrent. Julita se tourna vers le siège de l'accusé. L'avocate de Semenov lui chuchotait quelque chose à l'oreille, le Russe acquiesçait ; c'était la personnification même du calme et du sang-froid. Des papiers étaient étalés sur la table devant eux. Ça ne ressemblait pas à des documents juridiques ; Julita crut y voir des schémas, quelque chose comme une répartition de probabilités. Bordel, se dit-elle, il aurait fallu être plus attentive en maths. Bien qu'elle ait été douée pour ça, elle avait toujours eu de mauvaises notes au lycée. À quoi me serviraient l'algèbre ou la géométrie puisque je vais être journaliste ? déclarait-elle à ses parents déçus, avec la confiance en soi propre à la jeunesse. Et maintenant il s'avérait que, dans le monde actuel, la méconnaissance des mathématiques et des langages de programmation était une forme d'analphabétisme. Une caste de sages privilégiés lisait l'avenir dans des signes sacrés ; les autres pouvaient au mieux se prosterner devant eux.

– Jan, il faut qu'on fasse quelque chose, chuchota-t-elle.

– Pardon ?

– On ne peut pas le laisser s'en tirer comme ça.

– Ce n'est pas un mariage. Il n'y aura pas de moment pour exprimer son opposition.

– Je sais, mais…

Elle hésita.

– … peut-être que quand ils annonceront une nouvelle pause, quand les jurés iront délibérer, nous pourrions aller voir ce juge et…

Jan la prit par la main, la serra délicatement.

– Julita, laisse faire, dit-il. Et puis, on ne sait pas quelle sera sa peine, il se pourrait que…

– Regarde ces gros malins. Ils savent.

– Comment ?

– Ils ont peut-être payé quelqu'un. Ou… tu sais.

Jan ne répondit rien. Ils ne disposaient pas encore d'une image complète du projet ZNATOK, tout n'avait pas été rendu public, mais ils savaient que, dans la base de données que Semenov compilait à San Jose, on avait intégré les documents des tribunaux américains des cent dernières années. Il y avait là tout ce qu'on pouvait obtenir, légalement ou pas : les listes de juges, les justifications des verdicts ou les requêtes, par répertoires entiers. Jan et Julita n'étaient pas certains de savoir pourquoi Semenov les avait rassemblés. Mais ils avaient des soupçons.

– Et quand bien même, reprit-il après un court instant, tu ne peux plus rien y faire. Cette affaire n'est plus du tout sous ton contrôle.

– Je déteste quand tu es rationnel comme ça.

– Tu détestes quand j'ai raison.

– Chuuut ! fit quelqu'un dans la rangée du fond.

Ils se turent et écoutèrent les exposés finals, douloureusement prévisibles, de la défense (c'est un pauvre homme digne de pitié, un visionnaire inconscient et exploité) et de l'accusation (c'est un monstre à forme humaine, un psychopathe dangereux pour la société, on demande la peine la plus lourde possible). Ensuite, les jurés se levèrent et s'enfermèrent dans une salle attenante. Une attente nerveuse commença.

– C'est le bon moment, là maintenant, chuchota Julita.

– Pour faire quoi ?

– Je ne sais pas, moi. Quelque chose. Peu importe.

– Tu n'es pas sérieuse.

– Je suis mortellement sérieuse.

Jan secoua la tête, se détourna d'elle. Elle n'insista pas, elle savait qu'elle ne pouvait plus rien obtenir. Elle connaissait bien Jan, mieux peut-être qu'elle n'aurait voulu, et cela même si au cours de l'année écoulée, ils ne s'étaient plus vus très souvent. Julita était absorbée par son travail, elle remettait de l'ordre dans sa vie. Jan aussi avait été très pris par son retour dans la police – et pas seulement pour des raisons professionnelles. Il avait commencé à fréquenter une vieille connaissance du boulot, Martyna. Celle-ci avait un enfant en bas âge et était fraîchement divorcée. Cela ne le dérangeait pas. La veille du procès, Julita l'avait aidé à choisir un cadeau pour leur un an, chez un joaillier du quartier Castro. Et heureusement, parce que Jan avait des goûts de chiottes. Elle n'était pas jalouse. Au fond, elle savait qu'ils étaient totalement incompatibles, qu'on ne pouvait construire une relation sur du cul et des obsessions communes. Non, bien au contraire, elle se sentait agréablement flattée qu'il lui ait demandé de l'aide, qu'il se soit ouvert à elle de la sorte. Elle comprenait combien cela lui avait coûté, à quel point c'était difficile pour lui. Alors, elle ne s'était pas moquée, elle s'était abstenue de plaisanteries stupides. Tout ce qu'elle souhaitait, c'était être une bonne amie.

D'accord, se dit-elle avant de changer brutalement le fil de ses pensées, trêve de sensiblerie, concentre-toi. Que peux-tu faire ? Comment faire encore pencher la balance ? Il faudrait prendre subrepticement une photo des documents posés devant l'avocate de Semenov, ceux-ci contenaient peut-être quelque chose de compromettant ? Sinon, elle pourrait traquer cette femme sur le web, ici, maintenant, via son téléphone portable, sous la table, fouiller ses profils, chercher des informations préjudiciables ? Ou alors, elle pourrait tenter un geste dramatique, déchirer sa chemise tel Rejtan devant les puissances qui se partageaient la Pologne, dire non, je ne le permettrai pas, cet homme devrait passer le reste de sa vie en prison ! Non, non, tout cela était stupide, inutile, sans queue ni tête, ça n'avait pas la moindre chance de marcher. Jan avait raison, l'affaire n'était déjà plus sous son contrôle. D'ailleurs, est-ce que quoi que ce soit l'était ?

La porte s'ouvrit, les délibérations du jury avaient dû être courtes. Un juré tendit au juge le bout de papier avec leur décision.

QUEL RÉCIT ! LA FEMME DE BEŁŻYŃSKI
L'A MIS SUR LE CHAUME !
Nouvelle péripétie du drame de l'ex-directeur.
En exclusivité sur MEGANEWS.COM
Auteur : Piotr Miąsek

Florian plissa le front et vit son visage étonné dans le reflet de l'écran de son smartphone. "L'a mis sur le chaume" ? Qu'est-ce que c'était censé vouloir dire ? Il avait lu tellement d'articles sur le fait que les traducteurs automatiques s'amélioraient d'année en année, et voilà, du charabia. C'est sans doute parce que ces algorithmes sont toujours conçus pour les besoins des Américains, pensa-t-il, ils sont donc axés sur le traitement de l'anglais. Il est probable qu'ils traduisent d'abord le texte source vers l'anglais, et ce n'est qu'ensuite qu'ils traduisent depuis l'anglais vers l'allemand – dans un tel jeu du téléphone arabe, il était facile de perdre les nuances.

"Elle l'a mis sur le chaume", répéta-t-il en se grattant la tête, ça ressemble à une expression idiomatique. Il vérifia les traductions alternatives et *ruinieren* apparut : ruiner. Florian sourit de satisfaction et cliqua sur le lien. A priori, cela ne se faisait pas de se réjouir du malheur d'autrui, mais il ne pouvait pas se priver de ce plaisir. Il n'aimait vraiment pas ce Bełżyński. Et il avait de bonnes raisons pour cela.

Après la publication de son rapport, le PDG du Conglomérat du cuivre avait fait tout ce qui était en son pouvoir pour transformer sa vie en enfer. Il avait payé les meilleurs avocats berlinois qui les avaient traînés, Bastien et lui, devant les tribunaux. Il l'avait traité publiquement, en donnant son nom et prénom, d'"ennemi de la nation polonaise" et de "trublion boche qui n'arrivait pas à se faire à l'idée que la terre de Lubin soit redevenue polonaise". Plus d'un mois après cela, Florian recevait encore des lettres haineuses et menaçantes de la part de patriotes excités par ces propos dramatiques. Et comme si tout cela ne suffisait pas, Bełżyński avait fait en sorte que toutes les sociétés appartenant à l'État polonais qui utilisaient le logiciel de Schloss Security résilient leurs contrats du jour au lendemain. Leur entreprise avait subi des pertes s'élevant à des centaines de milliers d'euros.

Cependant, personne n'avait été en mesure d'étouffer l'affaire révélée par le rapport, on ne pouvait plus nier les faits en élevant la voix. Très vite, on avait prouvé que le PDG agissait à l'encontre des intérêts du Conglomérat : il s'efforçait de cacher la véritable raison de l'avarie du réservoir parce qu'il voulait vendre ce dernier au plus vite à une société américaine louche qui, comme le révélait simultanément une journaliste locale dans son enquête, faisait partie d'un réseau criminel de plus grande ampleur. Discrédité, Bełżyński avait été licencié. Posant en larmes devant les caméras, il expliquait avoir été victime d'un chantage. Cependant, ce n'était en aucun cas des larmes de remords, plutôt des larmes de ressentiment et de colère ; les gens de son espèce étaient habitués à se croire intouchables, à penser que les règles valables pour le commun des mortels ne s'appliquaient pas à eux, qu'ils seraient toujours traités comme dans un lounge en classe affaires, avec de larges sourires et des bretzels gratuits. Et c'était de ne plus pouvoir s'asseoir dans ce lounge que le PDG redoutait le plus. C'est pourquoi, avec deux longueurs d'avance, il avait mis tous ses biens au nom de sa (seconde) femme, une blonde de vingt ans sa cadette qui ressemblait d'ailleurs à s'y méprendre à sa secrétaire. Un plan astucieux… à un léger détail près.

Je crois personne ne s'attendait à ça ! Femme Adrian Bełżyński, Klaudyna [GALERIE PHOTOS], a aboli la requête pour un divorce ! L'ancien directeur aurait droit à la moitié une fortune fabuleuse à sa femme… si ce n'est que le couple a signé avant même le mariage, un contrat prénuptial séparation fortune ! Adrian Bełżyński n'y a probablement pas réfléchi… VOYEZ SA TÊTE !

Effectivement, le PDG n'en menait pas large. Le document censé le protéger des appétits de sa femme en cas de séparation l'avait conduit à la banqueroute. Il n'avait plus rien. Or, après l'affaire du Conglomérat, il était devenu radioactif, inemployable. De toute façon, que savait-il réellement faire ? S'il était arrivé à ce niveau de responsabilités, ce n'était que grâce à ses relations, aux services rendus et aux verres bus entre connaissances. Sorti du cadre d'un système politique qu'il avait servi, il n'était personne. Florian avait presque de la peine pour lui. Presque.

Sa propre procédure de divorce s'était pour l'instant arrêtée à l'étape de la séparation. Contrairement à M. et Mme Bełżyński, ils devaient partager leurs biens par moitié, la garde des enfants aussi. D'ailleurs, ceux-ci vivaient déjà une semaine chez lui et une semaine chez Beate. Au début, cela lui avait même plu, cette double vie, cette paternité à temps partiel. Il pouvait enfin faire toutes ces choses qui lui manquaient tant, boire une bière avec des potes, juste comme ça, sans planifications, calendriers remplis et rancœurs inavouées. Il pouvait aborder une jolie fille dans un bar sans se sentir coupable ou se lever à 10 heures et lire un journal en silence. Mais il s'était vite rassasié et ces petits plaisirs qui, au fil des années de mariage, avaient dans son esprit pris le rang de douceurs célestes, avaient cessé de le réjouir. C'était un peu comme si, après de nombreuses années, il goûtait le plat préféré de son enfance et découvrait que sa saveur était différente de celle dont il se souvenait, qu'elle était fortement assaisonnée de nostalgie. Par ailleurs, après la première bière, il n'était plus capable d'en vider une autre, ce qui ne l'empêchait pas de devoir uriner ensuite tous les quarts d'heure, les jolies filles l'envoyaient le plus souvent paître et, en se levant à 10 heures, il était aussi fatigué, pour des raisons qui lui échappaient, qu'en se levant à 7 heures. Il tournait en rond dans l'appartement vide, n'arrivait pas à se concentrer sur de la lecture ni à regarder un film jusqu'au bout. Il avait oublié comment le faire seul. Paradoxalement, après la séparation, il était devenu un meilleur père : il attendait avec impatience l'arrivée des enfants et ne se contentait pas de les écouter, il les entendait aussi. Et certaines choses qu'ils avaient eu à lui dire lui avaient fait de la peine.

Ce n'était pas nécessaire de tourner autour du pot, Florian regrettait cette séparation, il regrettait de ne pas s'être battu pour Beate ou, pour le dire autrement, de ne pas s'être battu pour leur amour. Car maintenant, au bout d'un an, il comprenait qu'il fallait se battre pour l'amour, que c'était un effort à fournir. Et lui, comme beaucoup de gens talentueux, était malheureusement paresseux : il organisait sa vie pour maximiser ses profits avec un minimum de ressources. En informatique, c'était très apprécié : moins il y avait de lignes de code, de répétitions, de boucles, et mieux c'était. Par malchance, les mariages ne fonctionnaient pas ainsi, on ne pouvait pas mettre l'ensemble "Problèmes" entre parenthèses et le placer dans une bibliothèque séparée, verrouillée à triple tour.

Mais les informaticiens étaient également habitués à itérer. Le produit de leur travail n'était jamais terminé, il y avait toujours quelque chose à faire, à mettre à jour ou à corriger, et, en réparant une erreur, on en créait souvent une autre, plus grave parfois. Alors, il fallait revoir le code avec soin, identifier les défauts. D'autres fois, comment dire… cela valait la peine de faire un *hard reset* et de tout recommencer à zéro.

Florian mit le téléphone dans sa poche et regarda sa montre. Il était près de 13 heures. Il poussa la lourde porte, pénétra dans l'immeuble frisquet et grimpa au deuxième étage. C'est là que le docteur Leopold Benter, thérapeute pour couples, avait son cabinet. C'est là qu'il devait retrouver Beate. Il avait mis longtemps à la convaincre de venir; elle craignait de rouvrir les blessures, que cela l'empêche de refaire sa vie. Florian espérait que ça ne serait pas nécessaire.

– L'accusé est reconnu coupable de tous les chefs d'accusation.

Le juge avait lu la décision du jury. Puis il précisa qui avait signé cette décision en sa qualité de juré principal et énonça d'autres formules de circonstance. Une fois les procédures menées à leur terme, une nouvelle suspension de séance fut annoncée.

Julita sortit dans le couloir et poussa un soupir de soulagement, même si c'était la décision qu'elle attendait. Il ne pouvait pas en être autrement, non? Les preuves contre Semenov étaient indiscutables. Elle avait elle-même témoigné dans cette affaire. Les Américains avaient également réussi à retrouver l'ancienne collaboratrice du ministre Warecki, qui se cachait en Autriche et avait jeté une lumière nouvelle sur la question des manipulations électorales. Puis ils avaient contacté le procureur Bobrzycki, qui avait complété le tableau du forum de pornographie pédophile que Buczek, alias M. Pistache, avait fourni en images. Même le porte-flingue de ces malfrats, Vadim, avait collaboré avec les autorités et incriminé ses anciens collaborateurs en échange d'une réduction de peine: en lieu et place d'une double condamnation à perpétuité, il en avait pris pour trente ans. Mais quelle serait la peine de Semenov? Pour combien de temps pourrait-on être tranquille? De combien de temps avait-on repoussé l'inéluctable?

Cet homme suscitait chez Julita une profonde inquiétude. Ce n'était pas de la peur, non ; c'étaient Vadim et Królak qui éveillaient la peur chez elle, mais pas lui. Elle savait que Semenov ne lui ferait pas de mal, il ne saurait même pas comment faire. Mais, en même temps, cet homme était capable de mettre le monde sens dessus dessous, non pas pour le pouvoir ou l'argent, mais juste pour satisfaire sa curiosité. Il avait trouvé une lampe dans laquelle sommeillait un génie tout-puissant et faisait tout pour l'en libérer – et cela même s'il savait très bien qui celui-ci devrait par la suite servir.

De temps à autre, Julita faisait encore des expériences sur NOTAGOOSE. Elle démarrait l'algorithme avant d'aller se coucher, tapait dans le champ les requêtes ce qui lui passait par la tête et observait, avec un étonnement sans cesse renouvelé, la machine recracher lettre après lettre, mot après mot, continuer des histoires commencées, achever des pensées interrompues, parfois fort à propos, d'autres fois dans la confusion la plus totale. Et même si elle l'avait déjà fait à tant de reprises, et même si elle savait de quelle manière et selon quels principes ce texte était généré, ses cheveux continuaient à se dresser sur sa tête.

Jan ne la comprenait pas. Quand elle essayait de lui expliquer pourquoi les synthétiseurs de texte suscitaient de telles émotions chez elle, il se contentait de hausser les épaules. Au fond, c'est un peu comme un kaléidoscope, disait-il, tu tournes la manivelle et les pièces mobiles se déplacent selon des règles prédéterminées et préétablies, la seule différence, c'est le niveau de complexité du mécanisme. Elle n'arrivait pas à réfuter ses arguments, mais elle n'arrivait pas non plus à trouver les mots pour exprimer exactement ce qu'elle ressentait. C'est un écrivain rencontré lors d'une soirée littéraire qui le fit à sa place. Elle lui avait parlé de NOTAGOOSE en guise d'anecdote, autour d'un verre de vin bu dans le hall.

L'homme l'avait interrompue, manifestement choqué, et lui avait dit : Mais c'est précisément comme ça que j'écris ! C'est pareil, en tout point. Je n'ai pas le roman entier en tête, passage par passage, quand je commence. Pire, je ne compose même pas la phrase dans ma tête avant d'appuyer sur la première touche. Je pose un mot sur une page blanche et le reste s'écrit tout seul : une séquence d'associations d'idées s'enclenche, une réaction en chaîne de correspondances.

Julita en fut estomaquée. À bien y réfléchir, elle faisait la même chose. Elle s'asseyait devant son ordinateur et les mots s'écoulaient d'eux-mêmes sur l'écran, depuis son cerveau, le long de ses nerfs, à travers ses doigts, ils surgissaient des profondeurs de sa mémoire, aussitôt organisés en phrases qu'elle avait préalablement entendues. Si "les enfants", alors "chantent" ; si "une lampe", alors "brille". Elle n'y connaissait rien en grammaire, n'aurait pas fait la différence entre un adjectif et un adverbe, et pourtant les phrases qu'elle couchait sur la page étaient correctes. Les règles, assimilées à force d'être répétées, se mettaient en pratique d'elles-mêmes, sans sa participation consciente.

Aux écrivains en herbe, on conseillait souvent d'écrire le plus possible ; ne s'agissait-il pas simplement de collecter un corpus de données d'entraînement ? La première nouvelle serait raturée au stylo rouge par l'éditeur, la deuxième serait déjà meilleure ; était-ce si différent du réglage itératif des algorithmes ? La question était de savoir si nous avions appris aux machines à penser comme nous ou si nous avions toujours pensé comme des machines ? Les écrivains disent parfois que les personnages qu'ils ont créés les ont surpris, que le roman a pris une direction complètement différente de celle qu'ils avaient initialement prévue. Ils ponctuaient cet aveu par un mystérieux sourire, disant que les héros de leur histoire semblaient avoir agi de leur propre chef, comme si on pouvait leur donner vie avec quelques traits de plume sur du papier. Et si c'était l'inverse ? Et si l'écrivain était privé du pouvoir d'agir dans ce processus – un automate sans volonté créant d'autres automates sans volonté, les uns et les autres aussi inconscients de leur impuissance effective ?

Soudain, le couloir devint bruyant, une vague de chuchotements excités roula sur la salle. Julita cligna des yeux et regarda autour d'elle. Elle comprit pourquoi, d'où venait cette tension perceptible dans l'air : la pause était terminée, le juge était prêt à rendre son verdict. Elle entra dans la salle d'audience : Semenov était à sa place. Il regardait par la fenêtre, comme si, par ses pensées, il était déjà dehors, comme s'il attendait seulement que son corps les rejoigne. Une fois de plus, elle sentit la morsure de la colère, le goût amer de la frustration. Mais Jan avait raison. Elle ne pouvait rien faire d'autre qu'attendre, rien d'autre qu'écouter.

– Cette cour va se prononcer aujourd'hui sur une affaire extrêmement importante, une affaire qui fera jurisprudence, commença le juge. Le verdict a été rendu après mûre réflexion et moult consultations avec des experts...

Allez, c'est bon, dépêche-toi, l'exhorta Julita intérieurement, vas-y, viens-en au fait, dis combien d'années ! Mais cet homme parlait sans hâte, comme s'il ne savait pas encore lui-même ce qu'il allait dire, comme s'il se donnait du temps supplémentaire pour la réflexion, tel un élève mal préparé envoyé au tableau. D'ailleurs, il ne savait peut-être effectivement pas, la roulette tournait peut-être toujours, la bille d'argent sautant d'une case à l'autre ? Mine de rien, tant de facteurs influaient sur la décision finale. Par exemple, Julita avait entendu parler d'une étude scientifique qui montrait une forte corrélation entre la sévérité de la sentence et l'heure de la délibération : plus il était tard et pire c'était pour l'accusé, parce que le juge était fatigué, parce qu'il avait faim, parce qu'il avait hâte de rentrer chez lui... parce qu'il n'était qu'un homme.

Le regard de Julita croisa un instant celui de Semenov. Le Russe s'était retourné sur sa chaise. C'était peut-être elle qu'il cherchait. Peut-être voulait-il voir quelle tête elle ferait quand le juge prononcerait le verdict ? Elle trouva la main de Jan, la serra de toutes ses forces, à en faire craquer ses articulations ; elle mit dans ce geste toute son anxiété, toute sa colère et tout son stress. La poursuite de Xtraterrestria1, trois années de sa vie, trois années de sacrifices, de renoncements, de dangers, culminaient dans ce moment, dans ces quelques secondes, dans ces quelques mots.

Enfin, le juge passa aux conclusions :

– Pour le premier chef d'accusation, la transmission consciente et intentionnelle d'un programme, d'une information, d'un code ou d'une commande ayant causé intentionnellement un préjudice sans autorisation préalable, le tribunal condamne l'accusé, Pyotr Semenov, à six ans de prison...

Six ans ! Surprise, Julita ouvrit la bouche. Non, ce n'est pas possible. Ça ne se passe pas pour de vrai ! Semenov ne la regardait plus. Il se pencha vers l'avocate qui lui expliquait nerveusement quelque chose à l'oreille ; son assistant se cacha derrière le dos d'un collègue et tapa quelque chose à la hâte sur son téléphone.

– Pour le deuxième chef d'accusation, poursuivit le juge, l'acquisition d'un accès, sciemment et dans l'intention de frauder, ou la transgression d'un accès préalablement autorisé, à un ordinateur protégé, par n'importe quelle méthode ayant eu pour but l'accomplissement d'une malversation, le tribunal condamne l'accusé, Pyotr Semenov, à trois ans d'emprisonnement...

Un murmure de surprise traversa la salle. Mais le juge n'avait pas encore terminé. Chef d'accusation numéro 3 : coupable, deux ans d'emprisonnement. Chef d'accusation numéro 4 : coupable, un an d'emprisonnement. Chef d'accusation numéro 5 : coupable, trois ans d'emprisonnement. La peine sera effectuée dans le pénitencier d'État de San Quentin et les peines ne seront pas effectuées simultanément. *Vlam, vlam*, le juge mit fin aux délibérations par des coups de marteau.

Julita Wójcicka contrevint au protocole en piaillant de joie.

Christine disait quelque chose, mais Pyotr Semenov ne l'écoutait plus ; cela n'avait pour l'instant aucune importance, ce qui est fait est fait, tant pis, on n'allait pas pleurer sur du lait renversé. Au lieu de cela, Pyotr se demandait ce qui était allé de travers, qu'est-ce qui avait poussé le ZNATOK à émettre un avis aussi trompeur ? Il était convaincu que ce n'était pas la faute de l'algorithme, non, les réseaux neuronaux convolutifs répartis sur des douzaines de serveurs à travers le monde fonctionnaient parfaitement. Alors, la faute en incombait aux données, conclut Pyotr, tendant les mains pour se faire menotter, la collecte était soit incomplète, soit contaminée par de fausses informations. Plus probablement la première raison, car il s'était appliqué personnellement à vérifier la qualité et la provenance des ensembles téléchargés, comme d'autres lisent attentivement les ingrédients sur les pots de nourriture pour bébé. Dans ce cas, ils avaient raté quelque chose. C'était un risque inhérent à tout système stochastique, on ne pouvait pas tout prévoir. Le juge avait peut-être eu une mauvaise journée. Il s'était peut-être disputé avec sa femme. Quelqu'un lui avait peut-être klaxonné dessus sur le chemin du tribunal. Il venait peut-être d'obtenir un zéro étoile sur le profil Airbnb qu'il utilisait pour louer sa maison d'été de Floride en son absence, alors il faisait la tête à tout ce qui était numérique. C'était impossible à dire. S'ils avaient eu des caméras au tribunal capables d'enregistrer et d'analyser, image par image, ses expressions faciales, son langage corporel et la température de son corps, ils se seraient peut-être aperçus que quelque chose allait de travers et seraient parvenus à reporter le procès jusqu'à un jour plus favorable grâce à un stratagème astucieux. Mais ce n'était pas possible.

Pour le moment.

FIN

Postface

Après la lecture de ce livre, tu peux te demander : est-ce que le développement des intelligences artificielles devrait nous inquiéter ou non ?

Oui et non.

Tout d'abord, soulignons que, si nous sommes déjà en mesure d'automatiser une grande partie de nos activités quotidiennes, nous ne sommes pas encore capables d'automatiser l'intelligence. Deuxièmement, si nous sommes déjà en mesure d'automatiser une grande partie de nos activités quotidiennes, nous ne sommes pas encore capables d'automatiser l'intelligence. Nous pouvons automatiser le processus de prise de décision. Nous pouvons automatiser le processus de planification. Nous pouvons automatiser notre capacité à prédire l'avenir. Nous pouvons automatiser notre capacité d'empathie envers les autres. Mais nous ne pouvons pas automatiser l'intelligence.

Ce qui en résulte, c'est que les humains ne sont pas des robots. Nous ne sommes pas de simples outils ou mécanismes qui peuvent être remplacés par des ordinateurs. Nous sommes des êtres humains. Nous ne sommes pas de simples outils ou mécanismes qui peuvent être remplacés par des ordinateurs.

Nous sommes des êtres humains.

Post-scriptum

La postface ci-dessus, tout comme l'ensemble des textes attribués à NOTAGOOSE, a été générée par une intelligence artificielle, et concrètement par l'algorithme GPT-2, conçu par la fondation Open AI et mis à disposition du public en 2019. Je les ai générés en profitant de l'interface de la page talktotransformer.com (© Adam King) avant de les traduire en polonais. Dans la plupart des cas, j'ai généré plusieurs textes et j'ai sélectionné celui qui correspondait le mieux au contexte.

Après la fin des travaux sur ce livre, en mai 2020, Open AI a annoncé la création de l'algorithme GPT-3. En juillet de la même année, il a été mis à disposition d'un groupe restreint d'experts. Alors que GPT-2 possédait 1,5 milliard de paramètres (en simplifiant, c'est le nombre total de connexions entre les nœuds d'un réseau neuronal), GPT-3 en compte déjà 175 milliards. Qu'est-ce que cela signifie en pratique ? Vérifiez par vous-même, il est facile de trouver des articles pertinents à ce sujet sur le web. Personnellement, j'ai été scotché.

Remerciements

J'ai des personnes à remercier et tant mieux.

Sans Bartek Rynarzewski et Magda Milewska, il n'y aurait pas de Julita – l'inspiration pour ce personnage est venue de nos plaisanteries et conversations communes. Merci pour cela et pour tous les moments que nous avons passés ensemble. Et vous n'y connaissez rien : la plage sous le pont Poniatowski est extra.

Je remercie Marcin Krupiński, Piotr Dudzic et Michał Staniszewski de m'avoir aidé à contacter des experts du secteur des nouvelles technologies.

Dans mon travail sur le fil narratif de Florian, j'ai été soutenu par deux analystes de logiciels malveillants : le premier est Jakub Dębski, le second a préféré rester anonyme. Un grand merci à eux deux : expliquer les subtilités de votre profession à un ignorant tel que moi a dû être un véritable défi.

Le professeur Barry Sanders, directeur de l'Institut des sciences et technologies quantiques à l'université de Calgary, a consacré son temps précieux à me parler de l'avenir des ordinateurs quantiques et je lui en suis très reconnaissant.

La Dr Marta Wachowicz a partagé avec moi ses connaissances sur les start-up et les différentes astuces juridiques utilisées par des investisseurs malhonnêtes, ce qui m'a aidé à développer le fil de NOTAGOOSE. Merci beaucoup pour cela et pour le délicieux dîner !

En travaillant sur l'intrigue d'Helena Niemczyk, j'ai été aidé par mon père, Krzysztof Szamałek, professeur de géologie à l'université de Varsovie. Papa, merci pour cela et pour mille et une autres choses.

Bien sûr, malgré l'aide experte des personnes susmentionnées et mes efforts, il peut encore y avoir des erreurs dans ce livre. Si cela s'est produit, j'en suis l'unique responsable.

Je tiens à remercier ma maison d'édition polonaise W.A.B., en particulier Marcin Meller, Rafał Księżyk, Maciej Marcisz et Gosia Danowska. Ce fut un plaisir de travailler avec vous.

La correction de cet ouvrage a été réalisée par Ida Świerkocka, dont le sens de la langue et l'œil pour les détails ne cessent de m'étonner. Je te remercie chaleureusement pour ta contribution à mes livres.

De plus, je remercie tout particulièrement mes premiers Lecteurs et Lectrices, ma famille et mes amis : Dominika Gonsierowska, Marta Grabiec, Ewa Infeld, Zofia Łapniewska, Daniel Michalski, Magda Milewska, Lene Thu Phuong Nguyen, Krzysztof Pawłowski, Natalia Pawłowska, Monika Płatek, Grażyna Szamałek, Agnieszka Szamałek-Michalska, Marta Szulkin, Maja Zabawska, Weronika Zarucka, Magda Zych et Przemek Żelazowski. Merci pour le temps que vous avez consacré à la lecture et pour vos commentaires extrêmement utiles.

Quand, en travaillant sur ce livre, je rencontrais un problème quelconque – je ne savais pas, par exemple, dans quelle direction pousser mon intrigue, ou j'étais bloqué sur une scène difficile, ou je ne savais pas où chercher les informations dont j'avais besoin, ou je ne savais pas comment clore un dialogue –, je pouvais toujours compter sur l'aide de Marysia Pawłowska, mon extraordinaire et fantastique épouse. Quelle chance incroyable j'ai de t'avoir à mes côtés ! À la seule pensée que je pourrais écrire sans ton soutien, je suis submergé de sueurs froides. Merci, merci, merci.

Je voudrais également remercier ma fille Matylda, grâce à laquelle j'ai pu m'éloigner parfois des articles indigestes sur les nouvelles technologies et lire des textes sur des choses différentes et non moins importantes ou intéressantes, tels les dinosaures, le cosmos ou les aventures de la Pat' Patrouille.

Je remercie aussi chaleureusement mon merveilleux traducteur Kamil Barbarski, grâce à qui le texte qui arrive entre les mains du lecteur français est meilleur que l'original, ainsi que toute l'équipe de la maison d'édition Métailié : merci pour votre confiance, et parce que vous supportez patiemment que je mutile votre belle langue à chaque fois que nous nous rencontrons.

Enfin, je vous remercie vous, chers Lecteurs et Lectrices. À bientôt par écrit.

Autres horizons

À table !

Quand on aime…

Guillaume Adler
Pitchipoï

Bakhtiar Ali
Le Dernier Grenadier du monde

François Arango
Le Jaguar sur les toits

Emmanuel Arnaud
Le Théorème de Kropst
Topologie de l'amour
Comment on devient bon en maths

Jean-Baptiste Baronian
Le Vent du Nord
L'Apocalypse blanche

Claude Bathany
Desperado sur le rivage

Bénédict Beaugé
Plats du jour

Joseph Bialot
186 marches vers les nuages

Claude Bleton
Les Nègres du traducteur

Hannelore Cayre
Comme au cinéma
La Daronne
Richesse oblige
Les Doigts coupés

Pierre Christin et Anne Goetzinger
Le Tango du disparu

Odéric Delachenal
Fissuré

Jean-Paul Delfino
Chair de lune
Corcovado
Dans l'ombre du Condor
Samba triste

Pascal Dibie
California Dream

Stéphane Dovert
Le Cannibale et les Termites

Stéphane Fière
Double bonheur
Une Chinoise ordinaire

Bernard Giraudeau
Le Marin à l'ancre
Les Hommes à terre
Les Dames de nage
Cher amour

Mine G. Kirikkanat
La Malédiction de Constantin
Le Sang des rêves

Moussa Konaté
Meurtre à Tombouctou
L'Affaire des coupeurs de têtes

Jean Lacouture
Profils perdus
Les Gnostiques

David Le Breton
Mort sur la route

Nata Minor
Qui a écrit Madame Solario ?

Fiston Mwanza Mujila
Tram 83
La Danse du Vilain

Serge Quadruppani
Les Alpes de la lune
Vénénome
Loups solitaires
Maldonnes

Monique Rivet
Le Glacis

Jakub Szamałek
Tu sais qui
Datas sanglantes
Saturation totale

Yvette Szczupak-Thomas
Un diamant brut

Olivier Truc
Le Dernier Lapon
Le Détroit du Loup
La Montagne rouge
Le Cartographe des Indes boréales
Les Chiens de Pasvik
Les Sentiers obscurs de Karachi
Le Premier Renne

Cet ouvrage a été composé par
Atlant'Communication
au Bernard (Vendée)

ACHEVÉ D'IMPRIMER SUR ROTO-PAGE
PAR L'IMPRIMERIE FLOCH À MAYENNE
EN AOÛT 2024

N° d'édition : 0561001 – N° d'impression : 105284
Dépôt légal : octobre 2024

Imprimé en France